小倉山房詩文集

二

〔清〕袁枚 著
周本淳 標校

上海古籍出版社

小倉山房詩集卷二十一　戊子己丑

聞樹齋侍郎領威遠大將軍印鎮守北路寄詩奉懷

侍郎持節鎮樓蘭，都護新開幕府寬。我輩尙將儒者待，朝廷久當重臣看。瞻來福相三軍喜，傳出華年九塞讙。立馬天山莫回首，望鄉臺恐在雲端。侍郎年未三十。

想見趨庭話別離，相公有淚敢輕垂？從來効力沙場日，卽是承懽膝下時。充國行軍學愼重，班超見事勿稽遲。祇今絕域皆州郡，說與呼韓知不知？

通家有客感離羣，一障乘邊信屢聞。麟閣行看君上畫，燕山應待我銘勳。新詩勅勒軍中曲，舊夢橫塘水上雲。倘奪焉支好顏色，江南兒女要平分。

侍郎和

羨煞香拔九畹蘭，謫仙到處水雲寬。隨緣且自紅塵住，厭俗頻將白眼看。爲子買春渾得計，以山作壽好承歡。何如迢遞天涯客，獨抱愁思渺萬端。

阻隔關山恨遠離，苦吟無那首低垂。行踪碌碌緣何事，後會茫茫更幾時？萬里寄書眞不易，三年學步莫嫌遲。邇來情景憑誰告，縱使通家未得知。

身如旅雁少同羣，消息親朋杳不聞。敢望功名追定遠，每因風骨愧司勳。飄零舊雨疎新雨，遮莫江雲恨塞雲。漫向胭脂山悵悒，儘多相思與君分。

夜坐

夜坐西窗雨一齋，眼前物理苦難猜。燭光業已猛如火，偏有飛蛾陣陣來。

鬬鼠窺梁蝙蝠驚，衰年猶是讀書聲。可憐忘却雙眸暗，只說年來燭不明。

郊外過故人墓

郊外作清明，垂鞭隴上行。故人如白雪，入土總無聲。

戊子榜發日作一詩寄戊午座主鄧遜齋先生

九月十一日，戊子秋榜懸。門外車馬走，徹夜聲喧闐。羣官一簾撤，諸生萬頸延。得者眉欲舞，失者淚濺泉。恐此得失懷，賢聖難免焉。我今五十三，登榜三十年。翰林曾一入，花縣曾九遷。挂冠廿載餘，萬念付雲烟。惟逢榜發夕，猶心動不眠。棘院一聲鼓，神魂與周旋。並非望子弟，胡爲情牽連？祇緣少也賤，歷嘗考試艱。四上不中雋，自信幾不堅。未知今生世，與榜可有緣？於今痛久定，思痛輒隱然。苦記戊午歲，待榜居幽燕。夜宿倪公家，今奐江宗伯。昏黑奔躚躚。道逢報捷者，驚喜如雷顚。疑惧復疑夢，此意堪悲憐。觥觥鄧夫子，兩目秋光鮮。書我到榜上，拔我出重淵。敢云文章力，文章有何權；敢云時命佳，時命誰究宣。父母愛兒子，不能道兒賢。惟師薦弟子，暗中使升天。豈非師恩德，還在父母前。吾師在何處，渺渺五雲邊。見榜疑見師，感觸涕漣漣。有如駿馬老，重對孫陽鞭。又如燒尾魚，重過龍門巔。此恩此日酬，陸莊慚荒田；此恩異日酬，兩鬢驚華顚。不如歌一曲，聊寫心拳拳。無由侍絳帷，且憑鴻雁傳。

同年王白齋司寇典試江南晤後有作

文星聽說下丹霄，手把藜光照六朝。一代金蘭曾共譜，卅年雲海竟分鑣。秋官氣肅冰壺朗，桂子香深絳帳飄。知道鹿鳴歌罷後，定來招隱訪漁樵。

無人不誦主司賢，有客能談公少年。棘院雨沾雙屐溼，蓬山花探一枝鮮。乙卯同入闈苦雨，後十年而公探花。倚來玉樹葭居後，飲到雞壇酒占先。此日八騶齊小住，聽人情話晚雲天。

答望山相公見懷

新詩讀罷儼鈞韶，逸響隨風嶺外飄。底事千年吹不斷？人間天上兩枝簫。

絢春園費幾平章，老去看花興倍長。料得手栽非小草，舜葱堯韭禹餘糧。

江隄楊柳太風流，苦累東君憶不休。爲道年來免攀折，縱無風雨也低頭。

偶過棲霞十月中，樓臺非復舊時同。老僧識我還迎我，閒立斜陽問相公。

甘棠人去樹難堪，舊雨零星只二三。聽說黄扉猶悵望，白頭人唱問江南。白齋司寇道公作問江南曲。

落日

落日金盤大，遙山未敢吞。松根明細草，天外表孤村。似寫衰年意，頻驚旅客魂。今宵新月好，未必便黄昏。

新月

新月出天上，長眉畫水中。未能全夜白，已覺衆星空。扶上非關樹，吹偏似有風。與誰最相識，含睇曲欄東。

秋雨

秋雨太零星，秋山不復青。荒江雙槳泊，孤館一燈聽。落葉聲相雜，涼蟬語乍停。衰年當此夕，宜醉不宜醒。

春風

春風如貴客，一到便繁華。來掃千山雪，歸留萬國花。有情羅幔捲，無力紙鳶斜。慣送梅消息，孤山處士家。

揚州留別四妹

相逢莫怪倍纏綿，不到揚州已四年。兄鬢定教驚眼白，妹賢依舊舉家傳。書齋一榻呼僮掃，酒客連宵替我延。且喜公然作姑姥，手扶新婦拜簾前。

赴宴朝朝沉醉歸，累君相待夜眠遲。已沉玉漏聽炊粥，重剔銀燈乞改詩。半刻偷閒談往事，一聲說別問來期。風寒日短吾衰甚，此後行踪江水知。

拔齒

人生一小天，齒動如地動。初焉頭岑岑，繼之神洶洶。斜侵兩顴顳，旁攪雙耳重。爭長佯出頭，攔道強阻衆。一人既向隅，滿座爲之恫；一個既負矢，羣鹿紛然閧。欺我老顚頷，在家不食俸；憎我傾脣談，酸鹹多譏諷。故使病聱牙，舉箸如鑿空。烝食哀家梨，驚看鬼目糉。五漿五饋愁，三嚌三咤痛。我乃取著筮，遇夬變之訟。曰確乎可拔，勿爲造物弄。骨肉既已乖，甘苦何必共。周公誅管蔡，季友除共仲。早鋤當門蘭，莫倚將傾棟。果然楚鉗加，去之如決壅。啜汁免舌撟，反脣得家衖。形殘神始王，姦黜賢乃用。口戕口既除，嚼復嚼益縱。羣齒大欣然，含笑一齊送。

補齒

一齒既拔除，缺然存一坎。勢凹稊稗集，百貨無不攬。雖然寬能容，奈其自視欿。有客獻奇計，道齒去最慘。譬如列陣排，隊缺衆始撼。我能假後天，截玉爲君嵌。就齦裁闊狹，佯齧殊斬斬。縛以冰蠶絲，試以五和糝。鬅伯見不疑，齲妻笑且頷。亡何對食盤，口柔自阿匼。盧播爲大嬲，欲取先喪膽；魚羊稱小邦，亦復不聞噉。有如螟蛉兒，一氣終難感；又如異姓王，虎視終眈眈。外強班雖齊，內懦色已黯。客道子胡然，宜喜不宜憾。世上利齒兒，虛名孰可啖。原非佐咀嚼，只可遮觀覽。試問豁然露，道僞夫誰敢？

題畫

萬里驚風浪拍天，桅竿易斷纜難牽。是誰獨立高峯上，搖手人家莫放船。

十月四日揚州吳魯齋明府招同王夢樓侍講蔣春農舍人金棱亭進士遊平山即席有作

魯齋明府今何遜，高才管領揚州郡。十月招人郭外遊，風懷想見冷如秋。一舟艤向惠因寺，滿目天涯名士至。分明此會似當年，風景雖同人事異。紅橋轉出水盈盈，楓葉全丹柳半青。金粉微銷存舊色，龍華小刼動深情。憶昔平山山最小，狐兎荒墳雜秋草。六龍兩度作宸遊，丘壑經營終未好。榷使雄心欲見才，回山倒海起樓臺。仙宮偷得鈞天樣，赤手擎將閬苑來。開門爛用水衡錢，繪影傳圖不計年。已把平沙成峻嶺，更將斥鹵變流泉。果然人力能移地，始信湖山不屬天。鑾輿一過仙香在，士女嬉遊紛似海。酒氣烝爲十里雲，燈光散作諸天彩。一個監司盧大夫，短身古貌白髭鬚。手握牢盆能養士，算清禹筴便刊書。海內詩人半貧者，一時麕至推風雅。爭學彭宣拜後堂，甘爲夫差作前馬。夷門大會捧珠槃，從此紅橋酒不乾。自道歐蘇眞再世，三賢祠內屢憑欄。旗亭雪滿新裁曲，上巳風和共采蘭。二分明月笙歌易，一片憐才意思難。功成身退稱知足，誰道危機有倚伏。度支册上槖王章，例竟門前來鬼朴。聖朝不忍下歐刀，盤水釐纓恩已渥。潘岳閒居竟不終，褚淵高壽眞非福。一夕淸霜萬瓦飄，巢傾卵覆不終朝。窟營轉覺馮驩拙，金散方知疏廣高。今朝酒客還盈座，曾受恩人有幾個。鼉錯方聞東市行，羊曇偏向西州過。嘆息滄桑自古同，河山如夢酒罏空。主人也是多情者，淸淚齊彈渡口風。

李郎歌　郎名桂官，將往甘肅，作歌送之。

我聞李郎名十年，去年吳下才交言。今年李郎來見訪，握手方知郎果賢。李郎色藝梨園中，李郎行事梨園外。不爲李郎歌一篇，那知大有傳人在？郎家舊住闔閭城，折取天香作小名。擫笛不吹銀字管，歌脣時帶讀書聲。受聘南州季姓家，纏頭教舞玉鴉叉。隻屨偶停遊子足，三春羞殺此邦花。鏡中自惜紅顏好，西施不肯西溪老。直走長安隸太常，萬人如海知音早。上公樂部正需人，選入仙班寵賜頻。燕棲金屋難輕出，花傍高樓易得春。偶然城外笙歌集，天上人來地上立。分得星眸一寸光，頓增酒面千燈色。秋帆舍人二十餘，玉立長身未有鬚。把盞喚郎郎不起，怒曳郎裾問所以。郎言儂果博君歡，寸意丹心密裏傳。底事當場爲戲虐，竟作招搖過市看。一言從此定心交，孤館寒燈伴寂寥。爲界烏絲教習字，爲熏宮錦替焚椒。延醫秤水春風冷，噓背分涼夜月高。但願登科居上上，敢辭禮佛拜朝朝。果然臚唱半天中，人在金鼇第一峰。賀客盡攜郎手揖，泥箋翻向李家紅。若從內助論勳伐，合使夫人讓誥封。溧陽相公閒置酒，口稱欲見狀元婦。揩眼將花霧裏看，白髮荷荷時點首。君卿何處最勾留，畢蔣熊姜當五侯。蔣御史用菴、熊比部燕泉、姜明府某。四子非爲講德論，三生同上一鐘樓。郎名此際雖風動，郎心鎮日如山重。一諾從無隔宿期，千金只爲多情用。獄獄高冠士大夫，喬松都要女蘿扶。日中原涉來營賻，千里臾駢代送孥。豈徒周雅稱將伯，直可東京喚八廚。笑他兒輩持錢易，紛紛多作無名費。誰肯如郎抱俠腸，散盡黃金偏市義。再入長安萬事非，晨星零落酒徒稀。惟有狀元官似故，鋒車又向隴西飛。年華彈指將三十，身世蒼茫向誰說。暫走天涯覓故人，拚將玉貌當風雪。會遲別早我神傷，此後相思路阻長。倘得令君香再接，定傾老耳聽伊涼。

長至前一日張廉村中丞蕉泉觀察招同蔣心餘太史王田來明經陪侍封公滌齋先生小西湖夜宴

晝錦堂開北海尊，尊前兩代白頭人。八州作督仍爲子，五鼎娛親更及賓。池水影搖多日煖，蠟梅花鬬晚香新。一陽那待明朝復，此夕先看滿座春。

洛社高風誰繼者？多公雅志欲追尋。盤無海錯存眞味，座有塤篪奏雅音。蕉泉觀察首唱一詩。三主三賓鄉飲禮，一丘一壑故園心。謝公指日東山起，轉惹閒鷗思不禁。

哭阿良

三女性柔嘉，名之曰阿良。年才五歲餘，識字二千強。每日清晨起，抱書來爺堂。授以唐人詩，脫口中宮商。爲之小講解，口唯頭低昂。人或譽聰明，掉頭謙未遑。與妹尤賓賓，翱翔兩雁行。賜一栗半梨，不肯先承筐。牙牙呼妹來，舉齒一齊相。偶弄小觿燧，千日猶在箱。待妹弄者失，轉以己物償。女奴或欺凌，涕泣聲喤喤。爺爲笞女奴，含淚勸停搒。須臾握餅餌，依舊許奴嘗。乳不戀姏姆，周晬甘餦餭；食不索珍怪，粗糲皆引吭。受教如影響，趨善如風檣。朝來何所戲，持筆塗丹黃；暮來何所爲，剪紙作衣裳。雖不中矩度，亦頗具偏旁。春秋大祭祀，五鼓先嚴妝。學作男子拜，拱立東西廂。達官長者來，出見無佯張。都驚貌類爺，誤認好兒郎。方姬年四旬，無出自感傷。兒能解其意，投懷喚阿娘。恩憐過所生，步步相扶將。爺好治書齋，古玩堆琳琅。兒偶遊其中，啞然道勝常。一坐不肯起，看爺治文章。聞爺患齒痛，手自進糖霜；知爺夜未歸，臥猶盼燈光。豈獨性慈孝，兼且態端莊。瞳神如點漆，額角亦正方。僉云長成後，其福未可量。我雖老無子，得汝愁竟忘。扶愛汝手軟，嗅愛汝體香。非徒垂暮年，借汝娛心腸；兼冀他日死，仗汝得埋葬。何圖兩日間，一病中膏肓。駟馬不及追，鐵室不能防。曇花忽然落，小刼成滄桑。彩雲杳然散，那待炊黃粱？大母八十四，兩手抱兒僵。求醫更求佛，鼻涕一尺長。民母招兒魂，登屋如病狂。聲聲呼良歸，哀音崩垣牆。生母孕六月，恨極以頭搶。存者道如此，來者尙何望！爺讀萬卷書，不解一藥方。忝然作人父，搏頰自懲創。蒼頭來頓足，鄰嫗來憑牀。都欲勸婉婉，先自淚汪汪。前日天雨雪，堅冰滿池塘。戲縛作銅鉦，招汝敲琅琅。今冰猶宛然，汝身先消亡。前年梁少宰，爲雛鳳求凰。我道太顯貴，門戶敢相當？今來作方伯，汝又避何鄉？昨日竹馬走，今日小棺藏；昨宵舞蹈處，今宵涕淚場。有汝何喧闐，虛室生吉祥；無汝何閴寂，頃刻成僧房。我怕聞哭聲，但願早聾盲。朝出猶自可，夜歸魂俍俍。人生到此際，五內生刀鋩。明知大夢中，何者爲彭殤？其如情所鍾，未能學蒙莊。或汝悔女身，棄瓦欲換璋。故且入輪回，再沐三桃湯。可騎舊胎來，金環猶未涼。嗚呼然不然？仰視天蒼蒼。鄭侃女采娘悔作女身，死而轉男以來，名叔子。見桂苑叢談。

苔

各有心情在，隨渠愛煖涼。青苔問紅葉，何物是斜陽？

楊花

楊花與雪花，一樣無心緒。不管是何家，隨風但吹去。

相留行爲茗生作

金陵城，六十里，容不住一個茗生子，茗生踈俊人，一縱如脫鞲。衆人欲留之，籧篨爲口柔，我乃下筆不能休。皇帝甲戌年，我遊揚州惠因祠。壁上詩數行，烟墨蒙灰絲。掃塵讀罷踊三百，喜與此人生同時。尾書茗生二字已剝蝕，其他姓氏爵里難考如殘碑。袖詩走出廣問訊，脣乾舌燥無人知。滌齋太史張飲間，提茗生名喜破顏。道是我鄉西江一才子，姓蔣名士銓。意氣泂介秋霜鮮，筆如牛弩摩青天。善哉瞿所一物耳，恰是心餘定甫茗生名字有萬千。我訪茗生急如火，誰料茗生早知我。長安寄書來，錦字重重裹。從此琅函來，木札去，飛遞烟雲不知數。俄聞宴瓊林，俄聞登玉堂，果然我識青雲人，逢人指眼自夸張。滲覺我爲石戶農，君依玉帝旁，相隔兩塵許，不知君貌之肥瘠與君身之短長。椒山仙人降靈異，灰盤大書壁窠字。勸茗生早歸，不歸眚將至。茗生驚疑下庭再拜問歸所，曰白門三重關，竹籬穿不完，此中居之安，大才藏槃槃。茗生諾而起，投袂具行李。海中三山，目不回視。全艙書，半艙米，一母一妻三兒子。新亭直上疾如矢，老夫嘻嘻迎倒屣。握手無他言，君家蔣山相待已久矣。君家一庭月，我家一壺酒。彼此間何闊，欣然二五偶。我因君而律嚴，君因我而吟苦。交易作嚴師，相期各千古。方恨不能構屋共君居，鑿壁窺公狀，徒看君乘山陰舟，一年一別心惆悵。胡爲乎不戀此間樂，忽作西歸想。韓憑云河大水深風淫淫也，而君將安往？周諺云大武遠宅不涉，而君將安訪？不如鍾山下，奉花輿，可以寧太夫人之起居；十廟前，聽雞鳴，可以助雛鳳之清聲。公子知廉能詩。君忖度之留可肯，我更爲君引例請。君不記某年冬至前五日，汗出如漿妖夢中，被人薦作遮須王，頃刻絳旗羽節迎乃公。阿嬭苦留不得計，泣拜北斗聲翁翁。公然奪出亢父懷，留在世界海，吹散鬼妾鬼馬如飄風。鬱單天子近情尚如此，何況朋友一氣相感通！我詩雖不工，較之佛經神咒將毋同 君心雖不寧，比之閻羅包老或有情。以此留茗生，茗生行不行？

謝徐雨亭貽山轎

一兩山車賜野人，勝他九錫捧朱輪。橫陳尙帶烟霞氣，數坐剛容老瘦身。惹我心常思五嶽，仗君遊且趁三春。八騶何處傳呼響，可許花間步後塵？

題茗生黻佩圖

昔聞祝牧歌，今覩黻佩像。誰能爲此圖，兩賢屹相向。其一茗生公，襜襜神采王。雖披一品衣，仙骨仍倜儻。其一張安人，莊嚴菩薩相。雖秉婉孌姿，志在青雲上。其旁字萬行，絕節發高唱。如史遷自序，如列女書狀。當作護身雲，環肩生墨浪。覽像我已欽，讀詩心更仰。人生伉儷和，然後家業昶。其如嘉偶希，兩美難頡頏。金釵雖千羣，錦衾雖百兩。苟無佳人佳，依舊曠夫曠。多公才莫媲，妒公福莫量。可以學劉綱，雙雙朝蓬閬；可以學冀缺，媞媞相饁餉。我畫隨園圖，將公石上放。覺有此人容，雲山才跌宕。我見龐公妻，敢拜不敢望。嘆息天人姿，畫手非予誑。古有奚契丹，能畫相與將。丹青雖自高，富貴非余倘。不如此圖佳，願借作屏幛。子子孫孫看，夫夫婦婦樣。

紫雲曲爲霞川明府作

海棠一樹紫雲低，公子多情照眼迷。我是將軍肯開閣，憐他妖冶謝征西。
紅雪軒中對玉人，定情何物最消魂？一雙淺色金條脫，解下檀奴臂尙温。
曾記香山放鶴詩，的應勝在白家時。臨歧替拭雙行淚，好事三生杜牧之。
戴上新妝卸故妝，司空也斷九迴腸。不知他日雙飛燕，可記盧家舊畫梁？

齒疾半年偶覽唐人小說有作

耳中騎馬兜玄國，齒內排衙活玉窠。老去一身如渡海，五官無處不風波。

嘲柳

漫說多情楊柳枝，替人别後管相思。看他帶雨貪眠意，壓損桃花尙不知。

三月二十四日又生一女

五旬翁五年，三夢投三瓦。如迎鄉飲賓，三壽作朋者。幸而阿良亡，箕帚少一把。不禁心惘然，獨坐口侈哆。明知齒就衰，望子臺可捨。何圖姬有身，故意來相惹。欣欣鳳將雛，嘿嘿鐘又啞。湯餅黯無色，賀客詞亦寡。頗聞金石文，蜀中王子雅。無兒有女三，一妹兩阿姐。出錢五百萬，葬父平林下。慰情良勝無，陶公言是也。人生天地間，祥金常躍冶。徐登女化雄，任谷男變姹。無物堪認眞，有子何妨假。權封雌亭侯，高策壻鄉馬。文裝妹喜冠，武縛木蘭袴。抱看滿園花，一笑吾其且。

南山有古樹

南山有古樹，童童森海上。一任風聲上下吹，不隨草色東西向。憶自月宮栽幾時，移爲南國甘棠枝。棟梁自笑不中用，斧斤未許樵夫知。秋風蕭蕭月七八，青草吹黃黃草殺。朝聞五柞漢宮傾，暮說三花瑤島拔。此樹偏教歲月長，目閱滄桑心慘怛。白馬甜榴孰與羣，將軍一坐便傳聞。偶有旌旗照顏色，從無依傍立孤根。一朝甘棠留，召公去，萬目睽睽看此樹。不慮心空螻蟻生，祇愁才大文章露。誰知此樹方槎枒，角弓賦成色更嘉。要知秋霜不能悴，請看春日何曾花。

偶作三絕句

小橋偶閒步，一笑對斜陽。高樹少低影，冷花多久香。

駭浪難驚魚，疾風不拔草。人愁石季龍，我道海鷗鳥。

曾服嘉榮草，聞雷頗不驚。百花三月半，一手指天生。

悶

梅雨潺潺苦太多，雨停其奈暑來何！秋風盼到雖然好，又送流年一半過。

香亭年逾強仕才生一兒從南陽寄信來云將嗣我喜賦却寄

家書未拆我先狂，使者喧傳汝弄璋。仙果遲生眞桂子，桃花採蹟趁河陽。物希那便分嘉種，珠好何妨照兩房。慚愧吹塤先八日，啞啞一瓦又登牀。兒生四月二日。

琴堂湯餅會華筵，老我難來勸列仙。眉目可能如汝好，笑啼應已惹人憐。芸香此日三千卷，麥飯他年百六天。不覺登時到心上，祝兒長大望兒賢。

贈江寧方伯梁瑤峯先生

江左雲仙降，瞻園改姓梁。承恩來北闕，帶雪別瀟湘。舊日衡文處，南朝選士場。兒童多識認，旌旆更飄揚。夜不燃官燭，籤堪勸太倉。度支無長物，燕寢有淸霜。藹藹春雲色，温温旭日光。偷閒愛金石，索借到山莊。鳥篆商丁父，銅盤周穆王。傳神眞宛肖，落墨倍淋浪。置驛通賓客，聆音半故鄉。排居愁屋滿，分俸苦錢荒。芍藥紅初放，池蓮葉正芳。詩人招沈宋，辛田、笠田。記室聚姚張。六一先生座，三千弟子行。張燈分襞錦，待月共傳觴。問字穿花出，題襟倚樹商。平泉遊不厭，東閣事方長。賤子叨趨侍，私心暗慨慷。一杯當水石，卅載感滄桑。憶昔園初到，朱顏鬢未蒼。中丞漢魏相，諱定國。詞客晉袁羊。勸醉飛千盞，徵歌闘百章。樓臺無此好，蘭菊比今香。解脫銅符去，依稀鴻爪忘。西秦行惘惘，東洛返茫茫。宮傅來持節，司空繼握璋。高、託兩尙書。迎鑾重起閣，避雨更添廊。均喜麻鞋入，高談鎭日狂。窗櫺看結構，絲竹聽鏗鏘。惆悵龍門改，蕭條馬廐涼。黃鸝空識我，白眼但窺牆。官舍原如故，雲烟那有常。每拖小垂手，愁過大功坊。地轉文昌運，天從我輩望。百花頭上客，八座紫薇郎。暫領中山府，權開綠野堂。風花爭舞蹈，竹木盡軒昂。願綴丹霄鶴，多栽南國棠。梧桐方寂寞，未免戀鸞凰。

檢阿良書箱得所識字箋淒然有作

阿娘剪紙阿爺書，幾度辛勤膝下趨。左氏嬌兒亡織素，右軍殘帖剩官奴。依稀連璅聲雖杳，狼藉塗鴉墨尙濡。當作冥錢燒與汝，在誰家裏識之無？

有誤傳予避人歸杭州者賦詩曉之

海內爭來問釣磯，買山人采故山薇。風高只說雲應返，樹靜誰知鳥正飛。小住隨緣都覺好，虛舟涉世本忘機。無端根觸還鄉夢，惹我心歸身未歸。

香亭信來聞予爲逐客戲寄一首

白下蹉跎二十霜，正愁無計整歸裝。果然逐客眞吾福，如此西湖在故鄉。

喜晤陶篁村 有序

壬申過良鄉，和篁村題壁詩，徧訪不知何許人。後十餘年，勞觀察宗發來云，渠宰此邦，同制府方公見此詩而愛之，禁止店主圬去，今又隔六年矣。在梁方伯席上晤篁村，方知爲蕭山人也，姓陶，名元藻。告以故，陶感知己恩，而悲勞、方兩公之已亡，重賦二詩，附錄于後。

當日相思村店壁，今朝相見菊花天。同生此世原非偶，聽說前緣各惘然。有數才人天地內，無端良會水雲邊。也虧彼此吟懷健，耐得人間十七年。

錄篁村感舊作

西馬曾從燕薊趨，橋霜店月已糢糊。人如曠世星難聚，詩有同聲德未孤。自笑長吟忘歲序，翻勞相訪徧江湖。袁作有「江湖沿路訪斯人」之句，故云。秦淮河上敦槃會，應識今吾即故吾。

三間老屋夕陽邨，底事高軒過此門？飛蓋翠搖新蘸墨，華鐙紅照舊題痕。不教塲畫傭奴易，便勝紗籠佛殿尊。惆悵憐才青眼客，幾番剪紙爲招魂。

寄賽英大妹

一雁南飛信屢通，幾行珠字到山中。相期荆樹成連理，同訂青溪作寓公。孝綽最夸諸妹好，班昭原有阿兄風。不知十六年來別，可認飄蕭白髮翁？

遠寄雙箋絕妙詞，揮毫想在晚妝時。侍兒爭捧三升墨，夫壻權爲一字師。朝與雲仙聯雅會，妹率諸姬爲小星之會。暮凭銀鹿弄佳兒。全家福慧誰如汝，月落階庭有所思。

西安觀察沈永之誤聞余得風痺以狠巴膏見寄戲答一詩

風人自合生風病，可惜南風還未競。白傅風痺過七旬，笑我年才屆知命。飛言如雨馳入秦，觀察聞之眉不伸。把我平生遙按脈，風淫末疾非無因。相如好色春滿房，子雲刻苦窮文章。身心兩費寧不匱，風來空穴誰遮防？觀察多情愛朋友，欲覓紅霄寄元九。聽得猥膏解治風，一時賞遍射生手。塞外擒來雙跋胡，抽腸去皺投丹爐。紅如丹砂膩若酥，刀圭一匕千金須。正月十二天醫日，敬勘黃曆封題畢。蠶眠細字加丁寧，服之戒內須如僧。紅塵一騎飛如矢，老夫開函笑不止。深感眞長秤藥情，誤傳海上東坡死。且收藥籠心忡忡，三年蓄艾將毋同。四禪天上我無分，列子他年終御風。

謝永之賜猞絨四端

蕙帶荷衣鷗鷺羣，羽毛重假太殷勤。展開錦匣三英粲，恰好儂家四美分。封寄定煩若女手，剪裁猶帶華山雲。細裲衣薄君情厚，那羨唐宮百鳥裙！

費宮人刺虎歌

九殿鼕鼕鳴戰鼓，萬朵花迎一隻虎。女兒中有有心人，詭說儂家是公主。公主姿容世寡雙，色能伏虎虎心降。笑捋虎鬚向虎語，洞房請解軍中裝。一杯勸一杯，沉沉虎竟醉。刃此小於菟，下報先皇帝。紅燭千條撒帳光，白虹一道衝天氣。妾手纖纖軟玉枝，事成不成未可知。妾心耿耿精金煉，刺虎還如刺繡時。一刀初刺虎猶縱，三刀四刀虎不動。帶血抽刀啼向天，可惜大才還小用。吁嗟乎！城可傾，山可平，總是區區一點誠！君不見，滔天狂寇是誰斬？霹靂不能美人敢！

虎口行

入虎穴，登虎口，吾戴吾頭虎牙走。欲嚙不嚙，虎不如狗。君不見太原守，姓邊名大綬。一解。公順天人宰米脂，闖賊故鄉公所治。欲斬此賊，計不得施。不知若祖若父作何狀，生寧馨兒。急掘土中屍，我欲見之。二解。壬午正月九日，雪花如矢，稱娖前行，到三峯子。二十三墳宰如也，金椎丁丁啓。三解。撲面一條驚蛇翔，張口呀呀吞日光。髑髏青銅聲，骨節黃毛長，四山妖雲毒霧天茫茫。四解。碎其骨，伐其樹，腊其蛇，平其墓。純灰瀦沃雄黃燒，馬通熏蕩牛溲澆。軍民聲如雷，指日滅黃巢。五解。賊姻艾朝棟，報賊賊大驚，登時一矢貫目睛。公還鄉，賊入京。旁人勸公逃，公曰老母在，何能行？六解。一路哭矣，賊來捉矣，騎簇簇矣。母妻子女，齊入獄矣。縛公上馬，獻闖王麾下，萬目睽睽，看掘墳者。七解。公自念，丈夫死耳何悲哀，但不知抽腸釘舌，千災五毒如何來？八解。過獲鹿，出固關，獰獰闖至黃衣冠。一騎牽公上，一騎搖手言，大王屢敗眠不安，莫遽奏王，傷王心肝。九解。再馳再驅，日至壽陽。邐騎十人，漸不成行。一騎大笑，汝何不亡？公乃狂竄，轉覺心戰。十解。打背大呼，驚賊追逋。回身面之，是傖父持鋤，想剝衣裾，贈之以敝襦。晝伏夜趨，百險千虞，而反其居。十一解。扣阿妹門，疑阿兄魂。抱老母慟，母云是夢。闖賊口小哆，萬頭一齊墮，汝何人斯，交臂而過？十二解。聖朝擢公，五馬軒軒；梨園演公，觀嘆紛紛。富貴壽考，子姓如雲。公書其事記辛苦，我歌爲詩告千古，但憑天，莫畏虎。十三解。

拂水山莊三首

絳雲樓閣久棲鴉，往事蒼涼足嘆嗟。九廟冬青無故主，半庭紅豆有新花。綸扉物望三朝重，生死人間一念差。欲問溪邊江令宅，斷烟衰草是誰家？

謝傅何妨挾妓遊，但須同樂也同憂。年高豔體行春令，官大降書占上頭。老婢尚能憐沈約，興朝終竟薄楊彪。桂林留守高陽相，地下相逢一哭休。

暮年文筆太頹唐，也算昆明刼後霜。才盡那禁塡小說，君多還要事空王。名場公論千秋月，海內靈光半畝莊。倘論從容當局苦，爲公惆悵立斜陽。

輓宮保方問亭先生

士有千金贈，受之不爲恩。常有一言加，感之終其身。我於太保公，從未接清塵。遽聞台星摧，遝然涕沾巾。掐膺有所思，焚椒敢一申。壬申過保陽，縣令逢周君。燮堂。述公語渠語，譽我頗殷勤。道宰秣陵時，能撫柔其民。匪如文俗吏，虔搚徒紛紛。我感知己意，卽欲趨戟轅。其時公巡河，無由登龍門。厥後歲丁丑，公家第三昆，持公貯蘭圖，命我題數言。我乃敬規公，樹蘭如樹人，果能儲國寶，何必數家珍！公不以爲僭，書來矜寵頻。曰諸詩人詩，不如隨園新。嗚呼我與公，一泥而一雲。相隔旣已遠，相逢未有因。何圖受公知，極口變津津。政事與文學，兩者交推袁。如釆小草花，高風揚其芬；如遊部婁間，泰山忘其尊。公爲范龍圖，我爲蘇穎濱。終身恨未見，曠世情彌殷。今夕靈旛歸，受弔延諸賓。緦麻三萬客，海內走踆踆。公之勳與庸，九重有恩綸；公之姓與名，巍巍碑趺存。賤子何復道，執紼徒逡巡。別焚一瓣香，招公騎箕魂。

同年沈文慤公輓詞

遭際詩人有，如公古未曾。鍾期逢聖主，堯舜作吟朋。上壽百齡屆，高官一品膺。青宮太師號，身後尙追稱。

六十未登第，孫弘望已休。誰知卅年運，才展九天秋。桃李春官植，湖山予告遊。榮華雖一夢，含笑對松楸。

詩律長城在，羣兒莫詆訶。梅花香氣淡，古瑟雅音多。海外求題咏，天章許切磋。朝陽鳴鳳去，賡唱冷卷阿。

三次同年者，今存我一人。蓬山分載酒，紅欒共吟春。又見晨星落，空餘宿草新。越疆難遠弔，腸斷素車塵。

哭張芸墅司馬

離離孤花明，落落晨星曉。其存本無多，其去更覺少。宣州有詩人，六十未爲老。一朝謝紅塵，騎鶴歸華表。粵海尙謳歌，江山空文藻。淒絕伯牙琴，人亡音未了。

甲戌春月好，光滿棲霞山。照我二人遊，崖磴同躋攀。分題佛香中，折花小長干。何圖此一別，公乎不復還？永訣如此易，良會如此難。茫茫十六年，海水生波瀾。惟有襟袖間，淋漓墨未乾。

我詩重生趣，君詩重風格。相期千載後，彼此留一席。傷我老猶孤，蹉跎髮空白。喜君公子賢，瀛洲作仙客。潘門既生尼，曹家復有植。自然揚清芬，永永傳無極。但問楹下書，年來若干尺？

松下一笑

無端一笑對雲烟，記得抽簪最少年。松樹長高三十尺，種松人尙未華顚。

鐘

古寺僧歸佛像傾，一鐘高挂夕陽明。可憐滿腹宮商韻，小扣無人敢作聲。

舟

莽莽江天萬里濤，一帆才去一帆招。儂家舟繫靑溪畔，不采蓮花櫓不搖。

阿珍

阿珍十歲髻雙丫，又讀詩書又繡花。娘自怒嗔爺自笑，不知辛苦爲誰家！

小倉山房詩集卷二十二 庚寅辛卯

高制府據鞍習勤圖二首

牙纛三江靜，沙隄匹馬行。宮袍春柳色，玉鐙曉風聲。恩重心忘老，勞多體覺輕。停鞭想何事，強半爲蒼生。

郎君裁總角，膝下簇金鞍。爲國馳驅意，教兒仔細看。騰風須萬里，捧日到雲端。從古凌烟閣，丹青兩代難。

二月二十一日紅杏半開劉養園進士移尊隨園招同定恆禪師魯南莊明府范荔江學博徐雨亭明經分韻得有字

杏花一笑紅破口，知有詩人來置酒。將賓作主主爲賓，世事參差無不有。劉安萬里黔陽來，不獨愛花兼愛友。近攜蕭寺紫衣僧，遠覓詩壇陶謝手。入山捭闔逞談鋒，佳句高吟人某某。其日東風吹不休，疎蕊繁枝開八九。朱簾有影漾仙霞，細雨無聲潤碧柳。虛此良會心悁悁，一客分吟詩一首。我向劉安莞爾言，主更乞賓賓允否？業已飲君酒百壺，還想分君才一斗。

方次耘公子招賞牡丹即席賦謝

郎君才調古終童，穉齒能招白髮翁。千片霓裳初著雨，一枝玉樹正迎風。堂因肯構春常早，花爲臨池水亦紅。嘆息蘇夔眞有子，老懷傾盡酒杯中。

記得初逢小鳳皇，抱來爭及牡丹長。風前摩頂渾如昨，笛裏懷人又幾霜。尊人立岑委化四年。兩代交情花領略，半欄燈影夢悠揚。天公也似留賓者，鎭日淋浪雨萬行。

温皆山吏部從江右入都過白門話舊

柴門有客髮毿毿，小住巾車半日談。道對落花行不得，故人一個在江南。

長安此去路重經，爲祝嵩呼馬不停。三十五年前進士，要談天寶與誰聽！

岳水軒燒丹圖

盤古忽然死，洪荒人一驚。不料此例定，千年難變更。女媧欲救之，煉石聲硜硜；神農欲救之，嘗草口不停；伏羲欲救之，畫卦欲說不說口咿嚶。黄帝聰明矖然笑，何必旁門探玄妙。轉夜作晝豈無燈，將人成仙自有道。造化未生我，此權天所操；造化既生我，此身天已交。君不見，防邑已賜臧武仲，據之尙且將君要！何況自家性與命，守之果固誰動搖！勿從去處留，但從來處取，能將後天捨，自有先天與。水軒先生悟此機，行年七十如嬰兒。蒲團獨坐燒紫烟，白毫光色沖青天。龍騰雲而下降，虎駕浪以飛騫。寓言十七，卮言十九，道書從古無眞詮。此義茫茫向誰話？口不能宣且付畫。畫上題詩誰絕倫，黃海神仙方道人。黃山人方自然，年百歲餘。我無碧虛骨，又無服散方。蓬山一小謫，人間三十霜。作登遐頌懷孔子，讀養生論笑嵇康。覽君圖，覺君好，勸君珍秘枕中寶。莫將此義被天知，恐教十二萬年天不老。

左臂痛

兩臂如雙槳，無端弱一枝。癖從左氏得，書與右軍宜。孌妾雖堪擁，霜螯難自持。平生偏袒處，想被汝先知。

傅文忠公輓詞

捧日雍容三十年，一朝星隕紫薇邊。恩雖外戚才原大，病爲南征死更賢。忍見聖躬親奠酒，更無內相力回天。夕陽望斷貂蟬影，羽騎黃門盡黯然。得夕見者，惟公一人。

少年曾作霍嫖姚，洗甲金川賦早朝。銅柱千尋留絕域，天章九錫下丹霄。百官諸諸階前立，甲第沉沉海樣遙。如此榮華如此福，和平兩字總能消。

遲却南蠻奏凱歌，竟勞上將走滇河。旋軍事類趙充國，曳足人哀馬伏波。烟瘴那知公相貴，天威終到鬼方多。送公魂入昭忠廟，小阮猶提殺賊戈。謂明忠烈公。

下士無端哭上公，此身雖賤感恩同。談深各倚宮門柳，手握難忘玉殿風。白髮半生春夢遠，青天一望慶雲空。陰鄉侯去黃羊冷，腸斷南陽老敬通。

公愛誦枚哭襄勤伯詩一聯云男兒欲報君恩重死到沙場是善終蓋亦讖也託尹制府聘爲記室枚不能行感舊懷恩再書一首

身染蠻烟返帝鄉，可知枕席即沙場。南州穉子身雖隱，每弔恩知必越疆。

送劉石菴觀察之江右

莽莽山萬重，惟嶽凌宇宙。蒼蒼樹萬枝，惟松挺堅瘦。四序雖平分，五行有獨秀。人胡獨不然？但觀所秉受。觥觥石菴公，實應金精宿。神羊不受羈，祥麟豈在囿！其剛玉莫磷，其清石可漱。初聞領丹陽，官吏齊縮脰。光風吹一年，懽戀極老幼。先聲將人奪，苦志將人救。抗上聳強肩，覆下紓緩袖。張口輒詆諆，上手多寬宥。姦豪既帖柔，狐鼠亦俯伏。救災如救焚，除弊如除垢。殷然愛才心，白首還如舊。視學上下江，所拔多薪槱。今雖卸皋比，羣才猶輻輳。顧榮去未幾，宗泰。鮑昭來復又。之鍾。六一先生貧，三千弟子富。卽如山中氓，半面尙未覯。客秋當此時，蜚語羣相嗾。道公逐李斯，不許少留逗。諸生弔於門，山鄰餞恐後。我未奉伍符，姑且儲糧糗。故鄉歸亦佳，內省終無疚。果然逢倍晉，風影皆訛謬。匪徒免鞭驅，兼且通蘭臭。南國有表章，羣儒已製就。公獨掉頭言，必須某結構。自慚石鼓頑，忽被桐魚叩。妄將下里音，強擬鈞天奏。公竟矜寵之，逢人夸錦繡。愔愔知己恩，嘿嘿瓣香祝。一朝簡帝心，授玉節西走。甘棠枝可攀，膏雨澤難留。人人愛依劉，聲聲思借寇。賤子抱區區，一言陳左右：送公旌遠行，望公德日茂。公以天人姿，而兼宰相胄。高如冰鑑懸，那有吞舟漏！寧可察之詳，愼毋發之驟。猛如萬鈞弩，所貫無不透。但慮未中節，不愁不滿彀。已褒賈琮帷，可免葉公胄。能爲李橫衝，何妨伏不鬭！氣斂理益明，業廣福彌厚。黃堂雖始基，黃扉將肯構。祿位奚足矜，勛名自可壽。豈徒繼家聲，兼以答我后。

題黃樓春望圖寄懷小坡觀察

十八年來別，三秋夢未忘。忽從圖畫裏，驚見鬢毛蒼。莽莽河流急，萋萋碧草芳。黃樓誰獨立，使者愛春望。舸艓連雲起，鷁鷺帶水翔。牙旗花外出，羽蓋柳邊藏。九牧賢淮泗，千崖東呂梁。孤城明月落，古塔晚烟颺。豈獨資憑眺，兼知作保障。玄珪祀河伯，聖鐵擲龍堂。未雨綢繆極，將秋火急防。樓無唐燕子，隄有漢宣房。王景堨流法，韋堅轉漕方。掉頭時嘿想，叉手苦裁量。西楚留遺跡，東坡實首創。後先名字應，彼此令聞彰。公夢東坡而生，故字小坡。國事雙肩任，精神八面當。閒騎小步馬，高揚大風章。水怪招蒼兕，神威走白狼。如何觀察豸，翻累督郵蝗。印去仍來匣，衙辭更引隍。浪難搖砥柱，天爲掃風霜。公以捕蝗事被劾，上仍還其官。尺素求題咏，丹青遠寄將。雲藍三丈紙，黃竹一偏箱。未握羲之筆，先遮賜也牆。官尊圖亦大，屋小畫能妨。憶逐旌麾後，同驅鍾阜旁。肩輿聲轣轆，手板影低昂。白社風前笛，青溪雨後觴。廿年晉甲子，兩個魯靈光。玉貌都非昔，滄桑盡改常。陶潛兒長大，西圃。沈約墓荒涼。補蘿。嘆逝增惆悵，懷人剩老狂。山雖容我隱，身尚學公忙。壘石如防險，搴茭爲插秧。池開非□子，艇泊卽風檣。養鶴符支俸，藏書室號倉。芭蕉彈更茂，月桂斫彌香。謝尙甘丘壑，姚期稱廟廊。不知千里目，望可見江鄉？

知更枕歌爲徐椒林作

一更一更枕中起，似有司更藏枕底。挈壺失職已千年，此枕胡爲尙爾爾？相傳製者漢孔明，法應軍中刁斗聲。丞相身亡枕亦去，世間愛睡無人聽。壽春掘地得瓷器，範形似枕光奇異。隱隱花枝鏤牡丹，沉沉綠暈浮兵氣。凹處堪容一虎頭，兩旁隆起承兜牟。想見將軍側耳臥，蝦蟆萬點傳清秋。徐公得之作奇賞，我爲摩挲發遐想。漢有記里鼓，弩父亭公路可數；唐有知時鐵，三商五漏俱堪測。趙家別有六更天，劫轉紅羊事可憐。從來神物原無偶，得佩龍泉恰有緣。于今扣枕枕忽啞，徐公掉首疑其假。我代此枕陳一辭，從來語默須知機。君不見，四海淸寧夜悄悄，銀箭金壺爭報曉，枕再多言公亦惱。

喜楊九宏度從邛州來即事有作

一枝梅花開，萬里故人至。梅花才隔年，故人已隔世。憶昔丙辰年，京師首善地。海內梟俊來，掎裳而聯襼。各抱雲龍懽，各樹騷壇幟。亡何年復年，落落晨星繫。公然我二人，牛斗雙龍氣。滄海剩遺珠，高松留晚翠。黃髮旣已親，碧醪寧辭醉！新詩同君商，舊夢同君記。指榻勸君眠，抱女將君寄。以阿能寄君。蔗味老彌甘，交情久更摯。不信捫胸中，三十六年事。

古有臨邛令，名因相如留。君今之相如，乃刺古邛州。彈琴成雅化，餘情付歌謳。樂府二十章，獨寫千年愁。亢可羲渠激，鑒可行雲流。巴渝讓狄濫，吳語輸妖浮。豈不關諷戒，優也言無郵。我偶終一曲，涕下不可收。情至感人深，簫韶似此不？花欄新雨夜，金尊素月秋。想見家樂張，一串珍珠喉。樂哉元才子，而兼安昌侯。

萬木生空山，原爲棟梁用。君領木魚符，來作楩柟貢。爲言將作監，遠選天壇竿。需材十三丈，匠石僉曰難。有樹荒崖藏，尺度竟已足。黃紬一朝封，孤根三日哭。官乃祭而告，萬物本乎天。帝爲天用汝，汝尙何訾焉？不見麒麟皮，剝之蒙天鼓。樹聞始收聲，甘心受斤斧。嗟乎草木心，亦復愛其寶。何怪成周雞，斷尾固爲好。

季孫樹六檟，楄柎藉幹心。預凶雖非禮，作達良可欽。蒙君贈古杉，價等千黃金。斑斑狸首色，鏗鏗金石音。杉生萬里外，慘淡蟠蒼穹。我身七尺強，方慮塡溝中。君爲作合之，兩美將毋同！木附文冢化，我抱奇材終。贈食一朝飽，贈衣三冬和。何如君之贈，千年萬年多。惻惻感君情，朝朝登木歌。

蕭松浦中流放棹圖

拙人涉世騎土牛，達人涉世乘虛舟。舟中有棹且放耳，世間何處無中流！蕭公峽江人，廿載金陵住。回首故鄉山，愴然頭屢顧。欲喚歸舟勢不能，且畫一舟放棹行。南北東西隨處到，身不主持但問棹。棹作語，聲嘔啞。去住本無心，搖蕩隨風斜。搖入烟中招白鷺，蕩來風裏采蘋花。有時雷雨掀天大，輕輕一葉如雲過。海上山崩草不知，江頭浪險鷗偏臥。我亦烟波一釣徒，年年白髮走江湖。不愁流出青天外，舟上何妨棹井無！

哭望山相公六十韻

上界台星落，空山老淚流。安危天下係，知己一生休。竟捨蒼黎去，誰分聖主憂？詔書深惋惜，恩禮冠公侯。四海新祠廟，三江舊節樓。軍民懸畫像，士女咽悲喉。賤子蒙青盼，垂髫到白頭。當時初對策，衆口共呀咻。獨把金篦刮，高懸鐵網收。相扶登玉局，學步到瀛洲。帝命稱師傅，人爭獻束脩。皐比南面肅，絲竹後堂幽。若箇非曾點，斯文愛子游。噓枯情宛轉，善誘語綢繆。鎮陝姬公遠，分符陶令羞。誰知搖墨綬，依舊傍旌斿。淮海才鳴轂，江東又挾輈。官教移赤緊，表薦牧秦郵。見賞龔黃績，深期管樂儔。南衙風動竹，燕寢雨鳴鳩。治理同商榷，鶯花共校讎。回天占定力，濟物識英猷。寬每留餘地，慮能集衆謀。清標山嶽嶽，淵鑑海悠悠。鐵牡封疆靜，銀刀約束周。略知窺斗獄，賴得侍巾鞲。露小雛成雨，花低易落溝。西川公洗甲，南國我飄漚。爲有親需養，非關命不猶。慈雲三度至，手板廿年抽。莊子雕陵鵲，陶家欄外牛。已經甘朽鈍，重復受雕鎪。烟裏來千騎，松間過八騶。敲門驚野鶴，走馬捉閒鷗。嚴鼓聲初鼕，朱簾月在鈎。不將珠字寄，便把木瓜投。籠壁新箋滿，挑燈險韻搜。牙琴賞宮徵，張草鬥龍虬。味許淄澠辨，詩容格律偷。偶然三日別，定有四更留。捲幔夫人見，牽衣公子遊。棲霞看水石，西苑折花籌。鈴閣麻鞋影，軍門白苧裘。談深人盡怪，坐久夜將掫。一日天書至，三公內召優。虀須調玉鼎，箸久夾金甌。似識長離別，登車尚逗遛。逢村先駐馬，過嶺必回眸。悵悵長淮水，淒淒袁浦舟。寸心輸一送，半面抵千秋。南北終乖迕，鱗鴻不自由。人來傳老健，信到忽山丘。今歲東巡狩，伊誰扈蹕旒？驚聞身乞假，還望疾能瘳。豈料勳千笏，都成土一抔。于公無憾矣，問國有人不？梅雨涔涔濕，山河渺渺愁。魯場端木築，楚些景差謳。立雪心猶在，荒莊德未酬。羊曇腸斷後，永不過西州。

哭秋卿四妹

看罷瓊花十四年，無端荆樹起寒烟。分明一個投懷燕，化作金棺下碧天。妹以娩難亡。

白頭夫壻寄哀詞，惹我汍瀾涙不支。何苦生前太賢淑，一家人去兩家悲。

幾番邗上偶揚舲，乍入門先笑滿庭。兒子稱慈姑道孝，一齊夸與舅家聽。兒爲前室所生。

久語食性饑還問，才脫衷衣浣已終。寒夜歸來一甌粥，累君立盡滿廚風。

謝家詩筆最幽清，性喜推敲學更成。偷眼阿兄閒處坐，捧箋旁立女門生。

端陽時節手書來，爲賜華姑小玉釵。今日寄聲乾阿嬭，教他持服更持齋。

開眼誰爲骨肉親，連年手足又傷神。妹兩弟先亡。自憐老淚無多少，偏作人間後死人。

和葑亭舍人司馬相如詩

隱於酒者多，隱於色者少。我愛馬長卿，竟抱文君老。當時漢武帝，雄心超八表。五十四年中，賢臣何草草？豈無人才生，日炙星光小。一蹶不自知，三族已難保。汲公終竟危，曼倩亦太巧。悠然消渴人，愛病閒居早。借賦遣光陰，借獵上諫表。自有千年名，高文典册好。

觀弈三首

悟得機關早，都緣冷眼清。代人危急處，更比局中驚。

張步臨弈悔，陳宮見事遲。分明一着在，未肯告君知。

肯捨原非弱，多爭易受傷。中間有餘地，何必戀邊旁？

兒鬢

手製羹湯強我餐，略聽風響怪衣單。分明兒鬢白如許，阿母還當襁褓看。

謝怙厓郎中惠紗

盛夏忘衣冠，二十三年矣。偶然檢故箱，絺綌爛如洗。縫人笑而言，此事非得已。會須購方空，亟亟爲經理。我道五十翁，此事亦可止。譬如老娶妻，何必再求美。檢取長生庫，拾舊聊爾爾。郎中聞之驚，遣僕致文綺。飄飄蟬翼輕，薄薄春冰擬。感玆君子心，自顧野人體。不稱未免慚，有耀亦可喜。君如王弘賢，來度陶潛履；我作阮孚嘆，著屐知有幾？衣服服以拜，且學古人禮。

贈彭芸楣少詹

野人居深山，十事九不理。忽聞秋榜發，賀者相接趾。賀者爲誰歟，乃是落第子。宜毀而反譽，使我心疑揣。亟索中雋文，摩挲老眼視。誠然髦士烝，衡鑒淸如水。解題必鉤玄，論文輒抉髓。浮華掃而空，精金不見滓。五色間纁縓，八音彙宮徵。屈指百年來，此科能有幾？不覺頤見公，兩足不能已。蒙公一笑迎，未語色先喜。文人共此心，今朝相印矣。當其目勞時，焚膏夜繼晷。諸生八千卷，卷卷爲排比。劍沒使之升，珠埋爲之洗。所采青珊瑚，一半出海底。猜某必耆舊，來謁果黃綺；決某必英俊，登門果桃李。凡公所網羅，皆我所懸擬。異哉精誠通，千里如尺咫。闔掩耳益聰，名糊目不眯。復命公將行，有詔教公止。江南文獻邦，督學汝爲使。取汝舊玉尺，重量新杞梓。此信一以傳，儒林盡傾耳。其夜文昌星，繹繹東南指。僕老無所求，胡亦笑口哆。抱此秉夷好，區區心未死。恨不作諸生，呈文寫生紙。姑獻五字詩，諷誦當瞽史。勗公堅初心，斯文振頹靡。會見斗牛間，榮光燭天起。

少詹和詩

文章各是非，可信者其理。以法爲體幹，如身頂放趾；以古爲血脈，如祖宗孫子。其下乃逞詞，色侔而稱揣。相者多舉肥，難作詎易覛。揭來典秋賦，未飲上池水。徒思鍼癥結，敢曰洞骨髓。區區執管見，淸虛去渣滓。怠燔雜太羹，箏琶亂淸徵。拔十古得五，我今竟能幾！不謂勞先生，擊節情弗已。使人意也消，如己得之喜。夙昔慕先生，仰止誠久矣。涓流趨大瀛，土圭測穹晷。于今始自信，嚮往非阿比。寸心本同源，如水以水洗。相知木鑽槃，一見桶脫底。隨園秋色老，芙蓉爛紅綺。來侍雪階程，初御龍門李。知我氣不怯，席間以劍擬。倒篋出武庫，示我文盈咫。入口飲醇醉，涉目播糠眯。卒讀心犂然，斂衽歎觀止。韓蘇聽黜陟，王楊供驅使。惟當慟先生，亟速付之梓。毋俾天下人，聞風食以耳。傳布大江南，捷等臂使指。書讀各萬編，手胝口復哆。皆學先生文，文心長不死。我遐以取士，徵債操券紙。吾門有二妙，追陪學文史。從公登高呼，咸使望風靡。戲爲學步吟，敬代請益起。

雨亭葑亭采菱隨園作采菱曲

隨園九月秋風煖，綠覆一塘菱葉滿。騷人都道水羞佳，爭脫荷衣爭攘腕。小舟一葉繫垂楊，兩兩三三自作行。誤惹萍絲嫌臂滑，偶欹蘭槳爲風狂。風停共指前溪好，驚起一雙鸂鶒鳥。摘葉休驚碩果稀，殘紅半落江湖老。四角雙稜薦未多，分明滿席有烟波。嘗來野外清幽味，合唱吳孃水調歌。主人當筵三嘆息，眼前草木生區別。芙蓉窈窕萬枝花，底事無人采紅雪？

渡江大風

水怒如山立，孤篷我獨行。身疑龍背坐，帆與浪花平。纜繫地無所，鼉鳴窗有聲。金焦知客到，出郭遠相迎。

重登燕子磯遊永濟寺作

一回舟過一回登，垂老江山感不勝。題句有心尋四壁，高樓無力上三層。重摩殿後千尋石，不見堂前百歲僧。默默和尚。暮雨愔愔風悄悄，鐘聲催點客船燈。

江中望棲霞山色弔尹文端公

推篷底事忽凄然，望見棲霞一角懸。往日風花迎上相，祇今宮殿鎖秋烟。難忘蕭寺傳箋處，永斷程門立雪天。料得多情羊太傅，魂歸還到此山巔。

酒旗

客中誰勸醉如泥，賴有旗懸野店西。望見一竿村便好，未停雙轡馬先嘶。風狂似欲招人急，花落遙知取價低。我是天涯倦遊者，也曾小住喚偏提。

花幔

花太嫣紅病易侵，爲他張幔結層陰。敢遮赤日當天影，恰是慈雲覆物心。甘后帳深難辨玉，阿嬌屋好那須金！平生怨雨愁風意，每倚雕闌思不禁。

掃墓

五十還鄉客，孤單尚一身。白頭人掃墓，愁殺墓中人。

過葵巷舊宅 有序

余七歲遷居葵巷，十七歲而又遷居。以故孩提嬉遊處，惟此屋記之最眞。四十年來，每還故鄉，過門留戀，今乃得叩闔直入。

兒時老屋喜重經，鄰叟都疑客姓丁。學舍窗猶開北面，桂花枝已過西廳。驚窺日影先生至，高誦書聲阿母聽。此景思量非隔世，白頭爭禁淚飄零！

題桂樹

笑啼多少兒時事，一一難瞞是此花。今日相逢花解語，也應喚我主人家。

別時悔不把花量，別後花添幾尺長。惆悵風前一回首，負他三十七年香。

一枝曾折廣寒宮，貧賤交情老更濃。笑我歸來無別贈，幾行詩當錦衣封。

贈高嵩瞻觀察

當時落魄帝城東，兩脚行縢類轉蓬。脫粟一甌誰飯我，居停三月敢忘公！儒林身負三朝望，廉吏家餘四壁風。慚愧王孫恩未報，千金還在此心中。

贈吳紫庭方伯

官鼓鼕鼕漏未闌，探知衙散一瞻韓。感人叔子聲名遠，款客嚴公禮數寬。乍接春風心已醉，重逢舊雨座增懽。謂鞠未峯太史。自憐猿鶴山林性，卿月當天也愛看。

記持手板傍門牆，公子趨庭事未忘。一卷文章曾盥誦，廿年雲海竟分翔！皋夔應羨巢由逸，蒲柳終輸松柏蒼。寄語中朝老司寇，舊參軍已鬢如霜。司寇官秦中，命枚爲公閱文。

在杭州晤茗生太史即事有贈

聞君遠在會稽山，欲往從之江水艱；聞君近來會城裏，未見君顏心已喜。扣門呼君君未應，湖州太守先相迎。平生識面渺難記，主愈殷勤客愈驚。爲言往日長安居，曾與我妫同讀書。曾蒙我姊賜梨栗，曾識我婦顏豐姝。三十年前事惝恍，昔日兒童今官長。憐才念舊意纏綿，紫綬金章氣蕭爽。喜君交結多豪賢，感我清霜滿鬢顚。推排人世一老物，鴻泥何處非前緣？鄉人歡我吳山頂，拉君同往看山景。萬戶煙鋪屋瓦平，一天雲過杯盤冷。烏鴉飛飛暮色蒼，與君重登太守堂。新詩未讀一卷盡，夜鼓已作千回撞。我歸蕭寺君渡江，相思明日仍茫茫。

卅年

卅年不到舊鄉村，村換人家里換門。爭怪武夷君下世，公然開口喚曾孫。

還杭州五首

望見故鄉城，如入前生界。茫茫事全非，歷歷夢還在。離鄉四十年，一宿無廳廨。權㑳老僧菴，得庇敢嫌隘。兒童爭聚觀，疑我來天外。我亦自孤悽，將身當客待。朔出意尚欣，暮歸寂難耐。殘燈壁間小，朔風窗外大。

骨肉只一人，阿姊十年長。叩門往見之，白髮垂兩顙。聞聲知弟至，迎出精神爽。絮語自知多，堅坐頻敦強。相約大母墳，明朝一齊往。當年侍慈顏，惟姊與我兩。今朝奠酒漿，知否魂能享？姊是七旬人，弟搖千里槳。此後來者誰？一慟何堪想。

朝呼輿夫至，色然視我驚。毋乃我與汝，彼此有平生。輿夫拭其目，再視再嘆嗟。道我新婚時，渠曾推壻車。翩翩小翰林，容色如朝霞。胡爲久不見，一老如斯耶？輿夫言未終，我心生隱痛。如逢天寶翁，重說黃粱夢。

杭州數名勝，勳說西湖好。我來逢冬乾，西湖比前小。風緊不成波，泥淤時露草。姑蕩扁舟行，一覽使心了。丘壑認新舊，亭臺評拙巧。雲結晝愔愔，木落山悄悄。自笑作陳人，登臨亦不早。所得寒風多，所領遊趣少。

飛鳥別故林，啁啾如有恨；胡馬戀舊槽，悲嘶足不奮。矧我父母邦，曰歸豈不願？奈蹲白門久，歸期竟難問。趁此小住閑，忍負光陰寸。從前半面交，一一敲門認。兒時所踏土，處處雙鞋印。晷盡輒繼燭，路過還回瞬。人問子胡然？一笑指雙鬢。

喜晤張有虔先生却寄二十四韻

見說先生健，相逢喜欲狂。人間留碩果，天上自斜陽。憶昔垂髫日，常蒙過學堂。摳衣趨典謁，傾耳聽琳琅。善謔天花落，深談麈尾忙。師威因客損，講席爲誰涼。一日同文戰，三人列上庠。枚與先生及受業師同入學。扶看棘闈月，領採泮芹香。簇簇聯壇社，紛紛具酒漿。嫛婗小童子，追逐丈人行。白樸蒙求句，黃門急就章。捧書爭請益，下筆替商量。此豈前生事，公然五十霜。華嚴齊歷刼，鴻爪各紛翔。鉛水銅仙淚，滄波碧海桑。者番習鑿齒，重到舊襄陽。故國烏頭白，先師墓木蒼。西河尋子夏，東觀剩中郎。足不持筇步，牙猶比玉剛。輅驚唐顯慶，殿愛魯靈光。視我年還幼，因君老亦忘。黃昏燈閃閃，春夢影茫茫。蒲柳衰如許，松筠體正強。何當學雞犬，長得侍淮王！

十二月九日舟凍毘陵苦寒排悶

紅日不動雪，驚沙時鳴窗。恃酒敵寒威，未戰先已降。矧我遠行役，臘盡才歸艭！朔風如奇兵，一夜扤長江。堅冰峩峩凝，千篙難擊撞。糧盡思繼粟，村荒斷吠尨。舍舟思呼車，陸行無徒杠。黑澀遲走硯，燈危屢墮缸。幾乎死此處，斫樹收窮龐。羨殺枝上禽，銜風還飛雙。

白頭

白頭人到莫愁家，寄語兒童笑莫譁。若道風情老無分，夕陽不合照桃花。

杭州隴上作

七歲曾焚隴上香，六旬重到感秋霜。回頭笑問諸松樹，我昔來時汝怎長？

鮑文石三十索詩

半窗修竹半牀書，不賦長楊賦子虛。生就騷人風骨冷，愛閒多病似相如。
已熏生紙搨黃庭，更寫雲烟上畫屏。門外一湖春水綠，書聲時有野鷗聽。
三十郎君鬢未凋，懸弧時節正秋宵。諸公借此稱觴意，各把新詩寄鮑照。

小倉山房詩集卷二十三 壬辰癸巳

元日送王葑亭舍人入都

今年元日春，風來一何遽！不吹梅花開，翻吹故人去。故人當代王江寧，清才落筆鏗鹹英。贈余四首新詩成，滿山歷落珍珠鳴。山人平生狂頗頗，海内孤行我爲我。忽然張眼見替人，自覺此身老亦可。花幔曲，采菱歌，與君賡唱何其多！方擬雲龍相逐不可一朝隔，而乃烟帆欲别將如何？思君情難裁，留君口難說。敢貪風月有吟朋，不使鳳鸞朝玉闕？滔滔江兮蕭蕭馬，送君行兮往日下。喜青雲之路長，傷白頭之交寡。餞君無酒空有詩，要君展卷長相思。彤廷奏罷三千牘，早折瓊林柳一枝。

再咏錢

殺人何必定鋸鋙，錢以刀名卽巧屠。繞地枉教呼阿堵，此身方且屬洪爐。錙銖潤物皆爲德，百萬貽人轉笑愚。寄語鐵簪畫壁者，可曾悟得此情無？

從無束紵受人憐，别有金刀准五千。天寶洗兒悲白髮，景龍撒帳憶青年。水衡小蘄山資足，銀艾雖枯荇葉鮮。底事從容消受穩，不曾一勺飲貪泉！

集尹文端公贈詩卷然如束筍感而有作

三年人未釋心喪，展卷重看墨萬行。偷得公餘吟雅頌，生來天性愛文章。龍蛇字在蘭亭杳，絲竹聲希孔壁荒。苦把碧紗籠不盡，又熏香草疊空箱。

再檢海内諸公投贈之作得一千九百餘首亦紀以詩

忽忽名場四十年，珠盤幾度捧賓筵。隻身寵荷詩千首，八表雲停水一天。猿鶴易招詞客咏，容華難得别人憐。何當妙寫砑光紙，排作屏風障兩邊。

曹地山少宰爲祭告使者入山索詩

花外金鉦響，山中鳥雀奔。隣驚天使至，我愛故人尊。澤國持英蕩，皇華咏駟騵。是誰能典禮，有詔許乘軒。馬借飛龍廐，旗張玄武旛。官銜唐吏部，寵眷漢公孫。豔豔春三月，彭彭朱兩轓。亭公腰插弩，郡將手扶鞬。路築王人館，庭羅小國鞶。一梟先破鏡，三咤再開樽。蒼璧尼山數，金泥岱頂捫。咨詢盡臣職，得句亦君恩。爲主明陵祭，還來白下村。

鶯花都識面，桃李半趨門。石可三生認，才經幾度掄。公一督學，一主試。望塵思御李，訪舊忽推袁。鬢髮同驚白，滄桑各斷魂。雲泥情脈脈，雞黍話番番。可記瓊瑤贈，應無縞紵存。丙寅公過江寧，蒙賜石印，以東縀報之。八騶齊放仗，四牡走窺園。小吏穿雲立，材官折柳蹲。摩挲銅狄古，數坐石牀温。索我新詩贈，知公古道敦。自慚才語盡，難共達官論。努力廉頗飯，公夸健飯，每日十盂。休忘安石墩。他時憶鴻爪，展卷即泥痕。

謝書巢太守贈羊裘

我自黑貂敝，便作青山遊。山中朔風時，詩骨寒颼颼。東昌太守賢，遠寄三英裘。慮我高臥僵，牛衣淚暗流。得毋釣澤中，少人物色不？特加尺素書，星飛千里郵。其色白如霜，稱我雪滿頭；其氄深而温，勝于姹女柔。我乃招縫人，配以朝霞紬。鍼袵一以畢，吃吃笑不休。我本陰重客，而兼陽虛侯。常苦軌寠累，敵寒如敵仇。忽然毛羽豐，堅冰吾何憂。縱與狐貉立，不忮亦不求。曹交九尺身，晏子三十秋。俱蒙使君管，春風生衣襟。昔者輕裘共，聖門稱仲由。又聞曹夫人，官綿貽楊彪。較此將毋同，高情尤綢繆。報君無寸芹，勉君敢一謳。願持羔羊節，善把魯民鳩。願推白傅心，長裘覆九州。會見五袴相，賢名重山丘。

湘山子四十歲索詩

道藝無二理，所貴非名高。苟能息之深，神解同超超。延陵湘山子，風骨含孤標。身爲孔顏徒，庠序推英髦。更兼岐扁術，湯液回枯焦。我有小妻疾，尸厥形神消。自分無生理，巫祝紛喧呶。君能奪之還，白日走夔魈。我又偶病臂，徹夜常呼謈。君來排羣醫，道此非虛枵。但使氣宣流，脈絡當自交。果然勿藥喜，攫網如生猱。今年君四旬，華堂介春醪。寄聲索我詩，一曲當雲璈。且曰勿言醫，醫恐庸人嘲。我乃大嗢噱，所見何拘膠！昔者女媧氏，醫天將石敲。更有軒皇來，醫地斷六鰲。羲和能醫歲，陰陽四序調。夏禹能醫水，民居輟窟巢。堯舜醫盛世，薰風吹鬱陶。湯武醫衰世，太白揚旌旄。周孔醫萬世，烝烝文治昭。醫日必伐鼓，醫山必禁樵。醫暍必藏冰，醫潦必登蛟。古之大神聖，誰非醫中豪？而況岐扁術，其權勝夔皐！夔皐不遇時，窘束無寸勞。岐扁縱賤貧，觸手皆恩膏。不見無且囊，猶撼荆軻刀。所慮偶失之，常射不中招。九折臂易耐，十全功難要。喜君正盛年，嶽嶽而囂囂。清矑窾瘢結，孤詣通烟霄。診脈如鑄鼎，神姦無遁逃。難經八十篇，分寸釐忽毫。一一學巧屠，骨節俱搜牢。用藥如用兵，決戰鬼門鏖。本草三千味，擂引毒熨燒。運用得所宜，何敵不可梟？從此再精進，析理窮牛毛。仁術本仁心，勿吝更勿驕。濛濛黃土人，誰非吾同胞。四十尚如此，五十寧可料！神農且仰企，化人且遊遨。人壽君所與，君壽天難操。笑彼東方生，踸促偷蟠桃。

三月六日夢尹文端公

已絕人天路不通，無端昨夜坐春風。離離燕寢清香在，欵欵慈雲笑語同。白髮三更紅燭短，黃雞一唱絳帷空。莫嫌夢境迷茫甚，到底今生又見公。

答似村見寄

一章詩抵萬瓊琚，雒誦風前恨有餘。遼左雁行齊返否，相公馬鬣近何如？諸公子葬親關東。春花又落同眠榻，秋雨還沉隔歲書。去年所寄挽章，猶未接到。甚矣吾衰君莫問，鬢絲兼不似當初。

聞樹齋提督九門壽賀以詩

郎君官拜執金吾，野老風聞膽亦粗。九扇天門新管領，六街赤棒正傳呼。那須當戶夸封爵，如此司閽信丈夫。料得心開還戲問，娶妻兼得麗華無？

以竹葉粽餉客分賦一詩

山裹行廚事事新，楚臣遺製更清芬。承筐擬造青精飯，采葉剛逢孤竹君。五月端陽菱共小，一章華黍笛先聞。諸公爏笑便便腹，不嚼紅霞嚼綠雲。

尤貢父以歡喜團兒餉再與諸客分賦

蒙贈吳王珠滿簞，離離擎出水精盤。耳邊歡喜名先好，世上團圞物亦難。亞飯宛同雲子白，賞花宜對繡毬看。嫦娥似斸如規影，柳外吹來月一丸。

三伏

空山三伏閉門居，衫着輕容汗有餘。却喜炎風斷來客，日長添著幾行書。

謝南浦太守贈芙容汗衫雨前茶葉

夫容裳賜野人家，當作吹綸敢拜嘉。周勃永教無浹背，西施何必浣輕紗？解襦粒粒珠猶濕，束甲層層暑不加。吩咐柔荑好裁剪，晚風披看白蓮花。

四銀瓶鎖碧雲英，穀雨旗槍最有名。嫩綠忍將茗椀試，清香先向齒牙生。書交柏葉仙人寄，味比江城太守清。好色相如最消渴，被公知道舊風情。

七夕後三日尙衣局寅公過訪山中賦詩奉餉

肯移八座訪墻東，雲外旌旗柳外紅。涼意帶來車上雨，香心同對藕花風。彈碁子響千峰上，論事情深一笑中。忘是尊官忘是客，杯盤草草竟留公。

贈李郎

郎爲尹文端公從者，別七年矣。入山感舊，與至書舍，檢文端公手迹，皆郎當年所持來者，於邑不已，因口號三絕句贈之。

未入門先兩眼紅，知卿感舊意忡忡。十年重到前遊處，可是山中是夢中？

風臺月榭幾回新，世事滄桑那可論。一個漁郎比前老，桃花相見也消魂。

上相當年賜和章，是誰騎馬替傳將？而今同啓紗籠看，一紙雲烟淚萬行。

例有所避將遷滁州留別隨園四首

不敎朱邑祀桐鄉，看過梅花便束裝。頗似神仙逢小劫，敢同佛子戀空桑！葛洪行具書千卷，顧凱雲烟畫一箱。泛宅浮家隨處好，只憐白髮有高堂。

卜築隨園事偶然，風光冉冉竟華顚。池開平地都成浪，手插楊枝半拂天。九曲房櫳雲宛轉，三春士女影蹁躚。生憎一片桃花水，留住漁郎二十年。

故鄉回首夕陽斜，擬賦歸歟百事差。西子湖邊無瓦屑，醉翁亭下有桑麻。休移銅狄先垂淚，拚捨河陽再種花。仙鶴郊迎鷺鷥送，詩人從古愛遷家。

搖鞭不待管絃終，此意分明達者同。去住我原羈旅客，湖山誰是主人翁？看花有福三生定，成佛無難一念空。吩咐青溪江令宅，年年管領託春風。

送李竹溪太守還河間

木正淸霜水正波，故人白髮走關河。官雖捨去留名耳，別亦無妨奈老何！班馬長鳴還小住，河梁同上各悲歌。九原泉路交期在，切莫臨風涕淚多。

和簡齋同年送行韻

李棠

奮身炎海出風波，重訪園林泊上河。舟泊上河。君是傳人原不朽，我將終老定如何！相看白首應初服，便對青山大放歌。留得此身強健在，管教後會比今多。

遷滁不果

欲去重回棹，還山又看春。想緣因果在，前世六朝人。

夢醒

槖槖更何促，沉沉夜未央。金燈紅漸淡，也算小斜陽。

晚菊和蕉泉觀察韻

千紅萬紫盡飄流，開到寒花歲已周。晚節不嫌知己少，香心如爲故人留。影搖落葉東籬短，簾捲西風小室幽。白髮淵明誰作伴？一枝黃雪滿庭秋。

斷霞殘月兩相妨，裊裊輕烟澹澹粧。九曲燈屏難寫照，一生風骨不知霜。性甘寂寞香才久，夢醒繁華壽更長。收取落英充晚膳，山妻早製鎖雲囊。

程南耕八十歲索詩

江城深處有神仙，客罷公侯隱一廛。口嚼紅霞年八十，手編青史卷三千。先生修明史，耳聾。不妨耳冷人間事，原自心遊物外天。知道賓王諸奏稿，早隨寶唾付雲烟。

野人廿載賦閒居，得接芳隣慶有餘。見面預安雙管筆，每相見以筆代口。焚香常捧一函書。黃梅照酒香雖冷，葭管飛灰日漸舒。豈獨添籌兼問訊，啓期三樂更何如？

戊寅春失玉履一隻己卯秋得之賦詩紀事今冬又失去

曾續鸞膠十五年，者番重別更飄然。想因刻作雙鳧樣，故爾長飛小雪天。去似逃奴偏結伴，履外兼失鞾匝九件。佳非丹犬竟成仙。老夫一笑渾閒事，何處廊鞋不踏烟？

席上贈楊華官 郎小字華官，沈文慤公字曰澧蘭。

一曲歌成楊白花，生男從此重楊家。泥金替寫坤靈扇，當作三生繫臂紗。

幽情眞個澧蘭如，前輩標題字豈虛。檢點侍兒小名錄，不禁腸斷沈尚書。

美如任育兼看影，清比荀郎似有香。禁得風前訴幽咽，華清閣下咏霓裳。方演長生殿。

三月六日作 有序

金姬小妹鳳齡鬻閶門爲女奴，余贖歸之，年才十四，巧笑流麗，有依姊而終焉之志。余老矣，不欲爲枯楊之稊，爲擇少年郎嫁之。臨行泣下，余不能無情，乃作是詩。

香山那忍遣楊枝，也費燈前十日思。紅杏太嬌春色小，白頭如許夕陽知。比肩美玉看原好，入手明珠去恰悲。寂寞蕭蕭背花坐，避他含淚上車時。

移竹

移取琅玕三五枝，半遮樓閣半臨池。佳人倚袖寒猶薄，高士還家醉不知。要識虛心隨處好，莫矜晚節出山遲。瀟湘帝子淇園客，忽捲疎簾某在斯。第三句一作「碧鸞搖尾聲先到」。

乞花

但見紅粧意便傾，狂言忽發紫雲驚。鶯啼樹上非無主，春在人家倍有情。解語定教回面笑，聞香先自出門迎。平生風骨峻嶒甚，每到低頭總爲卿。

前二首學士盧公課士題也嫌諸生詩于移乞二字未甚刻劃見余此作曰老阿婆壓倒少年矣乃重賦兩章博馮婦下車之笑

柯亭昨夜雨淒淒，閒倚闌干待鳳兮。無物可醫人世俗，有君便覺女墻低。龍孫族大分宜早，玉笋班新立不齊。可奈山風欺乍到，一竿吹仄杏花西。移竹

偎紅倚翠久蹉跎，忽唱丁娘十索歌。擬欲分香學韓壽，轉將割愛勸維摩。春非買得開應少，物是求來寵更多。灑掃園林安置酒，待他蜂蝶也奔波。乞花

盧學士書來乞花盧壬申殿試第三人也寄詩調之盧亦余戊午同年

一紙瑤華芳訊通，探花郎作乞花翁。瞯心蕊榜人猶在，回首瓊林夢已空。難得衰年同臭味，願將小草贈東風。只愁桃李門墻滿，未必殘春在眼中。

有恨

老夫最識花情性，折得花先贈少年。豈料將花投苦海，不如拋擲路旁邊。

讀胡雲坡觀察貤封嫂氏奏疏有作

唐代韓侍郎，爲嫂服制期。其禮以義起，相傳古所希。峩峩觀察公，行事遠相師。奮乎百世下，高風冠等夷。身膺三品封，慷然有所思。揮淚草奏章，九拜陳丹墀。曰臣有寡嫂，撫臣如母慈。臣生而孤露，遭家不造時。椿萱相繼亡，棠棣先後摧。千鈞懸寸髮，一嫂一孤兒。兒未落齔齒，嫂爲哺淖糜；兒裁脱文褓，嫂爲製裳衣。馬鬣嫂爲封，蘋蘩嫂爲尸。傳經嫂辟咡，授室嫂扶持。倘無臣嫂在，臣身不可知。臣今逢覃恩，乞爲嫂氏貤。例雖格外破，恩從天上施。聖主聞惻然，不復廷臣咨。特詔如公請，黄封旁午馳。頃刻紫泥章，煌煌華表垂。行人過之嘆，閭里賀者窺。嫋孀喜相告，茹荼如甘飴。百姓興於仁，孤稚咸嬉嬉。從前旌節孝，綽楔施門楣。于今封命婦，褘翟耀宗祠。賤子讀公疏，涕下如綆縻。感觸天人理，爲公前致詞：周易六十卦，盈虚消長機。積善有餘慶，專難旦夕期。苦節終乃甘，理不差毫氂。而况非常恩，必有所自基。水非源不流，木非根不滋。在昔宗伯公，易學探深微。上殿講河洛，屢頷先皇頤。甘盤雖舊學，伏生已年衰。惟其畜者厚，是以發之遲。天將生我公，先生嫂撫之。在嫂非望報，盡其分當爲；在公非沽名，行其心所宜。懿哉盛德事，相映彌光輝。願公持此心，即以佐明治。推廣一家仁，遠爲萬民貽。潛德闡其光，孤寡拯其危。會見皐夔業，千秋仰巍巍。

哭聽娘

曾以專房受重名，一朝緣盡夜三更。少姜不作旁妻待，長姜原兼舊雨情。難向空王問因果，早知薄福是聰明。韋郎兩鬢衰如許，就使重逢已隔生。

記得歌成陌上桑，羅敷身許嫁王昌。雙棲吳苑三秋月，並走秦關萬里霜。纔是手調才有味，話無心曲不同商。如何二十多年事，只抵春宵一夢長？

巫山雲影竟銷沉，神女遺蹤尚可尋。侍疾不教衣帶緩，看書常伴燭花深。諸姬學禮推前輩，中饋參謀費苦心。爭奈妙蓮花少子，半生枯坐淚淫淫。

無端骨瘦似香桃，霜裏紅蘭質易凋。攬鏡自知無藥救，呼巫還望有魂招。零星簪珥生前散，約略容顏病後描。千遍叮嚀萬回囑，莫教孤冢草蕭蕭。求祔葬先塋之側。

揚州秋聲館即事寄江鶴亭方伯兼簡汪獻西

白門遊子醉華筵，五月邗江細雨天。難得風人招酒士，萬花叢裏小遊仙。

梨園人喚大排當，流管清絲韻最長。剛試翰林新製曲，依稀商女唱潯陽。苕生太史新製秋江一闋，演白司馬故事。

惠郎嬌小影伶俜，嚦嚦歌喉隔畫屏。好似流鶯囀高樹，不教人近只教聽。

雲鬢婀娜繡裙斜，素手彈箏客不譁。一個吳娘風調好，當他二十四橋花。

後堂雜戲影橫陳，覆鼠籠鵝伎更新。記得空空傳妙手，幻人原是女兒身。

首坐開元白髮翁，涉江無路采芙蓉。多情幸有汪倫在，代指巫山十二峯。

雌雄風急夕陽遲，未聽秋聲鬢已絲。露下櫻桃燈下柳，教人各自惹相思。

回首青山隔暮潮，一雙蘭槳送歸橈。班班衣上香痕滿，都是揚州酒未消。

聞魚門吏部充四庫館纂修喜寄以詩

文思天子搜遺書，子以文名領石渠。士安不用借五車，鄉嬛福地張華居。憶昔蛩蛩附駏虛，兩家簡牒爭搜儲，愛而不見心瞿瞿。一朝去我翔天都，明堂大開招羣儒。青藜太乙僊僊趨，四千年物盡輓輸。朱文綠字體製殊，龍威玉牒玄皇符。漢唐所少元明無，咸集舜陛來堯衢，西山光芒燭太虛。子與蘭臺諸大夫，雙眸一串牟尼珠，部居別白分錙銖。縱難讀盡在須臾，但觀大略亦足娛。有如餓腹餐天廚，朵頤未動口欲呿。又如大海遊鱏魚，恣汝屬饜樂有餘。問誰有此遭逢歟？領百萬軍恐不如。我猶未免爲鄉愚，聞見狹隘探索疎，側身西望空嗟吁。不能從子爲書奴，但願抄其目寄予。俾得約略知些須，此身不負生唐虞。

雜書三絶句

鷺鷥立釣磯，猶自理毛衣。緩步向前去，試他飛不飛。

秋星淡孤燈，霜葉下涼雨。萬籟寂無聲，磚縫一蟲語。

半夜忽驚醒，無言心自嘆。今宵霜降矣，忘却護幽蘭。

自贈

一個飄蕭桑苧翁，焚香掃地住墻東。有花招客身難隱，無力圍墻棗盡空。不飲已經成半士，養親兼可傲三公。只愁朝夕編摩慣，書卷如兒要送終。

箴作詩者

倚馬休夸速藻佳，相如終竟壓鄒枚。物須見少方爲貴，詩到能遲轉是才。清角聲高非易奏，優曇花好不輕開。須知極樂神仙境，修煉多從苦處來。

節母詩爲淮安陶太守作 有序

太守名易，文登人，母呂氏寡居，易以從子嗣。家故貧也，冒雪採薪，爲枯株所戕，指血涔涔然，夜輒煨芋魁，誘易讀書。易貴後，狀其事索詩。

東海慈雲擁絳紗，長沙太尉舊人家。恐將銀管千枝筆，難寫靈萱一樹花。

黃鵠飛飛翼早乖，孀嬬爭不赴泉臺！螟蛉裁抱尊章老，了却君家事再來。

烏啼月落夜窗空，親授兒書讀未終。試看採薪風雪裏，阿娘手爪爲誰紅！

隣家聞有賣兒人，施與裙釵替贖身。誰道梅花風骨冷，一重冰雪一重春。

兒今五馬領淮南，望見蹲鴟淚便含。記得當年煨蘊火，膝前賜與十分甘。

風詩唱偏魯陶嬰，天上金章幾度旌。寄語世間諸母氏，佳兒不必自家生。

和南浦太守產鶴詩

聞說生雛鶴，亭亭畫檻東。似添兒女累，長使稻粱空。浴羽憐初白，銜花弄小紅。遙知翁與子，對舞一天風。

仙種君家度，君詩分外清。乘軒夸兩代，取箭記三生。喬梓高低映，鸞凰大小鳴。黃堂眞綠野，一片九臯聲。

以錦雞贈鶴主人繫之以詩

山雞棲慣舊山梁，忽把雕籠獻畫堂。怕向荒村藏錦繡，教陪太守耀文章。臨行代刷新毛羽，入座休驚小鳳凰。寄語羊公諸鶴伴，朋來自遠莫參商。

九月十七日蔗泉觀察招同人賞菊分得七古一體

蔗泉先生事事雅，手握菊花秋滿把。替花作主招酒人，也須人淡如花者。捲起湘簾錦作堆，黃雲紫雪何葳蕤。花密不妨人亦密，九客團團坐打圍。高燒銀燭將花照，人影花容同一笑。水近秦淮氣自清，風來小苑香尤妙。先生嘉肴纍纍陳，甘脆不數仙家珍。齒決未終頤又朵，一時忙殺餐英人。陳郎十七美無比，分明月桂小兒子。郎父名桂官。佳人兩代貌依然，賤子傷心吾老矣。街鼓鼕鼕漏漸長，月華照見車上霜。我辭花出向花語，願與先生同晚香。

題王嶰谷明府秋林遺照

壬申歲五月，余遊華嶽山。道逢王夫子，新交如古歡。遇險輒相扶，逢奇必共嘆。君至青柯坪，崎嶇怯路難。余勇上二里，亦復自崖還。出所娓鴨臛，佐我盤中餐。歸宿華陰署，張飲重盤桓。嗚呼二十年，春夢久闌珊。何圖夫子容，重向畫中看！呼之如欲出，卽之骨已寒。老淚不能忍，落紙先斑斑。

畫中何所有，湘水三間屋。疎簾乍捲開，萬木一齊綠。先生梯几坐，攜書此中讀。聽鸛唳烟霄，呼童理花竹。如此十年餘，娛老亦已足。人言君達者，勇退返初服。我道君循吏，賢者而後樂。非有龔黃勳，難享神仙福。請觀世公卿，誰能遂此欲！

生前一見緣，前生必有以。死後一見緣，賴君有賢子。公子抱異才，觥觥有文理。醫術奏彤廷，上方賜文綺。偶作白下遊，遠棹長江水。抱圖索我題，謙執子姪禮。知君在泉臺，聞之心必喜。不喜賤子名，得留君紙尾；喜昔華山朋，依舊相扶倚。他日九原逢，一笑可知矣。

黃昏

深春客散掩柴門，覓句閒行綠淨軒。夕照已沉燈未上，最無聊賴是黄昏。

古墻

古墻庭院角，經歲樹陰遮。幽絶無人見，青苔作小花。

雨花臺懷古

大梁皇帝講經坐，三十六天雨花墮。無遮大會萬萬場，斷髮焚身舉國狂。羣臣彌月亡所天，迎鑾三到蒲團邊。皇帝贖身身價貴，一百萬億青銅錢。麵作犧牲供寢廟，衣裳不剪飛禽貌。可惜慈航度跛奴，滿殿血流僧不掃。一聲鐘打六朝空，青蓋黄旗盡捲風。單于宮與昭陽殿，同在寒流滅没中。

小倉山房詩集卷二十四 甲午乙未

新正七日孔南溪太守來隨園即事有贈

春正東風柳正舍，故人五馬忽停驂。關心宦海尋耆舊，屈指晨星只二三。九十慈親扶杖見，兩行稚女學庭參。同年直用家人禮，蔗味從來老最甘。

山裏房櫳九曲成，耆番把手更同行。穿林白髮烟中語，帶雪紅梅水上迎。淸福偶然歸小隱，交情如此亦前生。別君未盡思君意，聽我胥江打槳聲。

題陶太守東井品泉圖

晉之土，五施平；晉之泉，冽以淸。無人能取之，往往羸其瓶。一解。東方千騎，忽來陶君。授舍輿氓，童冠如雲。執經問難，簇簇相看。君爲辟呫，舌燥脣乾。二解。乃取耆筮，得卦之井。曰伯益所作，利民最永。鑿之扣之，勿短其綆。三解。一朝竅源，萬斛滃然。且甘且鮮，照影蹁躚。考唐人水部，三億三萬三千，無此一泉。四解。皤皤父老，槃散行汲。粲粲門童，洊至講習。高梧之旁，碧峯之側。牽繩者僂，煑茗者啜。民曰聖水，士曰敎澤。五解。

昔有束先生，請天三日甘雨零；今有陶刺史，掘地七丈得泉水。千秋兩賢人，先後濟其美。六解。口傳懼訛，碑鐫懼磨。民愛云何，爰繪井圖，君子作歌。七解。

同桂郎尋春儀徵泊舟燕子磯有懷熊蕉泉觀察賦詩却寄

六十明年届，三春敢不遊！閒情拾芳草，打槳下眞州。柳絮風初軟，桃花水亂流。日長人渡緩，蕭寺且勾留。

小字桂枝仙，錢郎劇可憐。肯歌周史曲，同泛鄂君船。挽手勝扶杖，吹簫屢拍肩。妙蓮花不染，恰是並頭眠。

燕子磯邊泊，黃公罏下過。摩挲舊碑碣，惆悵此山阿。山有尹文端公勒石詩。短鬢皤皤雪，長天渺渺波。江神如識我，應送好風多。同年裘文達公自言爲燕子磯水神。

江左熊觀察，當今白傅才。別來才兩日，相憶已千回。步月筇應健，看花眼可開。公病後，足跛目盲矣。瑤華託誰寄，仍遣玉人來。倩託桂郎帶回。

蘇州彭芝亭大司馬招飲西園奉呈三首

神仙丰骨鶴精神，天遣長扶大雅輪。七十高年雙黑鬢，兩朝元老一詩人。亭臺點綴昇平景，魚鳥追隨獨樂身。閒倚雕欄思往事，百花頭上有餘春。公丁未第一人。

乞身疏廣久懸車，聖主頻頻問起居。立雪公卿千里至，趨庭仙佛一家俱。公次子官侍講四子奉佛。龍門高比諸天上，鉛槧勤于未仕初。聽説鄉隣齊側耳，書聲夜夜老尚書。

野人弱冠識歐陽，彈指于今四十霜。學禮早從周太史，渡江先拜魯靈光。受知貧賤恩尤重，共隱林泉味更長。願借西園一杯酒，後生前輩話滄桑。

寒山觀瀑布旁有少年奇雅郭姓名淳字元會吳下諸生也談久誤易其扇歸次日見訪乃題兩絶句而還之乾隆甲午三月十九日

流水聲中問姓名，寒山影裏序平生。多君玉立亭亭態，可是東京郭子橫？

取看紈扇置懷中，忘却歸還彼此同。搖向花前應一笑，少男風換老人風。

四月四日保穊堂朱立齋兩參戎常東湖楊鏡村兩明府相約看花雨阻不至戲寄二首兼贈芝仙校書

誰挽銀河種玉蓮，橫塘一路水如烟。小車迎得靈妃步，不是雲仙是雨仙。

孤負蘆齋酒一卮，將軍令尹盡來遲。如何舉世看花眼，不看人間第一枝。

留別南溪太守

年年吳下往來頻，此日登車屢看身。分手漸難垂淚易，大家都是六旬人。
平生筆墨等塗鴉，底事知音有伯牙？千幅魚箋書不了，教儂手腕脫君家。
斯人風骨最崚嶒，霜肅南衙冷似冰。爲款三生狂杜牧，幾宵花影漾紅燈。
愛屋由來更及烏，金錢頒賜到輿夫。問君一勺廉泉水，除我曾分別客無？
已授車轄井闌邊，更縶驪駒薄暮天。臨去故人如落月，得留一刻也欣然。
十年不召老淮陽，宦海升沉莫慨慷。一個蘇州韋太守，至今名姓壓侯王。

桂郎歸後是夕客寓憮然不能成寐

春未歸時花已歸，落花那識晚春悲！分明一檠燈前坐，斗覺寒生恰爲誰？
浮生聚散苦情多，五日纏綿奈汝何！今夜江城月如雪，玉人何處一聲歌？

吳門返棹曹郎玉田倣桂生故事送余京口

不肯離花過一宵，花迎花送兩回潮。桂枝月下香才謝，玉樹風前影又飄。何必吳娘夸打槳，但逢子晉便吹簫。笑儂雅抱生春手，到處鸞絃續斷膠。

輓太傅錢香樹先生

卿雲舒卷自丹霄，魯殿靈光影忽凋。無復東南稱二老，有誰簪笏歷三朝？爽鳩早正秋官席，威鳳仍賡虞帝簫。此日哀榮人世畢，海天兜率更逍遙。

未老先懸七十車，江湖魏闕意何如。密修寒朗祥刑疏，不上公羊斷獄書。風貌九重圖影後，溪山一片晚香餘。傷心蓬島騎鯨去，天語猶聞問起居。

百年大雅獨扶輪，筆下龍蛇紙上春。一品集成傳海內，五湖花好稱吟身。朝無燕許傷前輩，家有韋平慶後人。想歷恆河千萬劫，鶴歸華表尙精神。

記泛扁舟碧海東，自提行笈學登龍。九河不棄蹄涔水，一面曾欽泰華峯。看和聖君新筆墨，聽談仁廟舊儀容。而今回首都成夢，又隔人天萬萬重。

牡丹花絕少並頭者眞州吳園忽有此瑞三月八日副使張東皐招同賞宴爲倡公讌詩一章而別贈花三絕句

尋春古眞州，無春雙目閉。春恰知我來，開花比常異。賢哉張大夫，指我看花地。追尋辟疆園，遍歷維摩寺。車小穿林幽，草深得路細。果然鼠姑花，雙開色奇麗。其旁仙種多，環立擁霞帔。送客出紅雲，分香入酒氣。昔聞韓魏公，金帶表花瑞。君今宰相家，花也如相示。兒女合歡心，陰陽調燮意。遠鐘一以鳴，嘉賓亦既醉。我呼東下舟，不借南衙騎。如別華鬘天，惛惛下塵世。人花兩難忘，作詩當作記。

並頭牡丹詩

兩枝春作一枝紅，春似生心鬭化工。遠望恰疑花變相，殉央閒倚采雲中。
讀罷清平三首詩，此花猶未解相思。想因移種長生殿，便學人間連理枝。
各抱芳心兩不降，飛來蝴蝶也成雙。老夫根觸團圞夢，底事單身又渡江？

秦淮小集招揚州女校書王氏爲藍公子酹飲越三日公子入山問卜妾故事方知彼妹已登箎室黯此遺際各賦催粧

邗上女兒白袷衣，青溪公子踏青歸。相逢一笑偶然事，頃刻落花天上飛。
家本瑯琊大道王，一雙眸子截秋光。比肩不笑妾身短，挽手愈憐郎意長。校書着衫才二尺許。

折柳何須問舊條，小星婚禮要人教。開箱乞與官奴帖，筆筆泥金照樣抄。

淮水盈盈綠正酣，兩家同住板橋南。桃根迎接開門是，不待終朝已采藍。

十三樓事久蹉跎，冷落尙書却扇歌。今日瓣香郎努力，有人想作小橫波。

風月平章老去身，年來藏手便成春。只緣遊得天台倦，看見桃花指向人。

吳下歌郎吳文安陸才官供奉大內已有年矣今春爲葬親故乞假南歸相遇虎丘略說天上光景且云此會又了一生余亦惘惘情深淒然成咏

宜春苑裏歸來客，三十年前識面多。絕代何戡都白髮，貞元朝士更如何？

握手臨岐話再逢，淚痕吹下虎丘風。自言身比天花墜，一到人間一世終。

題梁景山畫竹送往和州

景山先生春滿手，筆底烟雲無不有。畫石能移泰華來，畫泉能使波濤走。隨園有絹二丈長，先生爲寫千篔簹。頃刻堂上綠成海，疑有么鳳隨風翔。畫畢匆匆辭我去，云將采石磯邊住。欲取長江作硯池，好教萬象歸毫素。果然高士自不羣，人間偪仄難棲身。看他來去飄然意，便是瀟湘水上雲。

送座主大廷尉鄧遜齋先生還蜀

海內年來只一師，又聞予告作西歸。六旬晚景人難別，萬里川江鳥怕飛。廷尉清卿行色冷，開元初載老臣稀。絳帷絲竹程門雪，再說今生事恐非。

記得初來拜後堂，桂花香裏綠衣郎。此時期望心何限，自覺韶華海共長。漸漸黃門雙鬢白，蕭蕭陸氏一莊荒。祇今送別酬恩意，剩有衰年淚數行。

鳳齡嫁某郎半年爲其大妻所虐雉經而亡余悔恨無已賦十六韻哭之

萬悔眞何及，千牛挽不回。總緣吾負汝，轉使愛生災。遠把文姬贖，權爲弄玉媒。私情阿姊問，密意舉家猜。花不嫌春老，根思傍舊栽。自慚黃髮短，未稱紫雲陪。妙選乘龍婿，偏招駑馬才。妬妻威似虎，魔母令如雷。鬢上環簪卸，房中膳飲裁。淒淸同病蝶，呵叱過重儓。鳥急籠應放，魚驚網莫開。終年芳訊斷，一夕惡聲來。弱燕空梁墮，孤芳猛雨催。

早知投苦海，悔不嫁哀駘。返壁心猶在，憑棺念始灰。伯仁由我死，羞面見泉臺。

題童二樹畫梅

童先生，居若耶，一隻小艇劃春綠，一枝仙筆畫梅花。畫成梅花不我貽，遠寄瑤華索我詩。我未見畫難詠畫，高山流水空相思。吾家難弟香亭至，口説先生眞奇士。孤冷人同梅樹清，芬芳人得梅花氣。似此淸才世寡雙，自然落筆生風霜。杜陵旣是詩中聖，王冕合號梅花王。愧我孤山久未到，朝朝種梅被梅笑。如此千枝萬枝花，不請先生一寫照。

送雲坡觀察遷少司寇入都

一行丹詔下雲中，士女攀轅拜下風。知道朝廷需魏相，可堪東海去于公？看山走馬秋逾好，破格遷官眷最隆。内外祥刑都管領，總緣民命廑宸衷。

今春三月掃門時，得見烟霄海鶴姿。霜肅南衙朝折獄，尊開北海夜論詩。卿雲此日還朝宁，大雅何人更主持。頭白袁絲知己少，再來吳下倍相思。

去年九月十七日同蕉泉觀察賞菊有詩今年重到此期而觀察已亡十日撫今傷往泣弔四章

又到黄花節，誰將白髮招？傷心追往事，同醉是今宵。窗影燈仍照，衫痕酒未消。如何凋玉樹，繐帳雨蕭蕭！

十五登科第，三朝舊世家。軍機參密勿，旌節擁長沙。早貴身原弱，多情壽自差。一場春夢短，風捲鏡中花。

歸隱秦淮好，關門種薜蘿。病猶勤拜起，貧不廢笙歌。僕喂花間飯，兒扶月下坡。今朝捲簾處，遺像對烟波。

山翁知己少，動輒舉君觴。正擬千場醉，俄驚一笛霜。無人同笑語，有壽益淒涼。爭免衰年泪，相思便數行！

山中行樂詞十二首

門外豈無事，山中只有書。一篇小園賦，半世好家居。楊柳風前榻，梅花雨後車。意行隨所適，不樂復何如。

怪石堆三品，新隄造六橋。草堪供鹿砦，萍足養魚苗。摘蕊求花大，開池便櫓搖。客來茶不設，甘露在芭蕉。

萬竹立門外，一家藏綠陰。欄干三四曲，樓閣幾重深。雲影淡搖鏡，壁風時弄琴。嗜嗜窗外鳥，也學短長吟。

九十高堂壽，千燈上下張。環山生火樹，搖水動珠光。隔岸笙歌助，傾城士女狂。此時一杯酒，眞箇紫霞觴。

十二紅絲硯，輪流侍主人。分班常賜沐，着手便成春。作楷門生代，袪塵小僕頻。爲他閒不得，連日召龍賓。

涉世無成見，隨吾杜德機。書多讐校嬾，花密剪裁稀。捲袖常汚墨，迎賓忘着衣。公卿與寒士，來者便依依。

白鶴一聲語，青天半夜風。夢從秋後短，詩向枕邊工。隔夜硯常濕，曉窗燈尚紅。是誰來拭几？知我讀書功。

九曲琉璃屋，玲瓏影莫分。湘簾千竹映，詩卷萬花熏。髹几新襄樣，雲罍古篆文。不知陳榻上，留宿幾重雲！

何物供閒戲，圍棋亦偶然。買碑爭舊搨，染筆試新箋。食品何曾纂，茶經陸羽編。搜幾奇僉志怪，俱是小游仙。

客來無底事，開口便談花。解珮長千里，吹簫阿子家。山深春不老，風好月難斜。幾個人間叟，如儂度歲華？

無兒家累少，稚女戴男冠。畫賞過時賣，琴閑借客彈。非禪心更達，勿藥體常安。靜裏尋忙事，巡簷數竹竿。

一望参天柳，都從手植生。樹猶先我老，心合比秋清。鄭重分陰惜，編排著作成。劉伶休荷鍤，門外卽先塋。

晚登清涼山

上山訪僧僧寺鎖，孤亭荒荒紅日墮。萬家炊烟直復斜，幾行雁字右復左。長江半向樹梢出，石罅盡教落葉裹。怪他啼鳥盡驚飛，惟有白雲不讓我。

客來

深秋萬木凋，一花不著樹。客來道有香，主人不知處。

上渤海相公二十韻

不到艱難際，安知柱石功？黃流還故道，赤子廑宸衷。隻手銀河挽，兼旬板築終。單車來水上，萬口活溝中。命向龍宮奪，春回黍谷窮。堤方歌瓠子，甲又起山東。半壁金湯重，三江鐵騎雄。帝敎擒白賊，公自挽雕弓。渭野勞諸葛，彭城臥老熊。刀光千里雪，旗影半天虹。傳箭妖星落，鳴甄羽葦空。亂時須重典，雪後要春風。韜偃干戈畢，安排米粟豐。孳孳勤哺啜，漸漸轉疲癃。更把潘屯鑿，長看挽運通。開潘家屯引黃水運漕。救時眞魏相，活國賴姚崇。令子秋闈試，泥箋姓氏紅。九公子廣德新舉京兆。總緣隆世德，默眷自蒼穹。喛律新陽轉，稱觴往事同。銘勳兼祝嘏，稽首指崆峒。

簡齋印 有序

湖州淘井得銅印，鐫「簡齋」二字，陽文，深一米許。宋蒙泉明府以余字偶同，遠寄相遺。按宋史，陳與義字簡齋，曾刺湖州，此印當是陳公故物。喜紀以詩。

我非長卿才，敢竊相如字。或者蔡邕生，卽張衡轉世。先生銅篆文，向我肘後存。較勝王半山，突然爭一墩。篆古銅沁綠，逢箋押滿幅。竊馬與盜符，何由知非僕。頗疑先生靈，有意留贈我。不信請觀詩，心心相印可。

攬鏡

朝來攬鏡不覺惱，袁絲袁絲汝竟老。面色斑爛似凍梨，鬢毛飄颯如蓬葆。記否當年試殿中，王侯簇簇看終童。金蓮歸娶西湖月，玉節臨民滄海東。爾時只道長年少，老隔鴻濛永不到。誰知清晝六時長，漸漸晨光變夕陽。朱顏綠鬢去無迹，老似奇兵遽相逼。我未分明鏡已知，強夸矍鑠終何益。擲鏡啞然笑向天，大書綠字焚霞箋。不求藥，不求仙，只求還我當初美少年。

沈凡民葬南門外湯家窪因其無兒爲權墦祭傷宰樹日盛而予年日衰書此以告凡民

君葬十三年，我來如一日。君墳松益青，我頭髮愈白。離離束芻陳，脈脈紙錢焚。從來友朋意，轉比子孫眞。一事君知否？我年五十九。再來恐不多，多斟一杯酒。酒滴棠梨花，驚飛雙老鴉。似代君作答，向我啼啞啞。

喜悔軒太守從淮安調任江寧

金陵新太守，東海舊騷人。郡領三江首，花看六代春。一陽回暖㵎，五馬駐雕輪。知道神君到，風先掃路塵。

八月黄河決，淮城浪幾重。扁舟援士女，赤手鬭蛟龍。局定肩才卸，民蘇力已慵。青溪此間好，安穩采芙蓉。

作吏談文藻，高風久寂寥。得公扶大雅，如鳳下丹霄。白傅西湖棨，東坡赤壁簫。心香留一瓣，千古暗相招。

先生來恰晚，賤子早歸田。記得庭參日，于今三十年。白頭雲外影，紅燭畫堂烟。此後追隨處，公餘吏散天。

見太守案上抄枚文字皆少年未定之作不知得從何處心爲赧然袖歸改削再呈而先以詩謝

南衙酒置一尊清，案上書翻兩眼驚。悔把文章留少作，竟教傳寫到公卿！花因早采香猶薄，琴是初彈手尚生。願學女兒再梳裹，他時相見倍傾城。

除夕

年年除夕側耳聽，爆竹聲聲直到明。今年除夕聽不得，雞唱一聲人六十。大撓甲子已删除，縱有光陰是羨餘。雞若相憐緩開口，依舊我還五十九。

雪橋十二韻

戲把三冬雪，裝成五尺橋。闌干雲母琢，坡級水精雕。有路瓊林近，無波洛浦遥。虹梁初臥地，銀海不通潮。踏恐青鞋汚，行宜素手招。弓垂形宛轉，鷺立影飄蕭。玉杵聲聲軟，蓮花步步嬌。斜陽烘反濕，涼月照難消。白盡禪僧足，高分碣石標。漸低疑地陷，小缺是風撩。冒險將扶杖，防鬆更築鍬。須知仙意冷，度世不終朝。

六十

六十華年轉眼更，萬般往事撫心驚。儘憑朝士呼前輩，倘有慈親喚小名。早到蓬山春夢短，老歸丘壑舉家清。他人祝我非知我，自疊雲箋寫一生。

卌載青溪奉板輿，揚雄文可似相如？安排歲月歸淸福，笑看雲烟過太虛。若肯經綸原解事，偶貪花竹竟閒居。年來剩有驕人處，九十萱堂萬卷書。

懸弧時節百花嬌，三月初三柳正飄。客采碧桃來插帽，天教黃鳥替吹簫。稱觴禮古儀文俗，扶杖身輕鬢影凋。寄語諸公休勸酒，醉人何必定今宵？

語兒亭上斷前因，想爲香山作後身。腰脚幸同猿鳥健，鶯花還比子孫親。百年再筭無多日，一代能傳有幾人？從此光陰倍珍重，高歌樂府惜餘春。

看梅鄧尉遊程氏逸園園主在山老人外出矣題詩留贈

平生擬造屋數間，前横莽莽水，後立蒼蒼山，奇花古樹左右盤。此景不可得，思之年六十。忽然鄧尉看梅花，梅花引我仙人家。入門勝景争迎面，頗似佳人驚乍見。一溪一石一房雲，百折千迴局屢變。案上何所有，龍威丈人幾卷書；階下何所有，金光瑤草三千株。初登清暉閣，再上騰嘯臺，清風颯颯吹麻鞋。西山翠屏插天起，太湖白浪升堂來。大魚喚向窗前語，高鳥飛從脚底回。我欲謝眞宰，拍洪厓，意中所結構，此處都安排。頭白始能到，自愧非仙才。留連片刻已覺心神開，居此一世之人何如哉！憶昔曾遊五嶽早，泰華奇峯都了了。到此低頭口語心，仙家别有嫏嬛好。公超遠出女婿迎，謂王郎。留我小住金華庭。白日已向扶桑沉，一羣蝙蝠來吹燈。揖别烟中心惘惘，山翁山翁何處訪？從來天際有眞人，不許相逢只許想。

在鄧尉憶家中梅花莞然有作

主人鄧尉看梅去，家中梅花開萬樹。舍近求遠如芸田，梅雖不言我自憐。歸來置酒向梅勸，勸梅莫作秋胡怨。君不見林逋終日不離花，花飛也到別人家。

重過蘇州褚園感贈主人

十年兩到習家池，池畔仙翁正索詩。風月亭臺添幾座，主賓鬚鬢白千絲。梅花尙識重來客，啼鳥難忘舊宿枝。樓上藏春樓下醉，許多往事上心時。

三月三十日金棕亭學博招同十八友人送春平山堂分體得六言絕句

學作惜春御史，公然國子先生。載酒廣陵城外，詩人十八登瀛。

作殿牡丹漸落，將離勺藥初芳。賴到平山作別，不然辜負斜陽。

我是白門殘客，也來此地摳衣。一片尋春心事，如何轉送春歸。

棕亭拉至潘孝廉家賞牡丹主人素不相識席間抗手知是張少儀同年女夫也分體得五絶二首

隨人看花去，直至花深處。誰知花主人，乃是故人婿！

主人擎巵酒，勸我吞紅霞。我亦祝主人，富貴如此花。

碧紗幮避蚊詩

蚊蝱疑賊化，日落膽盡壯。嘯聚聲蔽天，一呼竟百唱。如赴闤闠市，商謀抄掠狀；如起烏合兵，呀牙無主將。刺鼻便惹嚏，誤吞幾絶吭。作鬧已可憎，咀嚼更何況！我乃坐一室，方空作屏障。甘學幽閉女，將渠大庭讓。先之牡鞠熏，繼以虹竿颺。大索先十日，當作刺客防。風影再驅除，不容餘孽放。出入必徹行，往來先掃盪。果然別有天，徹夜安無恙。外陣雖營營，中心常蕩蕩。豈無狠藉者，勢孤神不王。餓久翅毰毸，未嘬身先喪。豈無耑妄者，肉薄爭相向。終隔一重城，敢近不敢望。我聞呂奉先，彈箏坐錦帳。甲士三十人，欲斫空惆悵。又聞宋南遷，爲避金主亮。幅員雖蕞爾，湖山且跌宕。世事無大小，安身爲上上。笑我亦雕蟲，未肯蟲腹葬。一升墨水餐，三世人血釀。廣記：三世人身血，惟洛陽葫蘆生耳。彼雖禁臠看，我已蛾賊抗。公然紗籠中，山人亦宰相。

遣興雜詩

聽得兒童笑語譁，天機都在野人家。荷花落處剛剛好，荷葉如盤托着花。

三間草屋小溪邊，竹裏開門地勢偏。仙鶴住多人住少，白雲時得到窗前。

五月黃梅雨打扉，驚風掃蕩百花稀。梧桐心上分明甚，不是秋來葉不飛。

西山冷向水中青，兩岸秋花似畫屏。生怕夫容難照影，自牽漁網打浮萍。

花裏荷花壽最長，端陽開得到重陽。秋霜吹落烟波冷，猶有蓮蓬子滿房。

掃地焚香心太平，衰年勤學有康成。攤書愛坐西窗下，多得斜陽一刻明。

應酬隨意少安排，風替關門風替開。正對幽蘭剝蓮子，阿誰花外送琴來？

閒人自愧少閒情，滴露研硃手不停。才得吟成將筆放，女兒相喚捉蜻蜓。

平生詩格愛三唐，白髮看詩興倍長。一箇詩人儂最羨，丘爲八十有高堂。

題江天雲樹圖送陶悔軒太守觀察廣東

蓬蓬江上雲，渺渺天邊樹。十月太守來，九月太守去。太守來何遲，淮上有災黎；太守去何速，南海需監司。江東諸父老，無言淚潸墮。爭忍一年中，春風吹便過。我道民胡然，我有好丹青。畫民相思意，送公越王城。越王城下樹，童童千扶桑。一朝拂慈雲，都作旃檀香。君家太尉公，廣州留遺愛。相隔二千年，甘棠可猶在？采風如采珠，佳士來于于。驅蠹如驅鱷，奇文繼韓作。趁此扶搖風，遠作沖天翥。記否菰蘆中，同門有隱者？隱者無先容，蒙公訪茅茨。乍見披膽肝，新交如故知。貽我紫霞杯，惠我紅絲硯。每到論文時，子面如吾面。淄澠一以合，雲泥轉難分。願化羅浮蝶，來繞珠娘裙。民送江上拜，我送山中揖。望見公旌旗，柴門猶佇立。

苦旱

鎮日炎風旱不禁，秧田望盡老農心。夏雲總被風吹去，教作奇峯莫作霖。

嘉興春雨老人摘楊梅汁畫牡丹花屬余題句

楊妃一口吐紅霞，便是春風富貴花。從此人間重眞色，臙脂不到畫師家。

樹齋侍郎從喀爾巴哈寄惠灰鼠裘二襲賦詩奉謝幷告裘猶未至

一封書到動經年，紙上猶飛塞上烟。有暇將軍能憶我，可知萬馬不窺邊！地當絕域風霜早，詔許攜家雨露偏。書中云，古大宛地入秋即雪。眷屬同行。敬把佛香供手札，憐他來自大西天。

寄我輕裘念我貧，路遙芳訊竟沉淪。疊來箱內雖無分，煖到胸中也是恩。兩世春風慣虛領，枚上文端公詩云：「可憐桃李靑靑樹，虛領春風十六年。」一生臥雪有奇温。只愁身上蒙茸服，何日能消别淚痕！

題萬華亭持籌握算圖

十萬貫錢撑屋破，面有銀光奴兩箇。衡石鏘鏘聲不停，貂裘者誰擁几坐。疑是漢時桑大夫，牢盆手握算錙銖。又疑梁朝蕭阿六，紫標黃標自辜榷。誰知乃是華亭子，貧兒驟富畫圖裏。描寫銅山付渺茫，我憐其意笑不止。君不見，金堂玉几居王侯，屏風翻畫白蘋洲？以有易無互相羡，世間萬事多環流。又不見，古莽之國以夢爲是覺爲非，夢中得鹿尙可喜，何況開卷卽見青蚨飛！黃禾起嬴馬，有錢始作人。求之不得畫之得，匹如紙上呼眞眞。三十六爐鑄橫財，登時張說稱名臣。吁嗟乎！凌烟閣，輞川圖，此類丹青俱可無。不若王戎眞簡要，一把牙籌自寫照。

十月十四日嗣香亭子爲己子取名阿通喜而賦詩

阿侯抱向阿連家，六十衰翁始作爺。分得荆花原共蒂，養成小鳳自隨鴉。裁衣預備身材長，選乳兼需姆德嘉。兒亦有緣如識我，萬書堆裏笑啞啞。

筵開湯餠舉家懽，晚景桑榆自覺寬。妻妾無功兄弟補，園林有主水雲安。關心野鶴聲相和，回首斜陽影不單。只是翁衰兒太小，客來強半當孫看。

枯葉

草木在人間，去來有時節。枯葉戀高枝，自覺無顏色。

哭彭際光司馬

汶上甘棠樹尚青，吳中鵬鳥已哀鳴。卅年早結通家好，一薦虛叨座主名。際光，余甲子薦卷。底事仲宣偏體弱，要知叔寶太神清。回思月地雲階處，多少琴尊總隔生。

葑門新構好家居，子舍晨昏百步餘。所居與大司馬隔一橋。才得樊川棲杜牧，已經秋雨病相如。平生風調都成夢，四面溪山尙繞廬。想見鶴歸華表日，趨庭還侍老尙書。

六十袁絲兩鬢華，今春訪病到君家。不能見客偏迎我，無復横經尙對花。久坐自知妨飲藥，臨行未忍遽登車。傷心一揖階前別，竟作人天萬古嗟。

金賢村太守來自黔嶺小住秦淮七夕前一日率諸侍者枉駕隨園索詩作贈

牂柯太守好風情，吹竹彈絲過一生。萬里歸裝無別物，侍兒添箇董雙成。

兩家都有十眉圖，姊妹萍逢興不孤。迎得雲仙剛七夕，藕花風裏說兒夫。換馬姓也。

當年興頗豪，香燈涼月手相招。而今相見添惆悵，似有心頭債未消。

一朶瓊花態最幽，十年前已遇揚州。見卿不見雲扶妹，惹我滄桑萬種愁。壬午夏，余尋春揚州，雲扶妹爲迎鄔姬相見，余學蒼梧澆故事，讓與賢村。今忽忽十四年，雲扶以娩難亡久矣。

康姬風調果超羣，一笛吹開水上雲。偏與袁絲同小字，合教新婦配參軍。余小字瑞官，而康姬亦名瑞姑。

小病懨懨白髮翁，水窗權借板橋東。如君才許秦淮住，十部笙歌拜下風。

某明府以家姬見贈余却之已而聞其強死余轉悔不受以拔之于苦海也自懺一章

花落當前手不援，此身有愧救生船。玉溪生最多情者，偏却東川張懿仙。

全集編成自題四絶句

不負人間過一回，編成六十卷書開。莫嫌覆瓿些些物，多少功勛換得來！
幾年學道斂心情，幾度删除仗友生。到底難消才子氣，霜毫觸處怒花生。
七齡上學解吟哦，垂老燈窗墨尙磨。除却神仙與富貴，此生原不算蹉跎。
學問原知止境難，其如雙鬢已凋殘。強顏且付麻沙本，一任千秋萬目看。

小倉山房詩集卷二十五 丙申丁酉戊戌

正月十五日園中飛下一鶴

一團白雪青天落，園丁走報來仙鶴。來自何方産何土？鶴不能言但起舞。園中三鶴一鶴單，物得其偶居之安。主人當作不速客，取蓍筮之敬終吉。

哭座主鄧遜齋先生 有序

戊午科余與平西大將軍阿公廣庭同出先生門下，先生每稱分校得士，一文一武。今年正月，將軍平定金川，而先生先一年捐館，校故賦詩志哀。先生諱時敏，四川人，官大理寺卿。

當年絳帳同升客，此日淩烟第一勛。共說門墻原不忝，敢云文武竟平分！名書虎榜三生夢，甲洗龍沙萬里雲。告奠儿原公亦笑，是誰衣鉢有將軍！

過瞻園弔託師健尚書

十年不見託尚書，重過瞻園感舊居。匝地風花春事換，滿墻烟墨雨痕疎。老臣力盡還朝後，國士知深見面初。擬賦八哀詩未就，幾行衰淚落衣裾。

哭逸園主人 有序

主人姓程名鍾，字在山，吳之隱君子也。與其妻生香居士同有詩名。所居逸園在西磧山下，余過訪不值，次日君入城，始得一見。別後再投以詩，而君亡矣。其佳句云：「高樓鎮日無人到，賸有山妻問字來。」可以想其風調。

與君一見了前緣，芳訊重投便杳然。四海名園推梓澤，半生嘉偶伴伶玄。似知數盡將山賣，予到園時，聞已售與江氏。定有詩存待我傳。西磧風烟太湖月，從今不泛子猷船。

鷄

養鷄縱鷄食，鷄肥乃烹之。主人計自佳，不可使鷄知。

送保將軍勵堂之施南

吳下驪歌夾耳聞，我來剛值送將軍。請看江上雙旌影，已似將飛一片雲。

履曳星辰劍上方，偏教生性愛文章。倉山幾曲風華調，君盡能歌我轉忘。

千條紅燭兩枝花，餞別依依小杜家。開周。他日巴山聽夜雨，更誰行酒進琵琶！

弓刀獵罷萬山青，風捲紅旗過洞庭。可帶横塘一枝笛，夜深吹與老龍聽？

善撫生苗與熟苗，追陪嚴武與韋臯。八風平處雙聲穩，一卷新詩即六韜。

送君南浦草萋萋，望見楊花首欲低。一樣天涯送行客，楊花能到夜郎西。

過蘇州有懷南溪太守新遷觀察轉漕北行

六十黃堂兩鬢清，一朝丹詔下神京。高年豈望遷官職，聖主偏能記姓名。緩緩漕艘東魯去，煌煌衣錦故鄉行。長河月色三千里，萬艘齊聽號令聲。

袁絲別後下姑蘇，悔作尋春范大夫。知己偶然心上有，美人眞覺世間無。難將蘭槳迎桃葉，且坐甘棠聽鷓鴣。愁過南衙文讌處，旌旗人遠月明孤。

哭侍衛明公 有序

公名仁，將軍忠烈公名瑞者之弟。年少能詩，在尹相國處見予篇咏，寄聲索贈，予感其意，書扇貽之，而公已從征金川歿于軍矣。

遠蒙京國問才名，知己何曾一識荊！團扇詩才從北寄，雕弓人已賦西征。通侯門第文兼武，上將沙場死亦生。遙憑寒雲招左轂，海天兜率盡交情。

某學士已謫降矣猶責余不以公服相迎余雖謝過而退後不能無詩

何苦蓬門閣閣譁，私蛙猶道是官蛙。一枝紅蓼雖孤潔，生就人間瑣碎花。

眼入夜昏澁見燈輒映戲賦二詩

薄暮雙眉蹙，飛珠繞眼眶。望洋空有嘆，視物總如傷。無復宵攤卷，何妨早就床！譬如人世上，原自沒燈光。

秉燭宵遊興忽差，倍教白日惜年華。想來老亦多情累，兩眼渾如夜合花。

升沉

山色蒼茫落照微，升沉到處有天機。楊花自繞蛛絲上，莫怪春風吹不飛。

江西方伯楊西峯巡撫江蘇五月受篆寄賀四章

故人開府到吳中，捧日葵花色正紅。八座有誰堪此席，半生惟我最知公。智珠在手風雲闊，卿月當天氣象空。眞個恩膏似流水，大江西下大江東。

金閶何處不甘棠，回首春風二十霜。公宰昭文時，年纔弱冠。在昔東廂聽鼓角，于今南面握牙璋。官從舊地遷纔樂，人是相知喜更狂。料得軍民齊額手，中丞玉貌未曾蒼。

記否當年聚白門？兩家燈火話黄昏。一餐不作常賓待，萬事都從絕頂論。公精廚饌，他客不得與。宦海光陰流水逝，棲霞遊伴幾人存？謂莊、潘諸公。而今半壁東南主，爲我應留酒百尊。

小人有母受恩施，客歲稱觴使者馳。雙束冰絲園客繭，一行珠字白華詩。情深膠漆眞無忝，分隔雲泥兩不知。寄語關西楊太尉，相尋未敢出山遲。

贈慶郎

寂寂朱門當館娃，行行珠字傍窗斜。世間只有張公子，竹齋。解采華林班名。第一花。

蛺蝶雌雄且莫分，女兒香贈女兒熏。遙知燒處雙烟起，化作仙童一朵雲。

欲試芙蓉雨後妝，青溪同浴兩鴛鴦。分明一掬僧房水，抵得華清第二湯。

客窗寒重夜眠遲，贈汝吳棉有所思。願得他生爲翠被，鄂君身上覆多時。

齒痛悶坐戲作長歌

前有萬古去漠漠，後有萬古來滔滔。當中忽放我一人，不前不後生今朝。孫曾以後之人物不接見，開闢以前之史册誰傳抄？徒然苦受倉頡累，四千年中文字來煎熬。就使學業追孔孟，勛業同夔皐，猶恐一朝乾坤毁，也如雲氣隨風飄。何況硜硜居空谷，寂寂守蓬茅；五嶽不曾走蠟屐，六十尚未麾旌旄！造化小兒漸欺我，齒痛呼暑聲嗷嗷。眼前未死先冥漠，詭談傳世不朽殊無聊。擬學古之行樂人，酒飲公孫穆，色好公孫朝，已爲財力所制限，名教所阻撓。再欲將身送還天與地，又被殘形恆幹相拘膠。只得支頤枯坐無一語，自弄筆墨當笙簫。甯戚高歌白石爛，杞人自信青天牢。方寸之間驅水火，八荒以外馳輪尻。身隨黃須青曾歿處歿，魂憑白蜆嬰拂招時招。但願生生世世莫作有情物，一任刼灰盪滌吹我作泰山之頑石，大海之波濤。

再贈慶郎

三月春光上巳濃，笙歌人集水西東。樹梢挂起燈如海，照得紅兒分外紅。
捲簾招月坐蕭齋，意欲留春事竟諧。寄語阿瞞私誓了，他生爭及此生佳！

爲儂指引若耶溪，笑上粧樓躡小梯。奪婿吳娘眞有福，吹簫同住板橋西。開過紅榴鳥欲飛，相思能不夢依依！願卿身似春潮長，早到胥江晚卽歸。

南溪遷江蘇臬司再賀一詩

孔殺久被天心眷，重疊恩綸下玉坡。千里人才瞻舜日，三遷官總聽吳歌。舟因久泊風彌順，花爲遲開露轉多。我與蒼生齊引領，者番報稱更如何！

人老莫作詩

鶯老莫調舌，人老莫作詩。往往精神衰，重複多繁詞。香山與放翁，此病均不免。奚況于吾曹，行行當自勉。其奈心感觸，不覺口咿啞。譬如一年春，便有一年花。我意欲矯之，言情不言景。景是衆人同，情乃一人領。

晚遊古林寺

一鐘打出滿堂僧，佛面金光半閃燈。龍樹無聲風小定，袈裟有影月初升。講經未必花能笑，拄杖微聞石欲應。底事空王夸解脫，春來不解半池冰。

余久離祿仕而戚里紛紛諈諉不已初頗厭之旣乃有悟于物理變嗔爲喜故作是詩

戚里紛紛太糾纏，閒思物理忽欣然。樹堪避雨多棲鳥，水不通河少泊船。石佛疲津雖欲臥，雲仙捨藥且隨緣。人求終比求人好，平著心看卽是禪。

卅年

卅年山館住悠悠，十賚誰交陸敬游！插處綠楊成古樹，畜來黃口盡蒼頭。釣竿手顫魚難得，棋局心忙子不收。只有吟詩如老將，窮追佳句獲才休。

野廟

白石神君廟，黃車使者臨。客窗雞語慣，僧頂鵲巢深。錦雨通宵暗，金苔滿地陰。上和香一炷，留贈古檀林。

折花

看書時是看花時，兩事商量割愛遲。只好折花書案供，也聞香氣也吟詩。

題宋人詩話

元聖雖不作，何王不袞裳？終日嗜菖蒲，未必皆文王。孔子所以聖，豈在不撤薑？我讀宋詩話，嘔吐盈中腸。附會韓與杜，瑣屑爲夸張。有如倚權門，淩轢衆老蒼；又如據泰華，不復遊瀟湘。丈夫貴獨立，各以精神強。于古無臧否，于心有主張。肯如轅下駒，低頭傍門墻？

悔軒太守長淮利涉圖

長淮泱泱浪拍山，舟中太守目瞢然。爲貪四顧眼界寬，船篷盡卸船帷褰。蕩舟者急腰背彎，挐纖者猛鬚連鬈。奚童持帽容淸便，飄飄華蓋風吹偏，隄旁樹底聲喧闐。衙前散從將馬牽，兜牟雉尾衝寒烟。弓刀旗幟鞍轡韉，一一錯雜楊花間。問公何事心憂煎，腰輿不坐偏扣舷。客秋河決黃淮連，魚頭赤子相比肩。救災如救野火燃，黃堂官作羣官先。疏排貴迅築貴堅，何者宜堵何者穿，非身親到心胡安？民視公身如大船，捆載萬戶利涉川。精誠所感神亦憐，支祈可鎖鼉可鞭。餞者與飯寒與棉，波濤聲裏頌金錢。非公孰把皇仁宣？雙槳搖去重回旋，左視右視求萬全。我聞史起能引泉，河隄謁者稱王延。煌煌史册相留傳，以公作配何慚焉？誰知公意猶拳拳，畫圖當作越膽懸。道民受病難遽痊，元氣可復須三年，此語公然直奏天。

悔軒一稔之中驟遷觀察再遷方伯索詩爲賀

兩度恩綸下玉京，三遷官不出江城。風高太覺雲行速，惹得閒鷗聽也驚。

更喜新衙接舊衙，半條街近好移家。官遷眞個鶯遷似，只隔一墻紅杏花。

中山王府舊樓臺，迎過鑾輿花尙開。此日遭逢勝元九，遷官兼得住蓬萊。

東南民力近何如，儒者經綸定有餘。好惜分陰懷祖德，青燈還撿幾行書。

北海尊開酒不辭，匡衡翼奉本同師。自憐三十年前客，合有瞻園老樹知。與公同出孫文定公門下。

曾賦園中景十篇，曾交碑碣記先賢。而今得遇文章伯，合浦珠還豈偶然。託尙書瞻園碑，現寄隨園，公將歸之。

哭高東井孝廉 有序

東井名文照，湖州武康人，高才博學。父爲南浦通判，有廉名。東井中甲午鄉試。客死京師，年三十，無子。

風傳消息自幽燕，聽說斯人不永年。循吏兒郎好才子，一齊抹搬也由天。

二十萬言書誦畢，八千餘紙手抄忙。不知一片心頭血，客邸誰收古錦囊？

目空四海無前輩，心折千篇有老夫。此日等身諸著作，九原抱著見韓蘇。

鬬情夜燭與晨燈，甚矣吾衰仗後生。豈料拏雲心事健，一枝秋桂了前程。

題黄粱夢枕圖

非因非想夢難通，人有心情各不同。我過邯鄲曾有夢，夢攤書卷萬花中。

心中賢人歌寄錢璵沙方伯

書中有賢人，其人不可再；心中有賢人，其人宛然在。其人在何處？閩江爲屏藩。吾幼與同學，吾長與同官。温公愛蜀公，生前爲立傳。吾亦愛錢公，意欲書其善：公書善歐趙，公詩善白蘇，以兩善稱公，淺之爲丈夫。

天子南巡狩，璽書頒諄諄。誠恐供張費，累彼元元民。江督黄文襄，陰違而陽遵。孤行一己意，束下如濕薪。其人養威重，上相不敢嗔。公乃手彈章，焚香達紫宸。天子立召見，問汝所知因。公奏御史官，言事重風聞。倘問所來由，是絕言者根。天聽爲之動，將黃訓飭頻。有此小臣直，彌彰聖主仁。一時王侯駭，爭來窺公門。以爲朝陽鳳，以爲獨角麟。誰知公恂恂，公貌如婦人。

金吾有邏騎，獰獰虎而冠。內府四十名，白日横行慣。公覗永豐倉，此輩猶狎玩。其魁名李五，喧呶薄几案。公怒械繫之，封章奏玉殿。詔命盡革除，爲首者誅竄。百僚舞于衢，路人相與嘆。神羊挺然立，百邪已消半。何況鳴一聲，根株自痛斷！

彰化內凹莊，生番殺黔首。賴白兩姓家，二十有二口。故事番作惡，武吏有責成。生番殺人重，熟番殺人輕。大吏爭護前，各以熟番報。公時巡臺灣，獨以生番告。洋洋海風起，偏遲御史章。奏騎既濡滯，所奏又乖張。天語加切責，大吏滋不悅。詗者來調停，誡公改前說。公指窗前山：是豈可動乎？苟其狗有位，何以對無辜！亡何矯虔吏，買頭作誣証。事發得上聞，昭昭黑白定。

三吳民風柔，俗吏恣威福。但博大府笑，不顧小民哭。公莅觀察任，上手無留獄。其一竟劾去，其一稍瑟縮。蠹胥擒五鬼，積案掃千牘。懷磚者改行，舞文者坻伏。片紙告誡張，萬民雪涕讀。傳抄未停手，曲踊時頓足。可惜僅一年，旌旗遽入蜀。民恨公來遲，又恨公去速。至今說公名，父老淚簌簌。古有班馬才，能記非常事。今有班馬才，苦無事可記。我欲得公狀，催公作郵寄。公曰我生平，碌碌無他異。虛心而實力，祇守此四字。大哉明公言，四字談何易。其惟聖人乎，當之庶無愧！願公永勉旃，徐徐俟其至。我欲立公傳，恐公事正多。我欲少遲緩，又恐傳者訛。故且託謳語，傳播爲詩歌。歌公更朂公，公其愼晚節。空山有故人，含笑看史筆。

題幽光集後 王陸禔至高文照凡二十餘人

河嶽英靈氣未伸，有才無命最傷神。何時得上韋莊表，追賜科名十六人。

所見

牧童騎黃牛，歌聲振林樾。意欲捕鳴蟬，忽然閉口立。

遠眺

秋江遠眺碧雲空，一笑啞然對晚風。鵜鳥覓魚終日立，不曾肥過信天翁。

留別蘇州主人唐靜涵

君家久住竟忘家，兒女同聲喚阿爺。借慣舊書多脱線，代栽新樹暫停花。商量小食先呈譜，歷亂飛棋更鬬瓜。如此主賓能有幾，戲將瑣事記些些。

謝渤海相公賜老母人參

一朵慈雲下碧空，萱堂頃刻起春風。扶衰正想尋靈藥，造命由來屬相公。價比兼金十鎰貴，形如瑞麥兩岐同。殷勤手付家僮意，小草無言有寸衷。公慮材官賫來有費牢賞，故喚家僮赴衙，親封賜之。

哭唐靜涵十二首

吳下霜飛九月天，唐衢竟賦小遊仙。傷心三十年中事，歷歷捫胸尚宛然。

初飲華堂酒一巵，青年意氣兩相知。屏風窺客金釵滿，正是君家全盛時。

奪得鸞篦返石城，三郎懊惱不勝情。是誰巧作鶯花主，不負黄衫俠士名。事載聽娘墓志。

從此雲龍角逐忙，栽紅暈碧兩相將。棣華書舍三間屋，便是儂家選佛場。

寒山聽雪倚斜曛，鄧尉探梅踏白雲。一輛籃輿兩枝槳，嬉遊何處不同君！
護世城中美膳難，多君親手製盤餐。晨鳧北雁商量處，忙殺何曾舊食單。
龐公妻子都無避，嵇呂相思便駕車。笑我身如春燕子，一年一度宿君家。
爲喝梟盧六子紅，驚心風浪太匆匆。忝爲北海孫賓石，曾匿臺卿複壁中。
漸漸清霜滿鬢來，欣欣且喜老懷開。衣衫質盡長生庫，猶入花叢醉幾回。
朱絃兩度斷琵琶，聘得雲仙蔡少霞。一夜長眠人不醒，繞床嬌女尚呼爺。
今春置酒舞曹婆，蹇姊彈箏阿子歌。豈料人生眞局促，黃公壚下卽山河。
早知此會成長別，悔不勾留再一宵。量取長江盛老淚，君魂舍我更誰招！

閱歷

閱歷名場四十春，一言常自說津津。久居軒蓋無佳士，不讀詩書有俊人。

昭君

妾彈琵琶非自傷，傷心還是爲君王。千秋幾個傾城色，一旦輕輕付遠方。君王若果非知己，妾亦甘心絕域死。如何賤妾遠行時，詔書正選良家子。良家子，比妾姝，問旁人，如不如？

偶觸

偶觸危機黯自傷，白頭無語立斜陽。可能野谷空山裏，禁住梅花不要香？

偶成

安身浮世外，行止自徐徐。白鷺替迎客，春風爲卷書。

吟罷自書竹，茶烟吹入窗。輕雲含雨重，孤蝶得花雙。

一月關門住，忘書記復淸。詩情似池水，都向靜中生。

悼花

梅花盛開時，杏花若相覷。杏花正紅酣，海棠有爭意。一花復一花，循環作交替。容華非不佳，過者便憔悴。春風非無情，不能將花繫。開落曾幾時，在花如一世。旁有看花人，凄然自隕涕。

玩月

無月夜可憎，有月夜可愛。忍把爛銀盤，揮之出門外？恰思人未來，滿地月橫陳。如何人一來，月光飛上身？思之不可得，掬之若可取。忽然疎影搖，梅花如欲語。

自懺

仙人九障名居一，上士關防口最先。安得四禪天上住，一生風不到窗前。

和沈觀察遊華山韻

仙人掌上馭風行，玉女頭盆拄杖聲。兩角孤雲天一握，千尋飛瀑月三更。近招白雁烟中語，遠望黃河樹頂生。擬把綠章奏閶闔，滿腔心事沈初明。

造假山

半倚青松半掩苔，一峰橫豎一峰迴。高低曲折隨人意，好處多從假字來。

感往事有作 幷序

予爲鳳齡事至今悒悒，因憶己巳春卜妾平湖，有良家子楊氏許贈不許見，事故中止。及買舟歸，而其家追余往見，則痁作不能行矣。厥後或交臂失，或來歸後又遣去，舛午膠轕，不一而足。大有悟于佛氏因緣之說，故作是詩。

綺麗情懷閱歷身，青天碧海漫尋春。每看遭際千般幻，始信因緣兩字眞。花到手時偏不折，璧從懷後轉生嗔。暗中竟有牽絲者，笑我徒爲傀儡人。

山頂蘭

一枝幽草植山阿，開既飄零落又多。不是無人采香色，其如生處太高何！

謝悔軒公饋烏鬚藥

買染鬚藥如買酒，年年一介馳京口。欣逢長者陶通明，肯賜刀圭變老醜。每對明鏡愁鬚蒼，便趨華堂索秘方。果然諸毛餐黑水，頃刻滿面消秋霜。我聞度世眞神仙，不忍獨自作少年。又聞堯染皋陶舜染禹，彼此沾濡聖如許。先生報國恩無量，常恐年衰意惆悵。但見青葱繞頰生，掀髯一笑心還壯。小人有母忘兒衰，視我花甲如嬰孩。得教綠鬢同潘岳，勝舞斑衣學老萊。旁人不知笑吃吃，道此兩人媚側室。噫吁嘻！君不見從古友朋膠漆情，紛紛擾擾堅白鳴，何如同讀太玄經！

臥鐘

一鐘倒臥鍾山坳，后夔敲後無人敲。宮商滿腹悄無語，草蟲亂叫秋天高。我來駐馬急拊視，欒乳模糊土花紫。篆文隱隱莓苔封，露漬斑斑鉛水洗。口寬千石容有餘，身重萬人扶不起。憶昔橫陳寢殿中，四廂九奏聲隆隆。曾招鼉鼓聲相應，曾喚宮娥睡不濃。一朝世事浮雲過，太常樂散金甌破。尚有鈞天夢未終，可憐小劫身先墮。鳥踏還疑鳧氏鎸，雪飛似伴袁安臥。飄泊泥沙不計年，摩挲幾度遇神仙。牧童手小爭來擊，佛子樓低不敢懸。我聞禹鼎長淪沒，何況銅駝困荊棘！聾俗誰爲傾耳人，長眠且入無雷國。別汝回頭感不勝，千秋老物定神靈。年年霜降商山日，可作鯨魚吼一聲？

寄陝西撫軍畢秋帆先生兼呈令舅張少儀觀察

九天臚唱掣金鰲，三輔風雲擁節旄。殿上策猶推賈董，關中功已重蕭曹。軍興五載民如忘，章奏千回帝總褒。想見終南山色裏，一輪卿月比前高。

春滿軍門有所思，百花頭上看花時。采風手纂長安志，感舊情深吉甫詩。公修西安志，梓尹文端公詩。已屈君平參幕府，多友。更招小戴作經師。敬咸。知公偶折金河柳，也折人間第一枝。

下官銜本隸旌麾，卅載身因奉母歸。一面未曾瞻華嶽，八行先自賜珠璣。游仙夢記風前遠，隔水琴彈海上稀。多感羔裘千里贈，教儂暫脫芰荷衣。

聽說張敷住渭陽，故人根觸九回腸。自然杖履身還健，多少雲龍事未忘。半世韶華同逝水，一門宅相好輝光。煩公代寄滄桑信，最小袁絲鬢已蒼。

附少儀觀察和詩

海上相期釣六鰲，十年謂可建旌旄。致身公自登蓬閬，草檄吾偏雜掾曹。裝橐何曾贏陸賈，樂章漫擬賦王褒。當年誰及終軍少，作賦聲騰漢殿高。

白下於今有去思，中牟化美漢京時。直聲三上軍門牘，儒雅頻賡相國詩。黧面老人稱衆母，烏衣弟子奉嚴師。尋春杜牧非遲暮，幾度吟憐綠滿枝。

悃從關塞擁高麾，遽買春江一棹歸。繞座光華發彝鼎，驚人詞賦擅璇璣。神仙伴侶閨房滿，鐘鼓園林俗客稀。盤谷有親康且壽，肯將公衮換萊衣！

笛聲淒切聽山陽，感舊懷人幾斷腸。四十年來，京華故人零落殆盡。世閲冰霜元易老，交深貧賤最難忘。丹山近企將離信，錦字遥分照乘光。一事報君堪大噱，齒牙落盡似張蒼。

偶閲廣輿記載盤古冢凡有三處其附會可知然題目自佳戲題一絶

無人挾長居前輩，有力開天看混茫。底事一坏先作俑，神仙留着讓軒皇。

答朱海客先生見寄

未見投一札，已見投一詩。先生于鄙人，殷殷如有私。我昨過京口，離家月已期。忍住欲歸心，走叩先生扉。先生方擁帳，說經爲人師。地居寶晉齋，米顛所留貽。卷簾金焦落，穿庭鳥雀飛。呼兒出見我，森然兩瓊枝。解作銀鈎楷，能歌幼婦辭。我受僕夫促，身坐心已馳。胸中千萬語，如蠶未吐絲。不恨相別速，只恨相逢遲。何時得重來，定有江雲知。

香亭弟僦居白門來往甚懽今年服闋有仍赴蜀中別駕之行予老矣難乎爲別賦詩送之

送汝萬里行，戴我一頭雪。未免老人情，含笑看金玦。憶昔壽春去，尚且情依依。矧今蜀道難，知汝幾時歸？汝歸自有時，我年恐難待。阿通才三齡，仙風吹不大。何田復何圃，幾書又幾琴。錄册交與汝，汝應知我心。

汝家多弟昆，我家多姊妹。從子及孤甥，因之各成隊。一人一婚嫁，向平力不勝。若不藉微祿，此累何由清？汝非貪官職，衰年捨我去。我非吝一麈，不肯留弟住。展轉復展轉，兩家事艱難。羨殺脊令鳥，雙飛共一山。

前年弟歸來，買園與我隣。公然東西屋，兩邊住機雲。風和兄嫂往，雨晴叔姒來。庖奴鬭饌好，小婢報花開。似此天倫樂，一日抵千霜。如何青天月，團圞難久長。池塘春草生，阿連不可見。分後紫荆花，風前顏色變。

歐公居潁上，瀧岡悄無人。似昧首丘義，論者常紛紛。我于隨園旁，卜兆葬顯考。生壙附其間，較歐稍爲好。終竟大母墓，尚在西湖西。歲雖遣人祭，此心常悽悽。兩家小兒女，結婚須故鄉。庶幾寒食節，容易紙錢將。

隨園兩山凹，垣墻無所施。丘壑雖云佳，居室非所宜。笑我烟霞癖，經營三十春。一水與一石，處處精神存。古來高人宅，多捨作蘭若。我乃無懷民，豈是佞佛者。乞汝改家廟，祀我于西齋。或者峴山巔，叔子魂歸來。

仙人有九障，虛名是一端。弘景會此累，而我亦復然。挂冠三十載，著書一尺餘。已付麻沙本，憑人作毁譽。所嫌在官日，惠民無寸功。輿歌太詭衆，聞之兩頰紅。宋儒伊川子，作狀狀伯醇。傳兄無溢詞，所貴傳其眞。

我年十八時，叔父客西粵。託我身後事，諄諄寄手札。此札藏篋內，隨身不敢離。燕南與趙北，時時偷眼窺。迎叔歸葬畢，拜向靈前焚。泣陳無所負，可慰九原人。我今學叔父，一一付驪歌。望弟學阿兄，弟意將如何？

意有所得雜書數絶句

一樣三株木筆栽，兩株萎謝一株開。分明草木尚如此，何況人間才不才！

擲果當年事已休，閒來曳杖水邊遊。無端樹有撩人意，紅杏一丸打白頭。

滕六才終巽二飄，枝枝修竹勁芭蕉。階前只有薇蘅草，偏在風中不動搖。

自尋低竹補籬笆，雨後高雲襯落霞。驚去鴛鴦眞得意，雙雙同上合懽花。

碧桐一樹倚雲端，五月離離雪蕊攢。壓屋濃香高百尺，世人忘却當花看。

老去年來目力微，回黃轉綠認依稀。落花裊着游絲颺，錯認空中蝴蝶飛。

全家試水泛輕舠，小妹張篷阿姊搖。喜極兒童雙手戰，釣竿絲上一蝦跳。

常自閒中玩物情，碧欄杆外作游行。香蘭性愛風前種，爭怪詩人不好名！

莫說光陰去不還，少年情景在詩篇。燈痕酒影春宵夢，一度謳吟一宛然。

孫勗堂舍人殉難金川其門人汪熹以遺像屬題

舉世紛紛都畫像，畫成幾個傳人樣。汪倫持像索我題，卷雖未展神先王。道有先師孫太初，桀桀才子擅名譽。曾將水榭風廊意，寫作人間行樂圖。一朝捧檄馳西蜀，正值天兵剿蠻觸。強著書生短後衣，也隨主將抽金僕。妖星半夜落危碉，疋馬無聲陷賊巢。束手妻維投鎧仗，甘心光弼用靴刀。泣語家奴莫悽愴，男兒報國真無狀。速取冠巾一物歸，好教兒女招魂葬。天恩頃刻下明堂，錫典榮生綽楔光。可憐太死終軍早，不見頭懸南越王。門生風義高前古，展卷淒涼淚如雨。豈料當初翰墨緣，竟成此日丹青譜！我與斯人一見難，敬題短句發長嘆。願將此本描千幅，當作金鑄范蠡看。

揚州康山詩爲主人江春作

靑山如高士，不肯居城中。難得邗江城，中藏一華峯。相傳棲息者，昔爲康武功。于今屬江淹，規址增穹隆。綺寮花歷歷，月樹烟重重。我來逢日暮，海棠開深紅。高登九層臺，恍入淩霄宮。近覽一郡盡，遠極諸天空。指掌月欲墮，乘雲仙可逢。凛乎難久留，此身非孤鴻。

竹垞曾題詩，有約江春到。主人名姓同，巧合如天造。在昔楊憑園，香山來憑眺。蕭復舊樓臺，王縉領其妙。江山怕冷落，羅綺須炫耀。君今繼前徽，風雅有同調。宜乎海內人，爭買邗江棹。上迎丞相車，下招居士屩。分領丘壑情，合參仁智樂。燈紅花不落，酒滿月常照。康公如有知，凌雲應一笑。

贈朱子潁轉運即以留別

曾騎竹馬侍尊公，五十年華逝水同。敢以通家參末坐，偶因招隱接淸風。枚十二歲受知于尊人櫑儲公，今六十二矣。平山影落雙旌上，燕寢秋生一雁中。難得王濛齊抗手，開樽談到漏聲終。謂夢樓太守。

平生秋月比襟懷，小李丹青大謝才。愛向蜀江看峽險，嬾從秦棧叱車回。九重語密恩仇忘，公弔某制府云：「三年畢竟能淹我，一語何曾敢負公！」萬里遊多眼界開。莫怪使君風骨冷，泰山頂上抱雲來。

讀罷秋原校獵篇，三唐音節八風宣。雲中金翅身摩地，塞上霜笳響入天。惜我雄心聽已老，借公如意舞猶顛。相傳手射潢池賊，眞個天狼早避弦。天狼早避弦，公集中句。

白髮征夫別畫堂，主人情重費周章。佩貽屈子三湘草，心表南豐一瓣香。蒙贈素蘭、香珠。出岫雲仍歸舊壑，入林鳥尚戀斜陽。從今地有鶯花主，杜牧揚州夢正長。

舟中聞鐘聲有感于先賢考亭之語賦詩箴之 有序

朱子在南安，夜聞鐘聲，大懼曰：便覺此心把握不住。

半夜聞鐘響，此心隨鐘往。彼來非惡聲，此去非妄想。緣何考亭子，自慚把不禁！分明儒學淺，墮入禪學深。子在齊聞韶，何嘗不動心？

哭劉介菴 有序

君名景福，山西人，歷宰福淸、江浦諸邑，最後降眞州丞，以壽終。

善人與道適，不在親簡編。醉人墜無傷，由于其天全。我友介菴子，通籍五十年。牽絲閩海地，投老邗江邊。其人性夷坦，土色而敦顏。不以矯虔逞，不以苛廉傳。所到識政體，吏民靜且便。淸俸一上手，萬弩如開弦。縣僮爲主進，門幹替持錢。偶聽半曲佳，柘枝舞欲顚；偶愛一伶美，纏頭費百千。堂前燈似海，堂下酒成川。寧可斷炊火，不可無管絃。旁人代眉蹙，慮其生計艱；君但掉頭笑，萬事且由天。未渴莫掘井，未寒莫思棉。卿自行卿法，我自有我憐。果然負課萬，竟能脫罪愆。弄兒將恩報，破產來爭先。大吏知君愿，當作老物憐。藍田縣丞記，許其讀終篇。古稀已過四，才命將車懸。朝雖將車懸，夕已歸道山。畢竟行樂死，終身無憂煎。我昔宰棠邑，年少如任延。君來作交代，見若平生懽。受馬不數齒，穿錢不算緡。感君意豪健，使我心纏綿。從此忘客主，雲龍樂事偏。有時我外出，歸家鼓喧闐。問是何爲者，君代張華筵。子旗與子尾，兩室如一焉。歷歷事雖往，依依夢常牽。今秋君病篤，我呼渡江船。握手不能語，猶問老母安。遲君半日死，補我一面緣。方知衆心人，永訣非偶然。君家汾晉住，旅櫬何時還？有妾未四十，鬒髮垂雙肩；有婿治喪事，跼蹐張空拳。未能計日後，能無悲當前？我亦六十叟，海內無同官。知作幾時別，老泪空涓涓。

黃信生獨立圖

四瀆水獨流，一月光獨吐。只緣依傍空，獨有萬萬古。我友信生子，淸才老吳楚。瘦削若植鰭，飄飄欲霞舉。偶畫獨立圖，四顧無儕伍。敢希魏裴俠，高標立天府；庶幾唐杜陵，蒼茫咏詩苦。我亦孤詣人，蹲然手獨舞。平生所知交，落落均堪數。甘爲夔足一，恥作晉耦五。何時把臂行，同入無雙譜。

秋蚊

白鳥秋何急，營營若有尋。貪官回首日，刺客暮年心。附煖還依帳，愁寒更苦吟。憐他小蟲豸，也有去來今。

偶成

白髮對花落，悄然心不安。未知來歲發，可有老夫看？欲掃且停帚，將歸更繞欄。多情蜂與蝶，伴我忍春寒。

病足

明明聖賢途，見到行不到。誰知大體然，小體亦相效。右足忽病瘡，左足徒跉踔。一柱雖支梁，孤槳難移棹。望山無時登，聞酒先辭召。想栽花近床，妬殺竿垂釣。豈無張湯摩，難學漢王跳。未免山魈欺，兼招跛鼈弔。我道身何衰，六十先已耄。蕩蕩天門開，捷足讓年少；平平王路寬，蹀躞疑陷淖。羨彼蟲豸行，升堂還入奧；輸他落葉飛，隨風尚騰趠。一屨一踦腓，將爲管子笑。我謂子胡然，用短最扼要。兀者古王駘，喪足乃入道。更有臏將軍，斫白張旗纛。珠玉本無脛，傱傱走燕趙。何況我山翁，高風原坐嘯。但宜臥愔愔，不煩行僬僬。借此自夷猶，足疾奚須療。永斷沒階趨，將毋非禮蹈。例可免送迎，心堪釋煩躁。靜處光陰多，閒中著作妙。弟子自來學，先生免往教。雖非希哲貴，居家時乘轎。或惹美人憐，碧玉回身抱。

癬

頑癬如頑妻，一來不可黜。附體二十年，爬搔晝夜徹。病類伯牛癩，形同豫讓漆。其性更陰狠，乘隙乃作賊。不生面目間，似畏見日月。好據尻脽鋪，蟣蚤所不屑。如草多蔓延，如蠶慣齮齕。非仇苦糾纏，非親強狎暱。知我肅大賓，故意將肘掣。俾縮敝褌中，王猛如捫虱。有時臥香衾，蠕蠕作蟲齧。嬲我侍者勞，麻姑爪盡折。我怒攻討之，克敵占見血。初將礬石敷，繼用毒藥熨。痛極癢始差，東平西又凸。小敗勢轉張，暫稀發愈密。神農藥不驗，扁鵲醫無術。有客爲我言，除惡何須絕。人生食烟火，疇能免濕熱？借彼作消導，亦足免他疾。譬如大廈居，不必熏鼠穴；又如護水隄，匽瀦任宣洩。矧是皮膚累，並非心腹孽。何不包容之，聽其自生滅？我亦無奈何，姑且聽客說。甘作痕瘢人，永少清淨日。吾及汝偕亡，一笑萬事畢。

竹林寺

晚過竹林寺，斜陽屋角沉。風燈紅不定，烟柳綠彌深。僧少磬常寂，樹多晴亦陰。耳根疑佛語，鈴鐸有清音。

平生觀書必摘錄之歲月既多卷頁繁重存棄兩難感而賦詩

愛書故看書，看罷書已走。何以強留之？廢心轉用手。悠悠三十年，兀兀極卯酉。食鷄必取跖，占星常指斗。有如養蜜蜂，百花無不有。但可備采掇，不必計用否。又如大官庖，甘苦皆上口。旨畜盈萬千，搜牢費八九。一朝卷束之，淒然傷白首。欲作楹下藏，未必六丁守。欲當堯典殉，空與骨俱朽。不如問蒼蒼，教吾傳某某。

淮上榷使伊簏也先生手書索校全集先生乃故長官李觀察永標翃也銜恩感舊奉寄二章

淮北牙旗捲朔風，淮南招隱到山中。卅年名姓能知我，一代風騷信屬公。公札中有「三十年來，久欽學業」之語。手答長箋揮倚馬，心憐小技問雕蟲。緣何卿月當天滿，偏照幽棲草一叢？

御李當年有舊恩，曾持手板謁清塵。誰知屏後窺探客，卽是天家柱石臣。公云曾在李公屏後見枚。老去自憐知己盡，書來重見愛才眞。何當遠泛清江棹，白髮追陪話夙因。

題陳省齋太守雲溪書屋圖

憶作粗官日，曾經侍大賢。琴尊爭往返，簿領共周旋。彼此形骸忘，官階禮數捐。先生方綰綬，賤子早歸田。分手情猶摯，推襟意更憐。簫聲朝置酒，燭影夜題箋。九月花黃日，三春雨細天。攜孫入山裏，問字到堂前。玉貌驚雕武，鴻才愛服虔。餘情忝媒妁，納幣聘嬋娟。公長孫熙娶于錢氏，枚爲執柯。冉冉雲烟度，悠悠歲月遷。量移山左地，宰権水衡錢。語笑風吹斷，音書雁代傳。卅年如夢過，八秩未華顛。剩有丹青畫，能描陸地仙。庚桑風拂拂，丙舍樹連連。童子將書立，閒鷗倚檻眠。貌如松鶴健，瞳映水雲鮮。故吏雖衰矣，披圖尚宛然。願言打雙槳，來訪五湖烟。

覺衰

甚矣吾衰百不如，齒牙零落鬢毛疎。花間愛曳隨身杖，燈下愁看小字書。偏把事忘應記處，慣教氣損劇談餘。須知逝者如斯耳，老說聰強總是虛。

挽梅式菴

讀史研經四十春，終嫌竹素少傳眞。九原此去無他樂，看見古來無限人。

題畫

村落晚晴天，桃花映水鮮。牧童何處去？牛背一鷗眠。

謝胡誠齋觀察送瓜

綠沉瓜向草廬投，捧得雕盤暑漸收。碧玉幾團隨手削，紅霞一嚼滿庭秋。分明西域來佳種，慚愧東陵作故侯。願着荷衣捧仙果，南皮池上奉淸遊。

再謝賜鮮荔枝

投瓜慚未報瓊瑤，仙荔重敎擘絳綃。香色品來眞一絕，海風吹未過三朝。形同玉李膚尤嫩，味借甘棠露不消。欲假公恩咏嘉樹，試將仙核種山椒。

養馬圖

養馬眞同養士情，香萁供奉要分明。一挑芻草三升豆，莫想神龍輕死生。

十二月十五夜

沉沉更鼓急，漸漸人聲絕。吹燈窗更明，月照一天雪。

永福菴贈餐尊上人

山髻當窗滿，松釵落袖輕。老僧雖寂寞，歸有一花迎。

元日

暉暉晴日表元辰，漸漸柴門草色新。閏歲梅花猶蓓蕾，通宵燭影尚橫陳。公然白髮三朝客，又領東風一日春。未賀賓朋先賀我，堂前九十四齡親。

喜魚門主事改官編修

一行丹詔下蘭臺，海內風人笑口開。爭說聖朝能得士，此官終見此人來。

明中官降暗中遷，天眼遲開四十年。可似修眞老張果，白頭才許作雲仙。

笑問花磚影若何，當年老子也婆娑。忝爲先輩無多日，只隔迢迢十大科。

答大廷尉王蘭泉先生見寄詩扇　有序

先生名昶，以吏部郎從阿將軍桂征金川，同行者趙文哲等俱歿于陣，而先生獨奏凱旋，論功擢廷尉。

誰佐平西第一功，漢家廷尉重于公。心憐舊雨貽紈扇，身出重圍感塞翁。皓首軍機雙鬢雪，高冠孔翠一翎風。遙知清瘦書生貌，畫上凌烟便不同。公以軍功賜孔雀翎，圖形內府。

殺賊金川當壯遊，寶刀光裏萬貔貅。雲山看到中華外，鼓角聽殘白帝秋。半夜天星摧上將，一軍風鶴起深愁。斯時代作孤臣想，可有生還兩字不？

且喜謀參李藥師，生擒頡利返牙旗。手書露布三邊讀，甲洗銀河萬馬知。草檄已完孫楚事，從軍應賦仲宣詩。何當洗耳華堂上，聽說蠻溪苦鬭時。

故人踪跡久離羣，記否蕭齋酒半醺？打槳舟忘桃葉迎，謂姬婢事。磨崖字許小山分。公鐫「澄碧泉」三字在隨園假山。思量鴻爪痕常在，傳說鶯遷信屢聞。此後袁絲休惜別，舉頭天上見卿雲。

讀道古堂集弔杭菫浦先生

平子才華賦兩京，禮堂經義屬康成。殿前放膽陳封事，海內甘心奉盛名。一代官多徵辟少，百年人重甲科輕。等身著作分明在，可學歐公畏後生！

歸隱湖山笑眼開，誰知方朔歲星栽。橫衡一世談天口，生就千秋數典才。萬卷堆中碁局響，三貂座上緼袍來。傷心此日風流盡，江左靈光半夜臺。

新正十日聞陶衡川孝廉之訃因思去年秦學士磵泉梅式菴公子皆先後委化曹子桓云旣傷逝者行自念也感賦一詩

一度秋風一逝波，故人零落漸無多。蒼天留我忙何事，日日桓伊唱挽歌。

即事

盆梅三株開滿房，主人坐對心相忘。偶然入內女兒怪，問爺何故衣裳香。

寄江橙里主人借西碛山莊

當年曾被梅花引，得到蓬萊最上巔。今日將身棲下界，不禁淸夢繞諸天。

幸喜劉盧仙籍通，舊相知是主人翁。數行代勒嫏嬛記，也算磨崖第一功。主人命作西碛山莊記。

三年聞說無人住，綠滿空庭草未除。我與閒鷗謀拜賜，水邊林下各分居。

平生踪跡等摶沙，料理雲烟頗自夸。豫辦青溪茗葉帚，爲君石上掃殘花。

騰嘯臺高萬嶺低，獨眠人往怕孤悽。未知紫府淸嚴地，可許劉綱挈小妻？

伯通廡下暫棲遲，敢學鷦鷯占一枝。幾朶雲生幾楓落，定書花葉報君知。

不借荆州借太湖，買山有劵借山無。遙知三萬六千頃，一笑公然付老夫。

哭陳省齋太守

八旬解組住鴛湖，書屋雲溪有畫圖。忽報神仙歸碧落，應教故吏服衰纑。文孫才大功名晚，謂梅岑。太守官淸老興孤。白髮參軍倍悽絶，同僚海內一人無。

題亡友梅式菴畫册

數盡天難問，才高藝自精。斯人雖萎謝，遺墨尙縱橫。氣得山川秀，神含水木淸。休言小游戲，卽此見生平。

識面長安日，題襟白下時。卅年如昨耳，一別竟何之！絶好佳公子，居然老畫師。相知慚未盡，頭白泣衰絲。

德定圃先生卸漕師事巡撫閩中與夫人雙壽索詩

蕭何轉漕卸雙旌，常袞頒春到越城。半壁東南恩已徧，六旬花甲歲初更。文章自得中和氣，瀟灑兼辭幹濟名。此日軍門牙纛靜，花苗螺女盡懽聲。

憶昔追隨步木天，一番春夢尚依然。後生許我稱名士，前輩驚公更少年。在翰林時，枚年二十四，公年二十一。閶闔門多鸞振翼，公歷內務府、國子監、吏、兵、工各衙門。溪山秋老鶴歸田。蓬萊久別還相認，邂逅揚州又拍肩。丁丑公扈蹕揚州，見于行宮門外。

儂家仲氏學吹篪，也領春風侍絳帷。玉鑑冰衡無遁物，珊瑚鐵網有高枝。生徒負笈來千里，兄弟焚香禮一師。常共子由聽雨坐，歐陽門下說恩知。家弟樹癸未春闈出公門下。

徵詩箋到士林聞，爭寫瑤池琬琰文。共仰金仙飄綠髮，更看王母擁紅雲。花開並蒂春難老，酒進雙卮飲易醺。慚愧袁絲相隔遠，吹簫輸與武夷君。

六月菊

寒菊公然冒暑黃，蒼蠅側翅遠相望。東籬共訝西風早，秋士偏貪夏日長。試把一燈來照影，焉知六月不飛霜？數枝冷豔當階立，愁殺紅蓮不敢香。

題夏山圖贈曹谷堂

夏山有景奇如許，畫家有手誰能取？董生北苑貌得之，藏在人間忽飛舉。畫雖飛，人能摹，徐王二手成此圖。我當嚴冬雪後展卷看，宛若四五六月行深山。叢叢萬木雨欲滴，莽莽一氣雲相連。扁舟何處來，滉瀁迷濛天。牧童驅黃牛，後先分著鞭。板橋有人烟中語，茅屋幾椽花外偏。遠望層巒疊嶂不知幾千里，對之但覺飛濤空翠生衣間。據云臨摹此本已第七，墨彩淋漓猶繞筆。董生委化雖千年，紙上招呼如欲出。谷堂先生信解人，上手當作共球珍。當頭一跋妙絕倫，更索我詩張其軍。我見此本勝見眞，恍如身到桃花源。急驅烟墨題數言，願君傳之世世萬子孫。

琴城課士圖爲盧太守存齋題

君之外舅古賢者，曾以封章薦終賈。廣西撫軍金公。君之先人撫我鄉，諱焯。至今遺愛民難忘。爾我通家未倖面，四十年來才一見。往事都從夢裏談，回頭幾度滄桑變。授我琴城課士圖，命題詩句當笙竽。開看一片青衿色，桃李公門萬萬株。泮宮峩峩起，兩廡羅羅疎。干旌來孑孑，儀從走跦跦。圉人縶其馬，校官捋其鬚。或執經以請益，或握管而躊躇。更有嫛婗小公子，手持如意來嬉娛。鱣堂講罷高揚觶，江風遠送斜陽至。使君欲起尚留連，恐有秀才來問字。此事依稀十數年，使君五馬賦鶯遷。詣學雖無何武駕，聞歌還說子游賢。我亦當年一貧士，蒙師教育皆如此。白首難忘知己恩，長安寄信訪兒孫。今朝得遇師門婿，不覺淋浪涕如雨。宛然舊院一蒼頭，忽見小郎如見主。更喜憐才意思同，丹青畫出舊家風。他年官到中丞日，定有聲名繼兩公。

哭程荊南明府

望見金焦眼便紅，哭君兩世半年中。尊人春間先去世。詩才一代清無敵，德政三湘感未終。宦海波濤天外落，騷壇旗幟眼前空。去時略說西歸意，五百袈裟候下風。歿時見五百僧相迎。屈指交情十七年，同吟同醉更同眠。風窗折竹疑聽雪，月夜乘槎欲上天。無盡燈常明綺席，有情花亦乞吟箋。如何小別橫塘雨，一隔音塵便杳然！

題袁蕙纕南湖圖

吾宗有賢者，一見使人古。學爲漢唐文，筆力如牛弩。屢困公車試，再上慚不武。示我南湖圖，其中有衡宇。將終老于斯，蕭然樂環堵。我偶展丹青，恍若遊玄圃。蒼蒼遠峰蹲，落落長松舞。閒倚石爲梁，靜看雲出府。花影人過橋，水聲舟蕩櫓。平生未讀書，此間眞可補。直是羲軒民，豈徒羊求伍？非飲山泉甘，那知井泉苦。寄語樵父仙，我來風莫阻。擬到溪流邊，同把游魚數。

七月二十三日阿遲生

六十兒生太覺遲，卽將遲字喚吾兒。高禖久祀心都倦，燕姞初來夢恰奇。鍾姬入門前一日，夢人以桂子與之。悔賣琴書還想贖，怕看湯餅轉生悲。萱堂握手彌留際，猶問懸弧是幾時？

海內爭傳伯道名，今朝湔雪賦添丁。長成未必衰翁見，有後姑教薄俗聽。老樹着花秋色好，餘霞返照暮山青。豆盧寧傳分明在，合授雙雛各一經。

尹三公子璞齋觀察蕪湖相晤白門喜而有贈

折花使者遞名箋，知道通家見有緣。蒔花人李姓者先三日傳到名紙。廿載青溪成契闊，一朝丹詔許旬宣。渡江歷歷前生夢，到眼依依故國天。聽得耆民私地說，當時公子最翩翩。

觀察晨趨帥府忙，軍人一半喚三郎。揭來門外聽官鼓，恍憶兒時上學堂。洗硯池應留墨漬，題墻字可剩偏旁？西園舊是君家物，早晚還君望正長。

相公門下老袁絲，也算甘棠樹一枝。沿路先教探安否，升堂各自認鬚眉。照來悲喜燈俱笑，說到滄桑酒不辭。重入桃源莫相訝，仙山樓閣倍參差。

此去牙旗鎮上游，天門山色捲簾收。擬招荆樹來千里，更奉慈雲擁八騶。君奏請六弟似村奉太夫人就養。訪我定搖雙槳月，開關先放一輪秋。何時得遂詩人志，把筆同登太白樓？

附觀察和韻詩

名園粉壁舊題箋，宦蹟重尋信夙緣。載酒居然同杜牧，趨庭猶記認彭宣。燈明水榭三更夜，桂放秦淮八月天。策馬來朝還過訪，蔚藍深處影聯翩。

買得青山日日忙，江南遊客舊淸郎。英雄晚計成芳墅，巖壑遺身戀草堂。解組半生花遶座，校書他日子隨旁。我來正值懸弧候，莫嘆如絲鬢髮長。

遙從山館寫烏絲，似折梅花贈遠枝。千里縱如同握手，一尊那得共開眉？官粗翻見身多累，親老難言祿易辭。極目吳頭與楚尾，嵐光隱隱水差差。

石頭城畔湖前遊，到處風光入眼收。畫舫西園慚倒屣，油幢北府悵鳴騶。重來頓覺河山異，高宴空驚草木秋。幸有故人袁淑在，朗吟同上謝公樓。

甘露寺感舊呈夢樓主人 并序

己未冬，予乞假歸娶，路過京口，值商寶意前輩爲郡中司馬，命公子某陪遊甘露寺，今四十年矣。中秋前一日，王夢樓侍講招飲此間，追憶前遊，悽然有作。

記得當年此地經，雪花寒重錦袍輕。酒邊綠鬢初垂影，山上蒼松半未生。卌載韶光春易過，一條狹磴老難行。憑闌暗轉衷腸事，江水無情浪有聲。

木天署裏老詩翁，曾綰仙符碧海東。要把江山付詞客，特教公子伴花驄。西州賓從人重到，北海琴尊事已空。難得多情王太守，開筵重與醉西風。

舟過平望訪張看雲居士不知其已亡也留詩哭之

滿擬故人在，停舟問起居。誰知雙目瞑，已是一年餘。繐帳風前卷，殘花雨後疎。九原知我到，悲喜定何如？

弱冠長安遇，雞壇第七人。丙辰在李玉洲先生家與曹麟書、沈椒園諸公結吟社。各彈遊子淚，同惜客中身。脫手一錢贈，分甘半盞春。至今回首憶，風義感雷陳。

鶯脰湖邊屋，高樓見水光。卌年三領略，萬事幾滄桑。棋罷柯雖爛，舟移壑未藏。請華表魂應在，年年化鶴遊。

看鄴侯架，堆積尚琳琅。桑榆收晚景，作客古揚州。畫重連城璧，詩輕萬戶侯。看花醉金谷，築舍老菟裘。

松下作

小住倉山畔，悠悠三十春。蒼松都已老，何況種松人！

梅

正月東風柳未芽，一庭梅影雪横斜。重他身分緣何事？只爲能開冷處花。

讀淮陰侯傳

滅楚身提百萬師，知公含笑了無奇。英雄第一開心事，撒手千金報德時。

老來

老來不肯落言詮，一月詩纔一兩篇。我不覓詩詩覓我，始知天籟本天然。

帆

一葉帆高掛，千舡水作聲。靜聞舟子唱，猛見浪花迎。張處休敎滿，收時自覺輕。從來人失足，轉在順風行。

雨中志感

徹夜淋浪屋瓦鳴，雨如相約赴清明。山中易放惟花柳，世上難收是姓名。月桂根高終不落，沙鷗船過也虛驚。放翁自有安身法，一個齋顏心太平。

花朝日戲諸姬

花朝時節祭花神，片片紅羅縛樹身。爭獻百花生日酒，不知誰是似花人？

阻風京口

已出三江口，難拋百丈牽。一帆如懶婦，終日但高眠。

小倉山房詩集卷三十六 己亥庚子

正月二十二日出門作

衰年作事當收棋，檢點遊裝有所思。江上風花趁春日，家鄉弋釣憶兒時。殘書看慣隨身帶，愛子初生負襁隨。自笑此行緣底事？西湖還欠幾行詩。

秦園

爲高必有因，爲園必有藉。美哉秦家園，竟把惠山借。入門先見水，得樹便忘夏。縱橫兩石橋，屹作天河跨。紆轉山徑曲，琮琤泉響瀉。濕衣嵐翠飛，打頭松子下。得意在丘壑，忘言到亭榭。我來四十年，品題殊未暇。底事忽留詩，再遊心再化。

第二泉

清絕形難比，源深取不窮。知名不知味，來往一杯同。

雨夜泊嘉禾訪陳梅岑秀才次日喜晴同遊烟雨樓三塔寺

久輟牙琴感索居，一朝親叩子雲廬。船銜急雨剛停槳，手握詩人便起予。嬌女抱來冰雪似，華堂指點火焚餘。卅年世好三年別，說到深情海不如。

相約鴛湖打槳行，萬金難買此宵晴。一樓烟雨人初到，三塔風光水正生。桃尙留花待殘客，柳如招我過清明。白頭愛話悲懽事，紅盡梔燈未入城。

入武林城作

肩輿望見聖湖烟，觸目情生故國天。不是還鄉是尋夢，一丘一壑總纏綿。

雖名故土全無屋，且喜殘春尙有花。笑挈姬人住僧舍，不成孤客不成家。

安排遊計首頻搔，客裏光陰怕寂寥。晴日尋山雨尋客，不教孤負一春宵。

成見年來久不存，麻鞋隨處踏芳塵。朱門蓬戶無分別，只要能容自在身。

西湖德生菴小住

遊山如讀書，少年力不努，垂老意愴然，亟亟還思補。我本西湖人，久離西湖土。當其家居時，頗爲一城阻。及乎宦遊後，更覺相思苦。今乃白頭來，卜寓在湖所。有如久饑人，見物思盡取。又如嬰鑠翁，餘勇必盡賈。朝將湖烟吞，暮把湖月吐。行湖一枝笻，盪湖兩枝櫓。湖意亦懽迎，浪花如雪舞。

月夜斷橋獨坐

一輪月，一個我，半夜斷橋相對坐。湖光照月月增淸，月色當湖湖更大。滿湖烟起將山烝，山容若睡喚不應。我亦下橋覓歸路，緊認僧菴一點燈。

孤山

一山自起伏，不藉羣山扶。既不傍城郭，又獨占裏湖。頗似皐夔世，別有巢由徒。宜乎數千年，獨居處士逋。自呼梅爲妻，自畜鶴作孥。雖捐茂陵稿，恰修薦賢書。倘非際明盛，寧肯効區區？我攜影獨來，一僮一僕無。問我胡爲然？也學孤山孤。

登六和塔

一塔表江淸，觚稜夕照明。盤旋看下界，絕頂見平生。乍上微嫌黑，彌高轉不驚。縱教吹落地，也有半年程。

遊紫雲金鼓諸洞

看山恃一笻，有境我必到。垂老戒在得，山靈莫相笑。初尋紫雲幽，再探金鼓奧。涔涔石乳滴，蹀蹀仙鼠跳。古藤高拏空，丹厓低設竈。穴深不可測，誘我往前導。忽然一梁橫，故意將人拗。喜無玄霜侵，永辭白日照。偉哉眞宰心，戛戛喜獨造。鬬險乃出奇，因空始見妙。寄語世間人，頑石猶有竅。

謁岳王墓作十五絕句

靈旗風捲陣雲涼，萬里長城一夜霜。天意小朝廷已定，那容公作郭汾陽！

遠寄金環望九哥，一朝兵到又回戈。定知五國城中淚，更比朱仙鎭上多。

一個西湖換兩宮，靖康小雅唱雍雍。憐他絕代英雄將，爭不遲生付孝宗！

軍令如山島不譁，黑風龍虎盡呼爺。自然慈聖還宮日，苦向官家問岳家！

歲歲君臣拜詔書，南朝可謂有人無？看燒石勒求和幣，司馬家兒是丈夫。

要盟結贊壓鑾弓，翻錄和戎魏絳功。老住迷樓人不醒，趙家天子可憐蟲。

小校桓桓道姓施，湧金門外有專祠。雄心似出將軍上，不斬金人斬太師。

要結中朝絳灌懽，分將戰艦贈同官。韓王心喜張王惱，始信人間送禮難。

允升一疏奏楓宸，與汝何干竟殺身？擬把東廂添配享，黃金鑄個布衣人。

華表淩霄落照遲，一朝孤憤萬年知。梨花寒食燒香女，纖手都來折檜枝。

不依古法但橫行，自有雲雷繞膝生。我論文章公論戰，千秋一樣鬬心兵。

五十三人命已休，秦城王氣忽然收。教渠暫緩須臾死，那數中原劉彥游！

身後何曾有定論，金陀野史仗文孫。紫陽謅語瓊山繼，爝火無光照覆盆。

恰有狐疑問殿前，周歟入廟竟身顛。臾駢敵怨分明在，只恐當年事偶然。

江山也要偉人扶，神化丹青即畫圖。賴有岳于雙少保，人間才覺重西湖。

孫秀姑墓

我年八歲才讀書，大母爲言孫秀姑。今年六十偶行路，得見秀姑湖上墓。秀姑生長貧家裏，髮鬌便行拜時禮。郎小從師赴學堂，姑裹抱病居田里。隣家嚴虎里中豪，望見嬋娟眼欲燒。初將軟語投梭誘，纔唻妖童作餌挑。女兒自是女貞木，豈許纖埃汚白玉！已歌暮棘刺陳佗，重上輜車詈董卓。匪人窮怒轉成羞，道不穿墉誓不休。朝擲餅金窺浴所，暮隨鴟吻望墻頭。秀姑膽小空房怯，生恐雄狐勢漸逼。皎月當天自有光，紅蘭拒雪愁無力。層層縫裏舊衣裳，訣別慈姑掩洞房。一夕伯姬雖命絶，十旬劉表尚屍香。官吏聞之愧無狀，急擒鼠輩尸諸巷。扁表巍巍北闕來，風雲蕭瑟西湖葬。此事茫茫八十春，當時碑碣漸沉淪。寄言當事徵文獻，且莫修培蘇小墳。時西湖修蘇小墳，不知小小墳在嘉興，見武林舊志。

三月四日項金門秀才招同吳西林汪槐堂諸公補修禊詩得春字

卅年不見故園春，一夕南還得主人。佳節已過修禊日，華堂還召苦吟身。酒邊分韻詩隨意，花下談禪鳥問津。西林、夢樓席間談禪，人多避席。恰好山陰儂買棹，蘭亭方欲訪前因。

贈金門

之子武林秀，相逢喜不禁。惜春常速客，得句便題襟。雅抱推袁意，難忘說項心。爲君歸緩緩，湖上落花深。

雲棲寺

竹密不見天，竹盡乃見寺。相傳蓮池師，于此建初地。匪徒參高禪，亦且見小智。矮屋難搖風，戒嚴易藏事。眷屬許同宿，貴賤無二味。更有終老堂，窮氓隨所寄。一切部署法，井井有條例。宜乎十方民，甘心多布施。禽學梵貝音，草帶靈檀氣。我亦如閒雲，一宿了來意。

放生所

天性人爲貴，庖犧見理明。傷人不問馬，宣尼分重輕。魚鼈穪咸若，未必非杯羹。陋哉西方教，兼愛徒硜硜。人物混爲一，不界濁與淸。我來放生所，刺目尤心驚。雞餓且啄距，牛呿牛陷阬。頑鵝瘦于雀，仙鹿穢若蠅。是謂違物性，桎梏加天刑。放乃未嘗放，生不如無生。

見雨中喚渡者

船家鎮日喚人行，雨後無人肯應聲。載得白鷗三兩隻，水紅花處倍分明。

贈撫軍王味隒先生

中丞家世重瑯琊，浙水緣深兩建牙。謝傅經綸多靜鎮，汾陽福力自豪華。潮聲曉應千家笛，燈影宵紅四壁花。豈獨惠民兼禮士，四方名宿走雷車。

曾蒙草奏牧秦郵，回首恩門感未休。枚牧高郵，先中丞所薦。一樣憐才家法在，卅年往事水東流。星雲有耀能垂蔭，蒲柳將衰易感秋。願得白頭還故里，村村扶杖聽歌謳。

清明

枝枝楊柳可憐生，朵朵梨花笑不清。四十年前舊遊客，故鄉今日過清明。

月夜老姊兩姬挈阿遲泛舟西湖予亦追至孤山小飲而返

門外一舟泊，小僮偷棹之。舉家遊西湖，主人猶未知。愛茲明月光，亦復呼舟往。相逢孤山嶺，彼此各停槳。酒家未關門，遣僕沽一壺。空明水晶宮，團圞家慶圖。小醉將舟泊，人生且行樂。月照子若妻，已成梅與鶴。

題萬九沙先生小像 有序

先生諱經，康熙戊辰翰林，任學使，罷官。乾隆元年召試鴻博，以老疾辭。全謝山作公車徵士錄，海内凡一百八十人，序齒先生冠首，枚署尾。今年在杭州，其季子福持遺像索題。

當年丹詔召耆英，驥尾龍頭記得清。未共殿前揮采筆，忽從畫裏見先生。春風有影鬚眉在，流水無聲歲月更。幸喜小同才絕世，禮堂經學繼康成。

淨慈寺回舟湖中風雨暴作

一角雷峰黑，三潭雨忽狂。小舟如鷁退，高浪比人長。荇藻難援手，蛟龍欲入船。倘非風少定，幾作水仙王。

施將軍廟

將軍名全，以小校刺秦檜不克，死。

一德格天閣正新，一刀殺賊乃有人。敷天寃憤仗誰雪，殿前小校施將軍。將軍煉心如煉鐵，可惜荆軻踈劍術。事雖不了神鬼驚，懸頭市上香三日。當時元姦黨滿朝，縛虎如羊氣太驕。忽然刀光狹路照，太師頸上風蕭蕭。嗚呼！三字獄，兩宮駕，總在將軍此刀下。後代聞英風，尚且有興者。君不見，腦碎銅椎阿合馬！

萬松書院

萬松環一嶺，書院建其巔。我昔來肄業，弱冠方童顔。當時楊夫子，經史腹便便。門墻亦最盛，濟濟羅諸賢。我每遇文戰，徹夜窮鑽研。至今咳唾處，心血猶紅鮮。何圖目一瞬，垂垂五十年。先師墓木拱，諸賢盡雲烟。我來重過此，几席猶依然。悵欲往學舍，執卷趨師前。昔也離家遠，廿里走侁侁；今也升講堂，一步一扶肩。昔爲服子愼，絳帳時周旋；今爲蒯子訓，摩挲銅狄仙。逝者竟如斯，能無意自憐！羡殺丹桂花，無言但參天。

偕阿遲上冢

周晬嬌兒索乳忙，抱來學拜祖塋旁。春風似解人間事，一縷香烟吹漸長。

渡錢塘江

卅年前渡此江風，白髮重來似夢中。就使江神最强記，也難認得此衰翁。

禹陵二十四韻

天地平成始，皇王禪讓終。一人生石紐，萬古闢蠶叢。玉斗胸垂象，金貂耳啓聰。尋書齋委宛，受牒作司空。地險龍門鑿，人功鳥道通。爲魚援赤子，幹蠱慰黃熊。學裸姑狥俗，乘樏又轉蓬。庚辰禽水怪，豎亥步崆峒。貳負甘雙梏，將軍號百蟲。嘗聞下車泣，忍過羽山東。破石佳兒出，開山遁甲窮。勤能師翠子，威不赦防風。息壤波全息，扶桑日更紅。過門心淡泊，造粉事朦朧。鑄鼎神姦列，遐方玉帛同。偶然巡越甸，遽爾墜軒弓。身自跳天上，椑應葬穴中。葛綳烟露冷，陽眄水雲空。復土來蒼鳥，南風送祝融。江山猶拱侍，廟貌更穹隆。眞冷懷文命，偏枯想聖躬。兩廂環岳牧，九殿拜兒童。窆石摩挲古，衡碑刻劃工。微臣擎旨酒，不敢獻玄宮。

蘭亭

爲有蘭亭序，青山屬右軍。清流猶映帶，名士盡烟雲。嘆逝能無感，論書孰與羣！偶然數行字，千古訟紛紛。

王右軍祠

荒祠碑記永和年，東晉衣冠尚宛然。觴咏偶留修禊帖，安危能上會稽箋。書名太重經綸掩，兒輩分甘樂事偏。我欲奠公無別物，一籠鵝放惠風天。

西施廟

人去苧蘿空，香烟恰未終。死猶存越廟，生可想吳宮？溪水浣紗影，虛廊響屧風。金錢輸一見，交與守祠翁。

傳說西施祀鑑湖，一帆先自走菰蒲。三千年後情如許，可是前生范大夫？

石屋寺

怪石墜空天，臥地猶露縫。一手推可搖，萬年吹不動。石旁有古寺，峩峩紺殿垂。終朝鐘鼓寂，但見鳥雀窺。肅愍留手迹，寺有于肅愍手書。迢迢三百秋。問僧僧不知，愈覺山中幽。西齋尤奇絕，懸厓接屋瓦。不敢開窗看，亂山如走馬。

吼山

山頂麥開花，山腰石張口。我舟昂然來，直向口中走。其中别有天，澄泓水百畝。亦復構亭榭，高下羅八九。絶壁摩蒼蒼，似將長劍剖。斜削爲鼉梁，架空拖石紐。偶然謦咳聲，千山齊一吼。水深試以篙，不知有底否。但見大魚游，吞餌幾吞手。我遊山川多，此景殿未有。爲之泊舟看，自午直至酉。

禹陵大松歌

我來禹陵見大松，身横九畝疑防風。當日定爲蒼鳥種，後來不受秦王封。扶桑遮日松遮雨，各護神聖安玄宫。旁有窆石形奇古，堪與千年松作伍。想見龍牽引紼時，呱呱后啓猶摩撫。諸侯會葬紛來朝，此松未必無枝條。蒼水使者來挂緤，百蟲將軍不敢燒。山風吹松作濤起，髣髴洪水聲滔滔。我欲呼松問禹狀，松不能言徒崛強。且折松枝滿載歸，驚夸法物商周上。

湖上雜詩

浮家泛宅幾回遷，先寓德生菴，再遷陳莊。遷得西湖到榻前。從此欄杆憑不了，雨餘風定月明天。

月明如水浸沙隄，隄上游行一杖攜。惹得家僮沒尋處，夜深孤坐斷橋西。

桃花吹落杳難尋，人爲來遲惜不禁。我道此來遲更好，想花心比見花深。

范公祠裏藕花居，四十年前我讀書。今日再來人不識，自家一步一躊躕。

誰家愛唱玉玲瓏，笛自西飄曲自東。一夜蕩搖聲不定，知他船在水當中。

飛飛小艇慣穿雲，傍曉招人到夕曛。底事游蜂頻繞槳？兒家衣是藕花熏。

烟霞石屋兩平章，渡水穿花趁夕陽。萬片綠雲春一點，布裙紅出採茶娘。

坐看陶莊瀑布飛，珠璣吹滿芰荷衣。癡心欲向山僧說，水不流還我不歸。

遠望雲鬟意態佳，近前凝視眼頻開。豈知卽是我家婦，一笑各詢何處來？

葛嶺花開二月天，遊人來往說神仙。老夫心與遊人異，不羨神仙羨少年。

花神十二最清華，齊著雲裾踏雁沙。擬向江淹分彩筆，一章詩贈一枝花。

冷泉亭上草如茵，鎮日看泉泉滿身。天竺過門偏不入，觀音應不惱詩人。

鳳嶺高登演武臺，排衙石上大風來。錢王英武康王弱，一樣江山兩樣才。

六陵何處認冬青，望帝魂歸淚欲零。偏有子規不解事，聲聲啼與岳王聽。

山無佛像山才古，水有魚船水不幽。我愛九溪十八澗，把人引去又勾留。
金泥光閃梵王宫，簫鼓沿隄鬬晚風。從古繁華春世界，朝陽不及夕陽紅。
隻鷄斗酒淚潸潸，師友墳前薦一餐。只有杜鵑心似我，滿山紅與故人看。
桑女留儂住小車，春蠶食葉響沙沙。一甌水白茶如雪，足抵人間七品家。金史，七品官才許飲茶。
遊遍山南與水南，就中何處最心貪？爲他幽絶遊難盡，兩度呼車別理菴。
丁丁鑿石嶺雲開，魚鳥咸知萬歲來。世界昇平山水福，五年一度换樓臺。
春宵知是可憐宵，柳下呼舟月下摇。消受水晶宫世界，四更猶有滿湖簫。

贈轉運陳葯洲先生

隱隱金鉦雲外飄，紅旗影共酒旗招。爲憐碧草開三徑，特訪幽人到六橋。僧换袈裟迎上客，吏隨啼鳥報花朝。多公心似西湖月，肯向禪棲照寂寥。

南衙文宴儆罘罳，爭誦仙郎館課詩。公子口官庶常。入席東南名士滿，通家姓氏小君知。夫人爲李存存先生之女，見枚名紙，驚曰：「此五十年前先君門下士也。」庭無雜草香生早，座有歌童客散遲。更許劉楨作平視，繡帷新得好瓊枝。

謝趙耘菘觀察見訪湖上兼題其所著甌北集

乍投名紙已心驚，再讀新詩字字清。願見已經過半世，深談爭不到三更！花開錦塢登樓宴，竹滿雲棲借馬行。待到此間才抗手，西湖天爲兩人生。

集如金海自雕搜，滿紙風聲鏵未休。生面果然開一代，古人原不占千秋。交非同調情難密，官到殘棋局可收。我倘渡江雙槳便，定來甌北捉閒鷗。

大姊索詩

六旬誰把小名呼，阿姊還能認故吾。見面恍疑慈母在，徐行全賴外孫扶。名阿常。當前共坐人如夢，此後重逢事恐無。留住白頭談舊話，千金一刻對西湖。

四月十一夜月色小明步往泊鷗莊與陶篁村論詩次日連雨方喜前夜之不負也

見月思幽人，踏月走林莽。柴門風竹喧，未撞已聞響。主人臥而起，枕痕猶在顙。剪燭哦新詩，忘言契眞賞。訝我月未圓，胡爲急見訪？我道來日難，陰雨或者倘。別後果連陰,回首成惘惘。黑雲半遮渡,急浪欲沉槳。枯坐湖樓中,翻把前日想。豈徒判鴻溝,直欲分天壤。嘆息月一輪,消受不能強。何況行樂處,得往宜速往!

春草

離離春草遍山中,寂寂飛香過澗東。儘有靈根堪濟世,無人來採自搖風。

訪柴東升墓不得

當年曾附李膺舟,同到滕王閣上遊。一路聯吟春夢在,百年再見此生休。浮家聞說居東粤,歸骨何時葬首丘?斗酒隻雞無處薦,腹猶未痛淚先流。

西湖小竹枝詞

妾在湖上居,郎往城中宿。半夜念郎寒,始覺城門惡。

蠶絲難上手,蛛絲易惹人。蛛絲吹即斷,蠶絲永着身。

雨餘紅意斂,風定黛痕長。妾請學西湖,今朝是淡粧。

朝喚岳墳前,晚喚茅家埠。不知相思魂,船家可能渡?

遠遠韜光磬，聲聲淨慈鐘。鴛鴦聽不得，飛上北高峰。

與嚴立堂諸公湖樓小集題折花圖贈高校書

先從畫裏認眞眞，再向風前見洛神。眞個嬋娟人絕代，桃花顏色柳花身。

定情早服黃昏散，張飲重陳窈窕湯。底事兒家姓高氏？想因行雨過高唐。

膩粉輕雲一色寒，湖山須對美人看。漁翁遠望不相識，只道高樓賞牡丹。

贈錢竹初明府

早窺叔寶便心傾，廿載重逢似隔生。共惜官階甘小隱，誰知詩律等長城？梅花最近仙標格，醇酒還輸玉性情。聽管迎鑾書畫事，所司終竟比人清。

賜我青琴曲數行，故人顏色照湖光。深談合拍各雙笑，招飲隔城時一觴。隄上花飛春欲去，篋中扇掩字猶香。期君大雅扶輪意，好繼賢兄白侍郎。

連日

連日稱觴召故人，滄桑往事說津津。歸來我即遼東鶴，何必他年有化身！

諸姨姊妹盡來過，白髮飄蕭半阿婆。挈女拖孫燈下坐，大家還記乳名多。

恩酬一飯意忡忡，敢向淮陰拜下風！只要此心長不昧，千金原與一金同。

余將返金陵行有日矣葯洲轉運招同王夢樓探花金柘田狀元集一分屋題唐子畏夜堂賦別圖

遊子還鄉難久住，朝朝泥飲親朋處。轉運多情更愛才，一車載入南衙去。南衙水竹最清華，燕寢香生雨後花。銀燭光中三雅滿，金鰲頂上二仙譁。入門先問陳蕃榻，免隔重城愁鎖鑰。賜來半臂護春寒，乞得新茶解消渴。文房張眼盡琳瑯，就裏尤珍古錦囊。匏菴首唱唐生畫，都為江淹別夜堂。春盤獸炭詩紛列，鳳翥鴻驚字奇絕。一夕揮毫事偶然，千秋動色嗟神物。我亦階前拜別身，披圖展卷易傷神。請留鴻爪將飛跡，記取龍華會上人。

留別杭州故人四首

滿耳鄉音聽未終，東歸行李又匆匆。孔倩久已官臨晉，潁上無由返醉翁。此日花間送殘客，明朝天外望諸公。回頭多少酣嬉事，交與湖樓一夜風。

巾車踏遍九州塵，到底吾鄉意氣真。入郡未為投刺客，敲門先有送詩人。士將皇甫呼前輩，官忘陶潛是部民。公席間，諸太守推予首坐。招飲一宵三四處，擬分身醉武林春。

江頭久已買歸舠，自改行期自解嘲。白髮牽衣諸姊妹，青燈投轄舊漁樵。千山幸已都扶杖，一事猶差未看潮。暗裏不禁衰淚落，兒時同學已全凋。

諸公餞我莫留連，我道重來只隔年。擬率兒童迎聖駕，兼看金碧耀諸天。遊山也有前生福，結伴誰爲陸地仙？寄語項斯休忘約，天台早爲買吟鞭。金門約遊天台。

烟景

天然烟景足清幽，底事齊梁鬧不休？文士鐫碑僧鑿佛，萬山無語一齊愁。

京口即事

舟輕風太大，愈順愈難行。急向金山泊，已聞桅折聲。方愁三日泊，忽又一帆開。任汝聰明極，天心那可猜？

京口遇王蘭泉廷尉舟中見贈四章即如其數答之

廿載分襟感昔遊，一朝京口竟同舟。金山綺麗焦山冷，頗似尊前兩白頭。

謝公陶寫客中情，流管淸絲夜不停。爲道何戡年半老，不宜相見只宜聽。

水窗倚醉便揮毫，四首詩成調最高。想見金川磨盾日，飛書羽檄用枚皐。

不載楊枝載桂枝，折花時是散花時。爲儂寄語司關者，敝屣遺簪有所思。予以桂郎薦淮關榷使，君爲載往。

乳媼姚氏挽詞

阿如乳媼姚氏，在余家十一年，頗貞靜。今年過吳江，爲小奴擠水，其夫疑之，媼怒投水死。

防妻李益本模糊，李下瓜田孰辨誣？難事世間惟有死，竟將此事曉兒夫。

左家嬌女嫛婗日，曾受斯人乳哺恩。今日一棺吳下掩，教他剪紙與招魂。

再題第二泉

不似中泠遠莫求，不同廬瀑占高頭。出山不遠濟人便，最好人間第二流。

寄懷梁山舟侍講

早辭金紫昵烟霞，忘却蕭曹是世家。一飯矜嚴常選客，半生孤冷不宜花。每聞逸事多風義，君于師門友誼行義甚高。相别經年感鬢華。難得淸明好時節，忽逢舊雨試新茶。

盟譜牙章手自鐫，寓言詩寄反游仙。君有反游仙十三首。談禪不落三乘後，作楷能追兩晉前。大小冠同杜子夏，予一冠四十年，人多笑之；及見君，乃覺有耦。短長亭送謝臨川。別來又覺秋風起，回首湖樓一黯然。

寄懷王夢樓太守

未踏金鰲頂上行，中華戒外早知名。君先到琉球，後中探花。出疆海水横身過，入夢宮花繞筆生。才子中年多學道，仙人家法愛吹笙。驂壇旗幟張多少，我覺王維是正聲。

代寫吟箋代整裝，多君處處作津梁。高霞得月方成彩，幽草無風敢自香！李翰文枯奏音樂，浪仙詩就獻空王。關心手撰鈞天曲，歌到雲璈第幾章？

兩江節相高文端公挽詞

一輪卿月墜烟波，易簀心驚瓠子歌。方喜君恩深北闕，豈知臣力盡南河？公薨于工所。春風自向甘棠暖，冬日其如夕照何。此去公應不寂寞，皋夔賢相九原多。

卅年門館受恩身，擡舉烟雲意最眞。頻把參苓遺老母，幾番絲竹宴騷人。南衙語笑春雖遠，小札寒暄墨尚新。料得奇章憐杜牧，他生還許吐車茵。

二月中似村公子過白下值予遊杭州不獲相見留書而去端陽後予還山中賦詩招之并柬其兄璞齋觀察

久別不圖君北至，乍來偏值我南歸。空留案上仙書在，尚記江頭別淚揮。春夢過時蝴蝶老，好風吹處脊令飛。相期早踐山中約，莫負衰翁掃釣磯。

余續夷堅志未成到杭州得逸事百餘條賦詩志喜

老去全無記事珠，戲將小說志虞初。徐鉉懸賞東坡索，載得杭州鬼一車。

贈鍾山書院山長錢辛楣先生

不赴蘭臺赴石城，經師我亦得康成。卜居擬造東西屋，鐘叩時聞大小鳴。滄海水原通碧落，隣家燈可借餘明。如何欲唱思歸引，失學先教一叟驚。

喜似村至

仙舟重訪武陵津，雞犬欣欣迎水濱。三徑已非前院落，六郎還是舊丰神。詩箋壁上多陳迹，僮僕階前少故人。知否桃花怨公子，負他一十五年春？

引君同到小蓬壺，指認窗前樹幾株。舊榻豈知今又坐，新廊可記昔猶無？雙鐫爾我留私印，略瘦容顏在畫圖。一石印刻兩人姓名。隨園雅集圖似村第四。一處傷心君莫往，相公遺墨滿紗廚。

似村約爲平原十日之飲忽賢兄璞齋權安慶臬使敦逼還署余不能留寄詩送別

添出一重別，君來轉惱余。萍逢才抗手，火急又回車。公子三千里，衰翁六十餘。欲知腸斷否，但看鬢何如。

難卜重逢日，還思乍見時。藕花江館月，風竹夜窗詩。舊夢層層在，輕雲冉冉移。傷心杜陵叟，泉路說交期。

蘇州徐西圃居士招同翁東儒文學遊西洞庭同宿石公山房作

雙槳出胥口，洞庭秋始波。水含天影盡，山像物形多。太湖諸峯有龜、魚、老鼠等名。烏駁初來客，風留半謝荷。到時紅日晚，猶有采菱歌。

七十二芙蓉，登臨先石公。水聲山脚響，霜影樹頭空。峭壁勢相倚，冷花香未終。湖光三萬頃，搖蕩佛堂中。

待月歸雲洞，悠然水面來。衆峰如白鶴，一色上霜臺。倚檻沉吟久，聞鐘緩步回。枝枝松檜影，明滅映蒼苔。

主人徐孝穆，雅意最殷勤。感舊招黃髮，尋幽入白雲。興高詩亂寫，顔熱酒微醺。他日留題處，停毫尚待君。君代余題兩絕句于僧壁，余不知也。

登飄渺峯

一峰橫，一峰豎，一峰一峰行不住。行到前峰無可行，疑被輿夫負我上天去。輿夫笑且言，此是洞庭飄渺峰頭最高處。遥天四望青茫茫，白波萬道搖眼光。琉璃平鋪大地沒，炊烟幾點人家藏。若非身來塵界外，那知山在水中央！頗有舟楫功，人世得相通。桃源聞雞犬，笠澤走漁翁。不然便是神山可望不可接，千秋萬世誰到蓬萊宫？天公妬我來，大風吹雨至。車蓋墜復飛，冠纓頸難繫。冷雲滿口嚥不及，逼人純是蛟龍氣。凛乎難久留，自掉烟中頭。紫鯨不來黃鶴遠，老夫行矣無夷猶。風兮風兮相吹知有因，勸我莫作人間絕頂人。

身在

身在雲中身不覺，看雲還上最高峰。誰知身已穿雲過，脚下雲鋪萬萬重。

林屋洞

林屋山雖低，一洞深不已。我來入洞行，山溜多泥滓。初入難伸眉，再轉才舉趾。板輿曳村童，人臥作蛇徙。一枝蠟燭光，萬點蝙蝠起。照見蓮花垂，石床滴石髓。如讀雜卦傳，物物堪比擬。更聞聲在空，波濤撼兩耳。恍疑青山巔，翻落太湖底。急誦靈寶經，遠尋龍威子。其奈字一行，大書隔凡矣。

伍員墓

一片巍峩土未平，鴟夷浮處有佳城。遠山雲外學華表，潮水壠前多怒聲。慷慨報仇衰世事，淒涼託子暮年情。祇今廟貌丹青在，兩眼猶如盼越兵。

消夏灣贈蔡生

灣尋消夏處，舟泊蔡經家。幽絕槐眉樹，豔開湖目花。水羞菱角採，火米爨烟斜。惹得隣兒集，驚看遠客車。

太湖歸舟遇風仍挈行李宿徐氏西齋題贈西圃禮珍心梅三主人

五日乘槎泛仙島，塵緣未斷心悄悄。急圖歸計見星行，兩槳嘔啞趁清曉。誰知風伯忽怒號，強欲留賓相剔⿰黑朋。軒然大波吞人面，篙折篷掀桅木倒。魚龍當客挾山飛，天地似盆盛水小。衾裯沾濕類鮫綃，鬢髮飄揚作蓬葆。舟師搖手再四言，千金垂堂毋草草。不如返旆學叔孫，切莫沉湘似屈老。我無成見最心虛，亦且貪遊愛眼飽。可行則行敢希聖，於止知止豈輸鳥！從諫如流急轉帆，平生萬事回頭早。看山如理舊時書，讀過重溫更覺好。蕭齋雖別再扣門，陳榻猶懸休灑掃。主人大喜帶笑迎，伯歌季舞爭相繞。速啓西窗指示余，七十二峰青未了。

贈虎丘主人杜開周

前樓秋水後樓花，杜牧三生鬢已華。我學山塘好明月，中秋時節到君家。

西隣借得好樓臺，怪底軒窗面面開。風送衣香廊響屧，水邊時有麗人來。

輕舟遠泛洞庭烟，八日歸來秋滿天。丹桂已殘香未散，一堆黃雪小窗前。

相知已是廿年餘，感舊難忘見面初。同向風塵識豪傑，梁溪還有老尚書。謂拙修宗伯。

余不喜陸行而渡江屢遭大風吟詩自慰

半世不知險，歸舟又蕩公。篷欹多漏雨，帆破不兜風。枕倚秋江上，詩吟大浪中。沙禽能識我，定是信天翁。

寄懷錢璵沙方伯予告歸里

屏藩官職古稀年，九十慈親聖主憐。子舍未伸烏鳥志，君恩許賦白華篇。萊衣久舞宮袍淡，孟笋重嘗野味鮮。不負故人期望意，果然平地作神仙。公未歸前半年，余有札寄云：何不捨格天之事業，來作平地之神仙乎？

養堂新築小蓬壺，水榭風廊似畫圖。伴客一庭惟古木，離家三里卽西湖。書聲到耳聽兒讀，花影隨身當婢扶。問捧彈章九天上，驚魂還到夢中無？公曾劾黃太保。

千齡會上酒盈巵，八首吟成絕妙詞。福壽能兼還有母，性情以外本無詩。東山絲竹供陶寫，西浙文章仗主持。可惜超超玄妙處，靈犀一點少人知。

景龍人散巨山存，送抱推襟老弟昆。卅載閑居輸我早，一科前輩讓公尊。雞壇零落人何在，銅狄摩挲手尙温。長願白頭兩宮女，各談天寶也消魂。

瘧

歸自吳門乍泊舟，忽然瘧鬼又勾留。衰年一病先防死，騷客三生最怕秋。半老楊枝無可遣，新添季豹又何求。行雲流水隨風去，仙不相招佛亦收。

園中芙蓉盛開病中不得見戲題一絕寄調章淮樹太守家春圃觀察香亭別駕

九月芙蓉開滿園，病夫無福倚欄杆。妬妻瘧母眞相似，家裏紅粧一見難。

送孔南溪方伯予告歸里

欣聞永叔賦歸田，海內爭看陸地仙。上疏官能辭二品，懸車齒尚欠三年。閒拋案牘親書卷，笑把銜參換晏眠。回首甘棠千萬樹，晚香吹滿夕陽天。

同年零落曉星殘，愛我眞將國士看。詩錄千篇常口誦，坐留一刻也心懽。青山路隔相逢易，白髮人歸再見難。如此交情怎能斷，他生還擬續金蘭。

題李蕣溪詩集

偶讀蕣溪集，中存贈我篇。傷心數行字，回首卅餘年。莽莽長安市，萋萋古廟烟。多君夙緣好，乍見便纏綿。土地廟相逢。

當時意氣盛，重疊上雞壇。廣集諸年少，賡歌到夜闌。垂簾遮石洞，送客出花欄。記否讀書處，高陽池館寒。君寓所爲李高陽相公故居。

秋風吹蕊榜，忝竊到蓬瀛。從此通家誼，兼之折輩行。余出鄧遜齋先生門下，鄧出尊人玉洲公門下。妻呼乾阿嬭，郎是小門生。借得華堂住，連墻笑語聲。

事過多如夢，年華去若風。幸虧鴻爪跡，都在越吟中。雅麗陰鏗似，淸幽裴廸同。名場可容易，剩此兩衰翁？

故事江寧榜發鹿鳴宴設于府署今年章太守之子及其從子均獲中雋于是父爲主人而醮其二子于堂上士論榮之予以詩賀

黃堂張樂宴文星，雛鳳雙飛出鯉庭。金字榜懸千佛麗，桂花枝覆一門青。竟將國瑞成家慶，定有仙雲上畫屏。寄語鹿鳴歌緩緩，佳兒聽罷阿翁聽。

謝金圃侍郎以舊時督學典試江南余病中不能走謁寄詩奉簡

久簪斑管侍嚴廊，謝傅忠勤動玉皇。已命三年羅俊秀，更教八月舉賢良。秋高碧落翔鳴鳳，菊滿重陽正晚香。自種明珠自家採，一時佳話遍江鄉。

衡門曾記訪袁絲，臘嫩山青雪霽時。卿月有心憐小草，鷦鷯無分託高枝。侍郎爲第四子索婦，余以齊大非偶爲辭。班春風過禽魚喜，近日雲來水竹知。剛值采薪難走侍，獻將長句寫相思。

哭雲南撫軍裴二知先生

退思圖上命題詩，拜別卿雲有幾時。禮士渾忘身八座，憂民早見鬢千絲。一家琴學風何古，公舉家善琴。萬里棠陰政可知。趁此哀榮歸亦好，只憐綠野負心期。

自題

不矜風格守唐風，不和人詩鬭韻工。隨意閒吟沒家數，被人強派樂天翁。

笑

鹵簿逢兒住，延之笑不勝。我憐穿鼻馬，人羨得霜鷹。

香風隔墻至，蜂蝶滿堂譁。可惜尋春課，花開是別家。

春圃香亭兩弟官白下余不能無秦誣楚諉之累戲題一詩

紛紛何氏來殘客，似向顏家覓要人。速把庭籬隔門戶，謝瞻還覺有風塵。

靜掩

靜掩衡門細補籬，自家筋力自家知。病雖已去身終弱，老亦何妨瞶不宜。齒長漸無同話客，名高愈有欲删詩。把書攤向烟波看，半作經師半釣師。

遣興一首學皮陸體

家居盤谷泛杯湖，便是眞靈位業圖。仙鶴銜書將字認，游魚逐隊可名呼。青琴曲裏歸雲引，玉女溪邊調水符。儘與幽人供寂寞，覺花忍草試工夫。

偶然

偶然三月惠風靜，關住一門花氣香。學博愈增編纂累，園深時覺歲修忙。生前眼福猶嫌少，死後文名自信長。料得安排天總定，只嫌無路問蒼蒼。

殘冬

殘冬餘幾日，風雪滿窗欞。有室徒生白，無書可殺青。胸中齊物論，案上度人經。欲語憑誰告，閒呼凍雀聽。

病後作

天不輕作秋，一雨一回涼；人不容易老，一病一頹唐。我年六十四，今春猶聰強。上山不嫌高，坐夜不厭長。有時逸興發，跳躍如生麞。人皆笑此翁，童心猶未忘。無端秋一瘧，吾精竟消亡。攬鏡不相識，欒欒瘦異常。加餐輒腹悶，多言復氣傷。彷彿傳玄言，欲捨形高翔。回思春日健，並未隔千霜。如何我羨我，已作兩人望。始知將盡燈，不可使扇颺；又如將落葉，何堪風再戕！寄語衰年人，寒暑宜周防。

歲除

左插梅花右水仙，當中一叟聳吟肩。歲除自把光陰算，又在詩中過一年。

掃地焚香有所思，閒人閒日此閒時。誰知未了閒人事，蛛網撩殘剩一絲。

傷心

傷心六十三除夕，都在慈親膝下過。今日慈親成永訣，又逢除夕恨如何？素琴將鼓光陰速，椒酒虛供涕淚多。只覺當初懽侍日，千金一刻總蹉跎。

守歲

家家守歲歲不住，未到五更歲已去。余不守歲歲戀余，夕陽欲下猶躊躕。一來一去歲無痕，何必強分舊與新。只愁飲到屠蘇酒，被歲排爲末了人。糿盆焚罷長恩祭，階下兒童小游戲。獨坐黄昏悄不言，且把光陰歲歲記。久不衙參不早朝，元辰睡起紅日高。門亦不守無人敲，敲門或者梅花梢。

吳協璜把酒對月圖

延陵先生夜不寢，對天揮杯勸月飲。月亦多情解酬客，一泓清露杯中滴。君爲主，月爲賓。一酬一酢三更天，衣裳飄飄欲化烟。嫦娥天上笑且言，此人又是飲中仙。

元日牡丹詩

魏紫姚黄元日開，眞花人當假花猜。那知羯鼓催春早，富貴偏從意外來。
約束紅香冷更妍，飄揚霞珮賀新年。果然不愧花王號，獨占春風第一天。
如何絶代玉環姿，蜂未聞香蝶未知。想與梅妃爭早起，嚴粧同對雪飛時。

饒他傾國與傾城，自結空山采伴行。一樣人間金紫貴，占人先處惹人驚。

惱殺當年武媚娘，催開不肯逐羣芳。而今替我飛香早，可乞清平第四章？

重重錦幄護輕風，脈脈私心感化工。憐我白頭花福少，預支春色與衰翁。

一自青溪擁絳紗，年年冷處受繁華。也虧早把心香展，不作隨行逐隊花。

藏雪

平生最愛月與雪，月不能留聽其缺。雪更多情來我家，天之所賜敢拜嘉。庚子元宵雪不止，主人攘臂清晨起。呼僮率婢拉老妻，滌甕排罍抱筐篚。奔前斛雪如斛糧，晶瑩潔白裁入倉。不許纖瑕汚玉粒，兼持仙杵擣玄霜。骨冷魂清神轉王，雲階月地全搜蕩。已經千斛貯堂中，猶瞪雙睛看瓦上。我聞東吳明珠貢百琲，食之不了渴與饑；又聞穆王俘玉萬萬艘，枉費人間八駿力。何如我之所寶人勿趨，片片瓊瑤奇貨居。大夫伐冰無此樂，匹夫懷璧殊堪娛。轉眼驕陽六月紅，取烹綠茗生清風。更把楊枝一滴灑，醫盡人間熱中者。

攝生

瓶裏花難謝，灰中火易儲。雖然同一盡，終竟緩須臾。徐福蓬萊藥，軒轅罔象珠。何如慎眠食，春夢自蘧蘧。

感瓶中梅

戲折紅梅枝，置之磁瓶中。其時花千樹，欣欣開春風。設身爲梅想，得無心忡忡。不與衆爭春，而來伴衰翁。翁亦慚頭白，不稱此花紅。因之有薄寵，安放傍簾櫳。一朝天嚴寒，雪壓兼霜封。園花盡凋敗，細蕊亦疲癃。視我瓶中梅，精神方隆隆。如以金屋姝，下視山村農。豈知我折時，並非情所鍾。偶然興到耳，採取由奚童。凡此榮與枯，豈可常理通。一笑語梅花，萬事皆天公。

三月二日小步池上覺兩岸少碧桃數枝方擬購買而回頭見叉手揖者門生楊近仁也問何來曰爲先生送碧桃來不覺狂喜爲賦一詩

起念買花栽，回頭見花至。公然天地間，有此如意事。機緣巧湊誰安排，桃花未開心花開。人生三萬六千日，似此心開有幾回！

景陽閣席上題扇贈歌者曹郎

角巾珠履貌蓮花，邂逅相逢羽士家。疑是仙人王子晉，吹笙招我泛流霞。
吾家臨汝最情多，春闈。手撥檀槽耳聽歌。要試步虛聲一曲，景陽高閣舞曹婆。
萍逢不厭白頭狂，恰恰身材似我長。並坐燈前堪入畫，一枝瓊樹倚斜陽。
平生不飲沾唇酒，此夕郎教代數巵。惹得歸來紅袖問，爲誰沉醉夜深時？
能工楷法寫丹青，不愧張文喚小生。只爲髫年曾上學，歌唇時帶讀書聲。
三更分手話依依，道返吳江見面稀。且把深情託紈扇，滿懷風送玉人歸。

偶成

人人都厭黄梅雨，我願黄梅雨暫留。安得潺湲過三伏，一晴天已是新秋。
一花一草靜相於，槐有長眉松有鬚。荷葉生來不知雨，星星化作滚盤珠。
閉掃蕭齋靜掃蠅，修行何必定如僧！幽蘭花裏熏三日，只覺身輕欲上昇。

永建五年雙魚洗歌

徐君龍歆。貽我雙魚洗，中有永建五年銘。內府寶造用九字，篆初變隸陽文精。土花漬久翠的皪，水銀湧過光清瑩。考建元年乃漢順，其時擁立由孫程。十九奄人興猳血，安知不將此洗盛！厥後洛陽火德改，家家呼唱董逃行。長安鐘簴盡灰燼，此洗何幸全其形！鬱堙坻伏向何處，一朝古貌山中呈。傷哉中郎喪老成，得見虎賁如典型！何況此物眞漢器，閱歷人世千餘齡。我學子訓摩銅狄，更慕圖澄解塔鈴。欲詢往事再三扣，雙魚作答聲丁丁。

一笑

啞然一笑向東風，蟬唱分明賦惱公。底事蜘蛛張網密，只羅粉蝶不羅蜂？

錢坤一少宗伯典試江南榜後過訪隨園即事有贈

同徵四十六年前，殿上揮毫事宛然。每憶雲仙看碧落，忽持玉尺下江天。鬢眉換盡清談在，桃李栽還舊雨憐。正擬尋公呼蠟屐，八騶先已唱門邊。

愛我山莊處處幽，一丘一壑總勾留。卿雲氣煖花爭迎，老鶴情深語未休。難得相逢剛九日，自憐此會亦千秋。知公寫贈孤松意，朝野于今兩白頭。賜畫松一幅。

哭陽湖相公十六韻

同榜滿朝空，晨星一相公。如何辭湛露，忽又去秋風。德量裴中立，經綸魏弱翁。物情深惋惜，主眷極初終。憶昔聯鑣日，分遊上苑東。衣披宮錦麗，酒瀉蠟花紅。極貴原難料，賡歌但覺工。一朝雲海隔，卅載信音通。吏部銓衡職，綸扉燮理功。格天無異術，行已祗孤忠。嶽嶽翔威鳳，棲棲剩冥鴻。書來常念舊，言出必由衷。影畫淩烟閣，身歸兜率宮。黄壚眞渺渺，白日太匆匆。故第難旋馬，靈旗易轉蓬。關心羊太傅，俎豆是誰供？公無子。

靜裏

靜裏工夫見性靈，井無人汲夜泉生。蛛絲一縷分明在，不是閒身看不清。

六合唐梅歌 有序

六合西門外吳氏田莊有二古梅，相傳爲唐時仙人張果所種。語雖不經，然奇古輪囷，在滁州歐梅、孤山林梅之上，殆千餘年物耶？惜其隱于村野，爲歌惜之。

有花看梅人所同，無花看梅我所獨。我來棠邑看古梅，九月中旬霜氣肅。一株夭矯乖龍翔，一株湮鬱瘦蛟伏。皮肉破碎筋骸存，踉蹌支離苔蘚綠。想當花開正月天，香雪橫陳千萬斛。使生孤山鄧尉間，一奏定邀天子目。或賜宸翰或寫形，頃刻光輝滿山谷。如何淹蹇野田中，此梅有壽眞無福。香氣常同牛矢爭，繁枝苦被樵夫斲。世間萬事總皆然，彼姝往往泥塗辱。我欲收此千年春，傍花特起三間屋。廣招海內看花人，一杯一酹揮珠玉。傷哉吾齒已衰頹，心自有餘力不足。急把隃麋磨半升，灑向花間慰寂寞。縱教此樹無人看，或者此詩有人讀。

香亭任江城別駕一年奉廣東太守之命賦詩送之

太守官從別駕移，五羊城上柳如絲。君恩深處忘途遠，家運隆時惜我衰。得路馬宜加努力，出山雲敢問歸期？不圖焚却西征賦，依舊仍吟渡海詩。香亭初選四川。

日出扶桑自古夸，羡君此去最榮華。吟來紅豆新成讖，生長灕江舊有家。弟有紅豆村人詩集，生于粵西。人號香亭入香國，路過梅嶺折梅花。珠娘聽說珍珠似，老我猶思一泛槎。

曾因親老乞江東，六載塤篪處處同。卜宅只離三里近，開花分看兩家紅。兒童梨棗交相讓，娣姒笙歌聽未終。底事天風忽吹散，一場春夢又匆匆。

木落天寒雁失羣，兩家離緒話紛紛。眼前田舍君交我，身後妻孥我託君。甲子已周無可老，荆花重合轉難分。擬登江上高峰送，目極孤篷入斷雲。

馬孺人歌爲周梅圃觀察作

女貞木，鵂鶹不敢棲；婺女星，浮雲不敢翳。潭州馬孺人，厄運遘陽九。明季黄巾亂，闔門獨自守。有兒奕奕人中豪，賊欲餌之開科招。母命拒賊賊大怒，三百六十二人同受刀。母受縛去，罵聲琅琅；兒求代母，伏地頭搶。更有諸姬，跪哭母旁。母問汝何志，僉云一死無他腸。母乃大笑神洋洋。難得三婦豔，都是千年霜。人生貴死得其所耳，全家赴義皎如明月光。果然聖人出，妖雲滅，綽楔煌煌加寵秩。兒子捧盤祭母穴，仇人之首猶帶血。孫曾子姓多纓簪，苦節之後報以甘。嗟乎！孺人之賢誰與偶？古來只有王陵母。

題南浦觀察雙鶴對立圖

一鶴矯翼翔，一鶴淩風舞。一客披衫立，軒軒共霞舉。客乃青雲人，朝陽丹鳳侶。胡爲不冠巾，與鶴相爾汝？客云我有心，別自藏靈府。不能向人言，惟有對鶴語。鶴住我爲賓，我行鶴爲主。行將挂烟帆，歸看鴛湖雨。高于淸獻公，一琴亦不取。畫師更淸絶，白描擅千古。人立不倚山，鶴立不踏土。安得乘軒人，風懷淡如許！

小雪日香亭弟贈灰鼠裘

雪珠如豆打茅茨，阿弟貽裘趁此時。仙鼠蒙茸眞可愛，老身長短更相宜。著來小試妻拏看，分得餘温手足知。但願多情如晏相，一披便作卅年期。

香亭和

雪壓茅簷雨掩茨，山風珍重乍來時。衰年每怯豐貂重，小冷無如此服宜。毛裏天親千古共，箕裘心事兩人知。期兄當作姜家被，同曳同披沒了期。

嫁鶴詩和章淮樹觀察

桐城觀察水雲居，爲鶴求婚寫聘書。園叟代行親迎禮，高軒一乘下蓬廬。

隨園山瘦稻粱稀，爭及安園飲啄肥？笑嫁仙禽如嫁女，勝吾家處讓他飛。

三年棲息主人恩，一日毿毿舞出門。未免數聲離別唳，滿山花鳥盡消魂。

送鶴丁寧語莫忘，好隨嘉耦共翱翔。九皐鳴處須珍重，休啄梧桐惱鳳皇。調公寵姬鳳姊。

小倉山房詩集卷二十七 辛丑

遣興雜詩

老妻怕我閒書卷，一卷書開百事忘。手把陳編如中酒，今人枉替古人忙。
新年無計慰衰翁，春日尋春小苑中。拜領東皇無別物，綠梅花上過來風。
小步閑拖六尺藤，空山來往健於僧。栽花忙處兒呼飯，夜讀深時妾屏燈。
抹月批風意自如，有時此老亦拘拘。權場獨靜因除酒，閒裏生忙爲著書。
休焚沉篤防花妬，且住笙歌讓鳥吟。開卷古人都在目，閉門晴雨不關心。
枕上推敲忘夜長，苦吟人與睡相妨。無端窗外風濤急，生恐蛟龍走上床。
歲月堂堂秋復春，山花山草逐時新。有時獨坐還自笑，回憶少年如古人。

牽車圖

許滄亭觀察繪圖，將一家人物器用盡置車上，主人負長繩曳之而走，有持鞭者暗中笞督，蓋亦借圖醒世之意。

全家置一車，主人牽以走。車中坐妻孥，車旁立僕婦。車頭載罇罍，車尾曳箕帚，更有暗中神，持鞭督其後。雖休勿能休，自辰直至酉。日暮途窮時，精神難抖擻。猶有眷戀心，一步一回首。試問牽車人，何如車上狗？狗態尚安閒，汝身能逸否？但願繩忽斷，牽覆車中酒。或者醉糟中，一笑且放手。

遊蘇州得五律六首

風花三月半，我駐虎丘車。娛老常攜妾，消閒更帶書。上山笻竹健，擫笛水窗虛。借寓誰家宅？樊川杜牧居。謂開周。

遠訪支硎寺，輿夫識我不？轉輪高殿活，洗鉢小池幽。香火諸天盛，凡心一拜休。觀音無別樂，受盡美人頭。

小立三叉路，輕衫忍薄寒。萬峯初過雨，一客獨憑欄。柳葉成陰易，花枝出色難。額羅如許仄，應作服妖看。近日蘇州女子抹額不滿半寸。

聽雪寒山下，亭臺入畫圖。樹深禽語亂，雨久瀑聲粗。曲折雲廊轉，高低石磴鋪。女兒多半怯，伸手索娘扶。

靈巖渺天半，形勝稱堯宮。玉殿松雲色，金鈴寶塔風。太湖來掌上，飛鳥去烟中。歸且學堂前燕，年年宿一宵。謂漁洲。

吾宗有賢者，卜宅古楓橋。愛咏小園賦，時將大阮招。書香同萬卷，酒量讓三蕉。

讀瀧岡表，榮華想畢公。秋帆中丞祖塋在山之側。

贈吳孝侯

延陵家世小仙風，卜築秦淮古巷東。杖履自稱黃髮叟，丹青愛寫白猿公。五侯門第裾常曳，一笛梅花曲未終。我得君爲方外友，溪山不復訪盧鴻。吳以畫猴得名，故有第四句。

供芍藥數十枝終日對花獨坐

我寧負人不負花，花開時節常歸家。今年出門語芍藥，留花待我歸來夸。果然歸時花正盛，烝紅爛紫騰雲霞。折花卅枝膽瓶供，高低位置圍屏遮。照影遠安琉璃鏡，護風近障輕容紗。霓裳爭舞月殿女，香珮盡解吳宮娃。華鬘之天化人國，神魂雖蕩思毋邪。人生長得對花坐，比拖金紫誰爲佳？況我衰年急行樂，看春生怕斜陽斜。此樂豈可使卿共，爲花辭客客休嗟。譬如桓子受女樂，不朝三日何妨耶！

覺老

行時躑躅坐瞢騰，自覺今年老不勝。藏物怕忘憑筆記，看山雖好讓人登。宵眠不待更三點，晝食曾無粟半升。大槩衰翁何所似？春來殘雪曉來燈。

送史婿偕鵬姑還溧陽

我年如婿小，簪筆明光宮。特奉天子詔，學于文靖公。公方作冢宰，絳帳開春風。月課諸詞臣，命擬疏一通。我時習翻譯，技癢獻雕蟲。公大加擊節，逢人夸終童。從此許升堂，執經相追從。三朝問文獻，六部談兵農。至今心胸間，昭然如發蒙。其時少司馬，恩蔭官郎中。每于鯉庭趨，得親公子容。長安一爲別，山左重相逢。命作治河記，南衙酣金鐘。迢迢三十年，雲泥隔數重。忽然蹇修來，欲以婚姻通。公卿能下士，此意古人同。卿雲照小草，女蘿附蒼松。齊大不敢辭，楚國遂乘龍。今年二月春，館甥倉山東。芳蘭如解意，花開並頭紅。江梅亦相賀，萬朵香雲濃。婿貌既美好，婿性尤明聰。勉旃繩祖武，勛業垂隆隆。當年門弟子，此日孫婦翁。先師如有知，九原笑未終。

鵬姑貌中下，天資頗和柔。媞媞七歲時，脫口咏雎鳩。字學衛夫人，揮毫作撇勾。書讀宣文君，音義相咨諏。將筓失所恃，于爺更綢繆。脂粉放粧臺，縹緗堆兩頭。我欲考奇字，命渠字書求；我欲聞異聞，喚渠齊諧搜。徵典代祭獺，分韻替拈鬮。公然女記室，風雅冠士流。一朝嫁公子，江上掉蘭舟。蕭蕭白髮翁，觸目生離愁。丁寧復丁寧，辟咡不能休。善承公姥意，好偕娣姒遊。相府作羹湯，敬愼毋愆尤。藏我數行字，當作奩贈收；揮我衰年淚，當作珠璣投。婿也誦余詩，謂其是也不？

碧紗櫥

三丈吹綸障熱風，詩隨人住碧紗籠。青蠅白鳥遠相看，奈此蕭然白髮翁。

病中戲作

我不願來而忽來，我不願去而忽去。不知來自何方，去從何處。此中自有眞消息，天不能言我代說。只等盤古老翁依舊活，我來尋我自然得。

衰年雜詠

支硎山下看花還，又看眞州競渡船。行樂不教遲一刻，光陰知是夕陽天。

作字燈前點畫粗，登樓漸漸要人扶。殘牙好似聊城將，獨守空城隊已無。
長短衣裳闊狹冠，卅年變換太無端。幸虧守定當初式，古樣重當時樣看。
泮水風光閬苑春，記來事事總銷魂。妙人那得來優孟，把我平生演一番？
同榜同官屈指稀，門生門下又孫枝。三朝舊事塡胸滿，獨立斜陽說與誰？
結習由來掃未除，一燈猶自課三餘。隨抄隨摘隨忘記，偏記兒時讀過書。
半刻清談覺氣差，未行三步想呼車。空留兩隻婆娑眼，貪看人間霧裏花。
三尺遺書椷下藏，半生甘苦最親嘗。名山事業憑誰付，學識之無七歲郎。

眞州竹枝詞

流過揚州水便淸，鹽船竿簇晚霞明。江聲漸遠市聲近，小小繁華一郡城。
誰家結構好樓臺，水榭雲廊幾處開。底事銅魚管風月，終年不見主人來。
都天會起賽神忙，兒女沿隄盡點香。絕似嫦娥頒令甲，一齊月色着衣裳。
最好城河水二分，開窗終日鳥聲聞。參天兩岸樹陰合，中有人家住綠雲。
一過淸明玉笛飄，釵光鬢影上輕舠。只須守住東關路，花去花來早晚潮。
板橋宛轉采虹垂，沙淺潮平艇過遲。郎忽相逢妾難避，大家都是落篷時。

連朝分付小篙工，隨意閒遊但聽風。難得吟聲花外落，水窗囮坐幾詩翁。謂吳正民諸君。何必桃源放槳行？此中仙景足幽淸。何時小購三間屋，閒倚雕闌過一生。

自嘲三絶

官壘原如酒量，千杯半盞殊科。我是人間小戶，十年官已嫌多。
飲酒樗蒱度曲，人生遺興三條。我竟一齊不解，公然樂過終朝。
游戲貴人席上，支吾年少場中。賴是天機活潑，不然誰理衰翁。

新涼

人皆愁久暑，我却怕新涼。味似官初罷，情疑寵不常。晨昏難適體，衣服屢開箱。安得彈琴客，先教奏履霜。

曹子建有感婚賦余倣之作感婚詩寄省堂

隨園山人事事早，只有兒生年已老。省堂孫曾繁且滋，垂老偏添一女兒。兩人老筆將毋同，我戲盍作親家公。省堂未諾顏先笑，道有奇緣爲子告。當年鳴笳六詔天，閨中慘喪鴻妻賢。正逢遺挂驚心日，那有鸞膠再續絃？門外蕭蕭馬戾止，一老來修相見禮。身佩櫜鞬道姓殷，家有初笄未嫁女，願充側室戴香纓，長捧盤匜侍君子。我急搖手謝不遑，請翁觀我鬢邊霜。已經老圃横秋色，忍把桃花種夕陽？殷翁心事從頭說，家本金陵舊黄籍。少走滇南長百夫，漸置田廬歸不得。公能攜女到江南，好替家鄉留一脈。我感翁言許迎娶，東風吹起沾泥絮。一夕金鑾產白家，四年玉鏡思温嶠。今朝與子結天親，殷翁見解信通神。果然此老嬉遊處，安置他家女外孫。萬里合教青鳥使，一函先報白頭人。客冬臘雪紅燈映，剪刀遽作巾箱聘。秦晉絲蘿兩處牽，劉盧仙籍三生定。新春園柳叫雎鳩，高固雙雙到此遊。嬌娃抱出珠同耀，阿嬭同來花見羞。人間似此婚姻樣，一笑都將媒妁忘。要知萬事總由天，半是因緣半福量。君不見，陵川集裏有長歌，天賜夫人作宰相。

彭芝亭大司馬八十索詩

畫錦堂開八秩樽，卿雲光采耀吳門。人間元老三朝少，海内靈光一殿尊。玉尺已裁宸宇徧，金針還與故鄉論。時掌教蘇州。文昌雜錄科名記，首説鰲頭兩祖孫。公祖定求康熙狀元。領袖清華五十霜，文人中有郭汾陽。曾官樞密威常在，再宴瓊林話正長。屈指東南誰伯仲？滿朝金紫半門墻。乞歸更荷君恩重，許住平泉水竹莊。

尙書風貌鶴同淸，瀟洒何曾似六卿？樓起三層雲對坐，集成一品世孤行。仙郞已擅朝中貴，佛子還從膝下生。四公子尺木進士好佛。佇看蟠桃親手採，家風眞不愧彭鏗。

緟生弱冠受恩知，也復蕭蕭兩鬢絲。冒雨常迎嚴武駕，憐才屢和樂天詩。只因路隔江波遠，未免籌添海屋遲。蒲柳倘同松柏茂，他年扶杖祝期頤。

謝錢觀察三伏日賜冬醃菜

當暑難求饍飲鮮，金鹽玉豉話空傳。黃芽忽嚼三冬雪，赤日全消六月天。物是過時裁見貴，口因同嗜轉相憐。多公冷處留餘味，那用何曾食萬錢？

和竹西公子歸鶴詩

老鶴飛歸月二更，滿園花作故人迎。不愁羽客去無主，但覺雲仙來有情。小步池塘尋舊伴，重看軒蓋似前生。憑欄聽得家僮報，頂上丹砂色倍明。

肯把滄桑說是非，乘風還舞釣魚磯。雲霄志在終須去，館穀恩深敢不歸！暫別梅花心耿耿，仍逢雛鳳話依依。遙知一品衣成後，更向君家身上飛。

惆悵詞邀淮樹觀察同作

三月姑蘇花下行，夭桃一樹最關情。如何欲折不曾折，空惹黃鸝啼數聲。

記得人扶出畫堂，小家生長大家妝。惜春御史忘春老，盼殺驚鴻下夕陽。

莫惱遊蜂樓上遊，藁砧原本欠風流。試看夜半聽琴客，嫁得相如便白頭。

空把琅函問再三，迢迢秋水隔江南。佳人好似瑤池果，一落風前鳥便含。

十里雷塘廿四橋，吳娘遠唱雨瀟瀟。可知有個多情叟，安汝心頭尚未消。

祝史抑堂少司馬七十

一片卿雲耀里閭，方瞳綠鬢七旬初。蕭曹世胄雖恩蔭，韓范平生早讀書。九月黃花香晚節，十年司馬賦閒居。旁人爭把神仙比，我覺神仙尚不如。

欲把忠勳寫上詩，藎臣風采略聞知。治河邵父碑長在，決獄秦臺鏡不疲。閩粵蔡襄無稗政，潮陽韓愈有生祠。至今誰把廉泉飲，合浦明珠有所思。

卜築平泉月一齋，竟將鐘鼎換樓臺。許歸恩比加官重，行樂身能及健回。愛寫黃庭將墨試，閒聽仙鶴報花開。公臨聖教序，直逼右軍。盈盈湛露宮袍滿，新自鈞天賜宴來。

鸞鳳分明跱絳霄，絲蘿偏喜結蓬蒿。想因孔李通家厚，忘却崔盧舊族高。鬟影窗前多玉女，書聲膝下盡雲璈。遙知一盞麻姑酒，紅徧綏山萬樹桃。

置棹

我有不朽在，何必形骸謀？但聞置棹語，傳自古諸侯。預凶雖非禮，藉幹終無憂。友自西蜀來，贈我楩柎木。其大可蔽牛，其堅可比玉。筮月得閏五，命彼匠斲斲。創爲四阿形，賦成六合體。斑斑狸首文，鬱鬱異香起。匹如華屋成，未住心先喜。屋成人所同，一過如飄風。棹成惟我獨，偃然臥其中。大哉此居乎，歷刼恐未終。想其蟠蒼穹，豈肯入黃土！奈爲賢者屈，與我共千古。且當女手卷，摩挲日三五。

題羅兩峯畫丁敬身像

古極龍泓像，丁號龍泓居士。描來影欲飛。看碑伸鶴頸，拄杖坐苔磯。世外隱君子，人間大布衣。似尋科斗字，倉頡廟中歸。

題兩峯鬼趣圖

我纂鬼怪書，號稱子不語。見君畫鬼圖，方知鬼如許。得此趣者誰，其惟吾與汝！畫女必須美，不美情不生；畫鬼必須醜，不醜人不驚。美醜相輪回，造化即丹青。鬼死化爲聻，鴉鳴國中在。君盍兼畫之，比鬼更當怪。君曰姑徐徐，尙隔兩重界。

和辛楣少詹咏物二首

圓几

彎環月樣几橫陳，置酒應招看月人。讓處不知誰首席，坐時只覺可添賓。天星合璧書稱瑞，粉蝶成團影亦春。悟得轉圜行智意，朱門蓬戶好安身。

煖炕

誰把春臺作睡鄉，烏曹磚上不知霜。恍疑故國眠焦土，尙記新婚坐煖床。夢惹敬兒通體熱，熏宜荀令幾重香。燕姬也像唐花樣，烘出精神覺勝常。

再咏前题索辛楣和

圜几

禪門說法重圓光，巧匠偷來制器良。折角定煩修月斧，供花合獻轉輪王。卿如戴笠來相稱，我愛團瓢小不妨。記得中秋好時節，大家說餅進盤觴。

煖炕

氤氳一榻置蕭齋，火迫鄰侯笑口開。昏夜至今多熱客，雨雲從古屬陽臺。烝憐鬢雪消難盡，煖覺冰人夢不來。知否淸寒門外客，繩床猶是盼春回？

山隣涂爽亭孝廉工小兒醫園中暮鵶夭豚皆所診視年九十二而卒賦詩哭之

昨日支笻訪薜蘿，今宵壚下渺山河。常迎康節花間至，看活童烏世上多。屈指已成三世佛，傷心未唱百年歌。他時倘有倉舒病，難向人間覓華佗。

周瑜墓

天生一將定三分，才貌遭逢總出羣。大母早能知國士，小喬何幸嫁夫君！能抛戎馬聽歌曲，未許蛟龍得雨雲。千載墓門松柏冷，東風猶自識將軍。

旌旗指日控巴襄，底事泉臺遽束裝！一戰已經燒漢賊，九原應去告孫郎。管蕭事業江山在，終賈年華玉樹傷。我有醇醪半尊酒，爲公惆悵奠斜陽。

第二番桂

木犀開過小山房，第二番花較勝常。金粟似招前度客，月宫眞有返魂香。不愁青女霜將白，只恐嫦娥額太黄。寒菊在旁應笑語，似儂遭際兩重陽。

題板橋遺迹圖 有序

余春秋二十有七，作宰金陵，偕詩人朱草衣訪板橋遺迹，苦其荒圮難稽，垂四十年矣。今秋吾鄉吳小谷廣文來，憑弔之餘，屬揚州羅兩峯畫成此卷，屬余加墨。

西泠才子最多情，聽雨秦淮鬢欲星。尋得十三樓舊址，教人收拾上丹青。
荒烟一片舘娃宮，往日笙歌此日風。賴有范寬能寫影，樓臺還在有無中。
君來作別話依依，返櫂秋江一葉飛。定向故鄉親友笑，袖中攜得板橋歸。

翟蕊登聽雪圖

凍雨飄山窗，沙沙聲不止。坐而聽者誰？温伯古雪子。初聽若希微，再聽雜宮徵。空花墜欲鳴，折竹啼復起。分明寂萬籟，轉足娛雙耳。古來聖之淸，所得多在此。試撞萬石鐘，何如一溪水！

揚州遊馬氏玲瓏山館感弔秋玉主人

山館玲瓏水石淸，邗江此處最知名。橫陳圖史常千架，供養文人過一生。吾鄉厲太鴻、陳授衣諸君皆主於其家。客散蘭亭碑尚在，草荒金谷鳥空鳴。我來難忍風前淚，曾識當年顧阿瑛。

題桃樹

二月春歸風雨天，碧桃花下感流年。殘紅尙有三千樹，不及初開一朵鮮。

倣元遺山論詩

遺山論詩古多今少，余古少今多，兼懷人故也。其所未見，與雖見而胸中無所軒輊者，俱付闕如。

不相非薄不相師，公道持論我最知。一代正宗才力薄，望溪文集阮亭詩。王新城。

生逢天寶亂離年，妙咏香山長慶篇。就使吳兒心木石，也應一讀一纏綿。吳梅村。

平生低首味和堂，字字珍珠夜有光。可惜安陽魏公集，竟將勛業掩文章。高文良公。

不料昇平兩相公，揮毫冰雪滿心胸。金盤玉露高華極，轉覺嘗來味不濃。張文和公、鄂文端公。

他山書史腹便便，每到吟詩盡棄捐。一味白描神活現，畫中誰似李龍眠？查他山。

天風拂拂響雲和，楊惲三生慧業多。最是淫思兼古意，西湖堤上竹枝歌。楊次也。

西崖愛好風調佳，魚魚雅雅典亦該。懷清堂集纔翻尾，似此公卿那得來？湯西崖。

莫將死句入詩中，此訣傳來自放翁。掃盡粗豪見靈活，唐堂眞比稼堂工。潘稼堂、黃石牧。

論詩竹素太拘拘，苦守開元大曆初。恰有唐音追到處，一時沈范兩尚書。許子遜、沈子大。

軍門夜靜有吟聲，水碧金膏一樣清。誰信牙旗八州督，半生甘苦勝書生。尹文端公、方敏慤公。

酷嗜莘田香草齋，芬芳悱惻好風懷。休嫌發洩英華盡，唐代詩原中晚佳。黃莘田。

搖筆何須手八叉，蘭坡速藻繼南華。前生宿構今生寫，王粲精思也莫加。張南華、周蘭坡。

小雅才兼大雅才，僧虔用典出新裁。幽懷妙筆風人旨，浙派如何學得來！厲樊榭。

一縷清絲裊碧空，半飛天外半隨風。盤餐別有江瑤柱，不在尋常食譜中。金冬心。

氣猛才豪老尚堪，施竹田。梁守存。以外孰清談？平心細按三千首，一集終須重嶺南。杭大宗。

奴僕何妨直命騷？風流從古有人豪。自題集內謙謙語，詩品官階兩不高。商寶意。

騎鯨跋浪是生平，要與雲龍韓孟爭。絕好東南飛孔雀，一篇烈女李三行。胡稚威。

束髮愔愔便苦吟，白頭才許入詞林。平生絕學都探遍，第一詩功海樣深。程魚門。

雲松自負第三人，除却隨園服蔣君。絕似延平兩龍劍，化爲雙管鬬風雲。蔣苕生、趙雲松。

漁村幼魯謝皆人，淡遠清微自一門。何必參天說松柏，幽蘭不礙小磁盆。張漁村、符幼魯、謝皆人。

彈絲吹竹譜宮商，刻意推敲格調蒼。不許神通破禪律，遺山心早厭蘇黃。王夢樓。

柘坡古體衡帆律，介祉清華東井奇。更有陸甥風調好，天能亡汝不亡詩。萬柘坡、程衡帆、王介祉、高東井、陸湄君，皆早死。

書巢健筆頗稜嶒，入蜀詩多近少陵。揮盡俸金留底物，白頭一盞讀書燈。胡書巢。

建安詩格弟兄同，竇氏聯珠個個工。想見高陽家法好，一團清氣此門中。慶兩峯、似村、樹齋、雨林。

鄭虔未老傳三絶，謝覽芳蘭自一生。底事獨加皇甫序，愛他絃外有餘聲。錢竹初。

絶世聰明崔蔡徒，肯將簪紱換江湖？桃花一絶高僧偈，看到紅雲盡處無！嚴冬友。

常州星象聚文昌，洪顧孫楊各擅場。中有黃滔今李白，看潮七古冠錢塘。稚存、立方、淵如、春裳、仲則。

小別隨園僅十年，記來吟句總如仙。朝朝替誦仁王懺，刼火休燒宋笠田。宋笠田，官甘肅。

鮑照聲名本不虚，海門吟稿冠南徐。佳兒佳句吾尤愛，書味清于水養魚。鮑海門、雅堂。

吾鄉近日數詩家，我愛山舟與嶼沙。妙絶風人吳小谷，萬行書對一瓶花。錢嶼沙、梁山舟、吳小谷。

雙佩齋詩孰品題？葑亭才調笏山齊，青鸞獨立瑶池雪，不着人間半點泥。申笏山、王葑亭。

扁舟常自泊姑蘇，樂圃爭迎白岸趨。今日應劉都逝盡，阮元瑜在覺身孤。張樂圃、沙斗初、張昆南。

皖江才調孰清新？今有星村舊嘯村，更喜新安楚南子，遺編堪與古人論。李嘯村、魯星村、陳楚南。

星樹星巖七字佳，是儂提出好才華。如何一作風塵吏，一入零星考據家。黃星巖、丁星樹。

香亭風味學家兄，宋氏郊祁各性情。此日嶺南詩太守，弓衣繡滿越王城。家香亭。

常把梅岑比竹橋，一沉滄海一雲霄。要知劍氣珠光在，班底終難壓百僚。吳竹橋、陳梅岑。

白門從古詩人少，今剩南園與古漁。更喜閉門工覓句，無人解叩子雲居。陳古漁、何南園、方子雲。

天涯有客太詅癡，錯把抄書當作詩。抄到鍾嶸詩品日，該他知道性靈時。夫己氏。

周蓉衣因論中未及其詩有陶胡奴拔刃之意乃補三首以箴之

周子高才迥不羣，抽思竟有葛莊新。劉廷璣。東風剪柳雖然巧，不到天然不是春。

幻出烟雲萬種看，先求紙上字平安。黄庭初搨緣何貴，寫到剛剛恰好難。

從古風人各性情，不須一例拜先生。曹剛左手興奴右，同撥琵琶第一聲。

小倉山房詩集卷二十八 壬寅

余七齡上學是康熙壬寅歲也今年又是壬寅矣感而有作

兩度壬寅意惘然，七齡光景記從前。摳衣學見先生禮，買紙初裁認字箋。從此蠹魚無飽日，至今筆冢已齊肩。三朝老物誰陪我？一盞書燈六十年。

贈劉霞裳秀才約爲天台之遊

觥觥問字子雲家，奕奕風神動絳紗。似汝瓊枝來立雪，一時愁殺後堂花。

能界烏絲寫洛神，解吟紅豆學西崑。靈和殿裏風流樹，曾惹蕭郎一斷魂。

未免多情枉費才，狎遊頗被里人猜。須知玉貌張雕武，終向儒林傳上來。

老我頹唐色界天，熏香傳粉憶當年。自憐一往情深處，也是楞嚴十種仙。

空山豈是少年場，偶置花前酒一觴。多謝嚴陶兩公子，替他代饋束脩羊。子進、怡園屢惠珍羞。

負笈從師意頗殷，向禽心願許平分。天台倘共劉郎去，定有桃花認得君。

宿溧陽史少司馬紅泉書屋二十四韻 公諱奕昂

小住紅泉館，分明綠野堂。姻家新里第，夫子舊宮牆。拔地烟巒起，盈階蘭芷香。半空開月榭，曲徑置風廊。叢桂黃雲滿，修篁碧玉涼。標題多翰墨，照耀盡天章。屏列花爲障，橋橫石作梁。相公曾結構，司馬更裁量。瑞室堪成頌，龍門孰敢望！我來春正好，公喜遠迎將。面目爭先認，鬚眉各老蒼。卅年如頃刻，萬事感滄桑。何幸絲蘿託，兼夸宅相良。外孫生才八日。諸郎都好我，排日各持觴。酒器三江倖，圖書七寶裝。銀杯鐫「兩江清倖」，架上御賜圖書集成。當官談舊政，餘事問家常。作楷爭磨墨，題箋屢啓箱。更深儻半睡，坐久夜全忘。鳳蠟燒方熾，驪歌唱又忙。衰年心耿耿，後會事茫茫。門外帆將挂，閨中話正長。女兒留阿父，一日抵千霜。

謁史文靖公墓

手供蘋蘩當束脩，先登華屋後山丘。九原尙想師隨會，一疏曾經識馬周。蓋代勳華雲影在，滿堂絲竹水聲愁。知公泉下猶憐我，如此英年也白頭！公爲己未館師，乍見喜曰：「如此英年！」命擬奏疏一通，夸爲第一。

題史氏家藏文靖公玉堂歸娶圖

相公歸娶大羅天，此事依稀八十年。賴有丹青作圖畫，榮華留與世間傳。

想見宮花插滿頭，珠簾十里下揚州。少年恃有天人貌，不控香車控紫騮。卷中畫公騎馬。

卷中諸老盡題詩，謂徐葆光、郭元釪諸先生。讀罷風前有所思。六部尙書八州督，爾時花燭可先知？

愧作彭宣拜後堂，絕無衣鉢繼安昌。算來只有歸迎事，曾學黃粱夢一場。枚乞假歸娶時，公爲代奏。

過陽羨家舒亭明府外出留詩贈之

陽羨停舟暮，吾宗出未回。絃歌聽雅化，公子見淸才。宴用家人禮，花同笑口開。氍毹空燦爛，不見舞人來。是日演劇未果。

訪宗人府丞儲梅夫同年不值

同咏霓裳五十年，渡江親訪老神仙。九州細數無多客，一見誰知竟少緣？寂寂琴書通德里，匆匆行李夕陽天。晨星碩果相思切，說與郎君倍黯然。

周孝侯斬蛟臺

父老談惡蛟，將軍磨寶刀。刀光入水人不見，格鬬三日風蕭蕭。手提蛟頭拔浪起，蛟血淋漓紅滿體。兩患雖除一患存，擲刀從此讀書矣。初師陸士龍，再討齊萬年。一時文武才，非公誰兼全？孤軍陷入窮邊慘，杖節掀髯死無憾。可惜朱雲請劍遲，佞臣不與蛟同斬。鄉人高築土一丘，至今盛夏涼如秋。五百毒龍過此愁，猶恐將軍在上頭。

孝侯射虎處

英雄得自由，一身射虎如射牛；英雄受束縛，五千壯士同一哭。我生跳盪如雷顛，過此不覺心悁悁。三十三年棄綦組，從此入山不畏虎。

寓西湖漱石居戲作

十幅蒲帆兩笋鞋，要從湖上走天台。譬如千里尋師去，先訪家鄉舊雨來。

坐葛嶺石橋觀新開峭壁

西湖少峭壁，平遠皆一狀。只有葛嶺峯，前年才闢創。遠削鐵稜稜，近捫天蕩蕩。横將一重橋，架以三叠浪。不許生猱登，但容飛鳥傍。其上起樓臺，空濛迷觀望；其下走盤渦，湖光同滉瀁。明明千萬山，到此低頭讓。人難攀作梯，我且懸爲帳。月夜抱白雲，同眠此橋上。

偕楊君廷三冒雨遊三生石車𨍭折矣縛接松柴而歸

遊山爲雨阻，未免爲山嘲。勇哉楊夫子，冒雨來相招。爲言三生石，新得峯巒好。何不當奇書，同往作搜討。一重復一重，怪石果穹隆。如將胸塊壘，替我安空中。歸來走陂陀，忽爾折車脚。客歌花緩緩，鳥啼泥滑滑。輿夫無計施，縛以松樹枝。路人笑且疑，樵叟乘車歸。

余生東園大樹巷中周晬遷居今六十五年矣重過其地

六十衰翁此處生，重來屋宇變柴荆。想同買德尋隣叟，誰復婆留喚乳名？蓬矢挂時桑已盡，兒裙湔處水猶淸。斜陽影裏千回步，老淚淋浪獨自傾。

海寧陳氏安瀾園席上作

百畝池塘十畝花，擎天老樹綠槎枒。調羹梅也如松古，想見三朝宰相家。鳥歌花笑有餘懽，新得君王駐蹕看。分付窗前萬竿竹，年年替海報平安。福地嫏嬛主亦佳，留賓兩度午筵開。逢逢海上潮聲起，還道催花羯鼓來。

渡錢塘江無舟蒙查耕經廣文讓舟自言曾讀袁太史稿故也感謝一律

天涯乍作通名客，江上同爲未渡身。一隻孝廉船肯讓，三更燈火話尤親。故鄉有意推前輩，當路無心據要津。他日瀛洲三島路，期君還作後來人。

登鑑湖快閣弔主人任處泉先生

三面雲山一閣收，昔賢于此築菟裘。中年解組尋丹壑，半世看花到白頭。賀監高風誰得似？羲之樂死又何求！我來爲踐前詩約，尙恨遲來二十秋。詩見第六卷。

過剡溪水急舟不能上

看山不嫌複，看水不嫌曲。剡溪百里中，兩景皆到目。烏篷船小沙石橫，當時訪戴難爲行。想見風流王子敬，靑天月照烏衣明。我來正値春潮起，白浪滔滔打船尾。繂斷桅崩行不前，一落深愁沒溪底。水哉水哉聽我言，人生且住爲佳耳。到海分明會有期，問君何苦狂如此？

將近嵩壩望烟村中有瓦屋數間欣然慕之

有溪有竹有桑麻，隱隱烟村濬濬花。瓦屋幾間田幾畝，幾生修到那人家？

嵊縣坐廟石上遇舊僕琴書

無端銀鹿遇他鄉，泥首風前淚數行。面目已非聲口是，身材還小鬢毛蒼。樓臺燕子飛雖久，雞犬淮王夢未忘。知否隨園廿年事，幾人無恙幾人亡？

謝新昌明府蘇公 名燿，宣化人。

未投名紙謁淸塵，早見傔人候水濱。羈旅忽逢傾蓋客，文章曾是受知人。公嘗讀我制藝登科。留賓館借亭臺地，呂氏園。送酒車生頃刻春。多感賢侯似孫宰，彭衙一曲證前因。

新昌道中

朝出新昌邑，青山便不羣。春濃千樹合，烟淡一村分。溪水好攔路，板橋時渡雲。僕夫呼不應，碓響亂紛紛。

斑竹小住

我愛斑竹村，花野得眞意。雖非仙人居，恰是仙人地。兩山青夾天，中間茅屋置。佳人出浣衣，隨人作平視。仙禽了無猜，神魚不知避。我坐支機石，與談塵外事。人語亂溪聲，釵光照巒翠。可惜遊客心，小住非久計。一出白雲中，又入人間世。

戲霞裳

一盞瓊漿一手扶，劉郎安穩阮郎孤。不知一夜桃花笑，果是天台玉女無？

司馬悔橋

相傳司馬承禎被召，至此而悔，故名。

到此方才悔念生，我來橋上笑先生。山人一自山居後，夢裏爲官醒尚驚。

入天台路上雜詩

一灘復一灘，層層洒急雨。四面寂無人，萬條龍作語。

狹路相逢處，牛多人迹稀。採樵肩一撞，落葉滿車飛。

匼匝萬重山，斷絕無行處。未到不許來，已到不許去。

怪石當頭壓，淸泉與脚爭。輿夫如水鳥，終日踏波行。

竹桴

剖竹爲桴狀，能行水淺深。淩霄當日事，浮海此時心。但有平安報，從無欸乃音。濟人兼涉險，高節尙森森。

水碓

一輪安水上，雙杵動如飛。雨後勢常急，雲中聲漸希。功成誰索謝，巧極轉忘機。嘆息閨中婦，年年自擣衣。

天然砧杵臼中鳴，世事原無勉強成。帆借順風春借水，也知樂得做人情。

立夏日過天姥寺

正是清和節，剛來天姥峯。青蓮曾入夢，老衲又鳴鐘。覆水竹千挺，迎人雲萬重。路旁雷劈樹，正統四年封。

雷劈樹

阿香燒刼火，曾劈樹千尋。立地雙株鐵，擎天一樣心。同招丹鳳鶵，分作水龍吟。日暮風聲起，颵颵霹靂音。

相傳前代弟兄同爭此樹一旦雷劈兩開枝幹愈盛蓋古杉也

兄弟爭荆意未平，一雷分作兩家青。至今根脚燒痕在，飛過枝頭少鵲鴒。

將至天台溪急嶺高勢難遽上

身坐兜籠上竹牌，輿夫十步九徘徊。山靈似怕詩人到，澗水横衝萬馬來。

一陂一磴一溪烟，水自攔人人自前。挽上陂陁三百丈，天台原本在青天。

赤城有田横廟

我遊天台山，先從赤城始。上山已百尋，出郭才五里。遠遠渥赭明，重重雉堞倚，名城果不虚，號赤良有以。石幕勢若呑，古寺藏其裏。不圖齊田横，廟食乃在此！想是血戰餘，英魂作霞起。

五百人墓

五百英雄骨，相傳葬此鄉。韓彭雖列土，高冢在何方？

一行禪師塔

仰天畫策救人死，手捉七星安甕底。千年曆法一分差，身應皇唐聖人起。一朝蜕骨歸山丘，五峯回環七塔幽。絶無高僧能布籌，門前溪水還西流。

從國清寺到高明寺看一路山色

山徑鑿何處？半在山腰裏。輿夫作蛇行，狹處僅容趾。明知臨深潭，一墜寧復起？拚將命换山，遇險那肯止。行過小石梁，捨車换屐齒。俄而升雲中，俄而落釜底。手方招龍象，足又踐屏几。將斷勢仍續，既背形復倚。更有嶔崎峯，欲比無可擬。一笑語山靈，奇絶太無理！

同寂明上人遊圓通洞觀唐時貝葉經硃砂鉢

高明寺裏夕陽明，僧引圓通洞口行。八面窗虚嵐翠湧，一龕燈照佛香清。經翻貝葉西方字，耳試硃砂古鉢聲。愧我前生非智者，也勞七十二峯迎。

過寒風闕到永慶寺看牡丹

行過寒風闕，雙崖出霧中。天常懸石柱，僧各住茅蓬。地冷春常在，花多色不空。牡丹三月暮，猶未了殘紅。

素識海澄師知其在天台而入山後遍訪不得忽于華頂遇之遂招陪遊山

西湖曾共醉斜曛，一別人天信不聞。每到檀林思問佛，忽來華頂竟逢君！溪山路熟煩先導，香火緣深怕失羣。兩局殘棋半枝燭，又添公案在烟雲。

海澄爲言茅蓬僧有梅谷者少年能詩往訪不值

爲訪詩僧去，空山不見蹤。茅蓬無鎖鑰，自有白雲封。

履中上人年七十餘自言金陵人談予作令事甚悉衆僧膜手環聽

居官四十年前事，豈料荒山老衲談？倘有些些談不得，教儂此際若爲堪。

登華頂作歌

天台山勢如爭天，比高欲與天齊肩。到此自知高不去，擲下一朵青花蓮。我來華頂峯，披衣抱雲坐。才覺清風兩袖生，已增白日三分大。老僧拜經處，下視何雄哉！濃青襯淡綠，瑤草雜金苔。衆山八面齊安排，如坐如臥如奔走，爲獅爲象爲嬰孩。雜卦傳中所罕譬，嫏嬛記內所難該，一一眼前羅列而崔巍。星辰恍從頭上墜，海水飛從脚底來。可以吞九點，走八垓，遨嬉蓬島，鞭驅雲雷。倘乘紙鳶竟飛去，何由知我非仙才！可惜烟濛濛，空將老眼揩。疑是仙人故意遮步障，不許望見扶桑以外金銀臺。玉色兩重泉，相傳出龍爪。人疑山頂高，如何不枯槁！我道高處有淵泉，如人頭上有髓腦。想見仙人羽化時，渴飲金漿不知老。山僧留我宿上方，五更看湧金輪光。我意殊難留，將欲往石梁。但說此來一大願，儈其聽之毋笑狂。安得放倒天台四萬八千丈，喚取縫人刀尺細細空中量！

從華頂左折而下至上方廣雨行十五里爲雲所遮一無所見

濃雲片片雨漫漫，一路聞灘不見灘。十萬烟鬟齊掩面，不容騷客盡情看。

且向雲中笑口開，莫將缺陷惱天台。世間儘有青盲客，已見還如不見來。

到石梁觀瀑布

天風肅肅衣裳飄，人聲漸小灘聲驕。知是天台古石橋，一龍獨跨山之凹。高聳脊背橫伸腰，其下嵌空走怒濤。濤水來從華頂遙，分爲左右瀑兩條。到此收束羣流交，五疊六疊勢益高，一落千丈聲怒號。如旗如布如狂蛟，非雷非電非笙匏。銀河飛落青松梢，素車白馬雲中跑。勢急欲下石阻撓，回瀾怒立猛欲跳。逢逢布鼓雷門敲，水犀軍向皐蘭鏖。三千組練揮銀刀，四山崖壁齊動搖。偉哉銅殿造前朝，五百羅漢如相招。我本錢唐兒弄潮，到此使人意也消。心花怒開神理超，高枕龍背持其尻。上視下視行週遭，其奈泠泠雨濺袍。天風吹人立不牢，北宮雖勇目已逃。恍如子在齊聞韶，不圖爲樂如斯妙！叶。得坐一刻勝千朝，安得將身化巨鰲，看他萬古長滔滔！

僧引石梁水爲池瀹湯勸浴

欲洗人間十丈塵，老僧賜我一池春。分明認得藍橋水，浴罷桃花尚滿身。

次日再往觀瀑

名山從古如名士，名不虛傳是石梁。我最曠觀偏有戀，爲他三日宿空桑。

平生不說維摩法，此處爲僧恰不辭。解得淵明參悟語，分明此水是吾師。

北踰小嶺路徑絶矣踏澗石而行至洞壺滴漏處

巨石如壺形，浪從壺口湧。聲若春行雷，勢如底脱桶。難教司宫斟，只可巨靈捧。可惜來路絶，一望但巃嵸。我踏亂石行，跦跦復傱傱。扶危支兩笻，尋隙納雙踵。初覺腰脚怯，繼且腸胃悚。畢竟窮其源，張騫眞鑿空。恍然印萬川，豈徒曉一孔！寄語同來人，但往愼毋恐。縱使遊傷廉，未必死傷勇。

桃源路尤險霞裳有難色余勇進至會仙石遇雨而返

踏石石欲動，跨水水復濺。五步一峯轉，十步一峯變。重重天塹形，幅幅屏風面。神光果離合，青紅遞隱現。神女示人難，不肯輕相見。喜到會仙石，洞門開一綫。其奈山靈慳，飛雨急如箭！衣濕身難禁，峯壓目屢眩。既無胡麻餐，空有冷雲嚥。只好沿溪歸，殘桃拾一片。

題會仙石四首

果然仙近世途遙，石作樓梯樹作橋。想見翠屏遮隔處，風鬟霧鬢有人招。

古蹟荒唐怕討論，事關兒女易銷魂。會仙石上千年草，仔細摩挲認坐痕。

才聽雙鬟合唱歌，又招漁父泛烟波。桃花慣作迷人事，引入仙家總是他。

作壻山中僅半年，人間滄海變桑田。教儂不敢多時立，生恐歸來也惘然。

惆悵溪六首

一角清溪兩岸春，溪聲以外卽紅塵。送郎到此怕歸去，重見桃花不見人。

人天作別淚滂沱，山自青青水自波。做到神仙尚惆悵，神仙以下更如何？

仙郎回首合歡床，應悔匆匆遽束裝。滿目山河人世換，輸他衣錦客還鄉。

風吹石洞幾回開，玉几金牀長綠苔。如此人間殊不惡，雙雙何不渡溪來？

老住山中萬事休，歸期少算亦千秋。幸虧不遇神仙好，倘遇神仙我欲愁。

一動凡心二女知，故鄉未免夢依依。勸君想作仙家壻，先要思量歸不歸。

水珠簾

水性如人性，緩急不同科。急者爲奔浪，緩者爲盤渦。我到斷橋西，有泉下巖阿。愔愔戛水瑟，飄飄穿龍梭。灑灑撒飛麵，輕輕捲薄羅。叱之如可斷，招之若愈多。峭壁爲所掩，重簾遮石婆；雜花爲所迷，明珠抛嫦娥。安得返潮笛，來唱回波歌？

萬年寺題壁

一庵行到一鐘鳴，五百袈裟樹下迎。八篕例供香積飯，三更風送木魚聲。僧墻字滿詩人少，雲霧茶濃水味清。老我江淹無采筆，不能蕭寺盡題名。

兩筇歌

上山索人扶，將身落人手。我陷彼不知，彼墜我反狃。不如持兩筇，勝添兩足走。卜卦類得朋，並耕如獲耦。前支後更撐，左失右還有。夾輔類周召，相推似韓柳。欒書解曳柴，子賤免掣肘。十指盡策勳，雙趺愈抖擻。平生愛看山，一笑心語口。業已如狼貪，何妨作狗苟。能步固爲奇，似爬亦未醜。喚作雙弟兄，唯唯復否否。土人呼杖曰「親兄弟」。

山行

山行不覺笑啞啞，愛好眞無貴賤差。試看輿夫身喘汗，滿頭猶插杜鵑花。

寄懷陳葯洲觀察

幾行瑤札下茅茨，未到天台先索詩。分俸恩深非夢想，渡江膽壯有山知。投林鳥作閒來往，行脚僧逢大布施。路過桃花千尺水，龍門回首倍相思。

桃源行 有序

古人咏武陵桃源者，自陶淵明、王摩詰至薩雁門不下十餘人，各極其妙。惟天台桃源，歌咏闕如。予過其地，爲補其詩。

天台山高萬八千，中有窟宅藏神仙。相傳漢朝劉與阮，兩人采藥山之巔。一重桃花一重水，花光入水紅霞起。四顧無人忽有聲，一雙玉女來烟裏。吹氣如蘭前致詞，道郎未到妾先知。金盤共進胡麻飯，瓊葉分裁合巹詩。誰作姨夫誰作嫂，鴛牒開看都了了。但覺山中日漸長，不知世上人能老！仙鄉住久憶人間，想把紅塵換白雲。奈他一點凡心動，便把人天兩界分。再四留郎郎不肯，送郎直到青山頂。嘶斷風中班馬聲，回頭還見娉婷影。還鄉重叩舊柴扉，豈料滄桑事事非！半年夫壻分明記，七世兒孫認識稀。兩人相對情於邑，懊悔當初輕作別。一段仙緣世莫知，且邀隣里從容說。尋仙從此走天涯，萬古茫茫白日斜。不知終竟團圞否，桃樹無言但作花。

瓊臺

斬斬萬重崖，中心起一臺。自從明月照，曾見幾人來？地底千溪響，天邊雙闕開。怪他王季重，舉此冠天台。季重以瓊臺爲天台第一景。

每至一寺羣僧出迎必撞鐘鼓請余禮佛余口號二十字書扇曉之

逢僧我必揖，見佛我不拜。拜佛佛無知，揖僧僧現在。

到桐柏宫觀伯夷叔齊石像

雙雕石像古鬚眉，傳說宣和建此祠。門外淸流千百曲，庭前孤竹兩三枝。也知讓國全無怨，未必登山果有詩。薄獻蘋蘩公莫笑，料應記得采薇時。

三井坑望瀑

行過桐柏嶺，乃至三井坑。遠望千丈瀑，如天上建瓴。倣彿石梁水，一樣銀河傾。如何說者少，孤掌獨自鳴！此理恰易知，爲其少人行。即之不可得，稱之無從名。我亦但望影，未能遽聞聲。始知古名流，終當近人情。

齊次風宗伯昆季周南世南年俱八九十矣招余小敍出宗伯全集屬爲删定

龐眉三兩叟，招飲一家春。爲付千秋業，來求後死人。文章朋輩少，患難弟兄親。且當華林略，傳抄夜達晨。

將出天台留別杭州故人孫學田時就館清溪

交情老去倍纏綿，況復交情五十年？千里遊山逢舊雨，一燈如夢感華顛。難忘竹馬同騎日，且補雲龍未了緣。極目清溪茅店月，故人又隔幾重天！

留別天台令鍾醴泉明府

劉盧家世本天親，余與君有戚誼。愧把猪肝累使君。肯送幽人登華頂，勝扶寒士到青雲。南衙攜手看嘉樹，北郭張燈說異聞。似此深情那能忘，仙山回首又離羣。天台署中有桂參天，碣書「可封」二字。天啓四年陳命衆題。公每晚必來寓說奇事數則。

出天台城十餘里齊公子琴典史許廣文海澄梅谷兩僧溪邊送別余爲黯然

名山業已心難別，況復諸公送不休？七十年華千里路，勸儂還要再來遊。

琴高仙尉眞君許，子弟通家記姓齊。更有苦吟僧兩個，袈裟拖雨立橋西。

桃花流水響潺潺，送我登山又出山。一樣千秋劉阮恨，此身依舊落人間。

驪歌何苦唱千回，從古浮萍聚卽開。只有青蓮天姥夢，吟魂夜夜會飛來。

臨海都司江君余宰江寧時所識拔士也聞余到執弟子禮甚恭

江名光國

昔日張童子，今爲狄武襄。非君心念舊，老我事全忘。聚櫜護行李，張燈宴射堂。衰翁懽喜甚，韓白在門墻。

到台州寓詩人張雨村家雨村雖外出而諸郎款接甚殷留詩寄謝

我遊天台山，忘攜天台志。賴得先生詩，一一如指示。詩筆既工絕，名山無遁形。感此導師意，攬勝有餘情。豈徒吟佳什，兼且登華室。主人雖離家，我住竟三日。迎門五公子，森森蘭茁芽。把袂心殷勤，愛客如阿爺。苦心覓珍怪，雌雉來山梁。烝之學彭鏗，日飲三百觴。仙都難久居，出門心繾綣。回首望白雲，人與山俱遠。朋友重先施，瓊投愧報遲。且留短歌行，以當長相思。

縴夫行

天上風西來，縴夫面東向。有意逆天行，步步與風抗。牽曳非紙鳶，參差同雁行。首下尻益高，肩欹背可相。小住繩掠波，急奔船起浪。有時兩竿爭，軍法交綏讓。有時一橋礙，弓絃卸復上，星見身未息，雨行樹敢傍。嘆息勞者心，此是人生樣！爲誰作馬牛，終朝僕僕狀？同病合相憐，飢寒代體諒。急須顧山錢，披蓑勝挾纊。又恐半途逸，呼奴作周防。過驛乃踐更，得替慰所望。交縴如交印，選夫如選將。且喜若聾慣，僮僮走無恙。匪徒沙飯烝，兼帶山歌唱。日行五百里，中無麥鐵杖。個個楊將軍，長繩曳三丈。

同華公子因培茂咫登巾山

雙峯雙塔壓城斜，登塔城中見萬家。高樹帶雲青出屋，荒江銜石爛成沙。春聲撩耳鳥啼樹，紅雨滿身僧折花。預祝多才兩公子，早凌仙嶠躡飛霞。

黄雲門侍郎畫雲門山作自己小像其子台州太守屬余爲贊

太守名符綵

周有嵩嶽，實生甫申；魯有具敖，實名二君。地之名山，天之偉人。是一是二，非果非因。奕奕黄公，生而英絕。厥先中丞，山左持節。迎詔雲門，石麟始降。仙果遲生，權動里巷。惟其喜之，遂以字之。寄名檀林，兼以志之。俄登南宫，俄入霜臺。轉漕八州，列位三台。每聞生處，心也懷只。王事羈身，末由來只。亡何小謫，視學此邦。重來福地，重禮空王。懸弧樹在，摩頂人亡。睠焉顧之，黯然神傷。乃召畫工，命圖山狀。雲洞天門，松石蕭曠。笑顧兒曹，此即我像。自題數行，一空色相。果然委化，竟在此間。神騎箕尾，魄作峯巒。從雲門來，從雲門去。去是大還，來爲小住。我聞在昔，逝者如斯。武當山折，文公當之。月蝕東壁，鄴侯西歸。歸也有期，生也有時。然耶否耶？公知山知。

黄巖道中

十里黄巖路，瀟瀟雨似麻。老牛知讓路，新蝶學穿花。雲動山疑活，溪奔石欲斜。黄昏行李濕，惆悵宿僧家。

黄巖阻雨居停潘秀才拉遊城外委羽山

道書第二洞，云是委羽山。及予冒雨往，其小如彈丸。朱子曾讀書，地或以人傳。道人獻丹石，狀若骰子然。鐵色精且堅，足抵青琅玕。想見井公博，鏦琤鳴金盤。我將攜此具，招同玉女看。

拗嶺

僕夫侵晨興，縛屩來相告。今朝路大難，厥嶺名曰拗。果然一里餘，跦跦半日到。左轉右更回，上銳下復峭。非螺旋磨盤，類蝸升堂奧。周旋似足恭，曲折恍迷道。始厭繼亦欣，初怯後乃笑。遊山如讀書，久歷始知妙；又如初交朋，豈可遽違教！我雖慚荊公，人地兩相肖。姑且師昌黎，少安幸毋躁。

老去

老去遊蹤怕暫忘，紀行連日有詩章。溪清沙石都堪數，雨歇林花暗送香。童去鳥棲牛背穩，車停人坐樹陰涼。關心欲問誰家墓，翁仲無言臥夕陽。

一寺在萬山凹處晚間獨步

四面青山繞作城，簷前雨滴殿中晴。細看不識來時路，轉問僧從何處迎。

將入樂清境副戎白公率文武官遠迎郊外袖中出詩扇是余丁丑年所題強留署中遣將校送遊雁山臨別贈詩 公名璉

千里車遊雁蕩春，一城冠蓋遠迎賓。但驚勝地逢賢主，豈料將軍是故人！二品尊官章服換，三秋離緒鬢霜新。多情強我南衙住，自掃陳蕃榻上塵。

藏來詩扇寫銀鉤，彈指韶光廿四秋。烟墨幾行人盡逝，謂扇上李、郭諸公。晨星一個我還遊。尊前作合皆天意，世上難逢是白頭。知否倉山猿鶴意，望公開府到昇州。

贈郭道士

白鬚道人八尺長，風吹一房藥草香。自言年齒不記得，但見東海曾栽桑。生長西涼少習武，青海從軍力如虎。年公麾下岳公門，首領三軍掌旗鼓。常爲周訪兩甄鳴，好作甘寧雙戟舞。眼看韓彭不善終，一朝心事付空空。磨將寶劍光如雪，斬斷塵緣萬萬重。西走崆峒北少室，飲罷金漿煉金魄。朝傳玄女九天符，暮踏漢皇五車石。騎將白鹿欲尋誰，採得黃精還贈客。手持蠶眠細字書，託我遠寄孫太初。謂章槐墅觀察。青泥不封丹篆露，鍾離意態何粗疎！意欲相招授大道，我但不言惟有笑。雲在青天鶴在山，世間萬事從吾好。君不見，楚狂接輿趨而過，啓期負手行且歌！我今樂矣遑知他，神仙其奈達人何！

夫容嶺

行過夫容嶺，峯峯聳碧霄。海鮮爭入市，山頂盡栽苗。草色妬新柳！溪聲學小潮。礮臺雖遠列，聖世久烟消。

望海

一望水天空，方知海不同。分來中國好，洗出太陽紅。地少難尋岸，龍多易起風。人間宦途客，都泊此當中。

宿虹橋倪姓家其西席張孝廉請見色甚倨見余意不屬乃夸其先人元彪公最知名曾與袁子才商寶意兩先生交好余問君曾見袁某乎曰袁在年將大耋安可見耶余告以某在斯乃愕然下拜

相見爭夸大父行，公然當面喚韓康。姓名借與人間用，惹得狂夫老更狂。

過四十九盤嶺裁到雁山

四十九盤嶺，盤盤欲上天。不教雙足苦，難到萬峯巔。踏處全無土，喧聲但有泉。三休才得過，衣帽盡雲烟。

嶺中有名馬鞍者尤險絕唐以前尙未鑿開

千峯如龍蹲，當中横一馬。想從洪荒開，實爲攔路者。何時鑿成鞍，跨鞍才得下。下此山如潮，萬派爭一瀉。立向天外多，在人意中寡。我欲吟成詩，可畫不可寫。嘆息千萬年，混沌鑿方且。

到淨名寺望觀音髻半爲雲掩久之始露全峯

山雲如炊烟，初起白一片。未幾百道飛，青山頭不見。觀音幸慈悲，遣風徐吹開。捲開九華帳，露出雙鬟來。

晚宿寺中同霞裳步鐵城障認一綫天

遊山惜寸陰，得暇卽尋討。步入鐵障城，城高天漸小。打頭洒珠璣，濕我縑單衣。似雨恰非雨，濛濛山溜飛。諸洞空中懸，道是猿猴宅。頗有高人風，呼之不肯出。踏濕兩芒鞋，流連那肯回。一綫天未過，一綫月又來。

觀大龍湫作歌

龍湫山高勢絶天，一條瀑走兜羅綿。五丈以上尙是水，十丈以下全爲烟。况復百丈至千丈，水雲烟霧難分焉。初疑天孫工織素，雷梭拋擲銀河邊；繼疑玉龍耕田倦，九天咳唾唇流涎。誰知乃是風水相搖蕩，波回瀾卷冰綃聯。分明合并忽迸散，業已墜下還遷延。有時軟舞工作態，如讓如慢如盤旋；有時日光來照耀，非青非紅五色宜。夜明簾獻九公主，諸天花散維摩肩。玉塵萬斛橘叟賭，明珠九曲桑女穿。到此都難作比擬，讓他獨占宇宙奇觀偏。更怪人立百步外，忽然滿面噴寒泉。及至逼近龍湫側，轉復髮燥神悠然。直是山靈有意作游戲，教我亦復無處窮眞詮。天台之瀑何狂顚？雁山之瀑何蟬嫣？石門之瀑何喧闐？龍湫之瀑何靜妍？化工事事無複筆，一瀑布耳形萬千。要知地位孤高依傍少，水亦變化如飛仙。

風洞

地立千尋石，天藏一洞風。吹時分冷煖，起處辨西東。傾耳如聞響，扶雲直到空。笑儂搖羽扇，也會顯神通。

淨名寺西北石罅千尋中裂縫處有石如龍腹正補其罅垂鼻滴水兩孔一塞一通土人以盆承之號龍鼻水

是誰鑿石作龍宮？無梁高殿懸虛空。老龍蹙踞病吹霎，一鼻孔水流淙淙。昔者便了奴，鼻涕一尺長；更有永安王，替兄拭鼻遭愆殃。此獨一通復一塞，得毋有意分陰陽？我欲借居作廣廈，日日清泉掬兩把。更請當年孔甲來，橫穿龍鼻如牽馬。

至靈峯洞腰輿不能行乃拄杖步上暗數石坡得三百七十有七

遠望靈峯洞，斜狹不甚寬。及其拾級上，儼若登天然。一龕高朗同明堂，排筵可容百客觴。演圖不勞公玉帶，着翅已到浮金房。石作穹廬四面合，萬古不愁天欲壓。一僧念佛諸佛應，片石敲崖千石答。相傳劉允升，入洞成仙去。二女從之行，飛昇在此處。陳迹荒唐且莫尋，眼前我亦無歸心。將行已起復又坐，那知門外斜陽沉。未來覺我衰，已來覺我少。細數山坡三百七十有七層，公然兩脚猶能到。

每見絕壁之上有長方石門如數十間屋舍鳥或能飛人不能至

神仙不是閉門居，精舍分明敞太虛。只恨張華飛不上，嫏嬛無處覓奇書。

天柱峯

一柱擎天起，千峯勢莫干。分明玉皇意，當作大臣看。

老僧巖

遠望石頭陀，近觀復不像。始知彼法空，終須離色相。

望天貓

仙鼠飛上天，此貓心不許。意欲往擒之，望天如作語。

美人石

石婦玄經著，雲鬟此處斜。春風嫌寂寞，吹與滿頭花。

展旗峯

黃帝擒蚩尤，旌旗不復收。化爲石步障，幅幅生淸秋。

剪刀峯

遠望雙峯截紫霓，尖叉稜角有高低。倘非山裏藏刀尺，那得秋雲片片齊。

玉女峯

風中梳裹霧中藏，雨是濃粧月淡粧。莫道玉人長不老，秋來也有鬢邊霜。

聽詩叟

底事聽詩聽不淸，此翁耳學欠分明。擬攜謝朓驚人句，來向靑天誦數聲。

卓筆峯

孤峯卓立久離塵，四面風雲自有神。絕地通天一枝筆，請看依傍是何人。
幅幅雲藍滿太虛，于今不是結繩初。如何大好揮毫處，天上神仙不著書？

謝樂清張荆巖明府

東甌久著邑侯賢，海角相逢意洒然。宦味兩年龍鼻水，琴聲幾度雁湖天。我慚靈運呼山賊，君本張筠是地仙。爲辦行裝爲蠟屐，征夫省費草鞋錢。

寄懷淨慈寺佛裔上人

我本柴桑民，攢眉白社避。欣逢惠遠師，招我遊初地。門外閃湖光，風中過花氣。浴以般若湯，餐以伊蒲味。依依愛才心，了了見佛義。更復膜手言，乞詩爲布施。我時初傾衿，未敢遽言志。別後遊天台，茅蓬百有四。與之作玄言，如師竟無二。不覺歡喜生，深心託遐契。急寫雲藍箋，當作袈裟寄。來時佛不參，去後師言記。敬佛不如師，師其知我意。

館頭呼𦨞蔦船渡江至永嘉河最狹穿過數十人家屋下乃至郡城

十里人家盡跨河，疎花密石傍籬多。柴門頗有朱門意，要客低頭屋下過。

過謝客岩有懷康樂公

一夢傳千古，詩人重友于。池塘應在此，春草綠如初。水色芙蕖嫩，苔痕屐齒疎。相傳崖上篆，猶是謝公書。

瞻康樂公像

清癯古貌寫丹青，彷彿吟詩尚有聲。此日長鬚難布施，免教公主鬭輸贏。

荆坑道中

遠望烟墩立翠微，白沙高嶺望崔巍。灘奔石自排牙立，風急花如約伴飛。野廟牆崩神暴露，大洋山隔海依稀。甌柑仙蠣江瑤柱，一路嘗新我未歸。

温州坐筵詞 有序

溫俗，新婚三日，其家張飲設樂，徧延郡中粲者，東西列坐，新婦南向，主人奓戶，任客闖入平視，不以爲嫌。悦某美，輒往揖酹酒，某酬畢，隨俠拜答之。報爵則小往大來，故非洪于量者亦無敢先焉。相傳不如是則其家氏系不繁，故非姝麗不延，延亦不肯來也。余久聞此說，疑是讕語。四月十九日到永嘉，二十日王氏新婚，二十二日晚坐筵，余往觀，信然。遂命霞裳引例成禮。歸作坐筵詞六章，補古竹枝所未有。

一家女兒迎新郎，千家女兒對鏡光。明朝坐筵誰去得？大家采伴同商量。

坐中珠翠兩行排，扶出新人冉冉來。好似百花齊吐豔，護他一朵牡丹開。

笙歌迢遞出雲端，洞啓重門到夜闌。不是月宮無界限，嫦娥原許萬人看。

釵光燈影兩相交，就裏瑤臺孰最高？徑上前歌將進酒，不嫌生客太粗豪。

侍兒分付紀離容，斟與佳賓琥珀紅。纖手自擎三俠拜，禮成都在不言中。

三星光小漏聲遲，會罷龍華有所思。笑學孝侯風土記，爲編東越坐筵詞。

偕高茗發俞運昌兩秀才登永嘉華蓋山

相傳容成子，飛升在華蓋。于今四千年，仙迹宛然在。蒙泉水一泓，淸絕味可愛。當門松五粒，古極形多怪。走登大觀亭，始信東甌大。靑靑萬畝田，縱橫如畫卦；濛濛幾片雲，山腰橫作帶。目未周八瀛，心已窮兩戒。取海來胸中，將身放天外。

江心寺

孤嶼江心起，亭臺聳碧霄。分將雙寶塔，合作小金焦。來去沙灘雁，興衰早晚潮。傷心文信國，曾把國殤招。

摇動巖

兩石相倚眠，隆隆萬鈞重。十手推不摇，一足蹴乃動。其事實可駭，其理不可求。莫怪李青蓮，踢翻鸚鵡洲。

雲溪

雲氣弄山峯，峯峯如交戰。化作溪水流，草鞋踏不斷。

姑婦峯

石婦見石婆，傴僂體自肅。莫遣飛鳥來，聲聲喚姑惡。

有織藤盤妓甚姝而蠻語難辨戲贈一詩

明眸皓齒好身材，可惜兜離語要猜。安得巫山置重譯，替儂通夢到陽臺？

坐永嘉花船渡温溪

温溪之水淺且清，舟人棄槳持篙撑。風急水衝撑不上，入水扶舟人踏浪。水中生山來阻舟，一溪分作雙溪流。推開篷窗清見底，坐聽篙聲打石子。

温溪一名惡溪

人嫌溪惡客難過，我道溪忙且讓他。萬疊雲峯千尺瀑，江南無此好烟波。

觀瀑石門謁劉青田先生像

遠望一條白，高空落翠微。甘霖眞嶽降，匹練作龍飛。遺像瞻司馬，隆中想布衣。傷心山下水，能出不能歸。

偕朱友仁山謝甥新之同登白雲山望處州城

高絕白雲嶺，登臨忘世間。一州如斗大，四面總山環。竹映春波綠，僧如野鳥閒。羨他張仲蔚，到此閉禪關。常州張秀才良綠，在此披剃。

南明寺

小憩南明寺，雙池荷葉香。山深雲色古，瀑細水聲長。試大園樟樹，渡口古樟七人合抱。夸強走石梁。數行元祐字，磨滅剩偏旁。

輿夫嘆

輿夫負重行，上山復下谷。歷盡諸險艱，垂暮方息足。我意獲弛擔，自當速睡熟。誰知重張燈，徹夜作蒱博。此閧彼復嗔，甲逃乙更逐。所得幾何錢？未足供饘粥。胡乃大鴟張，拋撒如星落？明朝重聳肩，勇氣勝賁育。至夜又復然，如有鬼捉縛。毋乃梟與盧，竟是醫勞藥？物性果不齊，熊魚各有欲。上智與下愚，不可常理度。且勿憂人憂，姑且樂吾樂。

至却金館霞裳悅金鳳爲留一宿

蝴蝶愛花香，花愛蝴蝶小。底事不吹開，春風也道好。元珪大師言，萬事莫爲己。成就野宛央，諸天色懽喜。

山行雜詠

十里崎嶇半里平，一峯才送一峯迎。青山似藺將人裹，不信前頭有路行。
風吹梅雨作輕寒，穿破油衣濕未乾。一霎車中小眠去，好山已過不曾看。
春田瀰瀰水平堤，田父秧針手自攜。難得插來隨意好，不同春草有高低。

晴山高聳雨山沉，起愛天晴遊愛陰。一種淡青濃綠處，王維能畫不能吟。

前峯遠望勢岧嶢，及到行來客忘勞。只爲白雲吹不散，青天未覺比山高。

海角山尖盡插禾，衡人處處小牛過。開元戶册何須看，已慶昇平歲月多。

客懷

作客如雲耳，逢山卽是家。見碑先下馬，試水屢烹茶。綠筍烘千挺，黃精載一車。聞香不相識，多少野田花。

白髮人間久，青雲蓋易傾。虛心無物我，到處有逢迎。村叟求詩扇，僧箋乞姓名。雪泥鴻爪迹，吾亦紀生平。

暫作蘧廬住，何嫌客舍低。寺遙先認塔，村近早聞雞。暖借黃綿襖，涼乘綠耳梯。客懷吾正好，不許子規啼。

妙理閒中得，淸談孰與聽？松稀難起翠，山遠自然青。有樹風才響，無僧佛不靈。眼前能指點，卽是度人經。

作達全無夢，還家忽有思。出門梅落後，歸路麥黃時。遊伴憐禽子，書聲憶衮師。不知門外竹，新長幾千枝？

看山有得作詩示霞裳

青山若弟兄，比肩相黨附。恰又恥雷同，各自有家數。或以股扇分，或以瑣碎布。低者卑侍尊，高者頭屢顧。隱者意深藏，豪者勢顯露。間或生奇峯，當空一幟樹。總是氣脈聯，安排有法度。從無雜亂皴，貽譏化工誤。所以仁者心，深契非浮慕。寄語詩文家，于此當有悟。

贈縉雲虞啓蜀秀才四首 有序

過縉雲，思遊仙都峯，値邑令陸公外出，余亦意闌。行三十五里，至黃碧塘，將宿店矣，望前村瓦屋翬如，隨緩步焉。主人虞姓者，未覿名紙，遽迎入茗飲，與語不甚了。還寓將弛衣眠，聞戶外人聲噭噭，詢之，則虞姓兄弟，齊來問：「先生可卽袁太史乎？」曰：「是也。」乃手燭照拜，且詫曰：「吾輩都讀太史文，以爲國初人，今年僅花甲，是古人復生矣，豈容遽去！」于是少者解帳，長者捲席，諸奴肩行李，相與舁至其家，供張甚具，余亦不能拒也。次日騎馬陪遊仙都峯，心感其意，留贈四詩。

縉雲梅雨散輕塵，旅店逢春不是春。忽把名山來贈客，仙都接引有仙人。

門前高樹萬千行，壁上瑤琴三兩張。主人能琴。我拉當年劉子驥，公然兩夜作漁郎。

聞名當作古人訛，道我年將百歲過。自笑陽休雖健在，相逢却也鬢霜多。

永興家世舊知名，家住仙鄉夢亦淸。曉起聞鷄儂起舞，隔花先有讀書聲。

仙都峯有鼎湖響岩掛榜崖諸色目

仙都名久傳，未到頭已仰。可惜鼎湖高，可望不可上。旁列石筍形，挺立相倚兩。風吹山似來，雲動山如往。山洞疑藏人，人語輒應響。伊誰考羣仙？森立長名榜。奇哉我此來，迥出人意想。雖有賢主人，不遇亦恐倘。可見宇宙間，萬事總非強。人當遊某山，山當受某賞。一總是前緣，久已定無爽。

端陽在蘭溪令梁公署中觀劇 名文永，廣東人。

爲是端陽節，嘉賓醉滿衙。主人方奏樂，客子正停車。遊罷江山冷，來看歌舞華。眞如人世上，還俗一僧家。

在台州遇曹廣文君弼金華遇翟廣文灝俱別四十四年矣喜賦一章不必相寄

我是遊山非訪舊，舊人都共好山來。想因緣法兼三世，還要今生見一回。曹植忘機能入道，（君弼善攝生。）翟璜弃雅最多才，（翟著爾雅補。）靈光殿上晨星聚，不負尊前酒百杯。

桐江作

桐江春水綠如油，兩岸青山送客舟。明秀漸多奇險少，分明山色近杭州。

蘭溪西下水縈回，分付船窗面面開。緊記心頭須早起，明朝無數好山來。

七里瀧邊水竹廬，烟村約略有人居。鷺鷥到此都清絶，不去銜魚看釣魚。

久別天台路已迷，眼前尚覺白雲低。詩人用筆求遒峭，何不看山到浙西？

重登釣臺

瓊臺登罷釣臺登，白髮重登倍有情。照水貌憐非昔日，遊山事可告先生。荒江小泊難忘舊，聖世辭官易得名。半夜推篷向空望，台星終讓客星明。

再題子陵廟

記得當初過富春，翩翩弱冠拜音塵。而今花甲還相訪，也算先生一故人。

幽幽江水半菰蘆，寂寂羊裘一釣徒。未必無心助文叔，巢由兩個誤狂奴。

牛牢高獲俱同隱，只有斯人事獨彰。惹得鄴侯還豔羨，也思一枕共君王。

回舟楓橋哭沙斗初布衣 有序

吳門沙維杓字斗初，久擅詩名，余每過楓橋，家漁洲必招過從。今年二月間，聞余到，喜躍而來，自言老健如牛，飲啖殊豪。及余歸自天台，而斗初竟歿，猶留題隨園雅集圖一稿，存漁洲處。

飄飄長鬣氣如雲，滾滾詞鋒迴絕塵。敢說鍾期琴獨賞，本來鮑謝筆如神。卷留殘墨身先逝，人到衰年健豈眞？此後楓橋阿咸處，酒杯重舉定沾巾。

過蘭溪時或勸從彼處遊武夷不過十日可到余因天暑急歸已而頗涼心頗悔之

蘭溪東去崇安郡，只隔仙霞一嶺雲。可惜炎風欺白髮，不容親叩武夷君。

浙東野廟甚多賽會甚盛戲題一絶

欹斜野廟徧岩阿，嘈雜神絃唱九歌。消受香烟管何事？人間木偶福偏多。

正月廿七日出門五月廿七日還山

爲訪名山别故山，還山諸事喜平安。到門細數養成竹，入戶喜逢初放蘭。過眼雲巒魂尚繞，扶身笻杖露初乾。挑燈急寫新詩稿，多少風人要索看！

永之觀察年逾七十需次京師書來戒我尋春賦此答之

有人不知老，圖官入幽燕；有人不知老，看花時時顛。兩人結習無短長，有如臧穀同亡羊。甘蟲食蔗苦食蓼，各樂其樂休相笑。

題何春巢賣花圖

千紅萬紫百花新，花下何郎想嫁春。記得賣花聲一喚，山塘無數捲簾人。

耕田辛苦讀書窮，活計年來事事空。只有種花經紀好，一生程本是春風。

賣花我又替花愁，幾朶能簪少婦頭？最是關心小蝴蝶，隨花同上別家樓。

十戶中人賦莫夸，珍珠一斛更豪華。扣籃我欲低聲問，可有人間解語花？

鮑文石四十索詩

鮑子投我書，字字古人語。道今年四十，學業尚如許。先生賜壽言，但規愼毋予。璉實用志紛，自忘參也魯。青箱紫宙篇，寡棄多所取。作畫更作書，嗜今復嗜古。遂致百無成，光陰棄如土。我道子胡然，子力方須努。蜂能採百花，甘蜜胸中吐。廣樂奏鈞天，鐘鏞雜簫鼓。博學斯能文，多錢裁善賈。上可造聖門，一貫師尼父；下亦傍禪宗，廣大作敎主。子腹既汪汪，子容亦楚楚。仲宣雖體弱，筆力如牛弩；長卿雖善病，馳驟極玄圃。知非早十年，伯玉且避汝。欣逢強仕初，昔賢可歷數：孫弘當此時，春秋習訓詁；朱游當此時，變節從規矩；揚雄當此時，作賦獻九五；左雄察孝廉，四十方許舉。子今眞壯哉，似月初升戶。絳灌可以文，隨陸可以武。欲作考據家，魯魚兼亥虎；欲極詞章功，隆平仗黻黼。畫必追荆關，字必媲歐褚。一堞已是城，何況連百堵；一槳也是船，何況加八櫓！譬彼失晨雞，重鳴正可補。高揮魯陽戈，趁此日正午。明年秋桂高，定斫吳剛斧。久鬱氣必宣，衝霄炫毛羽。當今石渠彥，弁雅誰君伍？君子休謙謙，碩人應俁俁。今夕復何夕，金風澄玉宇。

蓬矢洗銀河，稱觴喚織女。有曲徑須歌，無酒速宜酤。紅藕花正香，青琴涼可撫。讀我祝嘏詞，蹲蹲盍起舞！

落齒有悟

口齒三十六，巉巉相依倚。同在此人身，稟受如一矣。胡爲脱落時，遲早分彼此？或壯已乖離，或老猶附體。此是何因由，問齒齒不理。似非齒所知，亦非口所使。莫之爲而爲，無從著議擬。始知天於人，亦如口與齒。愛之不能生，惡之不能死。一言以蔽之，萬事偶然耳。

東香亭

七十人忘兩鬢絲，望雲時作嶺南思。阿連知我心情否？半爲荆花半荔支。

擬從南海看扶桑，先向天台試石梁。四萬八千峯踏遍，看來梅嶺是康莊。

幾回手札下番禺，密字珍珠萬萬餘。惹得衰翁揩老眼，閉門三日讀家書。

海錯零星寄太多，黄團紫皺小紅螺。鄉隣傳玩兒童舞，爭唱韋堅得寶歌。

白女韓娥色盡空，一枝如意人名。占春風。教人悟得東皇意，花是無心種始紅。

明年倘到越王城，不向司閽道姓名。徑上珠娘船上坐，萬花扶入海天行。

在杭州喜晤鄞令錢竹初

我聞天台遊，定向四明過。中有素心人，作宰彈琴坐。會城修書先寄之，道我即至君應知。一車一笠一笻杖，替我遊裝早辦治。豈知萬事難料量，入舟舟人作主張。乘風直過剡溪渡，訪古不到曹娥江。絃歌側耳花封近，咫尺無由得芳訊。甘茂空傳息壤盟，魏文竟失虞人信。新昌道上遺長鬚，遠致微物申區區。歸說賢侯眞好我，南衙早置幽人居。天台登罷雁山走，千里烟雲落吾手。奈有胸中石闕銜，不負名山負良友。天公知我悔過深，轉教君向吾鄉尋。歸來一笑重置酒，償盡三秋離別心。金膏水碧蒙相贈，五字七言俱上乘。當今眞有謝宣城，也解吟詩也爲政。西湖堤邊泛畫艣，白頭作別尤消魂。他年願化蟲沙去，還作陳蕃榻上塵。

六言雜詩

粉白何如雪白？爐香不及花香。此是人天分界，不容半點商量。

一樣青青松樹，一般同種山巔。一樹草亡木卒，一枝蔽日參天。

容易天生顔色，無端零落殘紅。安得身爲花幔，替他遮雨遮風？
仄仄紅泉石磴，萋萋翠竹籬笆。生怕漁郎闖入，滿山不種桃花。
人影忽然在地，仰看明月當天。作速空中照鏡，已經移到雲邊。

吳節婦詩

郭氏女，吳門妻，撫孤中夜聞烏啼。談何容易孤成立，東風又折瓊瑤枝。一解。上有老姑，下有孀婦，如影隨形，煢煢孤露。忽然祝融災，嘻嘻出出走無路。二解。孺人聳肩負阿姑，阿姑頽邁驚且呼。肩重如山蹀躞趨。三解。炙及額，燒及裳，心知有姑痛已忘。姑雖免死身亦爛，音聲啞啞若吞炭。四解。婦乃被髪泣涕再拜北斗旁，願活我姑賜我方。果然姑夢若有神焉，吹以清風，飲以甘泉，一朝病已，壽考遐年。五解。于今姑婦，都已令終，長孫入泮，家風隆隆。似此姬姜，我聞亦寡。敬作歌詩，俟采風者。六解。

贈花詞爲嚴子進作

錦瑟年來漸漸長，嫁春時節費商量。爲尋燕子安身處，送與盧家白玉堂。
兩載黄門夢雨淸，一朝重起看花情。小星也有修來福，不用當頭避月明。子進悼亡兩次。

分付雲鬟侍寢餘，燒蘭㩳錦靜相於。粧奩替買芸香去，公子平生愛讀書。
金風涼動易成眠，薄薄夗衾未放綿。記取中秋好時節，桂輪才滿第三天。

贈彈詞盲女王三

妙絕摩登女，生來色卽空。無人蒙一顧，有曲唱三終。月好雲常掩，花嬌睡更紅。暗中休摸索，我是白頭翁。

葠

愛作名理談，厭聞道學氣。所貴紫團葠，作藥無藥味。

題冬心先生像

彼禿者翁，飛來淨域。怪類焦先，隱同梅福。嗜古得其三昧，觀書能窮八錄。畫之妙，可以上寫天尊；詩之清，可以聲裂孤竹。然而觭耦不仵，嶔崎歷落，好雄惡雌，汚羣潔獨。忽共鷄談，忽歌狗曲；或養靈龜，或籠蟋蟀。揮甘始之金，餐李預之玉；識齊桓公之尊，畜童汪錡之僕。梁鴻畢竟無家，叔夜終于忤俗。一旦化去，公歸不復！誰把生金，鑄他芳躅！有弟子兮兩峯，洗手天河，描成此幅。充充古貌，襜襜奇服。其志偲偲，其神鼍鼍。手貝葉經，似讀非讀；曳鞣鞸履，欲縛不縛。鬚連蜷以離披，目晼睒而凝矚。賈逵之衣圭齊肩，張融之革帶至骼。點三毫而輔頰宛然，取側影而精神愈足。觀者無小無大，皆嗟曰：此多心先生之眞面目。于是妬者笑，思者哭，慕者仰，拜者伏。懸諸中堂，而一酹一杯；當作佛像，而三熏三沐。雖然，吾不羨夫死後之孫叔敖，而獨賢乎紙上招魂之楚宋玉。

嵇受之侍講幼時受業今侍直上書房假歸過訪留詩見贈賦此答之

身列青雲最上層，忽來山裏訪先生。高冠無復垂髫影，低語依然問字聲。疏廣一家師傅重，韋賢兩代相門清。花箋粉壁題詩去，四十年前弟子情。

去夏六月兩峯觀察過隨園將阿遲寄滕下去今年從湖北作書來賜名文瀾俾與諸公子爲輩行寵以袍鎖等物寄詩三章依數奉答

瀟湘雲水正相思，忽有新詩寄阿遲。記得去年當此日，藕花風裏喚爺時。

錦袍文葆遠相將，金鎖遙分玉雪光。知道身材兒易長，爲他闊幅作裁量。

文瀾兩字比諸昆，稚子能知假父恩。時把嘉名夸阿母，兒今一品令公孫。

哭朱竹君學士

古人今不作，古道竟非宜。聽説文星墜，空增吾黨悲。持身盧子幹，好客鄭當時。奇字三蒼纂，窮經六籍披。請開書四庫，聞上開四庫館，奏始于公。漸白鬢千絲。學博天能鑒，心清水共知。龍門今逝矣，寒士欲何之？大雅扶輪者，長安剩有誰？

玉尺持江左，旌旗過小園。撝謙稱後輩，把酒坐黄昏。佳士交相薦，名山喜共論。依依水精域，戀戀菊花村。豈料裁分手，俄成永斷魂！年華輸我老，官爵望公尊。有集應傳世，無人忍忘恩。遥知絳帷客，凄絕老魚門。謂蕺園太史。

哭童二樹 有序

二樹名鈺，山陰布衣，工詩善畫，少所服膺，獨于余推許過當。春間修志揚州，買舟見訪，適余遊天台，不獲一見。及至冬月，余往訪之，而君先十日死矣。

苦累先生望眼枯，遲來十日渺黃壚。李邕識面心何切，范式登堂夢已孤。留贈梅花扶病寫，待商詩集滿牀鋪。九原此日吟魂在，知我靈前一慟無？

過詩人劉南廬墓下作 有序

南廬名名芳，福建布衣，詩工七律，遨遊四方，所到皆羣僧供養。問何不歸家，笑而不答。卒于通州，州人爲葬琅山駱右丞墓側。

衰年舊雨意難忘，憑弔詩人到紫琅。一榻昔曾留榧子，丁丑九日。南廬小住隨園，有「水影到窗知月上，松風過枕覺秋深」之句。九原今喜傍賓王。閒雲蹤跡人難問，斷碣欹斜冢漸荒。深夜鮑家詩再唱，天風海水應宮商。

聽朱夫人彈琴 有序

朱沛三觀察寓杭州紅藕山莊，招客小集，忽引余入內。夫人玉貌錦衣，隨二侍者抱琴出見，敍寒暄畢，起立曰：「妾故善琴，非得先生詩不足以張之。請鼓一再行，換先生佳句。」旋從容布指，操關雎一曲而退。

意外琴聲響，桓伊喚奈何。驚鴻初照影，撥指已生波。逸韻梁間繞，餘情絃外多。曲終人不見，天上一嫦娥。

小倉山房詩集卷二十九　癸卯

霞裳就婚汪氏已五朝矣芳訊杳然賦詩調之兼呈新婦

昨年遠走天台路，此日眞攀玉洞花。從古劉郎爲壻樂，胡麻飯喫女兒家。

八載青衿入泮池，婚期太覺阮修遲。隨園烏鵲爭塡路，助汝銀河喚渡時。

入市羊車久擅名，今宵燈下見卿卿。佳人不語低頭喜，消受檀奴過一生。

杏花紅嫩柳條粗，點綴粧臺入畫圖。底事清明尙飛雪？想同仙子鬬肌膚。

五日愔愔住洞房，定知努力作鴛鴦。藁砧滋味親嘗後，示我房中曲一章。

關雎彈出正聲希，回首桑間事事非。從此倉山桃李樹，好花不逐亂風飛。

繡被原該覆鄂君，書來何必借殷勤。只嫌山裏名香少，還倩荀郎身上熏。霞裳來借錦被。

戲題花葉寄粧樓，好作羹湯代束脩。莫惱袁絲太無賴，奪人夫壻出山遊。約彌月後同遊黃山。

轉眼秋風桂影高，明春郎賦鬱輪袍。斷機勸學何人事，應替先生一半勞。

海棠下作

堆滿萬重雲，西窗日漸曛。海棠香自有，只要靜中聞。

同霞裳遊黃山過采石登太白樓

霞裳美少年，絕似崔宗之。攜登謫仙樓，懷古有餘思。春樹尙披錦，江聲學咏詩。重重碑題滿，繼響知爲誰？惟有蕭生畫，揮毫得天倪。歲久壁泥蝕，我來見已遲。昔人不可作，後來孰與期？急沽斗酒至，臨風兩手持。仰呼太白星，下來飲一巵。

采石東去磯上有賈似道鐫聯壁二字

千尋危石劃江開，賈相當年興太佳。家裏蘭亭八千匣，倘來此處作摩厓。

從平溝行至三溪作

鷄唱平溝客起遲，荒原漠漠草離離。竹輿行過三溪口，漸漸青山來引詩。

琴溪相傳是琴高騎鯉處

琴溪山，若待人，終朝鶴立向水濱。琴溪水，清可弄，穿出平橋十一洞。洞中丹書不可識，浪引寒烟搖石壁。溪草溪花秋復春，仙人一去無消息。我笑琴高子，終竟非仙才。但騎鯉魚去，不騎鯉魚來。

楡嶺

楡嶺高難上，肩輿換步行。見山生足力，聽水惹吟聲。路狹烟雲讓，人稀鳥雀迎。息勞坐巖石，刻竹自題名。

到新安遊雄村曹侍郎園隨同令弟顧厓太史泛舟小南海

遊園必到辟疆宅，咏勝必登給事堂。況復雄村十五里，水容山態相迎將。主人邀我入瑞室，歷盡陂陁三百級。墻外風帆入座飛，林中怪石迎人揖。層層水木湛清華，對景懷人意倍加。不知朝裏青雲客，何日歸看綠野花？難弟同遊小南海，江中別有金焦在。不是人間香火時，鳥聲歡動闌干外。共指溪河水一條，東行便是浙江潮。白頭未免鄉心動，卽欲乘風上小船。

何素峯居士招飲仇樹汪園座中黄甘泉巴雋堂汪漁村等十一人各賦一詩

何遜風騷主，招爲野外吟。引涼高樹早，聞笛老懷深。美酒出金谷，羣賢聚竹林。新詩歸各咏，漢上續題襟。

余十二歲入泮即讀吳冠山先生文今五十六年矣雄村歸後方知先生家住溪南相離不遠缺於一面心殊脊然賦詩奉寄

文章早歲便相師，垂老相逢願屢違。千里名山空蠟屐，兩朝前輩未摳衣。温公獨樂郊居久，魯殿靈光海内稀。咫尺丈人峯未上，鳥飛已過倍依依。

同秀才黄世塏劉志鵬登齊雲山

登山非登舟，輿夫多曳縴。想見齊雲高，飛鳥猶股戰。初臨雙松橋，再入桃花澗。離褸灌木陰，屈曲陂陁旋。路斷一洞開，石裂諸天見。懸崖高幂張，呑覆碧池面。遊人在下行，驟雨衣不濺。但訝珍珠簾，挂空千條線。趺坐未片時，陰晴狀又變。天門有單複，一重又一重。我欲謁眞宰，二客爲先容。哀壑勢杳窱，怪峯形窊隆。橫皴疑斧劈，密縫類雲封。駭駭門列鼓，硠硠厓懸鐘。三姑旣已接，五老重相逢。開口戲相喚，應者聲滿空。遙望西天門，欲往未可窮。且宿百子樓，正對香爐峯。此峯眞豪傑，屼起山當中。

從江村冒雨至黃山湯口

不獨晴行雨亦行，江村卅里盡溪聲。無心見客草冠好，有意上山行李輕。榴火照人紅冉冉，秧針搖水綠盈盈。夫容萬疊雲中立，知是山靈抗手迎。

湯泉浴

萬仭蒼厓覆浴堂，早知勾漏有砂床。一泓碧玉煖如許，半日熏風坐未央。酌飲最憐香氣味，試來難轉冷心腸。何時得上知章表，乞作幽人湯沐莊？

過回龍橋聽土人說起蛟事

行過回龍橋，山痕破輦綠。怪石何崩奔，滿阬堆犖确。土人爲我言，此處龍起陸。一龍將升天，八百蛟相逐。噴雷兼洒雨，撒沙且飛雹。尾學蚩尤搖，頭作共工觸。未免恃龍威，摧殘到草木。龍視蛟如奴，縱之忘束縛；蛟視山如無，氣欲吞五嶽。送龍入海後，蛟仍返舊壑。當其得志時，力可移山嶽；及其失勢後，瑟縮泥中伏。往往三冬氓，伐蛟食蛟肉。感此氣化機，玄黃有剝復。山川尚逢刼，人世眞局促。勸蛟愼行藏，勸龍管僚屬。頑石聽余言，點頭滿山谷。

一枝

一枝筇竹杖，直上白雲端。性命關呼吸，雲山始大觀。仙禽奏音樂，古柏作闌干。五月端陽近，重裘尙覺寒。

宿慈光寺觀前明萬曆宮中賜普門和尙袈裟金鉢

古鉢金光耀紫烟，袈裟針脚尙新鮮。禪師拔出難消受，千個如來坐滿肩。

從慈光寺步行穿石洞上木梯到文殊院

青天豈可削，黄山峯如刀；刀上豈可躡，黄山路莫逃。初入雲巢洞，再上脱凡橋。一梯既升天，萬嶺如湧潮。趾未納二分，雲已埋半腰。仗手不仗足，手可攀樹梢；選石如選几，一坐償百勞。土人指峯名，附會眞堪嘲。逼視頗不肖，遙睇偏相撩。到寺魂小定，滿胸山尚摇。

一路望天都蓮花二峯半爲雲掩到院少頃始露全峯

山如新婦羞相見，故使雲爲半面粧。坐待片時才却扇，天公教我捉迷藏。

端陽阻雨文殊院雲來遮門一無所見午後小晴步至立雪臺望前後海諸山

端陽開門人世換，不見人形但聞喚。身入玄黄渾沌中，但聞雨脚聲聲滴不斷。大風西南來，勢若奔萬馬。老僧生怕寺飛去，扛取奇峯壓屋瓦。須臾雲氣重重開，我乃支筇立雪臺，前海後海看崔巍。許看不許看，全憑雲主張。趁此雲歸家，亟亟左右望。可惜黄山大，兩眼小，萬簇青青看不了。且倚松身當床臥，更折松枝把苔掃。除卻雙桃獅象玉屏風，只愛傴僂一峯有似老人老。

章亦周秀才與山僧同迎至硃砂峯下

老僧揖我右，秀才揖我左。儒釋一齊迎，不覺笑言瑳。秀才負高懷，久斷紅塵鎖。時時抱孤琴，到此峯頭坐。彈開雲數重，驚落花幾朵。不負山外山，眞乃可人可。始知曠達人，世間不止我。

雨後自文殊院左折而下過百步雲梯一綫天鰲魚洞是黃山最險處

雨過灘勢急，水與人爭路。危磴高且滑，飛鳥行難度。鞋苦犖确穿，杖恐軟沙誤。鄧艾難裹氊，董父但懸布。劍戟下自天，頭仰驚石怒。小卻學蚓屈，徐引作蛇赴。疑虛背怯倚，審固趾才措。豈徒三次休，兼貪四面顧！安得億萬身，一峯一翔步？

平生見慣天，忽然一綫小。且喜雙厓夾，雖跌不得倒。石覆黑如夜，罅露白成曉。乳竇閉沉沉，靈泉滴悄悄。扶人松可感，迷人雲可惱。才爲井底蛙，俄作升天鳥。有意示人難，造化鬬姦巧。銳進固有拒，退縮亦難保。不能乞山靈，放平憐我老。只好息喘呿，忍死往前討。

鰲魚張口呑，入者貌都慘。我獨勇登先，所恃惟一敢。穿腹乃踏背，入坎復出坎。遠望煉丹臺，松針似鋪毯；近看蓮蕊峯，幽露含菡萏。因之語遊人，自視愼毋欿。果有猛進功，萬境無不攬。何必肉飛仙，虎目睨眈眈。只須趙子龍，渾身都是膽。

坐蒲團石回望慈光寺在萬山之中如落釜底

小坐蒲團望碧霄，眼空下界察秋毫。如何低極慈光寺，昨日來時只覺高？

坐光明頂上老僧送茶至

風吹帽落帶繞頸，履踏蒼苔濕至脛。看山看到衆山無，自知身到光明頂。此頂寬平容萬馬，前後兩海界井井。衆嶺森羅脚底來，憑我恣餐如列鼎。或指九華浮遠翠，或說雙丸騰倒景。或夸陵陽青百重，或詫宛陵烟萬頃。我從絕險得坦途，小坐片時心耿耿。譬如聽過鈞天樂，雖有他樂不敢請；又如強弩射潮回，魯縞再穿力不猛。方學渴猊思飲海，忽見老僧來送茗。和雲帶露一吸乾，滿腹金莖仙露冷。

上蓮花峯至半途以風大而止遣人登頂取香砂嗅之果然作詩二首

非關足力差，實畏終風暴。莫怪青蓮花，顧我只管笑。

想因香界諸天過，咳唾隨風落作砂。我把鎖雲囊裹去，散來人世作天花。

宿獅子林晨起登清涼臺看雲鋪海

清涼臺高迥絶倫，我登正値山鋪雲。一疋布將大地裹，千條練許山靈分。初散後聚結作片，左缺右補團成羣。青峯幾叢未滅頂，風行水上成奇文。誰持銅斗向空熨，壓軟萬頃玻璃紋。疑是王家元寶鬬國富，樹樹絹掛南山勻。又疑裴氏藍田新開墾，耕烟種草龍殷勤。王母瑤池砌白玉，秦陵江海流水銀。葛洪傾鎔丹鼎汞，羊欣亂書白練裙。相較都覺有痕迹，不如此處自然一氣吹氤氳。更喜此身立雲上，任他白衣蒼狗來紛紛。爲我一謝雲中君，高歌此曲聞不聞？

觀鋪海時甚苦太陽思有掩覆之者忽然雲生竟得倚松而坐

人心一念動，天上片雲起。高雲起空中，低雲起脚底。高者若張蓋，遮日殊有情；低者若游戲，鋪海尤分明。俯首看蜃市，仰首謝碧落。倘非雲上雲，安得樂中樂？

望天都峯不果上

天都高絶與天隣，欲上頻看七尺身。底事望雲頻縮足，雲中不見下來人。

登始信峯 接引松、觀棋、散花、進寶諸峯俱在此。

雙峯若雙闕，壁立青天近。久聞人世傳，不信今始信。陡上最艱難，占卦類得困。盤旋蟻封曲，出沒鵝鸛陣。愁臺身屢繞，澠池翼勉奮。裁到此峯前，開目得一瞬。危哉小石橋，跨空僅盈寸！途寬尚可返，勢迫惟有進。賴松來引人，授手如相認。

穿出石罅後，別有山重重。天女花纔散，仙人棋未終。啞然笑富媪，多峯以爲寶。幸喜諸兒孫，頭角都要好。下有沉沉溪，望之如下天。縱使身墮下，得到知幾年！我欲拔長繩，量他深幾許。又恐半空中，蛟龍來攫取。

到西海門看落日山中藏山頗似天台瓊臺

媧皇錬石石無用，秦王驅山山太重。一齊放向西海門，稜稜萬古猶飛動。門外屏風遮迣周，門中武庫藏戈矛。嵌空精鐵盡壁立，瓊臺突起勢未休。處處惹人作危想，失脚一落誰相留！自非生死度外客，到此誰敢開雙眸？我胡留連不肯去，來世或到今生不。其奈金輪閣厓上，海未來捧山先收。不得已乃下山走，遲恐星辰亂打頭。

從朱陵塢繞出天都蓮花二峯之背到雲谷看九龍瀑布乘輿下山

青山長住人不住，看過青山人欲去。但從腹背盡經過，看山才領全山趣。朱陵塢下路陂陁，過此陂陁平不頗。明知未到峯無數，但舉知名到已多。賓朋相迓色欣欣，世上人迎世外人。我亦回頭隔兩塵，衣裳尚帶烟霞痕。雲谷飛泉走石隙，銀河倒落三千尺。似怕歸途太寂寥，特遣九條龍送客。關心甘苦互乘除，痛定思痛樂有餘。自從足繭千山後，才信乘車是大夫。

土人能負客遊山者號曰海馬作歌贈之

黃山有氓眞健者，雲海橫行力如馬。慣負遊人絕頂遊，人亦渾忘馬是假。自言少小學飛猱，千岩萬壑行周遭。勇可習也膽可養，足所踐處無卑高。老我遊山不自量，目極危厓心想上。仗汝行纏縛向肩，衝沙犯嶺雲爭讓。初登始信兩三峯，纔極蓮花千萬丈。暗中偷眼往下注，純是死生呼吸處。不信飛廉果解飛，且學孟捨能無懼。疑人不用用勿疑，託孤寄命憑他去。果然負重力能勝，個個身如鶱翅行。有時故意作疾走，萬山隨我同奔騰。地雖無土總能踏，天如有階亦可升。上比商丘開，出入水火無驚猜；下比崑崙奴，飛行絕迹何殊乎！八日遊山事已了，策勛那更如渠好。不着黃權肯負人，並非赤兔能先鳥。祇我思量轉自憐，七十老翁猶襁褓。

悼松

黃山之松世少伍，不在高長在奇古。根未離地身已曲，性似畏天頭早俯。森布儼同華蓋張，崛強慣從石縫吐。不階尺土身英雄，接引遊人類佛祖。攫龍破石菩園名，載入詩歌畫入譜。一朝人力少周防，甘受樵夫斤與斧。拉雜摧燒漸漸空，八九依稀存二五。奇峯不見瘦蛟蟠，絕巘空餘弱草舞。老僧膜拜力難救，青山無言色慘阻。果爲梁棟支明堂，松縱受戕心亦許。其如當作腐草看，半入煤蓬炊瓦釜。古來刼數總皆然，萬事原非天作主。車鞭駿馬背負鹽，盤烝美人頭作脯。世充書卷盡沉河，阿房一炬偏遭楚。可憐松亦與之同，帶露含霜變灰土。我欲上表通天臺，玉皇勅下羣官府。栽培保護三千年，或者奇松還再補。河清可俟人壽難，獨對荒山淚如雨。

筆花峯

危石尖如筆，當尖松樹斜。濃雲如潑墨，開出後凋花。

小心坡

險極坡難過，小心各自持。勸君平地上，還似過坡時。

音樂鳥

髣髴歸昌律，簫韶奏太虛。漢王眞識曲，鳴鳥愛樊衢。

木蓮花

雲海盪波濤，一碧千萬頃。蓮花認作池，悞生高樹頂。

捨身厓二首

捨身如捨錢，但須值得耳。樂哉此厓乎，莽莽仙雲起。安得李清繩，墜我直到底。再過一千年，依舊我歸矣。

千重烟水萬重厓，絶似瑶池白玉臺。多少貴人身忽捨，可能捨到此厓來？

紫石峯

南朝三十六英雄，散作黄山處處峯。獨有此公顔色異，玉皇別與紫泥封。

偶成

是處庵俱到，無求佛亦知。月來如有約，雲去不相辭。旅舍難爲飯，車中易得詩。歸添行李重，松樹兩三枝。

惱雲

山下看雲樂，山上受長苦。雲氣忽然來，萬目一齊瞽。不去爲霖雨，徒來作渾敦。黄山倘再上，先置掃雲人。

謝杖

艱險憑誰共，孤笻最可憐。握添腰脚健，扶比子孫賢。絶壁風高處，荒灘水急天。若非君助我，若個與周旋？

聽水有悟

水性比人急，有觸怒卽起。化爲裂帛聲，花花聲不止。恍讀韓蘇詩，一韻直到底。要知山太靜，非此無聲聞。古來傳道者，不傳耳聾人。

茶亭

茶亭幾度息勞薪，慚愧[illegible]寰着此身。輸與路旁三丈樹，蔭他多少借涼人。

山頂蚊蝱盡，蕭然絶點塵。蒼蠅偏不斷，高處有讒人。

蠅

太平道上寄懷巴雋堂中翰

我遊黄山無主人，黄山爲主我爲賓。誰知尙有主中主，巴君軒軒更霞舉。去年早欲來訪君，人言君看瀟湘雲。今年無心忽相見，春水可剪情難分。呼童急掃陸機屋，留我陳蕃榻上宿。晨起摩松露氣清，夜深說鬼燈光綠。雀籙鷄碑無不有，天生兩隻摩崖手。藏得蘭亭字數行，此碑不向昭陵朽。誰云考據無詞章，君獨兩家兼擅長。高歌七言長短句，天風海水音琅琅。山靈促我縛蠟屐，欲行不行留七日。君更依依送出城，下車握手難爲情。轉瞬丹臺遊已過，漸漸九華山又大。掉頭烟裏苦相思，三十六峯人一個。

陵陽鎮有甯氏者族八千人云自光武時卜居至今未曾他徙余宿其家作詩贈之

建武有遺民，陵陽住水濱。不曾知魏晉，那復羨朱陳！一姓同輪課，千民自結隣。欣欣鷄黍意，雲外共迎賓。

九華山

九華如屏風，好處都在外。勢有龍門高，徑無鹿角隘。直登天臺巔，氣象始覺大。霞標多遠矚，巖景少近愛。相傳新羅王，此處持法戒。鳥共魚泳游，虎隨僧禮拜。千年委蛻形，舍利今猶在。萬釘包塔縫，銅繡發光怪。從從走十方，到此作頂戴。僧因香火富，佛被禪門壞。我亦三日留，了此遊山債。

家春圃設醮九華僧有爭香火相毆者戲題二絶

禪門閒看白雲飛，從不燒香惹是非。生怕佛靈能降福，受他恩重要歸依。

不求自己偏求佛，佛手拈花笑不清。道我至今心抱歉，未曾一粒施臺城。

貴池同童伯龍公子周益三秀才泛舟齊山

兩面湖光一道堤，風烟絶似聖湖西。亂峯委地矮逾峭，古柳受潮高復低。穿石洞行疑出世，攀藤蘿上似登梯。姓名畢竟摩厓好，七百年來認舊題。「齊山」二字包孝肅書，岳忠武、王陽明俱有題詠。

過文選樓弔昭明太子

蕭梁宮殿久蕭條，剩有書樓聳碧霄。生共河間扶大雅，死隨子晉賦逍遙。人間冢嗣恩雖薄，天上文星位不祧。聞說池陽靈最著，夜深時見采旗飄。

宿五溪有懷亦葦上人

遊遍千山與萬山，好山容易好僧難。偶來蕭寺停遊屐，得見支公在講壇。語妙直教花欲笑，詩成常被佛偷看。與師邂逅雲堂意，雨後吹來月一丸。

寄德中師

九華三日住，頗憶德中師。妙相生懽喜，多情惱別離。登臨先引路，布施但求詩。定有前緣在，青天明月知。

謁余忠宣公墓登大觀亭

一旅曾揮落日戈，大觀亭畔冢嵯峨。忠臣也要江山助，岳墓西湖酒奠多。

近來

近來愛賦遠遊篇，到處逢迎感宿緣。楊柳身高絲到地，閒雲心冷影橫天。僧庵有字先看壁，石洞無茶且飲泉。兩月離家千度笑，幾人如我送衰年？

四月六日出門六月五日還山

家居久自嫌，遠歸身忽貴。妻孥迎到門，顏色若有異。亟亟問平安，欣欣白家事。黃犬亦有情，搖尾從外至。稚子各牽衣，爭先兄姤弟。重登讀書堂，再到看花地。卷軸拭灰塵，尊罍加布置。分明所厭餐，到口覺有味。恍惚衾裯間，舊寵疑新嬖。某友書尙緘，某物藏還記。回頭豈出夢，一笑如隔世。敢云謫仙人，依然復舊位！自是出山雲，來去總隨意。

兩接香亭家信戒我遊山賦詩答之

七十扶筇涉險忙，阿連屢次戒行裝。那知此老有天幸，六月在途如許涼！

樂府休歌行路難，江山原待達人看。歸來更有心開事，竹比去年多幾竿。

荆樹殘花剩兩枝，弟兄白髮倍相思。爲言黃海人歸矣，宦海人歸在幾時？

南陵道上喜晤宣州太守孫公別後却寄　有序

公諱逑曾，字敦夫，是予己未年居停主人也。其時公才七歲，尊人牧堂太史延余權記室事。余釋褐館選，俱主其家。今太史久亡，而敦夫亦兩鬢蒼然矣。旅次相逢，感而有贈。

五馬相逢路狹斜，卅年前記住公家。同聽學舍三更雨，看折瓊林一樹花，浮世光陰眞逝水，故鄉親友類摶沙。不禁揩眼風前認，七歲郎君鬢也華。

家春圃重赴皖江臬使之任六十生辰寄詩作賀

暫息鵬程兩載餘，皖江重駕繡衣車。搴帷正好看新綠，閱案眞同理舊書。雅度世推羊叔子，祥刑人愛路温舒。遙聽攔道官民語：六十容顔四十如。

請訓無勞到日邊，君王知道阿戎賢。才高豈止官三品，恩重行看歲九遷。課子庭多書帶草，司關襲少水衡錢。欣看一朵卿雲色，光照鴒原薄暮天。

記着宮袍歸娶時，吾家臨汝最相思。竭來黃巷尋棠棣，轉盼青鸞集鳳池。上苑分飛花看早，揚州同醉夜歸遲。而今相對垂垂老，只覺雖兄鬢有絲。

金陵小住寶珠廊，路隔隨園七里強。常以笙歌招娣姒，幾番兒女闘羹湯。添籌海屋身雖遠，開府江城望正長。擬向黃山覓仙草，採來添作紫霞觴。

哭黃仲則 有序

仲則名景仁，常州秀才，工詩，七古絶似太白。流落不偶，年三十餘，客死山西。

嘆息清才一代空，信來江夏喪黃童。多情眞個損年少，好色有誰如國風？半樹佛花香易散，九天仙曲韻難終。傷心珠玉三千首，留與人間唱惱公。

六月二十日記寒作

六月涼雲二月同，今年不競是南風。公然當暑成秋士，翻笑知冰是夏蟲。威勢不行當令際，熱腸偏在冷人中。班姬紈扇休輕棄，只恐炎官事未終。

品畫

品畫先神韻，論詩重性情。蛟龍生氣盡，不若鼠橫行。

將詩集與人換秋蘭

許將湘草換文章，兩物分明足抵當。交易既成還自悔，筆花豈止九秋香？

每日晨起折芭蕉花上露飲之

日飲芭蕉花露鮮，採來常與雀爭先。瓊漿何必千年計，一滴甘時一刻仙。

再遊牛首宿叢雲樓作

叢雲樓再到，久別覺心孤。題壁數行在，前僧一個無。青山皆故物，白髮是新吾。記得當年住，藤床對雪鋪。

豈料風塵客，今爲桑苧翁？卌年多少事，一笑海天空。樹影雲梯石，鈴聲寶塔風。忍寒還試健，閒步月明中。

牛首廟門外古銀杏歌

老樹高不休，雷怒焚其首。樹死心不甘，孫枝從旁走。一枝入地復出地，三伏三升重起勢。遠看屹立有千層，近察孤根只一氣。渴猊赴海尙回頭，乖龍挐雲忽掉臂。不知此樹生何年，刼灰陣陣飛眼前。大椿春秋何足筭，疑與盤古同開天。我遊名山大川徧，似此奇觀竟未見。明知老矣才無多，爲汝奇賞還作歌。

題兪企延先生遺像 有序

先生名時篤，字企延，國初隱士，入錢唐縣志方伎傳。其五代孫蒼石就館江寧，以遺像索題。卷中畫者國初名手謝文侯，題詩者周亮工、吳山濤兩公而已。

武林有耆舊，桀桀抱逸才。生當易代時，肥遯甘蒿萊。借畫表天倪，吟詩舒幽懷。心淡名雖忘，道成藝自佳。一時求請者，珍重比瓊瑰。偶然寫遺像，白眼青天開。戌削芰荷衣，飄蕭麻葛鞋。打頭響松子，拂袖飛松釵。是誰堪作伴？除非巢由來。

文孫蒼石子，箕裘傳五代。詩學有淵源，都宗少陵派。與我遇金陵，相知成逅邂。欽欽授此圖，矜寵毋乃太。道得君子言，庶幾先人愛。卷中周與吳，前輩兩賢在。此後百餘年，題者竟不再。想見鄭重心，琳琅如有待。顧我獨何人，而敢破此戒！捧筆不敢辭，落墨不敢快。諾已書數行，熏香還再拜。

琴姑于歸浦口作詩送之即索婿和

秋風八月館甥忙，殘臘雙雙又束裝。底事秦樓留不住，合歡堂上有尊章。崔盧何必說榮華，就此天姻儘足夸。四十五年同榜客，一齊頭白喚親家。芷林刺史，戊午同年。

綠淨軒中花滿枝，蔚藍天外雨晴時。檀郎愛對青山坐，不是攤書便畫眉。傍和妯娌上承歡，學作新人事事難。寄語堂前乾阿嬭，推情還當女兒看。薛包分受幾雙田，荆樹枝多色更鮮。想見鹿車同挽日，裙釵吹滿稻花烟。廿載提攜一旦離，滿山花鳥盡依依。明年公子同歸日，池上鴛鴦正學飛。

常敬五家臘月蘭花開

幽蘭不知冷，殘臘一枝香。借暖堪爲佩，含啼若畏霜。同心招柏葉，春夢憶瀟湘。想爲主人壽，重徵燕姞祥。敬五是月六十。

香亭寄黄白狐裘

知我山居冷，狐裘兩襲貽。暖同冬日愛，輕與老身宜。黄白金銀氣，温存毛裹思。常愁披日少，披到夜深時。

追憶前事傷老二首

自辭邑宰後，久不徒步行。偶過桃葉渡，街頭踏月明。茶肆坐男子，大駭呼而起：不料袁宰官，一老至斯矣！我聞此語難爲情，老不自覺他人驚。不知當日作何狀，惹他觸目生惆悵。于今又是廿年餘，此人再見驚何如！

十年前向縣庭行，故吏猶能向我迎。于今再向縣庭過，識我竟無人一個。歷歷同官十數人，姓名大概記難眞。自嘆袁安來太早，白頭人比甘棠老。同官零落吏胥無，始信人生老最孤。

王景

記負胡牀從隊長，小師家裏唱秧歌。而今百戰成功日，不想封王只想他。

題魯星村小像

愛春風，不戴笠；愛徐行，不著屐。披出一衫青，張開兩眼白。胸中忙殺幾首詩，旁人不知謂閒立。

小倉山房詩集卷三十 壬辰

新正二十日阿遲上學

白髮生兒喜不支，公然又見讀書時。傳家事業從今始，識字聰明上口知。秋稻晚栽期望大，春鶯初囀發聲遲。阿翁手授無他物，晝日歸來筆一枝。

花朝後三日作嶺南之遊留別隨園六首

三年遊屐未曾停，又作珠江萬里行。老驥不知筋力減，閑雲只覺往來輕。天涯禽向寧無伴，謂霞裳。海外韓蘇合有名。寄語羅浮丹竈客，早教仙蝶下山迎。

姜被吾家久寂寥，阿連幾度手書招。弟兄尚有來生約，烟水寧辭去路遙！兒女開單求粵產，親朋作餞趁花朝。夭桃莫帶消魂色，待我歸來葉未凋。

臨行無可繫心腸，略有丁寧語數行。墦祭教人還故里，歸寧替女掃新房。圖書雨久勤搜蠹，蘭草秋深早護霜。一事思量終抱歉，未能親課兩兒郎。

龍門何不挈清娛，遊是單身易起居。天上送行千里月，客中娛老一船書。嬾開黃曆占良日，愛上青山製小車。到處逢迎常意外，不知此去又何如？余出門不占日。

從古繁華說嶺南，及時領略我猶堪。尋梅或有三更夢，飲水何妨一勺貪！未卜花船誰綺麗，可知仙荔正紅酣。武夷峯色匡廬瀑，歸路還思次第探。

曳雪牽雲意灑然，金陵回首隔蒼烟。春風替我爲前導，白髮笑人學少年。所到總能增閱歷，無求何處不神仙。兒時記得曾王父，八十歸來粵海天。曾祖象睿公八十一歲作粵遊。

蕪湖阻風六日喜諸故人畢至

蕪湖賢士多相識，擬到蕪湖留一日。何圖舟阻石尤風，六日舟停行不得。故人聞信紛紛來，爭攜魯酒談齊諧。赭山亭邊倚檻坐，蟂磯廟裏剪波回。阻風領得嬉遊趣，翻怕風來吹我去。但願前途再阻風，都像留人在此處。梅岑弟子情更濃，朝朝閒話來舟中。祝風留我風不答，偷捲長帆當投轄。

次日風順

六日帆不張，一朝風忽利。眞如暴貴兒，得權大逞勢。舟子船頭眠浪花，老夫篷底笑啞啞。封姨此情恰不領，我是離家非到家。

舟行十五里至漕岡梅岑餽肴烝遣人剪江而至

樓上金燈月下烟，六宵情話已纏綿。挂帆又送先生饌，香徧春江浪一天。

荻港燈下聞笛

荻港燈殘夜色深，一枝風笛遠愔愔。分明九曲長江水，都作回波上客心。如訴如啼水一涯，江風何處落梅花。此聲祇可衰翁聽，業已蕭蕭兩鬢華。

登小姑山

江心湧一山，卓立冠霞表。錫以小姑名，千年長不老。時逢三月初，烟鬟梳更好。高閣雲層層，修篁枝嫋嫋。長江頭盆寬，石鏡妝臺小。我來拜神前，代把落花掃。不敢問彭郎，嫁事何時了？只乞少女風，一送東飛鳥。

過彭澤縣愛其風景清絕有懷靖節先生

繞郭江聲響，青山滿縣堂。先生宰彭澤，儘可傲羲皇。多事督郵至，惹人歸興忙。千秋一枝菊，從此倍芬芳。

泊石鐘山正值水落見怪石森布絕無鐘聲

古有石鼓無石鐘，此山疏解從坡公。道是風水相衝擊，四更月下聲隆隆。我來曳杖走山脚，水落潮平見磽确。滿地横陳怪石供，洞庭不奏鈞天樂。僧雛引我禮上方，一湖春水烟茫茫。古松穿石枝亂舞，頗似相助吹笙簧。高坐懸厓發遐想，平生所到無虚賞。且學孫登長嘯聲，替他代作蒲牢響。

鄱陽湖

江盡入湖口，漁歌四面聞。鞋山標一塔，鼉鼓懍千軍。浪與人爭立，天隨水不分。匡廬雖在望，尚隔幾重雲。

客裏

客裏清明記不淸，但逢楊柳便關情。泊船難得有山處，拄杖忽驚新月生。十里村莊喧社鼓，一隄兒女鬭風箏。湖心爲訪蝦蟇石，又學飛鳧踏浪行。

老去

老去無心戀歲華，嬉春天氣遠離家。鄱陽湖裏推篷坐，不看梨花看浪花。

到廬山開先寺讀王文成公紀功碑二十四韻

兵豈書生事？先生用獨殊。安劉有成算，克毀在須臾。少主雖涼德，強藩敢覬覦！鋒烟搖太白，聲勢動全吳。虎穴南昌取，狼心北上孤。指揮銀兔節，分散木魚符。主帥方嘗膽，將軍忍惜鬚。兩甄鳴臥鼓，三戰獲雄狐。力阻親征駕，安排所獻俘。河陽綏巡狩，坙澤兔追呼。耿耿憂民意，堂堂治國謨。誰知公射隼，正值變擭貐。不賞陳湯績，翻招鄧艾誣。調停十常侍，勝縛一庸奴。暮解三千甲，朝持百八珠。蒲團雙膝坐，戎馬片言無。冰雪心如見，豚魚信可孚。鐃歌昔露布，椽筆駕珊瑚。石壁匡廬鑿，龍蛇字畫粗。歸功天子聖，垂戒甸人誅。鳥鼠驚師律，風雲想陣圖。山河雖鼎革，苔蘚未模糊。學異朱元晦，功同周亞夫。燕然銘自好，相較恐全輸。

香爐峯觀瀑

挂起西江水，青天作畫看。四時常灑雪，萬古此狂瀾。松鬣休嫌濕，銀河本不乾。磨厓多少字，厤列白雲端。

行十里至黄厓再登文殊塔觀瀑

黄厓天上生，對面作浪起。我頭不敢昂，誠恐浪壓己。豈知下望深，青天反作底。山外有山立，山內有山倚。頗類人衣裳，幅幅有表裏。忽然暴雨來，人天一齊洗。避登千尋塔，正對一條水。瀑布從高看，匹練更長矣。始知開先寺，相離咫尺耳。只爲絕巘遮，紆行十餘里。

宿瞻雲寺

一宿豈偶然，前生有緣在。廟額題瞻雲，兩樟立門外。古之宗生菴，重修自昭代。琳宮既巍峩，金像尤宏大。相傳王右軍，捨宅作香界。尙有墨池存，淸瑩色可愛。花隱叢竹中，鳥啼磬聲外。豈不想留連，前途有山待。

早起遊萬杉寺過三峽澗坐橋上聽水

萬杉無一樹，三峽猶存橋。未到橋上立，已聞橋下潮。白龍從空來，騰踔無晝宵。誰排石作陣，不許逞狂驕。一阻生萬怒，格鬬聲刁騷。猛者滅頂過，弱者伺隙逃；徐者作回波，疾者奔飛猱。聚疑狂泉沸，散似玄珠跳。五百天魔舞，十千戰鼓囂。老僧指殘碣，有字記前朝。橋造祥符年，石紐猶堅牢。玉淵金井字，倣佛天書雕。嘆息來和聖，哲匠皆倕獿。懷古氣彌斂，起行目尚搖。祇覺兩耳中，刻刻生波濤。

棲賢寺贈道念上人

棲賢寺裏果棲賢，留客濛濛雨一天。多謝僧雛爲買酒，袈裟紅濕杏花烟。

觀舍利

舍利盛金椀，騰光似寶珠。取觀還一笑，未必老身無。

尋湯池沒在荒草中騰騰升氣水淺難浴

湯池如處女，生長落荒村。不以無人浴，而忘本性温。客雖相訪少，泉是在山尊。轉惜華清水，繁華易斷魂。

過柴桑亂峯中躡梯而上觀陶公醉石

先生容易醉，偶爾石上眠。誰知一拳石，豔傳千百年！金床玉几世恆有，眠者一過人知否？不如此石占柴桑，勝立穹碑萬丈長。

謁靖節先生祠

先生非隱士，直乃顏閔徒。不貪米五斗，偏栽柳五株。尊中酒或有，琴上絃并無。餓乞一頓食，冥報心瞿瞿。絕不作身分，隨人作步趨。及其入蓮社，攢眉強支吾。爲佛且不喜，何況爲官歟？出山白雲似，還家春風俱。偶然吟一篇，太羹玄酒初。品高情轉近，詩淡味乃餘。東坡大才人，和之形神殊。奚論王朗輩，敢學華子魚？我願生當時，長爲扶籃輿。

路上憶隨園桃花

柳漸芊綿水漸波，隨園此際好烟蘿。桃花千樹開如雪，讓與漁郎看得多。

上五老峯遇雨迷路到萬松坪已二皷矣

爲尋五老峯，走入三里霧。地號犂頭尖，險絶不容步。正在盤紆間，暴雨來如注。輿夫不知雲，踏空如踏路。棘蒿亂刺人，十步九欲仆。退縮無可歸，前行日又暮。僮僕齊嘈嘈，今夜宿何處？用瓦衣亦漏，似虎石可怖。畕黎不敢哭，奉先屢悔誤。賴聞叫呼聲，隱隱出深樹。似海得指南，有寺雲中露。急將危苦狀，從頭向僧訴。自笑三年遊，此是一刼度。

清明

卅年丘壑慰平生，垂老誰知福更清。萬朶芙蓉千尺瀑，匡廬山頂過清明。

從萬松坪東下一路冰條封山過大林寺舊基愛其水石奇險坐觀移時或云即石門澗也

清明斷雪此語欺，廬山三月冰花飛。我從萬松坪東下，鏦錚踏破千珠璣。行過靜菴禪師塔，忽見絶壁高巍巍。三峯縱横立水上，其勢截嶫形屜㕒。波濤噴薄萬壑響，似有深洞蟠蛟螭。恨無李清絙身繩，又乏温嶠燃妖犀。姑學兒童飛堉戲，投以石子傾駭之。須臾不見風雷作，得毋羊館龍皆癡？或云即古大林寺，頹垣尚存舊日基。或云此乃石門澗，水風獵獵時吹衣。我亦難考景外景，且贈一首詩人詩。

佛手巖

如來初出世，一手指天生。豈料此間石，還存往日情！空拳擎寶座，指月起鐘聲。有負相招意，詩人只管行。

天池

清絶天池水，澄澄漾碧空。金仙常照影，鐵瓦不愁風。日月千峯上，江湖一氣中。周顛遺像在，無復弄神通。寺有周顛等四仙祠。

到黃龍寺尙早偕老僧往探龍潭

欲見龍潭淸，先招佛子伴。誰知水作聲，隔樹龍相喚。

從寺東下仍過犂頭尖歡喜亭兩險處步行數里到棲賢寺宿

險途人重經，如痛定復作。其如山上客，欲下竟無奈。棄車徒步行，自主轉膽大。空空仙下天，盤盤蟻旋磨。索索蜥横爬，岌岌箕屢簸。非不欲三休，陡下不得坐。所恃性命忘，一勇敵百懦。屛氣羊腸踏，攢眉虎尾過。棲賢長老來，且笑且相賀。急呼繩床鋪，蹔息勸少臥。誰知蹀躞餘，麻鞋已全破。

遊東林寺不果

東林未到小車回，非戀紅塵忘講臺。知道遠公今寂寞，無人送過虎溪來。

白鹿書院

少室山人舊草廬，隔朝換作紫陽居。一松門外張華蓋，路旁古松枝葉蔽芾，號華蓋松。五老雲中看讀書。白鹿仙蹤流水遠，青衿燈火講堂虛。人間何處尋精舍，稷下淹中恐不如。

回舟星子謝丁竹江明府

先生作宰常欲笑，如此廬山少人到。忽然有客西湖來，白髮看山頭屢掉。先生大喜召役夫，爲負行李扶籃輿。入山七日如一世，歸來嵐翠盈衣裾。握手便詢何處好，我道黃厓最幽渺。對面千尋瀑布飛，當空一塔烟雲繞。先生更喜所見同，細加甲乙談羣峯。想見文章有定論，千秋一榜傳宣公。壬申湖南鄉試，吾鄉吳雲巖學使預決五人，果皆五魁，先生其一也。詰朝買酒愛蓮亭，招邀太守聽啼鶯。王文湧。未逢千荷池上白，且看五老杯中青。貽我雲箋索題句，奈被風吹船不住。半戀名山半戀公，身自長行心未去。

泊滕王閣感舊

弱冠曾爲王子安，滕王閣下倚闌干。清風一席吹西粵，丹桂三秋折廣寒。海內文章傳誦易，人生春夢再尋難。誰知五十年前客，依舊長江檻外看？

蔣茗生太史病廢家居因余到後力疾追陪作平原十日之飲臨別贈歌

先生示人杜德機，儀容淸癯似植鰭。前年乞病辭丹墀，一帆歸臥江之湄。傳聞不一多異詞，云生云死云垂危。忽然我到君驚疑，如以仙藥投肝脾。登時起坐喜不支，張王神氣開鬚眉。詞鋒滾滾同平時，箋妖語怪談神祇。口所謇澁筆代撝，右手偏廢左手持。劈裂箋素磨隃麋，旁行斜上龍蛇飛，錯落蝌蚪皆珠璣。雖枯半體坐若欹，吐氣尙懾千熊羆。其宅幽渺樹四圍，長廊疏寮窈窕池，鼠姑花開香拂衣。朝朝飮我酒一卮，繁肴綺錯堆盤匜。恍如玄度離京師，眞長九日十見之。膝前森立三瓊枝，長君獻賦趨南畿，仲子鳴鞭試禮闈，三郎長齋步步隨，搔摩疴癢扶履綦。見贈五言玉霏霏，才子孝子人中師。手抱萬首藏園詩，拜述翁命言偲偲。屬我細讀加檢披，意若難逢某在斯。士安一序千秋垂，其餘作者肱可麾！琥珀拾芥針引磁，濠梁莊惠琴鍾期，此中心契非阿私。我手加額重思維，先生遭逢亦數奇。少年才名海內馳，殿上簪筆侍軒羲。一篇吟成萬口推，頃刻官可登台司。無端奉母江南歸，天子時時嘆不羈。東山再起欲有爲，抒所蘊畜佐明治。不圖崔崔心事違，今之相者但舉肥。鴷鳩閟遏鸞凰姿，文光雖耀未閃屍，天心翻悔生公非。平生嗜義如渴猊，專趨人急心孳孳。晏嬰食祿無餘貲，九族貧者待舉炊。耳鳴陰德古所稀，以先生擬眞庶幾。自然食報理所宜，不于其身于其兒。大昌厥後今始基，松根生蘭蘭生芝。左視右視堪娛嬉，含飴便足當蓰耆，何須更覓倉公醫？賢者形衰神不衰，王夫人言豈我欺？先生未必不期頤！恨我粵行難久稽，遨遊山川老更癡。上堂再拜將歌驪，先生掩面心凄其。自取行狀付我窺，公雖不言我已知。果然賤子死或遲，貞銘捨我將尋誰！我亦自傷兩鬢絲，臨行涕下如綆縻。今生休矣來生期，雲龍相逐苔岑依。天上地下無參差。長江知我難別離，逆風日日船頭吹。

重過百花洲

九曲亭臺三面湖，南州要算小蓬壺。喜逢花柳暮春好，記得畫船當日無。綱罟事稀萍藻靜，笙歌人散水雲孤。前朝曾有高人住，一道長隄尙姓蘇。南宋蘇雲卿隱居于此。

謝蘊山戴可亭兩太史招集程園

五奧三菁春滿家，重重樓閣貯烟霞。當筵兩個鳳池客，繞砌萬枝蝴蝶花。曲水帶雲歸石洞，亂紅隨雨落窗紗。山人船泊江頭月，何幸乘風到若耶！

題茗生桐下聽簫圖

一枝湘竹最多情，吹得英雄白髮生。怪底中年謝安石，愛扶殘病聽秋聲。

百尺梧桐倚碧霄，三行雛鳳影超超。大郎此日迎鑾去，正學王褒賦洞簫。

搦管佳人翠袖孤，分明畫出采鸞圖。不知元相金閨寵，我是楊炎許見無？

徐穉子墓

不是躭高隱，其如漢季何！功勛歸稼穡，氣數聽山河。下榻知交少，生芻涕泪多。祇今三尺土，若個比巍峩！

舟移新興洲爲風所覆

移舟非行舟，忽然舟覆水。幸而中副車，所傷尙無幾。追憶出門時，匝月治行李。凡是客中需，苟有苟完矣。一旦付波臣，空空我而已。糗糒及盤匜，物物從頭始。所費既不貲，所具寧能美！自嘆七十翁，遠行原非理。心非利名牽，興從山水起。倘作滅頂占，亦是偶然耳。風豈有心哉，未必憐老子。因之小坎軻，轉生大歡喜。徐徐旨畜求，急急衣裳洗。記得遼海人，常行再生禮。

過萬安縣山水漸佳

舟過萬安縣，悠然心目開。恍疑仙境入，只見好山來。樹色千層錦，灘聲四面雷。懸厓幾茅屋，遠望似樓臺。

從綿津至贛州儲潭得絕句五首

路上綿津不問津，儲潭小住拜灘神。廟塑十八神像。欣看一路春山好，梳就烟鬟若待人。

琉璃四面水雲鋪，屈曲風帆路欲無。略綴亭臺三兩座，人間何處說西湖！

樟樹迷離密不分，幾聲雞犬樹中聞。濛濛一縷茅簷白，知是炊烟是晚雲？

漁翁底事不歸家？細雨濛濛立淺沙。生怕魚驚竿不動，蓑衣吹滿碧桃花。

莫惱磯多行路難，但教目悅即心安。荆關已過倪黄到，日日天公送畫看。

十八灘

一灘已覺險，況乃灘十八？何年脩羅王，留此衆羅剎。沉者如伏蛟，水中暗吞齧；浮者排陣圖，當頭作阻遏。攤門豈安橫，井底亂投轄。觸艙或怒僵，逢纜必全割。偉哉篙工勇，入水將舟奪。初將周鼎扛，繼作宋人揠。但聞聲許許，愈知難戛戛。周旋石縫中，隙罅輒先察。堅忍橫逆來，拱護使上達。倮國解下裳，強鏖類鐵拔。南船雖將牢，北兵甚操刺。水犀軍已成，石婆黨盡殺。小屈總是伸，大度何妨豁！三日出重圍，櫓聲鳴軋軋。

南安蔡公子清岷家鏡伊明府招遊丫山

峯作雙丫勢，名應配小姑。溪深乘筏渡，石墜倩藤扶。有瀑山才活，無僧佛亦孤。不知蒼耳子，可認白雲夫？

過梅嶺

南戒一嶺橫，拔地三百丈。想見趙尉佗，借此作屏障。樓船十萬師，到此氣凋喪。一朝雖掃除，王道未坦蕩。直至曲江公，鑿叢始開創。峩峩雙闕門，尚存斧鑿狀。樹密嵐翠湧，人多雲氣讓。蛇盤不覺險，鵠立始驚壯。過此路漸夷，天容如一放。尚有八九峯，孤蹲野田上。

謁張曲江祠

天寶當年事漸非，先生進退履危機。篋中秋扇恩難忘，天際冥鴻翼早飛。金鑑果教言在耳，玉環何至淚沾衣？千秋丞相祠堂在，留與行人拜夕暉。

到韶州換小舟遊丹霞至錦石巖

看山如論文，所貴在遒峭。韶州丹霞山，公然具此妙。我換江口舟，一路搖短棹。所見雲外峯，歷歷呈形貌。高擎玉女盆，銳掛司徒帽。罏旁一杵懸，盤邊一鼠跳。大半海螺紋，團團圞百道。前艙人乍指，後艙人又報。左失我方愁，右得我又笑。忽別忽相逢，惝恍不可料。非關山撩我，有意來作鬧。爲行曲澗中，驟難出闞奥。宜乎路匪遙，窮日方能到。

到山舁腰輿，屈曲三里許，絕壁石縫開。側入步踽踽。高唱升天行，踏雲不踏土。竄身冷翠間，自笑同蒼鼠。扶竹兩手霜，搖松滿頭雨。斗然鐵門闌，設險若相阻。眞個一夫當，千夫難用武。閃爍鑄金像，森嚴建紫府。引水下僧廚，剗石流縷縷。何年破天荒，一衲開萬古。坐受羣山參，朵朵芙蓉舞。

晚宿靜觀樓，懸崖走窗下。吹落珍珠泉，滴瀝鳴終夜。蝶夢既醒莊，展行重學謝。遠尋錦石巖，別有奇峯迓。三洞窈而深，盤空張廣廈。萬孔攢蜂窩，似有聲來嚇。石色靑黃朱，四時倏變化。嘆息造物心，奇巧公輸亞。小巧使人憐，大巧使人怕。凛乎不可留，寒風射石罅。

觀音巖

江心望峭壁，樓閣生空虛。近前覘居岸，方知觀音居。秉燭走昏黑，磴級何盤紆。已而得光明，疑有牟尼珠。誰知石乳垂，倒懸纓絡如。俯視長江波，萬里聲澎湃。帆檣各乘風，蛟龍或逞怪。佛笑無一言，愔愔坐香界。閱盡小滄桑，無妨大自在。

英德小泊獨遊南山

雖聽響，不知水處；雖聞香，不知何樹。管他九曲烟波，我自一舟來去。

過湞陽峽作歌

水裏山，山裏舟，湞陽峽中浪不休，石如人立看人遊。我若不吟被石笑，石若吟成被我偷。世間奇景豈空設，半使行人愁，半被詩人收。我老無愁好吟詠，且撤四面篷窗掉白頭。

到峽江寺香亭以詩見迎次韻答之

峽江寺裏落花天，花下吹來詩一箋。剛是山僧說山事，禺陽兄弟兩神仙。

白門江上片帆開，笑別妻孥首不回。伯也年衰狂更甚，一埧吹過萬山來。

飛來寺

不是青山生羽翼，緣何兩峽如人立？空中一寺更嶔奇，樓臺直欲將天逼。我來小住帶玉堂，迎面一片屏風張。濃綠萬重裹錦繡，當時帝子猶深藏。攀厓繞磴尋幽徑，流泉未見聲先迎。拏雲三樹一根連，不知木母如何孕。條條白練從空斜，銀河亂落風雷譁。妙有蕭濟當瀑起，坐來看水如看花。雲外忽聞曳杖響，老僧抱詩來見訪。半是吟聲半水聲，一時佳處難分賞。下界鐘鳴日漸昏，轉身急學猿猱奔。戲立山門指山笑，世間我亦解飛人。

僧名懷遠。

飛泉亭觀霞裳與澄波上人對弈

棋局臨飛瀑，棋聲與瀑分。下山千尺雪，背水兩家軍。風裹葉如翩，窗前鳥不聞。渾疑仙子戲，橘叟與桐君。

四月十六日端州楊蘭坡明府劉瓚華參戎彭藹堂別駕族弟龍文公宴晚香堂

七十老翁不知老，來看嶺南山色好。兩株荆樹忽相逢，一朵鐵花開未了。署中鐵樹開花。歸來晚香堂，弟通家難得來楊修，招我披雲樓上遊。閱江寶月次第到，此間風景胸全收。有如不期而會百八問兄知否？即日五人同上壽，彭鏗㪷雉，劉安進酒，龍文扛鼎阿香走。有如不期而會百八國，都爲先生一張口。千里脯，五侯鯖，三十六種骨董羹。一一羅列求褒評，不怕忙殺天上天廚星。果然天星聞酒香，張嗉頤朵雷公狂，手持北斗㪷仙漿。化爲大雨猛如注，搖動一堂蠟燭光。合席蹲蹲人起舞，都道今宵足千古。十日平原何足數，師生昆季兼文武。誰是賓朋誰是主，個個忘形到爾汝。請各酣嬉將力努，珍羞吞盡珠璣吐，莫管衙外㲲㲲報三鼓。

署中諸友同遊七星巖

端州近海海風厲，天上七星吹落地。冷翠疑爲精鐵橫，綿延尙作台垣翠。月有廣殿星有宮，果然一洞形窊隆。紆曲佈覆渺難測，白日吹霎來陰風。滴下石乳久漸乾，鑄成形怪千百般。恍似山靈握肺肝，教人一一張眸看。時當四月春流滿，山脚沉埋截其半。賴有當中甬道高，行人免作望洋嘆。片片青山頂倒垂，時時仙鼠聲相喚。宋唐碑碣鐫紛紛，龍蛇健筆拏烟雲。想見古來好名者，恨不將身化石人。天門三重闢雲表，一重一重登更好。打頭白鳥飛不高，出樹行人看漸小。只緣康樂好搜奇，未免修期常諱老。歸飲羣公酒一杯，囅然不覺笑口開。自指脚下雙麻鞋，曾踏青天北斗來。

蘭坡招飲寶月臺

我聞修月宮，裝成需七寶。至今端州臺，以此得名早。楊公簿領閒，招我作幽討。四面清風延，一池碧荷小。門前六榕樹，槎枒百人抱。屏後七星巖，蒼蒼蹲雲表。主人陳几筵，欲倣古養老。不夸五牛烹，但求一臠好。藁飫液湯經，精心苦搜考。果然虞悰羹，竟奪雍巫巧。水引尤稱佳，清絲遊裊裊。惜哉甘鮢空，屬饜尚嫌少。有如修羅王，啖月不得飽。飲畢招羽人，鬬棋聲悄悄。要假羊抗手，一惹吳剛惱。吳協璜以善弈名，故使道士難之。累我學樵夫，爛柯看未了。

端州紀事詩

一詩迎我一詩催，驛使奴星日幾回。望見端州城半角，傾城冠蓋似雲來。

忙解征衣揖客遲，皇華廳上語移時。衰翁來意將軍解，一騎紅塵取荔支。感副戎官公也。

子姓相扶上畫堂，舉家懽喜道勝常。不知此叟三年別，鬢上新添幾寸霜。

嫛婗文葆兩麒麟，啼笑啞啞滿室春。甘蔗旁生如有意，趁儂來作抱孫人。嘲阿順。

高挂流蘇錦樹東，春深人臥鳥聲中。所住晚香堂多野鷺鸞，終夜啁啾。阿連雅得曹參意，讓出華堂住蓋公。

文武紛紛宴老饕，家家親手動鸞刀。爲來護世城中客，欲試羹湯若個高？

淋浪終夕雨聲酣，一月晴無日二三。可是佛圖澄姓濕，曾來此處築茅菴？

恰喜文星聚一時，彭楊各各樹旌旗。藹堂、蘭坡。足酬太史東來意，不採珍珠只採詩。

賓朋棋子響西齋，奴子端阮手自揩。略見主人停畫筆，又呼書吏寫齊諧。

傻子登場舞拔河，蠻方別自有笙歌。只因南海波濤近，半是魚龍角抵多。

可笑珠娘負盛名，我來孤負看花情。青唇吹火柴篷立，難近都如鬼手馨。

城門一過三千萬，南史曾將粵嶺夸。今日貪泉宛然在，不知涓滴落誰家？

南荒一尉古稱雄，豪宕于今有素風。玉豉金鹽千日酒，教人能不夢周公？周尉斗齋，飲饌精絕。

寶月臺邊鳩杖扶，參天榕覆藕花湖。七星巖對先生坐，彼此垂青一語無。

勝遊尚欠鼎湖行，爲有春江浪未平。寄語王喬仙令尹，青山無我亦虛生。蘭坡約遊鼎湖未果。

荔枝二十六韻

冒暑來東粵，炎風笑老夫。未歌棠棣什，先覓荔枝圖。揩眼看嘉樹，逢人問藐姑。離離星點大，漸漸露痕濡。外殼團黃皺，中單裹絳襦。梯須乘騄耳，網不用珊瑚。火齊高偎月，晶盤早弄珠。撕開紫綿襖，褪出雪肌膚。欲齧心何忍，輕含舌已酥。華池湧靈液，透頂灌醍醐。嫣姣金爲彈，環肥玉作軀。天漿風味別，神女色香俱。易損憐卿嫩，狂吞愧我粗。口疑成露甕，腹恐化冰壺。飽極三餐忘，柔嘉百果無。楚人休橘頌，齊俗撤桃殳。白馬甜榴賤，黃中玉李輸。浸投甘谷井，剝喚水精奴。馳驛名原重，傾城話豈誣？揮毫誰詠汝，碩果尚存吾。寵勝紅雲宴，忙催竹葉符。熱中心早淡，消渴病何虞。帶葉教人採，傾筐滿地鋪。半生仙掌慕，一夕化人扶。尤物堪移矣，衰翁其舍諸！日當三百顆，未肯讓髯蘇。「紫綿襖」見五代史，契丹語。

蠹魚

不買芸香置五車，公然老蠹作生涯。分明紙角牙鬚動，陡覺書中點畫差。未必風騷供吐屬，空貪糟粕失精華。勸君嚼我終無味，速往蟲魚註疏家。

觀弈

淸簟疎簾弈一盤，窗前便是小長安。不關我事眉常皺，閱盡人心眼更寬。黑白分明全局在，輸贏終竟自知難。憑君着遍飛棋好，老譜還須仔細看。

阿端

端州生子號端哥，合浦明珠定是他。索我抱常懷裏奔，惹人憐爲笑時多。看兄蠟鳳心如羨，怒姊飛堉口似呵。轉眼重陽作周晬，兒持金印更提戈。

端州大水行

端州夜半聲洶洶，羚羊峽水圍城中。天公更爲水張勢，排雲駕雨號狂風。民廬不見見屋脊，廚竈掀舞如飛蓬。羨爲魚鼈身猶活，化作蟲沙頃刻空。衆官拒水如拒賊，竹籮衣裲四門塞。衣冠了鳥負土忙，金錢亂擲蛟龍得。晉陽未沒城幾版，王尊立水已三日。短衣赤脚出門望，蝦蟆蹬目坐樓上。將軍棄馬盡乘桴，士女非鳧齊踏浪。萬戶炊烟傍午無，頭搶足蹋爭相向。襁負泣登太守堂，太守不在誰主張？六營馳檄兵借糧，盡指券約堆盈箱。我雖非官敢越俎，弟兄急難宜平章。不料五千里外餐霞客，忽來此邦此土同存亡。南門已裂北門保，上山上城奔未了。平時只覺眼前安，到此方知高處好。愧無婆留築塘才，三千強弩射潮回；又無王景堙流法，能使耕夫盡舉鍤。徒學區區韓潮蘇海文，惹他江妃河伯來紛紛。作書魴鯉同一笑，中流砥柱今何人？目擊哀鴻狀若此，我有一言告君子。莫愁賑例此間無，一卷檀弓皆物始。詩集單刻本、嘉慶本注云：「廣東例不報災。」

藤鼓

端州城樓有藤鼓，以尺圍量丈有五。其色黝黝瑕環黑，其聲逢逢音節古。相傳此藤能爲妖，晝伏夜見浮作橋。羅旁水口衆瑶賊，乘此渡河民驛騷。前朝制府凌雲翼，剪去渠魁掃萌蘖。斬藤三段製鼓形，分置諸州此其一。一聲兩聲蝦蟆更，三更四更天雞鳴。公然瓜蔓一枝草，管領金輪萬國明。我爲妖藤發長想，萑苻同類皆何往。從古英雄草澤來，麒麟閣上爲聲響。

珠蘭

誰把三湘草，穿成九曲珠？粒多迎手戰，香遠近聞無。簾外傳芳訊，風前過彼姝。閒將纓絡索，仔細替花扶。

紅豆

生就多情種，離離落絳河。相思千粒少，記曲一箱多。丹鳳饑應啄，紅兒眼欲波。倘拋籠樹上，佛亦奈卿何？

寄鍾姬

不聽釵聲半載餘，妝臺眠食近何如？愁生夫子登程後，喜見嬌兒上學初。海外朝雲空有夢，盤中伯玉竟無書。遥知七夕銀河好，嬾畫眉痕月一梳。

此間光景遜江東，雨慣煙綿海慣風。仙荔紅香剛我到，雪蘭膚色與卿同。千家蠻語聽難解，兩月螺舟泛未終。寄語金閨諸姊妹，加餐不必念衰翁。

翟尊江意釣圖

子陵非釣魚，不過釣其志。先生倣子陵，借釣抒其意。難得白描手，能寫此高致。笠是釣者冠，竿爲釣者器。絶少波濤聲，但湧烟雲氣。鬚眉更逌然，自樂羲皇世。我亦釣卌年，從無一絲繫。未能訪桃源，來約劉子驥。且題字數行，臨風託遐契。

烹珠嘆 有序

廣州漁人烹蚌，蚌躍起三丈許，諦視之，墜徑寸珠，爲火所傷，作車渠色矣。余哀之，爲作詩。

漁人烹蚌蚌忽怒，飛上青天如欲訴。須臾明月一丸沉，滿江船戶都生怖。諦視乃是牟尼珠，圓圓一寸寬有餘。可憐照乘驚星色，已作焦桐爛梓枯。我聞珠能辟火災，豈知火爲珠禍胎。萬物各有遇不遇，人世原無才不才。又聞鮫人採珠苦，抛擲千夫性命取！豈知費盡驪龍求，一旦混同魚目賫。怪底珠猶憤氣含，衝烟跋浪飛再三。玉呈楚國寃雖雪，劍化延津死未甘。從此漁人生悔心，撈蚶不敢付釜鬵。奈他堆積如山蚌，一點珠光沒處尋。

端州苦熱行

我聞南越非炎洲，四時皆春客可遊。豈知我來天時變，但有火老無金柔。祝融呵氣朱鳥吐，沃焦登罷湯池投。治病非造軒光竈，攻城乃試猛火油。熾炭詎安郛子位，燒尾都像田單牛。方麯司風懷令史，吹綸被體疑重裘。無病而灸痏痏滿，不慚而汗浹背流。灸艾才避屈突蓋，均茵又遇周陽由。帶來之熱因人熱，使我自問笑不休。七十老翁何所求？拾却江南雲水幽，兩袪高蹶來荒陬。西江舟覆色不變，端州水至心無憂。可奈秋陽故意暴老朽，頃刻膚理焦灼聲啁啾。有目不得瞻洋樓，有脚不得登羅浮。思量消遣無他法，惟有掃除奥室爲詩囚。一枝筆當迎涼草，一竿竹對夏清侯。阿弟愛我怕我去，時進瓜果慰勞相遮留。試想姜家大被縱然好，可能此際同眠雙白頭！不如一碗冷淘向天祝，火傘早勸炎官收。赤煒勢消白藏至，風輪高扇清天秋。使我逃出炎涼世界外，依舊赤脚海上自把珊瑚鈎。

謝龍文弟餽水

圭頂山頭水，貽來感不禁。淡如君子友，清見弟兄心。愛惜教僮守，矜憐當酒斟。故鄉重入夢，龍井一泓深。

又謝簑衣餅

擬賦湯官餅，才慚束廣微。漫勞纖手巧，來慰老人饑。月影盤中得，冰花齒上飛。紅綾曾啖過，今又嚼簑衣。

贈孫補山中丞

卿雲紅覆五羊城，物望羣推宋廣平。二月桂林移使節，一江春水盡歡聲。胸中定力回風氣，筆底餘波寫性情。帝恐勳名掩婣雅，重教管領玉堂清。公巡撫雲南，後重入翰林校書。

此行眞不負衰翁，得識羅浮又識公。同館敢叨前輩禮，虛懷眞見大臣風。憐才心在官階外，知己情深夕照中。料得紀恩圖未了，珠江轉舵督江東。公覩紀恩圖，第十六幅名珠江轉舵。

張菊坡太守有伽南香珠余乞之命以詩易

嶺南從古稱香國，遠客尋香偏不得。菊坡太守古香尉，胸挂香珠百八粒。一珠一粒氣氤氳，迷迭都梁迥不分。庭前風過旃檀樹，座上衣熏荀令君。野人心貪口難忍，強顔遽作紫雲請。自憐臭味無差池，或者主人竟首肯。主人愛香兼愛儂，欲許不許心忡忡。自言佩帶始童蒙，先人手澤在其中。業已卅年侍膏沐，如何一旦棄秋風。我發讕言君且聽，楚弓楚得原無定。從來湘草佩靈均，爲他髣髴騷人性。同抱留芳百世心，何妨脱手千金贈。主人大笑憐我狂，登時解繫我衣裳。馡馡鼻觀覺勝常，夸示賓朋嗅未央。從今東郭七旬叟，永奉南豐一瓣香。

旬日之中中丞兩饋看烝賦詩志謝

一接春風笑語温，兩番臺使致壺飧。買從清俸情尤重，捧出軍門物便尊。千里脯盛金盌脱，三辰酒滿玉昆侖。自憐七十餐霞叟，難學侯嬴説報恩。

枚方以詩獻中丞而中丞贈詩適至病中如數奉答即以留別

正投巴曲到軍門，忽聽鈞韶降野濱。汲鄭果然能禮士，皐夔原本是詩人。筆揮强弩堪穿札，氣吐秋雲不染塵。病裏瑤箋當靈藥，一回雒誦一精神。

舟泊羚羊峽口邊，早聞父老說公賢。官如子弟人人見，政比秋霜樹樹鮮。渡海輕裝常載石，焚香諸事不瞞天。嶺南元氣非難復，只望旌旗駐十年。公有百一山房，專供怪石。

朅來門外八騶鳴，野叟頹唐廢送迎。禮錫百朋裁兩面，交雖十日勝三生。民間疾苦殷勤問，海內文章次第評。我亦臨歧託君子，元方有弟望栽成。

羅浮擬訪葛仙衣，可奈頹禽翅不飛！一息尚存山要看，秋光漸老客思歸。掃門魏勃從今遠，識曲鍾期自古稀。回首五層樓在望，謝玄暉尚夢依依。

附孫公贈詩

翹首雲階未許登，今朝把手與飛騰。文能壽世輕千刼，力可迴瀾此一燈。樞地有人誇紫雪，廿年前慶樹齋同寅極譽紫雪軒勝概。海山到處引紅藤。現游丹霞、西樵諸山。條冰相對青蠅去，陡覺炎埃隔幾層。

綺年入洛最知名，壯歲游秦宦早成。兩卷橦弓寧有例，三生杜牧本多情。江山跌宕旁妻好，風雨飈馳老筆橫。聞說明珠雙照座，通、邇兩公子，已能讀父書。慰懷何止一官輕！

不遞鄉書不遣媒，闖然直爲荔枝來。文章澤國蛟龍避，先生映嘉令弟太守署中，西漲驟至，城不沒者三版，漲旋落。裙屐僊山蛺蝶陪。將褰糧訪羅浮。當日登場誰不識，祇今此事更交推。自慚海上孫賓石，瘴霧憑公一掃開。粵東濱海多霧雨，公到後連日晴霽。

渡嶺裝欹一葉風，小倉紅影落霜楓。計深秋方還隨園。人將仙佛疑山賊，天遣亭臺屬寓公。心跡仍依徵士傳，姓名早隸日華宮。歸逢詡蔣苕生。壹趙甌北。皆吾友，爲報居官與昔同。

遊西樵山左行三里至逍遙石下

冒暑遊西樵，爲訪白雲洞。渡過兩危橋，逼仄不容轂。將身學螻蟻，紆曲穿石縫。絕壁飛泉奔，激怒聲如鬨。其下鑿曲池，流觴借水送。磨厓字紛紛，前明遊者衆。左轉尤奇絕，逍遙石可弄。萬牛輦不前，兩手推可動。安得秤象船，一試石輕重。山鐫曲靖太守龐義一銘「白雲洞」三字，逍遙石如屋可推。

未盡西樵之勝染疾遽返

未盡西樵勝，仍回半路槎。遠遊原倚健，小病便思家。落葉長年怯，秋風短鬢嗟。思量瞞阿弟，猶恐瘦荆花。

服藥有悟

前秋抱腹疾，香連一服佳；今秋腹疾同，香連乃爲災。方知內患殊，未可一例該。天機本活潑，刻舟求劍乖。善乎莊周言，詩書糟粕皆。荆公悮宋家，直爲周官紿。

病起遊羅浮得詩五首

遊山如選士，佳者拔其尤。矧我力疾登，羅浮難偏搜。名傳華首臺，先往作勝遊。果然穿磴上，古松蟠龍虬。兩峯合掌迎，峯名合掌。匹練從空投。何時金翅鳥，蹴翻銀河流。奔赴此山巔，一瀉不可收。

西上五百級，乃至黃龍觀。中湧雲萬重，羽扇揮不斷。風停樹聲微，花多香氣亂。羣僧率衆迎，袈裟不掩骭。夸我石樓高，指我鐵橋看。推牀讓我宿，雲臥天之半。可惜雞晏眠，灘聲早相喚。

水黑名曰盧，不流名曰奴。佳哉五龍潭，兩病都已無。雙厓夾青天，四面噴銀壺。下有獨角蛟，沉沉不可呼。碑鐫淳熙年，苔深字模糊。石刻淳熙己亥良月望日郡守睢陽吳[illegible]男有書。又長壽澗三字，范陽祖無擇書。其清毛髮見，其色琉璃鋪。伸手取石子，粲粲樗蒱如。我戲投竹葉，當作調水符。

仙衣化蝴蝶，蝶去不我親；梅花化美女，無花空有村。明知古人語，渺莽難具論。奈已書上見，未免胸中存。參橫月落時，沉思欲斷魂。擬扶綠玉杖，一問黃野人。

羅浮四百峯，所踏都可數。只有飛雲嶺，吾衰勇難賈。此處號洞天，佳名震千古。其實幽夐處，拔十僅得五。大半行夷庚，黑石臥黃土。不信蓬萊峯，如此割左股。倘取名山圖，品題甲乙譜。吾將不帝秦，詎肯中分魯！且吟詩數章，庶免嘲啞虎。

贈寄塵上人即送赴潮州兼申武夷之約

支公最神駿，古寺弄松釵。經講花知舞，詩呈佛說佳。能參無上義，只喫自然齋。幾箑銀鉤字，珠娘扇上皆。花船妓扇皆上人所書，「自然齋」見唐六典。

聽說潮陽去，聰明學大顛。三更鳳樓月，萬頃鱷溪烟。海映袈裟綠，雲生畫筆鮮。武夷如踐約，待我菊花天。

宿華首贈寄林上人

華首臺邊踏翠微，天風吹冷五銖衣。泉衝危石聲如怒，松立空山勢欲飛。鴿爲無齋常看佛，龍因聽講屢忘歸。蒙師引我禪房宿，修竹千竿月一扉。

到新會同侯葦原明府登圭峯望海上厓門南宋張陸諸公殉國處

圭峯遠望厓門影，南宋遺蹤不可求。萬里山河無片土，一朝臣主有孤舟。紀侯去國何時返，蔓叔違天到此休。畢竟忠魂吹未散，瓣香猶作陣雲浮。

謁陳白沙先生祠觀宣德皇帝聘玉

玉形似圭，長七寸許，青色，葵首，下削，中有小孔沁暈紅潤，映日瑩然，洵古物也。守祠者裹以錦匣，客至許觀。

名士當年重，三徵尚古風。曾將水蒼玉，遠聘白沙翁。我到祠堂拜，秋深草樹空。清嚴諸葛像，猶自供隆中。

光孝寺僧以菩提紗見餉

菩提樹葉傳名久，輕似秋雲薄似紗。想見此間諸佛笑，只拈迦葉不拈花。

九耀石

南漢假山石，厥名稱九耀。廢置藥池中，落落峯傾倒。榕根若連鑣，水浪時鳴竅。其上鐫姓名，宋元各年號。或云熙寧秋，避暑搖仙棹；或云慶元春，泛月恣憑眺。篆隸雖殊形，點畫皆奇奥。有石人能存，有字石纔妙。嗚呼八百年，多少遊人到！此水聞其吟，此石見其貌。安得石能言，一一爲我告。

海南雙門觀銅壺滴漏作

鎔銅爲壺高下安，四壺畜水藏波瀾。中穿小孔相接引，從高而下瀑布然。有銅尺標十二字，子午卯酉辰巳未。一聲一滴一字呈，順時而報尺相示。我來適直午正中，銅尺升起如有風。旁鐫元帥名某某，延祐二年鑄此銅。我聞張衡地儀造最巧，八道金龍銜日表。一龍機發風沙飛，隴西地震先能曉。又聞田曹參軍造氣輪，二十四扇鋪地勻。一氣將至一扇動，灰飛葭管分冬春。此壺偷得此消息，五百年來滴未歇。黯黯色同記里鼓，鏦鏦聲類知時鐵。日有十位朝至暮，地有四遊萬里度。但憑壺尺作圭臬，分寸光陰無舛誤。老我摩挲有所思，壺中日月過來遲。難忘待漏三商日，更憶花磚測影時。

聞魚門編修乞假赴陝卒于秋帆中丞署內余生平至好也賦詩志慟

暫辭東觀走西秦，幕府風高遽喪身。到耳忽驚腸欲斷，癡心還想信非眞。三吳屈指推名士，四海同聲哭善人。料得中丞騷雅主，不教遺稿付沉淪。

送抱推襟四十霜，美髯如畫怕思量。龐公入座妻孥喜，祖約深談晝夜忘。淮上我留常把盞，山中君有舊眠床。而今都是前生夢，月墮西巖事渺茫。

結轖名場卅載餘，中年作賦迓鑾輿。稱心竟領三清職，悅目還修四庫書。避債臺高難戀闕，招賢館好易呼車。傷心二月初三札，猶自殷勤訊阿如。女阿如，寄君膝下。

羊求結伴意欣然，屬我金陵買數椽。白首同歸空有約，黃壚重醉竟無緣！孤兒尙寄幽燕地，君六十二得子，才五歲。旅櫬誰扶雨雪天？且喜交期泉路在，不多時別是衰年。

挽大司馬彭芝亭先生三十二韻

四海瞻星象，三吳喪斗杓。驚心一元老，兜率作逍遙。魯殿靈光失，唐車顯慶凋。尙書昔臚唱，姓氏冠中朝。給札登東觀，賡歌到絳霄。三雍調禮樂，九奏協簫韶。陸贄嘉謨獻，王珪異數邀。衡文屢持尺，選士慣乘軺。桃李花千樹，臣心水一條。門生多八座，故吏亦三貂。履曳星辰上，衣看袞繡飄。周官重司馬，漢禮絶羣僚。公獨謙如故，人欽寵不驕。珊珊仙骨瘦，藹藹惠風招。舒雁威儀肅，黃花晚節昭。四夷爭拱手，百辟盡垂腰。兼有林泉福，能教歲月消。抽簪辭玉殿，蠟屐走山椒。謝傅歸華屋，裴公造午橋。童時垂釣處，鄉里看花朝。置酒杯三雅，投壺矢百驍。八旬猶小楷，五字極搜雕。闕豈江湖忘，心因名理超。花磚兒步武，蕊榜婿連鑣。公子紹觀官學士，婿莊培因壬申狀元。一品文成集，千秋位不祧。鯫生才覓覺，都下荷鈞陶。春雨梅開日，秋風桂落宵。園曾來杖履，詩每贈瓊瑤。月落心常契，山頹事豈料。黃粱雖夢醒，青史定名標。語笑還如昨，人琴竟寂寥。生芻遙寄奠，頭白泪飄蕭。

蘭坡明府聞余從廣州歸先在鼎湖延候已五日矣遂與同登

暘雲待我遊鼎湖，艤舟五日相招呼。我約久矣踐更喜，跨上篷輿行十里。守門獅象兩峯迎，扶筇先上半山亭。佳境從茲如海湧，令人高唱升天行。盤盤石磴九重曲，似帶如環往而復。秋陽隔樹笠帽涼，松陰覆體衣裳綠。溪聲漸大人聲小，高厓瀑布飛難了。萬斛珠璣撲面來，五條白練和雲擣。我拚身臥浪花中，憑他衝去都爲好。白髮方袍佛子來，牽裾同上講經臺。威儀戒律都井井，布金地掃無纖埃。正値香花三會日，留餐蔬果八關齋。可奈斜陽紅滿樹，心雖尚留身已去。重斟尊酒肆高談，舟中還說山中趣。名山烟景主人恩，相別如何不斷魂！留取幾行詩句在，大書深刻鎭山門。

香亭贈松鼠裘

戲言松鼠爲裘好，豈料端州竟有他。野色蒙茸身上動，故山來往樹頭多。曾偷仙果遊三島，不羨羔羊賦五紽。喜汝相貽最相稱，教人遠看似煙蓑。

留別香亭

四月珠江賦友于，三秋蘭槳盍歸乎。塤篪遠奏音才合，鴻雁分飛影又孤。水上風搖青雀舫，燈前人指白頭顱。遙知此後重逢處，只有君歸我到無。

小住黃堂燕寢東，可憐姜被幾宵同。三更促膝陪清話，一飯經心怕惱公。杖履依然遊物外，笑聲轉覺勝家中。緣深更有嬌兒在，索我牙牙抱未終。謂端官。

教儂遠上五羊城，海寺花田次第經。沙面笙歌喧晝夜，洋樓金碧耀丹青。熏成香界終知幻，夢入鈞天幾個醒。莫怪老人歸計決，要歸說與合家聽。

歸帆將指粵西斜，五十年前小謝家。趙國遠投蘇季子，吳公首薦賈長沙。溪山似畫些些記，東海栽桑事事差。一旦遼城仙鶴返，也應驚殺桂林花。

以吾一日長諸昆，臨別殷勤有所陳。認路莫隨風色轉，看花須耐雪中春。嫁衣日爲他人作，金穴誰知住者貧。倘念丁單門戶薄，夕陽紅處好抽身。

柳枝不折折荆枝，萬里江山兩鬢絲。薄暮雲應歸洞急，多情人每上船遲。生還已遂班超願，閲歷重添杜甫詩。千萬丁寧君莫送，送兄難是別兄時。

附香亭詩

幾年別夢繞江蘺，盼得歡逢佛誕期。兄以四月八日至粵。雅集纔賡連理句，離觴又賦送行詩。人歸忽共青山遠，手握難分白髮時。欲向尊前訴衷曲，秋煙如緒雨如絲。

宗支零落幾人存，階有蘭芽未抱孫。荆少莫從分處折，被寬須共老來溫。水雖異派終歸海，樹到成陰自衛根。好向伊南開別墅，春潮待我欸衡門。

說到將歸便黯神，鶺鴒原上動征塵。歡場況味離方憶，宦境艱難見始眞。稚歲無端頻觸客，嶺南無盛暑，今夏酷熱異常。陽侯何苦亦驚人。六月間大水，城不沒者三板。豈因聚首招天忌，故促征車速返輪。

風扶籐杖雪盈頭，放達能輕萬里遊。足底居然騰海嶽，眼中應亦小羅浮。若非膽壯無斯會，可奈襟分及暮秋。從此晚香淸嘯遠，兄寓晚香堂。月華愁對畫簾鉤。

桂林此去訪前緣，兄弱冠遊西粵，五十年矣。今由桂林放舟南下。城郭依然景物遷。蟲化定知同小刼，鶴歸何必待千年！挂帆不畏征途遠，投轄深知地主賢。謂汪芝圃太守。是我昔時生長處，夢魂相逐繞蠻烟。

逢迎隨處可停驂，歸去何愁道路難。也應山深防雨雪，莫因身健失溫寒。行過湘水秋將盡，計到家園臘又殘。稚子候門妻妾聚，笑聲遙聽闔家歡。

重九後七日赴桂林香亭送至江口

阿弟送我怕我悲，誓言明歲辭官歸。我道明年卽相見，此別愁容休上面。可奈臨歧淚叉流，總緣老字在心頭。江邊望見舟車影，各學雙鳧立不休。

龍文設餞黄江廠諸公送者自厓返矣龍文獨後

秋老關津樹有霜，吾家臨汝捧離觴。淚痕似雨住猶滴，月影照人行更涼。蘭坡在舟中泣下，弟亦泫然。代製征衣裁縞紵，頻探食性餽虀湯。驪歌爲汝眞難賦，情比端江水更長。

從端江到桂林一路山水奇絶有突過天台雁宕者賦六言九章恐未足形容終抱歉于山靈也

前望不知去蹤，後望不知來路。山川如此遮攔，不見一船留住。

山下怒濤坌湧，水中怪石横排。檮向狼牙曳出，舟從虎口吞來。

鎮日烟村斷絶，一時難問迷津。賴有鷺鷥幾點，溪邊目送行人。

長繩牽上青天，一步船高一丈。分明水底山多，篙打亂山頭響。

我愛昭平陽朔，峯峯長箭鉤連。疑是宋康武乙，張弓同射青天。

底事船窗忽黑，壓來天外孤峯。可是女媧擲下，有心驚駭詩翁？

怪似奇鶬九首，險如鹿角雙叉。四面兒孫執笏，千軍背水如麻。

碧簪照水横抽，石笋當空孤插。造成阿育天王，八萬四千寶塔。可愛溪流清淺，數來石片分明。且作滄浪童子，終朝濯足濯纓。

舟中又病誓不服藥

常笑王微太認眞，朝朝昌朮不離身。我今學得朱雲樣，不作呼醫飲藥人。

在陽朔寄香亭

半月與弟別，昨夜與弟見。見弟在何方，泊舟陽朔縣。漸漸急灘平，欣欣夢魂善。分明晚香堂，弟婦作華餞。目疾雖未瘳，心情猶繾綣。吳娃進肴烝，手自搴釵鈿。敦女巧言詞，聰明堆滿面。阿端學走忙，跦跦兩脚旋。不復索我抱，知抱能幾遍。我亦傷離筵，且喜是家宴。有酒姑綴斟，有羹或遲嚥。庶幾七十翁，猶作須臾戀。何圖荒雞鳴，頃刻懽場變。骨肉渺雲烟，孤燈明一線。曉山更欺人，窗開如亂箭。

舟中贈霞裳

一枝玉樹當筇扶，臨水登山興不孤。不是子春高弟子，琴聲能入海天無？

挂榜匡名惱秀才，丫叉雙髻是誰裁？綠章我欲天公奏，乞汝三峯架筆來。

灘急聲喧鳥不聞，猢猻滿樹嘯成羣。與君賭向船頭數，一個峯頭幾朵雲？

傳世文章豈易描，會須筆下起波濤。水堪招隱都緣曲，山到成名畢竟高。

附霞裳詩

壓船山影十分險，洗月江光萬派濤。夜半聯吟同剪燭，人間應少此師生。

飯後圍棋例幾回，私心不敢把窗開。昨宵底事輸先著，爲有奇峯數朵來。

船行船止任風吹，九節吟筇是我持。望見前村烟樹好，先生又是上山時。

一雙孔雀一猢猻，相伴船頭共作羣。啼嘯似知山水樂，居然清福與人分。

讀白太傅集三首 有序

人多稱余詩學白傅，自慚平時于公集殊未宣究。今年從嶺南歸，在香亭處借長慶集，舟中讀之，始知陽貨無心，貌類孔子。然余性不飲又不佞佛，二事與太傅異矣。姑吟三首質太傅，幷質好余詩者。

人道儂詩半學公，今看長慶集纔終。宦途少累神先定，天性多情句自工。手把酒杯仍獨醒，口談佛法豈由衷？誰能學到原作「華」，據嘉慶本改。形骸外，頗不相同正是同。

當年領郡最逍遙，吳苑杭州景更饒。五馬金鞭朝按部，雙鬟玉指夜吹簫。簿書忙處常休沐，僚寀閒時替造橋。滿口說歸歸已晚，想緣恩遇感三朝。詩集單刻本、嘉慶本作：「滿口說歸歸不得，想緣官樂是唐朝。」有注云：「公遊山挾十妓，俸錢太多，庋置梁上。」

衰年未免悼龜羅，駱馬楊枝奈老何。朝裏最憐朋輩少，集中惟有妓名多。詩如天女衣無縫，心似秋江水不波。爭怪瓣香人供奉，元之以後又東坡。

重入桂林城作

我年二十一，曾作桂林遊。今年六十九，重看桂林秋。桂林城中誰我識？雖無人民有水石。水石無情我有情，一丘一壑皆前生。不學習鑿齒，重到襄陽悲不止；不學武夷君，逢人開口呼曾孫。只學藍采和，踏踏流年自作歌；更學蒯子訓，千年銅狄手摩挲。黃粱一夢誰能再，我竟來尋夢還在。

十月八日同陸君景文汪婿履青及府署中諸君子遊棲霞七星洞方知五十年前夏日阻水遊未盡其奇詩未殫其妙補作一章

山外看青山，如把人皮相。入洞看青山，如抉人五臟。桂林諸洞皆峆岈，就中奇絕稱棲霞。窊隆三里相綿延，以雲作地石作天，萬怪惶惑藏其間。晉文請隧從此入，良夫執火誰爭先？道人持楄杆，賈勇作前導。指示淨瓶柳，羣蜂來作鬧；指示金鯉魚，龍門如欲跳。忽然老衲晒袈裟，忽然漁翁挂笠帽。仙人床冷竟忘歸，石柱擎空吹不倒。紂絕陰天既可疑，吾公壑谷尤堪笑。其他獅駝蛇鳥百千餘，一一像形誰所造？我道諸名皆強呼，並非山靈有意相描摹。萬物有單複，山川寧獨無？此是石婆石丈之心腹腎腸耳，遊人搜剔作巧屠。奇章雖愛那能羣，王宰善畫或可圖。但恐一燈吹滅薪不繼，從此我輩幽宮永閉胡爲乎？衲手捫心方自怖，隱隱東方一白露。雖然報曉少雞鳴，漸有微光開覺路。洞中久行目盡昏，侊侊爭往明處奔。誰知返射斜陽影，還是懸厓不是門。

獨秀峯

來龍去脈絕無有，突然一峯插南斗。桂林山形奇八九，獨秀峯尤冠其首。三百六級登其巔，一城烟火來眼前。青山尚且直如絃，人生孤立何傷焉！

遊風洞登高望仙鶴明月諸峯

泱泱天大風，誰知生此洞。古劍劈山開，千年不合縫。我身傴僂入，風迎更風送。折腰非爲米，縮脰豈畏凍！偶作謦咳聲，一時答者衆。硍散非扣鐘，弇鬱類裂甕。奥草挂綿絡，陰冰凝蝃蝀。遊畢再登高，出洞如出夢。一節偃又豎，兩目闞復縱。遠山亦獻媚，橫陳怪石供。仙鶴不可招，明月猶堪弄。底事急謀歸？雲濕衣裳重。

普陀寺

一寺藏山凹，松竹淡如許。古佛坐無言，流泉代作語。

南熏亭

翠竹清沙水數灣，亭臺參錯白雲間。不圖桂嶺叢蠶處，也有江南平遠山。

相傳虞帝駐江皋，一曲南風手自操。今日蒼梧烟月冷，松聲猶自學簫韶。

桂林諸山率皆峭立突然而起戛然而止如古弼之頭如汝穎之士爾雅銳上曰融丘是也戲題一絕

一笑白雲端，邊山亦太巒。撑空如欲刺，此處作天難。

贈吴樹堂中丞

久識東山有慶雲，揭來西粤見經綸。趙衰人愛三冬日，崔篆車班一路春。桂嶺高峯天作柱，灕江清水玉無塵。偏于野叟殷勤甚，憐是留侯門下人。壬申枚仕陝西，爲先司寇屬吏。

記得袁絲學未優，中丞官舍最淹留。賦成銅鼓三更月，表薦鈞天萬里秋。丙辰金德山中丞命賦銅鼓，薦博學鴻詞入都，賦載省志中。既往事如風過水，重來人已雪盈頭。幸虧舊雨持旌節，猶許衰翁處處遊。

附吴公詩二首

曾奏長楊軼子雲，瞥從湘浦見垂綸。洞簫聲重三千玉，銅鼓詞傳五十春。勝蹟每勞靑嶂夢，舊題自拂碧紗塵。致能去後無斯客，請與壺天作主人。

關中駿烈誰能說，嶺外高軒我得留。壯歲共看華嶽雪，老來同泛桂江秋。新詞合付紅牙板，故曲誰傳鞨部頭？未免亦嫌金帶重，不堪爲賦少年游。

重登撫署八桂堂有懷薦主德山公

彭宣當日謁安昌，一見傾心在此堂。親向燈前修薦表，幾回座上嘆文章。人天渺渺恩難報，函丈依依事未忘。今夕西州儂再過，幾行衰淚落荒莊。

遺民難訪地行仙，幕府蓮花盡化烟。只有庭前丹桂樹，見公夸許見公憐。

接馮星實方伯手書道西江去官光景

西江聞說去屏藩，父老紛紛擁馬鞍。崔帥留靴沿路泣，文翁畫像滿城看。官聲豈是臨時取，膏雨應知及物寬。底事先生芳訊到，尚嫌心力未全殫。

訪韋鐵髯鉢園舊居 有序

鐵髯居士，故刑部尚書傅鼐之門下士也。曉星學方書，尤精導養，年六十餘，髮不二色。以事謫戍桂林，築居鉢園。當事貴人，常詣其家，言初濫耳，聞者誐然。丙辰，余相見金中丞署中，疑是毛仙翁、黄野人一流。今年與李松圃郎中同訪其居，則已捨作佛寺，東廂供鐵鼻小像，亦復遺失。因做陸魯望過丹陽張承吉舊居故事，賦詩弔之。

特訪丹陽處士家，幾間茅屋供楞伽。周顒捨宅人何在，元化焚書事可嗟。君多秘方，臨終都付焚如。大抵神仙多解蛻，非關勾漏少丹砂。回思綠鬢方瞳意，化鶴歸來尚看花。門前手栽杏尚存。

德山中丞撫粤九年事在雍正間問之粤人竟無知者惟劉仙菴僧恆遠猶能言其顛末喜贈一詩

天寶遺民少，誰能姚宋知？不圖留老衲，尚解説當時。白傅逢康叟，東陽遇婢師。一言能感舊，雙泪落如絲。

余小住桂林與馬嵰山浦柳愚兩山長李松圃郎中朱心池明府朱小岑布衣文讌甚懽臨行時五人買舟相送依依不捨余爲愴然到全州賦詩却寄

重到灕江印雪鴻，不圖風雅遇諸公。三生自有因緣在，十日何曾酒盞空！爭搨古碑投我好，分抄詩本問誰工。關心打槳開船際，尚有青琴聽未終。小岑袖詩到船中送行。

苔岑未免惜分攜，久往黃鸝尚欲啼。舟子鳴鉦催客散，暮雲含雨壓篷低。青山耐久情原在，白髮重逢事怕提。知否衰翁行半月，夢魂還繞桂林西？

岑溪令李君義堂猥蒙佳贈兼索和章舟中却寄

李侯示我詩百首，古人已亡今忽有。裁駭杜陵闖入座，旋驚退之笑窺牖。健鬬員俶兵五千，富奪東阿才八斗。筆所到處鐵可洞，彩欲飛時霞滿口。歐冶劍鑄吳鈎雙，項籍力扛周鼎九。自言追古如追敵，誓不生擒不放手。自從作吏少知音，一卷離騷空繫肘。昨宵篋客得袁羊，如針遇磁牝遇牡。君戲言，得見隨園如回紇占見郭公。急乞官假錄舊作，排比琳琅卯至酉。輦卷來呈劉彥和，焚香細讀香山叟。感君溺愛似齊桓，其脰肩肩忘我醜。我亦低頭學東野，願作雲龍逐此友。桂林喜有舊騷壇，十月同傾八仙酒。松圃、柳愚諸公共八人。南熏亭前把臂行，開元寺裏看碑走。獲一奇字輒咨詢，考一紀元必分剖。嘆息宦海人如麻，似此奇才寧有耦！要知孝穆本麒麟，此外董龍半雞狗。我年七十行萬里，欽挹心常記某某。辱將咳唾贈珠璣，勉寄糠粃答瑰玖。詩成燭跋夢見君，未識岑溪月落否？

接大司馬慶樹齋手書及貂冠等物賦詩報謝

隨園紅雪軒，唐氏棣華屋。別君二十年，流光如電速。初聞宰天官，繼聞鎮邊塞。豈無字數行，終嫌萬里外。今年閱邸報，閩地作將軍。賤子在東粵，歸途擬訪君。人言君驟遷，改官樞密府。將繼韋平業，豈作絳灌武？果然我家信，寄來君手書。家信半寸許，君書一寸餘。始知良朋情，厚重勝妻孥。書中何所語，感受君恩深。參贊密勿地，力薄愁難任。餘言念賤子，絮絮情無已。如以九回腸，纏綿堆滿紙。恐書言不足，外加詩一幅。恐詩難慰寒，更贈貂皮冠。貂冠暖洋洋，滿頭消雪霜。詩韻繞梁飛，滿手捧珠璣。君爲天上雲，我爲山中草。秋草問春雲，尙有幾時老？

明我齋參領扈蹕南來見訪不値將園中松竹梅蘭分題四詩而去余歸後欽遲不已寄五言一章

良朋路遠隔，一見原知難。良朋竟遠至，不見心何安！我與我齋公，相知廿載寬。南北雖乖分，吟箋常往還。終是兩人詩，不是兩人面。兩人心凄然，今生可得見？欣聞鑾輿巡，知君必扈行。偏觀從臣單，竟無君姓名。因之走東粵，不復候里巷。豈知君竟來，敲門失所望。反似尹與邢，有心相避狀。登堂既寥寂，題鳳自咨嗟。高吟詩四章，分贈閨中花。我恨不如花，猶得迎君車。歸來問僮僕，君來夫如何？車馬可赫赫，冠佩可峩峩？僮僕爲我言，君容頎而秀。望之若神仙，不知是貴冑。我老難北走，君官可南來。補此一段緣，非君誰望哉！倘緩須臾死，置君終在懷。請看翹首鶴，日夜盼三台。

舟中遣懷四首

習靜三十年，忽然愛山遊。一年得遊趣，三年遊不休。戚里笑我老，搖手止白頭；妻妾憐我老，亦復相遮留。我意大不然，人生本浮漚。倘爲利名出，未免心煩憂。專爲山水行，何處非虛舟！老健縱難恃，觀空便無愁。況且腰脚輕，或者前生修。

遊趣夫如何？約略手能數。台宕峯巒佳，黃海松樹古。匡廬高瀑飛，羅浮仙蝶舞。一一收雙眸，森森插肺腑。落筆心有得，開卷詩可補。更有意外娛，逢迎人栩栩。公卿半擁篲，布衣爭納屨。或把文盡讀，或將詩暗舉。驚我是古人，疑我作仙侶。迎則笑欣然，别則涕如雨。深山窮谷中，牽衣願作主。于我何求哉，人情厚如許！

海內五名山，古來兩高士。禽向缺一焉，其行亦孤矣。我攜霞裳生，翩翩風貌美。詩筆肖三分，圍棋低半子。三年伴奔波，一舟共憂喜。扶我助登山，牽我怕墜水。今年學吏優，跌宕到文史。味可辨淄澠，聲能別宮徵。藉此吾更豪，行行忘暮齒。倘策遠遊勛，應請從隗始。

昔人年七十，懸車不赴朝。我意到明年，亦復止遊遨。可奈武夷山，與僧曾有約；杭州明聖湖，尚想住行脚。因之自展限，還思買舫行。又恐隨園花，嫌我太無情。周旋二者間，當秋以爲期。花既受溫存，山亦供娛嬉。心願雖如斯，仰首有天在。茫茫大化中，未必我主宰。生祭陶淵明，壽藏司空圖。笑問雲中君，安排得及無？

謝李松圃郎中贈石菖蒲

蒙賜仙蒲草，教儂老眼淸。鋪宜青玉案，飲稱綠昌明。細葉迎燈舞，輕香繞硯生。倘將書帶比，學愧鄭康成。

謝浦柳愚山長贈苗錦

魯望文傳記錦裙，丘遲割愛許平分。天孫組織輸新樣，蠻女機絲妙絕羣。裁被眞堪瓔衰老，囊詩兼可寄夫君。只愁疊向空箱去，化作華鬘五色雲。

桂林至興安路止百里舟行十日

虞姁始作舟，本學魚尾掉。但聞河容刀，豈可陸蕩奡。我從桂林歸，冬月水力耗。偏以萬斛艘，來行三寸潦。沙沙危石齧，處處惡聲告。賴有百健夫，曳舟如曳轎。進寸復退尺，風從浪又拗。空作豕負塗，難掀公出淖。裹絮走荆棘，所至生阻撓。獮猴騎土牛，滯留先自笑。百里行十日，幾幾跛鼈誚。無怪從者愁，跰躃聚而噪。我云子胡然，卽此可悟道。看山如讀書，不可求速效。杜陵舟楫遲，得盡所歷妙。張融岸上舟，居之若堂奥。夫豈無家哉？亦各隨所好。我今法兩賢，少安且毋躁。深厲淺則揭，能行未可料。要知隨園梅，芳訊尚未報。盍約春風陪，殘臘一齊到。

興安

江到興安水最清，青山簇簇水中生。分明看見青山頂，船在青山頂上行。

將到湘山寺江上有垂柳一枝入粵以來所未見也

一枝垂柳桂江青，霜後依依尚有情。可是江南人憶我，六千里外教君迎？

兵書峽 有序

丙辰余過東安，舟人指絕壁曰：「此武侯藏兵書處也。」諦視之，見木匣正方，圍四尺許，庋山腰間。今五十年矣，舟過再觀，宛然無損。雖俗傳謭語可嗤，然頗聞閩、蜀間往往高厓上有仙床浮舟，造物奇詭，不可測也。

誰把金箱置碧虛，相傳諸葛有兵書。擬呼羊侃橫行上，取獻熙朝補石渠。

瀟湘

烟波南望楚雲長，蘭槳輕摇十月霜。折取一枝斑竹去，教人知道過瀟湘。

二妃廟

翠輦雲旗古殿高，黃陵風色草蕭蕭。碑先啓母傳靈蹟，歌繼皇娥落碧霄。穿井能教夫婿出，渡江不許祖龍驕。千秋姊妹分湯沐，天與瀟湘水二條。

過永州太守王蓬心留飲署中屬題小像

蓬心先生舊相識，同看棠花蔣詡宅。誦先親家。分手於今十八年，一朝相見心茫然。出圖命我題其像，我覺精神比前旺。羡君還是看花容，愧我空留種菜狀。我從桂林來，逢山脚必到。知君領永州，昏黑還停棹。山爲太守召遊人，君爲羣峯作引導。名山名士一時兼，心得所好口欲笑。鈷鉧潭，綠天菴，公子陪儂次第探。君贈畫，我題詩，彼此居奇交易之。吁嗟乎，我與先生雙白頭，此詩此畫俱千秋！

與振之公子遊愚溪

斜曲一溪水，雜樹三兩株。公然傳至今，爲有柳子居。柳子命此名，胸中未曠如。當時所施設，聰明頗有餘。斥罷宮市弊，召還陸敬輿。問此詔令新，愚者能爲歟？天命竟無常，負此心區區。萬事論成敗，千秋足嘆吁。依倚成功名，古賢亦有諸。倘使永貞永，未必愚溪愚！

到鈷鉧潭尋袁家渴不得

愚溪行半里，鈷鉧字森森。石上鐫此三字。石秀何妨小，溪淸不覺深。避人雲自去，懷古鳥空吟。可惜吾家渴，年多没處尋。

朝陽洞觀會昌元年李坦題名

韋誕昔書凌烟臺，黑頭上去白下來。朝陽巖高三百尺，李坦如何能鐫石。我想雲梯駕六鰲，終難着翅强揮毫。靑山或亦如人長，昔日猶低今日高。

柳子厚祠

金章紫綬照江濱，王者衣冠古逐臣。但說權門難託足，誰知文士易成神！宫庭慷慨伊周事，湘水凄凉屈賈身。剩有荔枝丹一曲，至今歌徧楚南人。

檢得魚門託買屋手書凄然有作

幽居託我訪墻東，花要殷繁樹要紅。白傅正期元尹至，嵇康忽報呂安終。彈琴碧海淸音斷，吹笛山陽舊雨空。正是思君垂淚際，又抽君札亂書中。

全永兩州奇石林立如蟲蝕劍穿者江岸不一而足置之園中皆千金直也

我本園居客，看山便憶園。似此嵌空石，得一足爲懽。天偏不愛惜，棄擲滿荒灘。往來有舟過，鑒賞無人看。我欲攜之歸，九牛不能舉。我欲畫之歸，丹青亦難取。惟有學米顛，拜石與石語。嘆息天下才，埋沉多類汝。

湘水清絕深至十丈猶能見底

湘水無纖塵，十丈如碧玉。直是銀河鋪，不用燃犀燭。我性不茶飲，到此酣千鍾。愛極無可奈，藏之胸腹中。

余登山甚豪客有羨老健者賦此告之

強學修期老去身，彎弓盤馬力猶存。殘燈欲滅光重大，寒雪將飛氣轉温。晚菊自香夸老圃，夕陽雖好近黄昏。明年七十筵開後，只造生壙不出門。

浯溪鏡石

浯溪鏡石光可愛，立向荒江照世界。照盡東西南北人，鏡中依舊無人在。五十年前臨汝郎，白頭再照心悲傷。恰有一言向鏡訴，照儂肝膽還如故。

窊尊歌

千尋絕壁立江口，上鑿窊尊容一斗。有時飲者不經意，一杯便落蛟龍手。想見當年元次山，退谷杯湖隨處走。拉得襄陽孟彥深，白浪如山來飲酒。吾溪吾亭名不休，據將公物爲私有。我昔來遊美少年，我今來遊忽老醜。新吾故吾倘難占，一丘一壑誰能守？不如交還與太虛，遊者何人隨某某。千峯看過皆我物，千載同心皆我友。試傾江水當葡萄，即託江風召聱叟。叟縱不來聽我歌，未必搖頭呼否否。

十一月十三日冷水步夜起玩月

霜月兩澄鮮，孤篷夜悄然。自攏雙鬢雪，獨對一江烟。偃樹立如鐵，寒星搖滿天。橫斜幾枝槳，也學榜人眠。

日日

日日奇峯迎面過，不能圖畫只能歌。老夫可奈看山後，愈覺胸中磈磊多！

衡陽許吾南明府同遊回雁峯聽芥菴僧彈琴

衡郡小丹丘，鳴琴主客遊。萬家烟火上，一曲楚江秋。遠水淡將夕，頹雲凝不流。自憐人似雁，到此亦回頭。

明府有侍者張彬年二十餘聞余至喜奔告諸幕府以得見隨園叟爲大幸出所作詩斐然成章喜贈一篇

沅江有秀民，隱于青衣間。見余投名紙，欣然喜破顔。奔告諸幕府，當作古人觀。聞其性醇粹，紛華無所迷。主人賜婚錢，買書不買妻。料量典籤事，井井魚貫柳。偷得趣侍閒，一編又在手。出其所吟咏，蠶眠字數行。雖未入堂奥，亦頗具篇章。我見貴公子，見書如見仇；胡汝獨不然，胸中有千秋。又見呼騶人，頗多安没字；胡汝又不然，觥觥有奇志。我聞吳皇象，爲奴爲大儒；又聞漢李善，官至上大夫。觀汝所行爲，非其儔匹歟？願汝守初志，嗜學加精勤。芝草無夙根，名流無出身。

遊南嶽登祝融峯觀日出二十四韻

軫宿開南戒，天神掌祝融。名能尊五嶽，秩早視三公。列岫規模大，明禋典禮隆。庪縣牲玉磬，象敎冕旒崇。蒼水來仙使，玄圭佐禹功。碑刊岣嶁字，盆施楚王宮。廟外有銅盆鐫「楚王捨」三字。豈止司民壽，兼宜祝歲豐。雌雄雷肅肅，文武露戎戎。石磴攀援上，天門呼吸通。流泉迎耳奏，飛鳥向人衝。繚繞溪成帶，彎環路似弓。萬重山在下，一座殿當空。未礴雲先散，初生日倍紅。金輪桑影外，玉鏡海光中。浴罷還疑濕，吹高似有風。黯天霞作彩，權火氣成虹。紫蓋朝從北，黃人捧向東。沃焦雖止沸，赤堇未消銅。笑我來還次，傾葵慰素衷。雞鳴先束帶，僧引共攜筇。絕好朱明洞，登臨白髮翁。暉雖含六辦，芒不射雙瞳。官久離青瑣，恩常憶紫濛。九千七百丈，來去愧匆匆。

李鄴侯故居

枕罷君王膝已涼，衡山暫築小茅堂。調停骨肉同田叔，假託神仙學子房。一品衣披紫微令，半生心在白雲鄉。渾疑蔓草荒烟處，倘插牙籤萬萬行。

起程時客有苦勸擇日者笑示一詩

何須六甲卜王匡，心是功曹善主張。展氏自知無隱慝，呂才從不信陰陽。燕知戊己巢雖穩，人守庚申道亦亡。豈若信天翁最好，一生所到是康莊。

再贈霞裳

孟喜傳經枕膝時，田何雙鬢已如絲。夕陽花影更深月，既得相逢又恨遲。

老我頹唐夢不成，多君勤學有心情。湘江篷小燈如雪，漏盡猶聞放筆聲。

追悼魚門不已賦詩自解

何事人間最斷腸？好花吹落好人亡。易居枚乘忘憂館，難覓張衡不死床。感舊心雖同向秀，觀空道可學蒙莊。須知晨起宵眠際，一日輪回有幾場！

十一月二十七日秦芝軒方伯陪遊嶽麓山

方伯名山主，長沙嶽麓高。多君陪杖履，爲我擁旌旄。霜葉紅于錦，松聲響作濤。希文有清德，應賦履霜操。

言尋禹王碣，獨上最高峯。字冠四千載，雲封一萬重。埋沙疑有鼓，山路踐之鏗然，號響鼓匣。拄杖戲敲鐘。不信開如雪，梅花滿仲冬。

狂風吹日落，叱馭急言歸。人老知寒早，山高見鳥稀。道鄉臺尚在，北海筆如揮。可惜黃仙鶴，乘雲早已飛。李邕碑字宛然，惟「黃仙鶴」三字久斷泐矣。

方伯餽盆梅

盆梅蒙見贈，轉使老人嗟。拋却滿園雪，來看一尺花。小枝橫筆架，細朵落窗紗。夢醒差堪喜，聞香似到家。

鴉

牛背一鴉立，牛行鴉不行。牧童分坐位，溪水引前程。路愛茸毛軟，飛夸去住輕。似招同伴至，還向樹頭鳴。

偶成

黃髮影毿毿，殘冬滯楚南。七旬猶欠一，五嶽已登三。天上辛公宅，蓬萊白傅龕。不知曾築否？吾欲問蘇耽。

過洞庭湖水甚小

我昔舟泛洞庭烟，萬頃琉璃浪拍天；我今舟行洞庭雪，四面平沙浪影絕。昔何其盛今何衰？洞庭君笑來致詞：請君將身作水想，消息盈虛君自知。君昔來遊可有胸吞雲夢意？君今來遊可是心波不動時？春自生，冬自槁，須知湖亦如人老。

長沙陸朗夫中丞傾衿相款一如補山樹堂二君子風利不泊簡予一言到洞庭賦詩寄懷

白雲雖返岫，常愛卿雲鮮。鷗鷺雖無求，亦受鸞鳳憐。賤子乞養久，巖棲白下園。側聞陸敬輿，風裁三古前。屛藩齊魯地，聲名萬口傳。一朝予告去，官若脫屣然。山左庶獄起，惟公名節全。天子強起公，開府湘江邊。風過草知勁，事過人知賢。安得盡公等，布置岳牧間。自然歌明良，虞廷無愊絃。我遊南嶽返，心欽北斗懸。特修士見禮，長沙爲停船。公喜降階接，握手心拳拳。道年十七時，曾見袁絲顔。一別卅載餘，萬事風輪旋。感舊旣款曲，餽遺尤纏綿。王丹所贈縑，機杼自家穿；陽城所分俸，公家度支錢。譬如仲子井，涓滴皆廉泉；又如仁者粟，合以供其先。自傷年耄矣，報德知何年！行過洞庭湖，猶望龍門烟。敬寫方寸意，寄懷詩一篇。

再題賈太傅祠

一別先生五十年，洛陽年少也華顛。自憐枉受吳公薦，白首重來意惘然。
儘把封章奏玉階，一時絳灌口難開。經生漢代知多少，屈指誰爲王佐才？
多情容易損年華，一哭梁王壽竟差。若把湘蘭比君子，春風只發二分花。
事定方知石畫高，徙薪端不動弓刀。如何七國連兵日，不祀長沙一少牢？
一篇鵩賦斷聲聞，看破浮生水上雲。只恐魂歸還痛哭，千秋幾個漢文君？

息夫人廟

一望蘼蕪滿廟青，溪風到此似吞聲。桃花結子原無語，鸚鵡移籠尙有情。千載香烟誰供奉？三年涕淚妾分明。神巫解得夫人意，簫鼓還須啞樂迎。「啞樂」見宋史。

岳陽樓

岳陽樓望水無涯，萬里荒荒白浪開。氣象果然吞八表，神仙豈止醉三回！靜聽鐵笛聲吹過，動覺魚龍影上來。幾點君山雲外立，擬乘風去訪蓬萊。

黃鶴樓看雪

漢水茫茫搖白浪，一樓高踞浪花上。相傳黃鶴此間飛，至今猶畫仙人像。仙人一來不再來，我竟兩次騰麻鞋。更値天公張玉戲，雪花片片飛瑤臺。鸚鵡洲，漢陽樹，遠望迷離一疋布。妙手描成白澤圖，長江化作銀河渡。卅年看雪俱在家，今年看雪天之涯。達人行樂足向神仙夸，可奈想殺小倉山裏千梅花！長揖與仙約，借我黃仙鶴。騎上鶴髮翁，鶴翅休氉氉。趁此高樓西北風，送我連夜還山中。一天明月一枝笛，踏破瓊瑤萬萬重。

琵琶亭弔唐蝸寄榷使

一曲琵琶白傅賞，千秋過者猶聞響。遠望孤亭枕大江，詩人來去都停槳。蝸寄先生抱古歡，來持英簜守江關。灑浩諺臺留古蹟，多增朵殿對廬山。老去風情尤娓娓，八墨三儒來者喜。嬾徵商稅爱徵詩，滿亭鋪徧硏光紙。一紙詩投兩手迎，敲殘銅鉢幾多聲。姓名分向牙牌記，賓主重申縞紵情。酒賦琴歌聽不足，風簷晨鳥夜秉燭。才子高擎鸚鵡杯，侍兒爭進防風粥。眭子當年繫短橈，也曾援筆賦鷦鷯。東方獸錦筵前奪，平一宮花鬢上標。身世悠悠五十載，黃壚白社人誰在！侍史屛風草盡生，碧紗籠壁風吹壞。非關臺榭有凋荒，可奈騷壇少主張！峴首碑移羊叔子，鹿門亭毀孟襄陽。前供香山遺像，拆去，改立戲臺。落日憑欄一白頭，荻花風裏再來遊。關心別有山陽恨，不聽琵琶淚亦流。

禰衡墓

荒墳三尺掩蓬蒿，撾鼓餘聲作怒濤。落筆爭夸賦鸚鵡，罵人何苦學山膏！干將易折終非寶，玄豹難尋始是高。知否才流生叔季，揚雲一曲反離騷。

臘月二十六日阻風彭澤諒歲內不能還家賦詩自遣

歸舟從上游，自道行必速。豈料帆不張，有類馬無足。初阻風可忍，久阻胸作惡。閉置作新婦，稱貞徒縮屋；暫屈學尺蠖，鬱堙走窮瀆。星飯沙中餐，冰襟水上宿。夢裏喜篙響，驚醒便張目。頸勞相風竿，若盼大將纛。躄者不忘走，蟄者不甘伏。南郭坐惘惘，子貢愁頊頊。呼風與風語，爲戲毋乃虐！佛家重方便，天道有剝復。汝送大貴官，旌旗行稱娖；再送巨賈艑，百貨擁簇簇。衝浪不須臾，其飛如箭鏃。何獨欺老人，有意相束縛？稱物而平施，亦宜小推轂。風遣巽二來，苦言再三告：時當玄冥令，本分北風作。君須南風吹，毋怪行躑躅。譬如夏取冰，又如冬種菽。所求適相反，難從心所欲。況君逍遙人，風趣最乖俗。當此膢臘終，歸家轉齷齪。祀竈刲黃羊，籸盆堆鬱肉。餽遺須報謝，逋券急催促。新春賀履端，車馬尤僕遬。門疊百紅箋，耳煩千爆竹。何如道路中，獨享清淨樂？元旦不衣冠，舵工稱萬福。代書利市符，舟人以紙求寫春聯。高點桅竿燭。不飲屠蘇酒，雖老誰能覺？小住彭澤村，淵明如有約。登山尋梅看，添詩與人讀。春王正月天，再唱歸來曲。

贈折齋山明府四首 詩集單刻本、嘉慶本注云：「名遇蘭，山西人。」

蘭蕙隔千里，其氣常相通。天風初隕霜，商山乃鳴鐘。萬物以情感，其機不可壅。我與折夫子，黃籍分西東。忽然遇南海，握手情雍雍。一言若有契，千言不能終。僮僕驚相問，此客何由逢？

我病旅館中，孤燈懸冷光。君聞急奔赴，更比衙參忙。贈我琳琅篇，其氣淸以蒼。縱論至于文，百家能平章。豈料竹皮冠，有此孤鳳凰！毋怪苦相留，一刻如千霜。古人原有之，引例請舉將。晏嬰遇子皮，玄度見眞長。

吾鄉孫中丞，眼明一心正。耶律楚材云：宰相要兩眼明，一心正。爲我言折君，能詩能爲政。曾有某疑獄，倂張擾五聽。獨能料治之，淸瑩如水鏡。鞭絲見鐵屑，審屠得刀柄。古之良吏然，于茲君乃更。賤子聞謖然，棐拱起而敬。記得少年時，曾爲秣陵令。

傷哉吾老矣，此別成千秋。雖然相見晚，終比未見優。君爲得霜鷹，我爲蘭單牛。何時得再逢？仰問天悠悠。大海水可劃，相思疾難瘳。且盡此時情，秉燭談綢繆。君爲我緩歸，我爲君少留。同拜雙飛鴻，他時寄書郵。

小倉山房詩集卷三十一　乙巳丙午

乙巳元旦舟中與霞裳聯句

舟中度元日，江上領春風。宿雨猶霑樹，袁朝陽乍出宮。喜無賀歲事，劉轉有賦詩功。家近心尤急，袁天遥霧正濛。開窗迎紫氣，劉解纜促篙工。寸步行皆喜，袁千山看未終。醉人眠舵側，劉爆竹響波中。吉語時聞耳，袁祥飈替轉篷。遠村梅蕋白，劉隣舫鬢花紅。伐鼓兒童競，袁敲棋師弟同。紀年更甲乙，劉認水辨西東。想見深閨裏，金錢卜幾通。袁

新正十一日還山

自覺山人膽足夸，行年七十走天涯。公然一萬三千里，聽水聽風笑到家。

迎門兒女慶團圞，隣里爭當遠客看。不是桃源眞福地，如何雞犬盡平安！

香雪階前撲面飛，喜從香裏解征衣。老妻指向諸姬笑，不爲梅花尚不歸。

一雙孔雀豔歸裝，惹得傾城士女狂。爲要誘他開翠尾，麗人來往盡濃粧。

賓客連宵坐滿庭，問山問海問花名。急抄詩與諸公讀，省得衰翁說不清。

重理殘書喜不支，一言擬告世人知。莫嫌海角天涯遠，但肯搖鞭有到時。

七十生日作

士龍百年歌，七十始長嘆。可知上壽難，古人見詞翰。我今危得之，自取平生按。解龜四十年，著述百餘卷。多少顯榮人，隨風作雲散。而我獨逌然，青蓮留一瓣。愛惜一山雲，不肯三公換；悟徹萬緣空，不屑空門竄。食不喜重味，而恰精肴饌；氣不識金銀，而亦多清玩。心安身卽行，陰陽非所憚；理足口卽言，往往翻前案。樂自尋孔顏，學不拘宋漢。新從兩粵歸，萬里江山看。攬揆三月天，滿園春色爛。偕老妻尚存，遲生兒亦丱。奚僮蒼頭多，諸姬白髮半。開池成巨波，種松成古幹。弟子來英英，老夫時灌灌。夷甫尚鮮明，韓嬰頗精悍。雖乏李清繩，遽把仙凡判。且學魯季孫，六櫝東門辦。住隨白日留，去憑天公喚。詩成鳥共吟，酒到花能勸。忘老當作孩，視昏猶若旦。厭聽麥丘祝，自作東方贊。

不染鬚

留鬚鑷鬚染鬚都有詩，四十年來能幾時！今年七十染不必，一白而已鬚事畢。記得當初未有渠，意氣凌雲渺八區。一回吟咏一回老，不惱韶光只惱鬚。我既不能諱老求官祿，又復不能煖老求燕玉。有如孀婦此心灰，永不粧臺理膏沐。人言本色是英雄，我恰掀髯笑未終。二十一科黄榜客，捫心可是白頭翁！莫嫌老去人無用，有時老亦因人重。且免身充玄甲軍，兼堪彈出銀絲供。君不見，蒲輪車，上尊酒，不向終童家裏走。又不見，香山圖畫，洛社耆英，都是皤皤黄髮形。我鬢容易白如許，頭責何須勞子羽。開窗只替海棠愁，一樹梨花將壓汝。

考据之學莫盛于宋以後而近今爲尤余厭之戲仿太白嘲魯儒一首 詩集單刻本無此首

東逢一儒談考据，西逢一儒談考据。不圖此學始東京，一丘之貉于今聚。堯典二字說萬言，近君迷入公超霧。八寸策訛八十宗，遵明堨堨強分疏。或爭關雎何人作，或指明堂建某處。考一日月必反唇，辨一郡名輒色怒。干卿底事漫紛紜，不死飢寒死章句。專數郢書燕說對，喜從牛角蝸宮赴。我亦偶然願學焉，頃刻揮毫斷生趣。捋撦故紙始成篇，彈弄雲和輒膠柱。方知文字本天機，若要出新先吐故。魯人無聊把瀋拾，齊士談仙將影捕。作爾雅非磊落人，疏周官走鼴叢路。當時孔聖尚闕疑，孟說井田亦臆度。底事于今考据人，高睨大談若目覩。古人已死不再生，但有來朝無往暮。彼此相毆昏夜中，畢竟輸贏誰覺悟。

次山文碎皇甫譏，夏建學瑣乃叔惡。男兒堂堂六尺軀，大筆如椽天所付。鯨吞鰲擲杜甫詩，高文典册相如賦。豈肯身披腻顏袷，甘逐康成車後步！陳迹何妨大略觀，雄詞必須自己鑄。待至大業傳千秋，自有腐儒替我註。或者收藏典籍多，亥豕魯魚未免悞。招此輩來與一餐，鎖向書倉管書蠹。

戲夢樓

夢樓見佛不見我，一望蒲團頭欲墮。鄙人見我不見佛，行遍香臺不作揖。君不必爭佛有，我不必爭佛無，只問此中方寸意何如。請看世上尊官貴人亦儘有，我果無所求，則亦視有如無免應酬。

遣懷雜詩

一笑老如此，作何消遣之？思量無別法，惟有多吟詩。譬如將眠蠶，尙有未盡絲。何不快傾吐，一使千秋知。

早貴如早起，所見人事多。早退如早眠，心神常安和。吾生有天幸，熊魚竟兼兩。每聞宦海波，設想吾其倘。

雨脚三月斷，火龍當空蟠。偶有一片雲，狂風驅還山。老人苦炎烝，風前將書攤。磨墨如車水，隨車隨時乾。筆燥觸紙響，何能生文瀾。硯田尚如此，農田更可嘆！願揮渾身汗，當作時雨頒。

萬物蟄于冬，而我蟄于夏。赤帝一當關，羣客可以謝。我其蟨蜳歟，蒙頭不出舍。書卷盡情翻，衣冠終日卸。平生所著述，往往趁此暇。可奈正憑欄，秋隨一葉下。

女媧摶黃土，濛濛沙塵飄。百千億萬年，回轉無停鑣。而我生其間，泰山一鴻毛。雖則一鴻毛，矜矜頗自豪。三十早歸田，二十早登朝。在邦無怨尤，在家無喧呶。逢花皆采折，無山不遊遨。李杜韓歐蘇，相逢足解嘲。官或比我尊，壽都輸我高。誰是七十翁，握筆猶嘐嘐？

凡才欲其大，凡志欲其小。才大事易辦，志小量易飽。譬如挽強弓，我力十石餘；情願挽九石，其氣恬以舒。君看韓彭輩，不如滕與薛。更看袁公路，不如黑山賊。阿斗與黃奴，以懦全其生；李志與曹蜍，以庸傳其名。

一見動相慕，未見早相惡。問其所以然，有緣無緣故。緣法苟未終，臨死補一面。如其無緣者，抵死不相見。豈徒今人哉，于古亦如此。或佞我愛之，或賢我不喜。緣之所由來，其中豈無因。知者其天乎，板板偏不言。

竇融在河西，光武欲招之。適融遣使來，彼此歡不支。隗囂亦遣使，中途被讐殺。遂致生釁端，彼此兩不察。其一富貴終，及其子若孫。其一動干戈，禍至滅其門。其時佛未來，緣法已如此。佛因敷衍之，曉人當如是。

宋儒談性理，漢儒談典章。或疑尙書僞，或道周官亡。聚訟數千年，長夜無燭光。我聞沮溺遜，言人浮海洋。親見孔聖人，絃歌聲未央。七十二弟子，羅立自成行。何不往詢之，所苦無舟航。傷哉觸觸生，捕影枉自忙。雖有記事珠，不如返魂香。

有心積陰德，殊非高士懷。而況讀葬經，貪鄙尤可哀。古有端木叔，六十而散財。彼豈眞老悖，不念子孫哉？實見身後事，非我所安排。宣尼大神聖，晚年伯魚災。昭王溺于楚，成康非禍胎。看破此機關，浩浩與天偕。出門不選日，入廟不持齋。陰陽非所忌，仙佛難我給。隨雲去處去，隨風來處來。

明月幾時有，問天天不知。縱云有開闢，開闢始何時？往往眼前事，考究無窮期。與其張目想，兀兀發狂癡；不若合眼眠，一笑姑置之。

少年愛讀書，硜硜守章句；衰年愛讀書，消遣領其趣。雖然讀輒忘，過眼皆吾有。書味在胸中，甘于飲陳酒。

漢有符節郎，請發不韋墓。謂是秦火前，所藏多竹素。求書至發冢，早被莊周譏。我意覺可惜，發或竟得之。不見陳伯茂，曾發郗曇墳。大獲右軍書，幅幅生烟雲。

鋤地得寶者，斷非望氣掘。世世出公卿，不聞謀吉穴。彭鏗壽最長，何曾談服食。百戰百勝將，兵書字不識。天之所付與，不必人營謀。何苦蚩蚩氓，奔如燒尾牛。知進不知退，力欲爭上流。豈無烘開花，一開花已休。

代公未遇時，盜鑄略人口。及其成大功，黃龍且授首。國奢竇懷貞，無恥衆所訾。及其簿錄日，俸外少餘資。盧杞亂天下，家無妾媵妍。杲卿大忠烈，乃索花粉錢。寄語腐儒輩，觀過于其黨。放開眼界寬，流覽史書廣。

劉誠允善飲，苦無酒伴陪。或薦一軍校，可以千百杯。問其量何如，曰醉不敢放。愈到沉酣時，愈作謙謹狀。劉乃笑搖頭，此未足爲量。凡事一改常，識者所不尙。

嘉祐頒陣圖，德用諫不可。道兵貴神速，泥古恐相左。錢乙善醫疾，往往心忖量。道是病萬變，不可拘古方。觀此二公言，可悟作文術。提筆學化工，一味活潑潑。

貪生學仙少，畏死學佛多。生死兩相忘，仙佛如余何？我道佞佛者，其人必諂諛。未知靈與否，尙向木偶趨。奚況權貴門，炙手可熱歟！

邢尹一相見，涕泣服其美。賈充郭夫人，見李屈膝矣。青蓮服崔顥，不敢再題詩。李郤愧劉蕡，登科願讓之。眞美人才子，大抵心多慮。木虛爲琴瑟，竹虛爲笙竽。後代妄庸人，不肯爲人下。山膏形如豚，厥性但好罵。

侂胄魏公孫，並非宦寺流。伐金雖買禍，志在復國仇。偶作南園記，思擬晝錦堂。不喜鄭楲作，而慕放翁名。出其四夫人，玉手擎杯觴。下士肯如此，便是爲善資。毋怪放翁作，勤懇加規詞。一朝事機失，頭顱敵國葬。士論羣吠聲，放翁名節喪。豈知論成敗，所見尤卑庸。符離大喪師，謀者張魏公。何以不加誅，人異事則同。太丘弔張讓，不失爲君子。一切苛刻論，都從宋儒始。

青耕能禦疫，跂踵好降災。窮奇見善去，觟觽觸邪來。物性大不齊，人性亦參半。所以孔子言，上智下愚判。子輿道性善，學孔翻孔案。

漢有崔子玉，隨官葬洛陽。唐有辛藏之，亦葬萬年鄉。道死果有知，吾豈守墓者？如其死無知，枯骨何取捨？我意亦如此，隨園旁起墳。雖學嬴博達，終愧首丘仁。

報德必以德，聖人有明言。宋人獨反之，攻擊先恩門。魏公薦王陶，陶劾其縱恣；歐薦林之奇，林發其陰事。允文薦蕭杲，杲乃首疏彈，旁有朱晦翁，嘖嘖加贊嘆。嗚呼報施絕，忠孝何由來？且冷朝士心，何人肯愛才！惟有范文正，大賢獨多情，一受元獻薦，終身稱門生。

屋造鼠卽至，池開魚卽生。問其所由來，蹤跡不分明。大抵天地間，氣化先形化。青寧程馬間，生生相代謝。洪荒無匹偶，人類自萌芽。伊尹生空桑，詰汾無母家。

人言晚景佳，恰比少時好。我意道不然，行樂還須早。譬如美衣裳，少艾可光軀。老雖著金紫，不稱白髭鬚。又如美飲食，壯佼不嫌多。及其既衰矣，未饜腹已皤。我少雖好學，無力購書看。而今眼昏花，萬卷徒空攤。又嘗思窈窕，貧莫能致之。而今作枯楊，生稊亦可嗤。所以徐誇言，人生壽七十，生長富貴家，一日抵兩日。

夢遊淡巖石上鐫此四句

一回開闢一乾坤，物換星移日日新。盤古如麻朝玉帝，不知誰是領班人！

題鄒若泉牧羊圖

白草黃沙望眼迷，荒荒落日雪山西。羣羊似解孤臣意，翹首南雲一剪齊。

李迪丹青筆最超，鄒生粉本更親描。擬教添個蘇卿婦，幾點胭脂染節毛。

誰家

誰家低唱玉瓏玲，流管清絲夜不停。一曲歌終人一世，那堪頭白客中聽！

哭陸朗夫中丞

持節長沙有正人，泊舟野叟謁清塵。誰知望重蕭夫子，早識風流賀季眞。傾蓋未消衡嶽雨，停春已失楚江春。傷心萬里西征賦，爲了三生一見因。

栽樹自嘲

七十猶栽樹，旁人莫笑癡。古來雖有死，好在不先知。

哭蔣心餘太史

西江風急水搖天，吹去人間老謫仙。名動九重官七品，詩吟一字響千年。空中香雨金棺掩，帳下奇兒玉笋聯。如此才華埋地底，夜深寶劍恐騰烟。

君家花裏別君時，君起看花力不支。三月四日。一慟自知無見理，九原還望有交期。應劉並逝空存我，李杜齊名更數誰！教作藏園詩稿序，已成未寄倍淒其。

自驚

蕭蕭落葉滿階庭，冉冉流光老自驚。世事過來惟有夢，古人一去總無聲。千年仙鶴歸何晚，兩個金丸打不清。悟得輪回文字孽，張衡才死蔡邕生。

哭章公子

傳來消息滿城悲，玉樹凋傷第二枝。心力豈緣書局盡，姓名已受聖人知。公子纂修四庫書，議敍員外。蘭方飲露花先隕，鶴正凌霄翅忽垂。從古天心忌才子，不教終賈鬢如絲。跋扈飛揚氣絕羣，偏于野叟最殷勤。每吟佳句先呈我，豈料衰年反哭君！賴有舒祺延弱息，更無阿鶩嫁秋雲。而翁倘作西河慟，莫遣堂前大母聞。

香亭卓薦後欲賦遂初忽以前任霍丘事鐫級聞其歸舟已過峽江喜而有作

聽說君歸喜欲顚，更聽君到峽江邊。去官難得因微罪，行樂公然尙壯年。骨肉兩家人健在，星霜五載夢纏綿。開窗屢探春風色，月照荆花影又圓。

代謀精舍老身忙，硯北溪南費酌量。陸賈裝雖無巨萬，阿連居要有池塘。水邊斑管高吟處，竹裏棋枰小戰場。准擬安排來告汝，白頭一笑共扶將。

端江作別泪交流，那料重逢歲兩周？雲路似君眞可惜，風帆依我竟須收。大府出考語甚佳。門前五柳心思種，海上三山浪打舟。天意玉成知感否，好燒紅燭夜同遊。

從此青溪水不寒，高風六代有人攀。陸機文史東西屋，何點琴尊大小山。棠棣花雖兩處種，桃源門可一家關。唐生相我言如驗，五載猶能作往還。相士胡文炳相余六十三歲得子，壽七十六。其一已驗。

袁郎詩爲霞裳補作 有序

在粵東時，袁郎師晉年十七，明慧善歌，爲吳明府司閽。乍見霞裳，推襟送抱，苦不得一霑接。再三謀得私約某日兩情可申，忽主人奉大府檄，火速擊行，郎不得留，與霞裳別江上，涕如綆縻。余思兩雄相悅，數典殊希，爲補一詩，作桑間濮上之變風云。

珠江吹斷少男風，珠淚離離墮水紅。緣淺變能生頃刻，情深誰復識雌雄。鄂君翠被床才叠，荀令香爐座忽空。我有青詞訴眞宰，散花折柳太匆匆。

騎牛

騎馬上林街，騎鶴揚州市，平生兩願都已償，惟有騎牛身未試。朅來鄉間逢水牛，相牛之背笑不休。此是人間安穩處，七十老翁有所求。呼僮扶上不施鞚，牛亦相憐身不動。雨笠烟蓑汝慣馱，褒衣大袑毋乃重。鞭之不前行徐徐，此牛腹中似有書。聽之黃鐘滿脰鳴，此牛曾否三犧生。詩集單刻本作「牲」。可見世間萬事學難了，騎牛未必牛道好。但願他生一日作牧童，絕勝終朝牽鼻爲三公。

穀雨雪

重陽雪，穀雨雪，兩年下雪非時節。菊花秋草尚禁寒，海棠嬌紅定愁絕。老農老圃爭致詞，春行冬令非所宜。各持天官書一册，按曆書雲占驗之。我道萬事總憑天作主，無心成化本如許。若教板板循規矩，天不作天讓與汝！

女弟子陳淑蘭窗前開紅蘭一枝遺其郎君鄧秀才來索詩

佳話傳來鄧十郎，金閨蘭草作紅妝。想因燕姞梳頭處，偶灑臙脂水數行。

十年辛苦國香栽，消息曾無一朶開。今日徵蘭芳訊到，紫瓊宮裏有人來。鄧未有子。

名重針神遠近聞，同心同臭有夫君。好將一穗紅心草，繡向瀟湘六幅裙。

端陽

黃鶯聲裏泛蒲觴，今歲春光太覺長。七十一年人未見，滿欄芍藥過端陽。

檢書圖爲盧抱經學士題

他人借書借而已，君來借書我輒喜。一書借去十日歸，缺者補全亂者理。君言檢書性所嗜，精比揚金細擇米。獲一義勝眞珠船，剖一疑如桶脫底。康成寸策非八宗，晉師渡河豈三豕？倘非古本費研求，訛以傳訛誰摭掎？昌黎讀書先識字，伊川凡事求其是。胸中秉此二義行，點畫偏旁究原委。當年簪筆侍青宮，曾繪此圖呈帝子。饌斥邪蒿寓訓詞，官名正字存微旨。至今七十已懸車，猶日孳孳勤不止。摩研編削宵秉燭，綠字朱文堆滿几。非爲三教纂珠英，定替六經作奴婢。我聞古人老好學，操兮孤與伯業耳。更有南朝沈驎士，八十手鈔八千紙。君今神勇欲過之，直以丘墳當藥餌。我愧賈山徒涉獵，瓠剞苛碎愁欲死。偶質所疑莛撞鐘，大鳴小鳴應聲起。也思北面就經師，可奈頹光剩無幾。他年文苑縱濫登，儒林一傳君先矣。

撫孤行爲畢尚書作

我聞郭代公，四十萬緡脫手空；又聞魯子敬，指千囷粟作投贈。此皆周恤生前朋，不如畢尚書待死友有深情。諸公聽我撫孤行。一解。新安魚門子，姓程字蕺園。平生著述千萬言，重仁襲義人稱賢。只有作家二字天性短，玉巵無當不能盛一錢。食翰林俸，逋負如山。長髯拂拂兩眉鐵，急走西方求佛救。二解。彤彤徂暑，乘弁棧車。烈火燒其心，炎風炙其軀。行年六十胸煩紆。望見畢尚書，當作菩提如。尚書迎入南衙居。只道故人來，不圖新鬼俱。奄然一病遽委化，瞑目而去片語無。三解。尚書親視含殮，泣下數行，楄柎爲藉幹，袒免爲服喪。三桃湯，五穀囊，一一布置加周詳。柳翣駢羅，羽葆輝煌，送歸靈輀白下葬。旁人嘖嘖相誇張，道如此異鄉死，哀榮勝故鄉。四解。死者樂矣，生者哭矣。孤兒曾曾，無棲宿矣。尚書聞之，又買屋矣。可奈尚書官大梁，孤兒居建業，昏夜乞水火，鞭長莫能及。魚門平日交滿海內空紛紛，誰管東里西華多日猶衣葛練裙？如枚百輩何足數，只能代爲蹋足仰望高天雲。五解。闖然明駝千里來，黃金百鎰光瞪瞪。交與桐城俠士章淮樹，替主進，替營財，但許取子不取母，十年以後交兒手。六解。七月二十四日，隨園風和，章公挈孤兒，載酒相過。作畫紙券,唱得寶歌。頃刻金城千萬丈,崽子嫋嫋得依傍。七解。滿堂賓客,額手再拜,不信當今,古人尚在。一叟無言搔白頭,招阿遲來笑不休。而翁縱死汝無憂,汝不見畢尚書,風義高千秋?八解。

重宿棲霞感懷往事賦贈墨禪上人

憶甲戌春遊攝山,荒厓絕磴窮躋攀。琳宮尚少金泥色,古徑多生苔蘚斑。歸將山景繩其美,望山使相鬪之喜。擬劃蓬萊左股來,當作人才獻天子。拜表丹墀請六龍,經營慘淡召諸公。石從地底搜雲片,泉引天河下碧空。朱雲善畫龍鑑。莊周巧,經畬。潘令栽花涵。摩詰掃。發桂。更有徵歌置酒人,桃花潭水汪倫好。楷亭。賤子從公幾度來,旌旗隊裏一芒鞋。諸天月落猶分韻,萬木霜明更上臺。果然聖主鑾輿到,一遊一豫天顏笑。松聲有意學嵩呼,石佛無言作前導。相公三次展經綸,奪取西湖放寺門。彩虹明鏡三千丈,手折青蓮奉至尊。一朝入贊黃扉務,猶自停驂來此處。雪泥鴻爪認前因,馬亦驕嘶不忍去。此事于今廿載餘,白頭重到舊人無。黃公壚在山河遠,東霸城高銅狄孤。剩有墨禪師一個,與談往事淚同墮。今爲長老昔沙彌,眼中無數浮雲過。攜手香臺處處遊,滄桑萬種說因由。青山也似人衰老,白鹿泉乾水不流。白鹿泉今無覓處。

哭江蕉畦太守

才送花驄過石橋，遽騎箕尾上丹霄。吟詩雅欲追唐代，作吏眞能報聖朝。淸俸一箱書畫在，生祠千縷佛香飄。襄陽片石江隄柳，多少蒼生淚未消！君牧亳州，作堤捍水，人比之羊公墮淚碑。

客春賤子病空山，幾度蒙公走馬看。古鏡過時偏肯照，靑琴舍我恰誰彈！頻驚碩果風前落，愈覺孤花樹上難。腸斷郎君鳳池客，麻衣如雪下長安。

霞心庵看桂贈月初上人

棲霞四面環，中心一庵聳。入門息無聲，諸佛但葉拱。不須旃檀燒，自有木犀擁。樓窗開一角，金粟如海湧。難將萬斛量，恨不千手捧。四野黃霧塞，六時異香壅。氤氳染衣裳，熏炙入毛孔。老僧尤多情，煨栗相矜寵。新雪落紛紛，舊話談種種。笑我七十翁，晚歸心輒恐。且辭月宮還，殘花雙袖攏。

寶華山

山門一路松，直上寶華峯。銅殿風霜古，經臺草樹封。律嚴齋鴿靜，香散佛雲濃。羣鼠都持戒，來聽午後鐘。華山鼠不避人，晝行夜伏。

棲霞古松無故自萎者甚多

千年古松葉四布，一朝禿立不知故。老幹雖招雷火焚，殘枝尙作蛟龍怒。意欲人間作棟梁，不貪冷處飽風霜。甘心絕代擎天手，付與樵夫說短長。

哭家漁洲

年年蘭槳泊楓橋，爲有吾家小阮招。竹裏鶴留賓一榻，窗前花勸酒三蕉。同揮玉麈邀詞客，沙斗初。代製金釵餉阿嬌。此日思量如隔世，碧天雲散雨瀟瀟。

今秋正擬續前緣，豈料山河竟渺然。一紙計來眞膽落，九原人去未華顚。芸香空掩三千卷，錦瑟誰彈五十絃？賴有季方賢弟在，好扶雛鳳上雲烟。

憎蠅

深秋醜扇尙紛紛，偶據高柯自道眞。枵腹可曾餐墨水？惡聲偏欲擾詩人。神昏不附追風驥，暑退能留幾日身？辜負天教生羽翼，枉鑽窗紙費精神。

八月二十八日出遊武夷

半生夢想武夷遊，此日裁呼江上舟。山抱文心傳九曲，水搖花影正三秋。神仙半面何時露，錦幔諸君識我不？擬唱賓雲最高調，支筇直上碧峯頭。

夜泊江山聞鄰舟有談鬼者揖而進之

夜船正寥寂，聞客談齊諧。知是鬼董狐，揖而招之來。客亦大欣然，搖唇萬鬼集。頃刻燈光青，寒風射窗入。天地亦大矣，陰陽相乘除。千寶莫道有，阮瞻莫道無。謝客眞多情，贈我勝絲竹。得聞所未聞，平生有耳福。

過仙霞嶺

乍上仙霞嶺，遙山漸莽蒼。梯田高下種，環水往來忙。峽束人如小，雲封路覺長。輿夫先斂足，取勢作低昂。

亂竹扶人上，蒙茸但見烟。千盤難度鳥，萬嶺欲藏天。古樹拏雲健，重門鑄鐵堅。分明兩戒外，別自一山川。

從浦城新鄉起行六十里宿剡口一路山勢奇險是武夷之先聲

簇簇青芙蓉，對面開千朵。頗似武夷君，著瀑來迎我。有時形突兀，雲中插筍笴；有時勢盤紆，長眉鬬婀娜。遙青與天分，近綠將人裹。陵上更援下，斷右忽連左。灘聲萬雷奔，松竹一亭鎖。遠望樹深處，茅篷起烟火。心忖是何村，今宵安歇可。

漁梁道上作六絕句

一過仙霞兩耳無，人聲都變鳥聲呼。客中只與雞談好，慚愧當年介葛盧。

遠山聳翠近山低，流水前溪接後溪。每到此間閒立久，採茶人散夕陽西。

山腰逼仄小車停，竹作長籬樹作屏。遠望自家行李過，畫來都是好丹青。

荒村小店歇征鞍，上漏旁穿板壁單。回首洞房金鴨暖，夜眠却也一般安。

劉郎才思本縱橫，遊過名山氣倍清。得句榮于得科第，急奔車下報先生。

初笄蠻女髮鬖鬖，折得溪頭花亂簪。一幅布裙紅到老，不知人世有江南。

崇安署中觀淸獻梅

一樹偶然種，千秋謚法加。人皆思往哲，天亦重孤花。北宋風霜古，南枝骨幹斜。對君吾欲問，琴鶴在誰家？

夜告閣

事苦無人告，朝朝告碧空。香焚高閣上，天在此心中。有感雲皆散，無言聽愈聰。是誰瞞得過？吾欲問崖公。

到武夷宮望曼亭峯作

武夷宮前多古樹，參天蔽日杳無數。我來可惜宮殿荒，冠帔眞人多暴露。一峯孤撑號曼亭，其下戍削上隆平。想見帝臺千尺石，傳觴一夕來仙靈。八月中秋月正明，武夷之君駕玉䡓。招集鄉人童與叟，開口曾孫喚某某。過來多少事茫茫，今宵且盡杯中酒。招英妃兮鼓琴，命妙容兮擊鼓。手製雲霞葜，匕夾麒麟脯。雲璈水瑟數聲來，白鹿蒼龍一齊舞。羽換宮移曲漸終，五更玉漏響丁東。唱到人間可哀曲，湘弦齊斷月明中。香風忽起彩霞捲，羣仙去矣歌聲遠。牽衣兒女盡哀號，雲馬風車不可挽。至今小別二千年，石上蒼苔鳥跡滿。吁嗟乎，君兮君兮胡爲不再來？豈不知望斷人間更可哀。

試茶

閩人種茶當種田，郄車而載盈萬千。我來竟入茶世界，意頗狎視心逌然。道人作色誇茶好，磁壺袖出彈丸小。一杯啜盡一杯添，笑殺飲人如飲鳥。云此茶種石縫生，金蕾珠蘖殊其名。雨淋日炙俱不到，幾莖仙草含虛淸。採之有時焙有訣，烹之有方飲有節。譬如麴蘖本尋常，化人之酒不輕設。我震其名愈加意。細嚥欲尋味外味。杯中已竭香未消，舌上徐停甘果至。嘆息人間至味存，但教鹵莽便失眞。盧仝七碗籠頭喫，不是茶中解事人。

從大王峯下乘舟入溪探九曲

溪南溪北山連連，一曲二曲水盤旋。三姑相逢疑玉女，長城高障如鐵堅。有臺不知誰放鏡，有架不知誰挂冠，有竿不知誰作釣，有槳不知誰柁船？紅板橋名更奇絕，長椽短杙相連牽。分明堆架在岩穴，何以不朽不墜千萬年？疑是開闢以前乾坤壞，此木逃出刼灰外；又疑堯時洪水災，人民居者巢猶在。兩說紛紛世所疑，唯唯否否姑聽之。老身但願化猿鳧，飛騰而上攫數枝。可奈一波迎，一波拒，盤渦急浪來無數，篙工只好隨波去。扁舟小泊倘艱難，何況中流作砥柱？

灘水迅急篙工負舟而行余立石上相待

山似不許水脫逃，多生怪石闌波濤。水又怒石作阻撓，終朝衝突聲呼號。左騰乖龍右起蛟，儼若格鬭三軍鏖。馮夷列陣氣勢驕，舟人一手難兩篙。只得赤脚凌滔滔，負舟于背作擔挑。滿艙盤盂齊動搖。我時獨坐浪打額，游興忽被性命迫。舍舟而徒登絕壁，宛然鷗鳧立一隻，帶濕搜毛風拍拍，呼船速上來相逆。千峯萬峯氣太逼，遲恐老身化作石。

登天游一覽樓覽武夷全局是夕月明如晝

千峯壓地地無縫，三峯插天天欲動。金鐘大鏞碧空墮，醜犀怪象八蠻貢。相角相倚洛蜀黨，半伏半走鄒魯鬨。天游一亭聚其衆。武夷山脈多紆緩，到此鋪張勢忽縱。我坐兜籠門外來，松柏排青夾成衕。三步一休頭仰看，兩足騰雲身忘重。羽衣道人下相揖，灑掃高軒設清供。正逢明月挂前峯，手指金丸請客弄。水精盤裏漾青螺，銀海光中走白鳳。翠撲鬟眉影欲飛，唾落九天風爲送。果然化人解乘虛，豈止張騫能鑿空？酒酣茶罷榻上眠，魂抱萬山同入夢。吁嗟乎！人生不遠遊，如雞伏甕中。果能窮宇宙，自可豁心胸。我今一笑告諸公，此來不負遠行二千里，此山不負婆娑七十翁。

從金雞寨入小桃源

一聲金雞鳴，滿山白雲起。忽然絕壁開，走入雲中矣。其間別有天，草屋相横排。稻田百餘畝，催租無官差。四面山環之，鳥飛不能上。一二野人居，有如麋鹿放。可見世界海，尚藏太古春。何必陶彭澤，思訪避秦人？

至伏虎岩徧歷險怪憬然有悟

世人談虎輒色變，我忽見虎目亦眴。青天盡被怪峯割，猛獸欲同奇鬼戰。更有虎舌重萬鈞，手摇輒動雷聲聞。高懸萬古不輕落，此中奇理難具論。我記兒時好鎔錫，戲投水中皆壁立。如臺如閣如峯巒，亦復膠黏不欹仄。苟明此理山亦然，借此疏解何疑焉。混沌未分水沙合，玄黄已判氣脈連。偶然高下若鑄就，非由人力非由天。可惜天形大，人形小，山壽長，人壽夭，以致滄海桑田變化時，不能在旁張眼看分曉，遂覺化工有意鬭姦巧。假使有生無死壽若毘騫王，翼若萬里垂雲金翅鳥，看見乾坤開闢兩三回，又能頃刻飛翔周八表；自然一切仙船石匱虹板橋，原委由來都了了。

在舟中回望天游一覽樓已在天上

一樓高立萬峯巔，遠望迢迢在半天。昨日幸儂樓上住，不然還道住神仙！

草鞋嶺覩仙蜕手按之頭尚搖動

神仙蜕骨傳張徐，峯高梯朽路莫踰。只有草鞋嶺上仙，眞身未化形瞿瞿。道人引我至彼處，溪攢石簇途煩紆。我乃踋足鼓勇上，果有石洞如瓜廬。洞中一叟魁踽坐，非漆非土非皮膚。叩之橐橐作聲響，筋骨雖有眉鬚無。齦齶闕殘齒牙腐，雙眸垂下玄珠枯。我思精神天所有，鋒隨刀盡歸空虛。鬱兹枯腊遇好事，裝飾凶穢驚庸愚。聖人六經尚糟粕，何況區區恆𩩲歟！何不束縛瘞丘隴，化臺兩字顏其墟？仙雖不言如解語，風吹頸動搖頭顱。

引路者云杜轄砦最險是前朝屯兵處攀援而登讀壁上吳中立碑記不覺失笑

天形蕩蕩寬，到此忽然狹。是誰造方城，礫砢四面夾？我懼作虎兕，一柬難出柙；又恐化寶劍，被人裝入匣。洞雖分上下，勢總環匼匝。前賢碑記存，細字可摩搨。杜者杜壥緣，轄者轄石硤。云此讀書佳，烟雲供吐納。如何詢土人，謬以屯兵答？中塑杜將軍，持刀披金甲。拾遺訛十姨，一笑口難合。

從杜轄寨下行至雞母洞回望寨中樓閣如在舟中望天游也

渺渺樓仍在，茫茫到已難。人生高處下，莫再仰頭看。

雨過

雨過山洗容，雲來山入夢。雲雨自往來，青山原不動。

伏羲洞

絕壁森森古洞開，羲皇曾此坐蒼苔。想因細看橫排石，悟出先天一畫來。

鬬眉峯

青山有意鬬眉痕，巧作彎環月樣新。急取筆來描粉本，還家重作畫眉人。

換骨巖

每對黃庭眼倦看，有誰能得大還丹？吟詩骨與神仙骨，一樣天生換總難。

老行

老行萬里全憑膽，吟向千峯屢掉頭。總覺名山似名士，不蒙一見不甘休。

飛鐘

何處鐘飛來，挂空如碧瓦。有意避人敲，甘心萬古啞。

晒布岩

山立如長城，萬里一刀截。有時織女來，晒布三千匹。

黃竹

想尋黃竹到瑤池，忽漫相逢在武夷。王母曲裁歌罷後，女兒箱未打成時。三春作伴鶯尤好，九月抽霜筍最遲。料得瀟湘雲水恨，此君雖老不曾知。

宿紫溪聞雁

客館燈殘夢不成，忽聞秋雁語深更。非關畫角因霜落，還似孤舟曳櫓行。千里關河方寂寞，一封家信欠分明。衰翁久斷人間事，棖觸翻嫌兩耳清。

履霜

清霜一夜草鋪平，遊子支筇踏欲驚。葛屨不知何故響，板橋先似有人行。偶貪身在松間立，漸覺寒從脚下生。不怕輕冰消息近，藍橋吾欲訪雲英。

到鉛山與程吳二友遊積翠岩

山川大固佳，丘壑小亦好。但須結構嚴，便見化工巧。我遊武夷還，重登積翠岩。意謂齊魯遊，定將邾莒嫌。不圖孤峯起，長劍青天倚。其下洞穴奇，嵌空杳無底。地仄氣易聚，徑曲景愈幽。始知河與海，原宜納細流。

石井

石井一泓水，潺潺鎮日鳴。無功能濟世，只管自家清。

冒雨宿射溪

數椽立水上，四面淩荒灘。征夫爲雨窘，到此更已殘。衣裳類戰罷，汗透濕中單。然糠急自燎，倉猝何由乾？野菜購盈把，輿夫同一餐。有燭不能秉，風中爲燈難；有帳不能支，雨中爲客寒。權把旅店臥，當作行船看。驚疑窗外響，魚龍來問安。

蘆花

虚負花名色不嬌，漁翁舟過幾枝摇。風前作絮秋將老，江面鋪霜午不消。羞與吳綿爭冷暖，甘從潘鬢學飄蕭。天涯有客開箱嘆，欲取寒衣路正遥。

紅葉

武夷高嶺曉霜濃，楓葉離離色不空。草上有時隨意落，花中無此可憐紅。非關冬日行春令，直把臙脂寫醉翁。我欲題詩學宮女，奈無心事訴秋風。

坐蘿蔦船到西安

蘿蔦船輕似鳥翔，喚來小坐趁朝陽。水深五尺碧于玉，橘滿千林紅映霜。篙打亂灘雙耳鬧，碓舂空屋一輪忙。濛濛篷底炊烟起，疑是溪雲墮滿艙。

憑欄

鎮日憑欄一笑生，世間萬事莫分明。溪河石子豈無數，可有神仙數得清？

重過玉山感舊

玉山平遠路斜長，五十年前此束裝。店主已經三代換，征夫重作一宵忙。飛鴻踏雪痕難覓，司馬題橋夢未忘。弱冠風情當日景，不堪轉盡九迴腸。

屏風館詩爲霞裳作

玉山東下屏風館，茶肆盈盈春色滿。劉郎慣聽唱廝波，穩坐羊車頭不轉。輿夫貪喫六班茶，引入長陵小市家。竹徑白飄千點雪，茆亭紅出一枝花。抽觴有女來相迎，口是杭音張是姓。斜溜嬌波目不停，驚郎玉貌將奴勝。郎意三分妾十分，瑤光奪壻今宵定。行李先行郎未行，探懷無物贈傾城。自憐螢火單身客，那有庚桑一宿情！佳人暗啓縷金箱，代坂纏頭賜阿娘。挑燈親製黄昏散，把盞同餐窈窕湯。千金一刻呢呢語，戒體摩挲心更許。三更問字學侯芭，一局彈棋輸玉女。郎與奕大北。夜漏難將海水添，汝南雞叫五更天。願甘同夢情何極，怕悞行期起更先。班馬已經嘶陌上，弓鞋猶是立門前。天涯分手太匆匆，落月啼烏盡惱公。何日柔卿能解籍，何時阿軟得重逢？劉郎歸向舟中坐，細說前因淚潛墮。老我聽來感不禁，致郎身受如何過。回首蓬山路已遥，勸郎自懺莫魂消。冶容易惹天花染，莫再他生作宋朝。

七里瀧

七里瀧深草樹疎，青山匼匝水環紆。老翁白髮手雙槳，同著女兒喚賣魚。

哭蔣用庵侍御

夷甫曾看裴楷終，我來君去太匆匆。故人不及春宵雪，一夜猶能待曉風。

彈指交情五十年，回頭水上過輕烟。不能忘記春明夢，折柳題襟小雪天。

膠青刷鬢好容儀，袍褶衣圭一剪齊。安置屐裙都得所，風裁誰似謝征西？

手持玉尺領文星，驄馬嘶風萬里行。聽說泮泂千尺水，至今猶遜主司淸。

遊子前年返故鄉，白頭人送滿天霜。也知此會成長別，剔盡銀燈話尙長。

兩家食譜有成書，每到筵開折簡呼。今日奠君眞草草，可能勉強一嘗無？

來遲九日便離羣，恨是三分悔十分。賴有陳遵尺牘在，開看一字一逢君。將君手札裝潢成册，此番帶至杭州，而君先九日亡矣。

留別杭州故人

飛鳥猶知戀故都，我來心欲別西湖。賈生詣闕當年早，丁令還鄉此日孤。聽笛事雖隨夢遠，看花身未要人扶。且將滿目河山意，徧訪黃公舊酒壚。

胸中屈指故人家，處處敲門日未斜。強半兒童呼大父，相看風貌類孤花。高談誰聽開元曲，乍到人疑博望槎。問比昔年台宕返，髭鬚又白幾多些？

瀧岡阡上草如茵，歐九時時暗愴神。苦爲他年謀祭掃，誓同鄉里結婚姻。新豐雞犬多相識，故土枌榆倍覺親。可奈西泠無片瓦，九原應恕不歸人。

班荆道故日匆匆，頃刻天涯又轉蓬。此會自然非偶爾，他生還要遇諸公。三千世界花同落，十二因緣事未終。天意亦憐垂老别，連宵不起挂帆風。

寄同年阿廣庭相公

一紙西川奏捷書，淩烟閣上有誰如？功成鳥道千盤外，身是金精百煉餘。天子寵行郊勞禮，王侯爭迓上公車。欣看麾下從征士，都藉風雲到玉除。

郇伯旬宣物望隆，年年車馬自西東。春深似海方調鼎，事重如山又借公。治水魚龍聽號令，安邊刀劍挂崆峒。有緣最是西湖月，三度旌旗照眼紅。

聽説裴公兩鬢絲，精神還似受降時。中天運好夔龍健，首相心勞管葛知。愛惜人才都爲國，平章花月偶吟詩。師門風義殷勤甚，屢問人間杜牧之。

飯生榜下便離羣，略記威容一二分。身賤龍門難灑掃，勳高鷗鷺易傳聞。青山木落人空老，黄閣風和日未曛。莫道巢由眞嬾散，也曾終夕望卿雲。

題浣青夫人詩册　名孟錙，字浣青，常州錢文敏公女也。

絶妙金閨詠絮才，一生詩骨是花裁。分明擁髻揮毫際，别有心從天外來。

尺五眞疑戴皂紗，風裁不似女兒家。也因氣得江山助，脅盡秦關蜀嶺花。
已隨夫壻綰銀黄，更見嬌兒步玉堂。天爲佳人破常例，淸才濃福兩無妨。
而翁南下賦歸歟，適我新婚北上初。水面匆匆通數語，懷中正抱女相如。
重提春夢最消魂，老去尤驚日易曛。難得相思竟相見，宣文君與武夷君。

臘月七日蘇州張君止原招遊靈巖山館次日往寒山天平登中白雲看雨

張斅今逸士，招遊古靈巖。龍頭大蝙揺，不畏雨廉纖。日短河流長，到山天已暮。亟持懸火遊，亭臺歷無數。肴烝既甘鮮，賓從尤姢雅。謂徐、沈二生。論古兼評詩，玉屑紛滿把。五丈蘄王碑，九曲畢公園。藉君作導師，使我得窺覩。

次日往寒山，山寒冬更寂。紺殿與琳宮，鎖閉無由入。扣門久不譍，寺僧嬾可想。祇道無人來，豈知有我往！枯葉瑟瑟語，凍泉微微鳴。分明千尺雪，化作一團冰。朔風挾雨至，濕雲吹滿地。不待晚鐘撞，行矣各挽臂。

張眼貪看山，滿身不知雨。餘勇遊天平，持繖遮芒屨。白雲分三層，我竟登中峯。無梯天難上，有罅路可通。誰把石笋插，壁立將人壓。豈徒雙鳳銜，直是二娉夾。歸來謝主人，躍躍興未了，我不厭山高，山不嫌我老。

贈吳如軒　有序

如軒齒猶未也，忽以狀來屬爲立傳，蓋懼余之衰而他時秉筆之無人也。按古人生傳甚少，除昌黎于何蕃、溫公于景仁外，絕不多見。至于梓人、圬者則是借彼爲寓言，非其實也。但良友誣談，勢不能已，乃取其生平大槩，韻其辭而贈焉。庶幾千載後讀此詩者，如見其人，并以質之現今海內之識如軒者。

釣魚須釣海上鰲，結交須結扶風豪。吾友如軒古俠士，仰空一笑天爲高。身著黃衫走吳下，春宴春遊窮日夜。挾彈桓東年少場，投煢子野公城舍。朝廷命採赤堇銅，羣商低頭拜下風。海船峩峩天外去，姓名直到扶桑東。上至公卿下廝養，置驛通賓相識廣。傳呼某到合座迎，一紙書飛應若響。有時指囷助賑災，閶門沿路無啼孩；有時周䘏友朋急，千萬黃金手一擲。山塘十里女如雲，稱觴上壽來紛紛。一枝新花開出色，蜂蝶爭先報與君。張燈讌客花如海，冶葉倡條憑客採。歌終不怕月沈西，城門自有金吾待。與我交情廿載餘，白頭把手各相於。每當玉漏三更盡，帳外猶聞訊起居。看君酬應忙如箭，感君處處能周徧。豈徒咤叱廢千人，直可精神當八面。殘臘匆匆遽返山，自慚才盡詠君難。且貽越石并州調，當作朱家本傳看。

題張熙河孝廉梅花詩話即送遊峨嵋

熙河孝廉眞奇士，自言生性無他嗜。好同山水結良緣，慣替梅花作花史。穿穴寒香二十年，梅詩梅話手親編。蠶眠細字盈萬千，字字皆帶梅花烟。君貌清癯如鶴古，見訪隨園月端午。隨園七百七枝梅，望見君來一齊舞。送君西遊巴蜀中，折梅相贈行匆匆。好將五月江城笛，吹上峨嵋第一峯。

附霞裳和詩

紅葉

驚心最是滿林楓，底事皆成醉客容？青女曉辭紅日去，朱顏常被白雲封。飄零時響空山路，墮落才逢古澗松。我欲題詩先煮酒，摳衣自掃葉重重。

蘆花

蕭蕭一片荻花稠，憔悴江濱早白頭。映月慣招鷗作侶，隨風悞上客行舟。如棉不肯因人熱，落桀驁甘付水流？知否楊花翻羨汝，一生從不識春愁。

履霜

侵晨上嶺滿途霜，紅日將升未吐光。屐齒留痕誰更早，馬蹄怯進我知涼。遥山望去頭微白，野徑行過草露黄。最是負薪人太苦，糾糾葛屨走危岡。

聞雁

夢返孤舟月影西，忽聞征雁語聲悲。同懷離緒輸儂遠，可有家書報客知？訴出旅愁雲裏聽，喚醒霜角枕邊吹。寥檠一點燈如豆，頗似長門夜坐時。

小倉山房詩集卷三十二　丁未至己酉庚戌

春日偶吟

萬里遊歸說武夷，江山成就六年詩。而今自笑無遊處，閒步柴門數竹枝。

三兩人家設綺筵，招儂同醉落花天。緣何不掃陳蕃榻？生性吳蠶怕獨眠。

春暮陰生滿苑苔，曉風吹急小窗開。濕煙繞瓦雨剛去，寒翠撲人山要來。

草木爭春各不同，碧桃文杏兩般紅。竹因葉密聲招雨，蘭爲香多性愛風。

堅冰乍散水生煙，小草知春比樹先。荷葉自舒蕉自捲，性情生就總由天。

攏袖觀棋有所思，分明楚漢兩軍持。非常懽喜非常惱，不着棋人總不知。

明窗淨几太嫌多，無計分身喚奈何。只好安排閒筆硯，聽憑老子自婆娑。

不獨憂除樂也除，衰年事事付空虛。聽來忽有心開處，鶯囀高枝兒讀書。

支頤閒坐可憐宵，何處旃檀遠遠飄？鼻觀氤氳心忽靜，方知香要別人燒。

白髮蕭蕭霜滿肩，送春未免意留連。牡丹看到三更盡，半爲花憐半自憐。

浮生何必苦安排，隨意閒行心自開。失物每從無意得，懷人恰好有書來。

幾個傳人占古今，浮雲何處問升沉？杜家兄弟多榮貴，官小名高是阿欽。

逝者如斯喚奈何，桓伊何必定聞歌？數來傍曉星何少，過去飛鴻迹太多。

戒詩

戒詩如戒酒，屢戒復屢開。又如茹素人，欲炙涎流腮。蠶絲一以抽，金刀不能裁。始知性所暱，一旦難相乖。江淹才已盡，白傅興方來。詩中有馮婦，叟其自號哉！

筍方作竹多有萎者名之曰竹殤而弔以詩

羣竹方凌雲，其中數枝傷。頗似楊家烏，無端忽暴亡。人世有嬰鬼，園林有竹殤。壽者是何幸，夭者是何殃？與其生不育，何如勿生良？栽培傾覆意，何處詢蒼蒼！「嬰鬼」見湯綝。

裁袍

閒居無所事，緩步自逍遙。底事裁袍短，平生怕繫腰。

夕陽

水竹光雖滿，桑榆景已斜。夕陽不肯去，想是戀桃花。

灌花

久旱天無雨，呼童汲井陰。雖然杯水力，也表惜花心。

嘲畏熱者

君莫畏炎風，炎風期漸滿。不及待秋涼，除非君壽短。

冰

一片輕冰到，蒼蠅盡轉身。許儂登席上，能救熱中人。

六言四首

酬應則吾老矣，嬉遊則吾尚少。老少憑儂自爲，不免旁人一笑。

夏五日長如歲，況兼無事閒居。傍晚回思早起，宛然三代唐虞。

一切總求徹底，便生無數疑端。不若半明半昧，人間萬事相安。

宣尼待子如客，想見胸襟灑然。不是趨庭獨立，聞詩聞禮何年？

題駱秀才乞食歌姬院圖

乞食平康一笑生，衲衣手板拜卿卿。此中定有憐才者，較勝王侯門下行。

冷炙殘羹味若何？妝樓行慣有誰呵。只愁一椀桃花粥，中有佳人紅淚多。

造生壙

莫笑先賢造化臺，何人不向此中來！譬如華屋身將住，可不梅花手自栽。三板暫教風月閉，一門且待子孫開。香山墳畔泥澆酒，先與羣公醉幾回。

重赴泮宮詩 有序

余以丁未年入泮，今又丁未矣，仿「重赴鹿鳴」故事作歌。

憶昔袁絲年十二，簪筆學趨童子試。門前已送好音來，階下還騎竹馬戲。其時學使王交河，面取經書諷倍多。李泌圍棋雖未賦，何郎雅樂已能歌。一番正試兩番覆，道路爭觀人簇簇。喧傳泮水出芹芽，豔說童蒙充棫樸。巍巍雙闕聖門開，將命疑從闕黨來。並行敢逐先生後，受業師史玉瓚先生同入學。倚寵仍眠大母懷。諸姑伯姊欣欣到，替我梳頭向我笑。看著青衿試短長，勸拖錦帶休顛倒。恭逢先帝御明堂，服采新頒詔數行。已入黌宮換短褐，更教雀弁耀銀光。雍正四年奉旨各官帽上加珊瑚水精諸頂，生監用銀。東家笞兒苦相羨，西家奪壻招相見。童子翻增滿面羞，佯採花枝弄筆硯。此事于今六十年，茫茫滄海過雲煙。阿婆喜說新婚日，羸馬驚聞上苑鞭。膠庠舊伴今誰在？孤花碩果眞無奈。寄語新知衆秀才，老身願作同年待。特設隨園酒一巵，強顏首唱泮宮詩。從來白髮傷心處，最是青年得意時。

哭慶兩峯觀察 有序

丁酉七月兩峯觀察赴任湖北，過隨園留別云：「交情共指青山在，別意相看白髮多。」余讀而傷之。旋聞以孤身出鎮塞外，非其任也。不逾年，病還京師，又一年卒。余賦詩哭之，即用其第四聯爲起句。

別意相看白髮多，今朝永訣奈君何！平原自是佳公子，劉秩原非曳落河。翠竹凌霄難鬱抑，良金受鍛易消磨。可憐絕代風騷手，空把穠華委逝波。

假山成題曰巫山十二峯自嘲一首

看徧眞山造假山，公然十二好煙鬟。如何老去風懷寄，還在高唐雲雨間？

書所見

人老惜分陰，一日如一歲。但問一歲中，幾度得心醉？人生行樂耳，所樂亦分類。但須及時行，各人自領會。我生嗜好多，老至亦漸忘。惟有兩三事，依舊懽如常。攤書傍水竹，隨手摩圭璋。名山扶一杖，好花進一觴。談文述甘苦，說鬼恣荒唐。七十苟從心，踰矩亦何妨！

形神偶相交，忽然竟有我。及其旣散時，空雲無一朵。來非我有心，去非我有意。物物有一生，人人有一世。所以達觀人，遊行在空際。來共雲卷舒，去隨風搖曳。不談佛與仙，恐受彼拘繫。旣已說長生，何以悠然逝？旣已悟無生，何必又詞費？

水精屏歌 有序

香亭弟假水精屏一架爲老人消暑，喜賦一詩寄之。

六月溽暑天炎烝，阿連貽我千水精。爲盤爲盞爲盆罌，高低錯落架作屛。使我老眼如再明，急陳座右當瓊英。蒼蠅遠望雙目瞠，側翅欲上飛又停。兒童聚觀喜且驚，欲摸怯寒手戰兢。我聞琉璃世界夸晶瑩，佛家妄語未可聽。又聞冰山雖高容易傾，誰能倚恃爲長城！何如此賨羅階庭，如白龍皮挂迎涼廳，頃刻習習秋風生。峨嵋之雪萬古凝，藍橋之霜飛滿楹。陽烏欲鬬氣不勝，銀蟾下矚疑繁星。三更尙作長明燈，客來相對心怦怦，人人都化聖之淸。我覺下筆尤空靈，頭銜豈止一條冰？

對書嘆

我年十二三，愛書如愛命。每過書肆中，兩脚先立定。苦無買書錢，夢中猶買歸。至今所摘記，多半兒時爲。宦成恣所欲，廣購書盈屋。老矣夜猶看，例秉一條燭。兩兒似我年，見書殊漠然。此事非庭訓，前生須夙緣。名將不兩代，文人無世家。可憐袁伯業，對書空嘆嗟。

荆楚歲時記七月八日雨名灑淚雨蓋調牛女也戲和香亭五絕句

才過七夕雨如絲，說是雙星別淚垂。怪底凄凄聲不響，想應瞞着怕天知。

烏鵲橋空行路難，銀河風急起波瀾。織來雲錦三千疋，儘拭啼痕恐未乾。
惹他兒女盡消魂，都想乘槎一問津。侵曉夫妻兩行淚，不知先落是何人？
雨散雲飛夢易乖，人間多少別離哀。倘教都學黄姑樣，海水還愁天上來。
羡殺匏瓜樂未央，生來無匹影幢幢。有情便有年年恨，就作天星莫作雙。

極淨之室日光照處濛濛然碎塵忙擾感而有作

漫空野馬鬧紛紛，窗漏朝陽看便眞，我覺伯夷清不必，人生一世在紅塵。

爲花樹撩蛛絲有感于運氣之説

草木都須氣運扶，旁觀只少静工夫。灰絲蛛網欺蒙處，病樹常多好樹無。

得玉尺詩　有序

余失去案上玉尺尚不知也，忽陶怡雲持來相示，方知被客攫去，轉售陶家，怡雲素識此物，即以歸趙。余嘆造物之巧，感友誼之重，不能無詩。

一條玉尺廿年持，忽起波瀾匪所思。失去未曾三日別，得來如有六丁追。量才事業慚無分，返璧心情喜可知。不是曹公風義重，文姬歸漢是何時？

附陶怡雲和作

偶逢寶器落風塵，知是隨園席上珍。璧返相如原有數，珠還合浦豈無因！物多着意求難得，巧到無心樂更眞。容易量才持玉尺，若除公外覺誰人？

九月五日招春圃香亭觀芙蓉兩弟俱以高官解組乍見煙雲花草意倍欣然各以詩見寄余賦七絕句答之

秋雲遮日樹遮風，同看芙蓉上短篷。難免芙蓉花一笑，弟兄三個白頭翁。

天邊消息近重陽，花正迎霜未拒霜。十斛胭脂千匹錦，秋娘臨水盡紅粧。

消遣閒情弄釣槎，招呼網戶挺魚叉。登時潑刺銀刀響，撲斷青蘆幾節花。

細雨濛濛濕小舟，貪看花色尙回頭。可知客把芙蓉戀，不是芙蓉把客留？

謝傅無官倍有情，愛拈棋子鬭輸贏。千秋乞墅添佳話，今日羊曇又外甥。兩弟與健葊甥對弈。

看罷芙蓉坐小齋，自家棠棣又花開。家常鷄黍燈前供，也算紅雲宴一回。

送別殷勤語阿連，最難平地作神仙。希文經略西邊日，再憶圭峯定惘然。

題漪香夫人采芝圖 附來書

月尊周氏端肅問隨園先生萬安：尊讀先生之書，十有餘年矣。又時時聞中丞道先生言論丰采，口無虛日。海內老師宿儒奇才異能之士，至中丞左右者，莫不盛稱先生之才。其在先生同輩諸公，亦極口贊揚于無既。尊覺耳目所及，海內名流無若先生者矣。尊凡陋之質，叨侍上公巾拂，身世無復所憾。惟幼躭翰墨，妄生好名之心，不肯沕沕終世。乃生少聰明，兼多疾病，蛩寒蟬寂，終不成聲。于今悔嘆廢棄，始信天限之弗可渝奪。又無絕技殊能，高于儕行，可託傳于名人著述以垂永久。他日晏然隨化，澌然神傷而已。前在中州取義山「十年長夢采華芝」句作采芝圖，畫工既劣，更不能擇手題咏，誠無可觀。今特寄呈，求賜宏製。斯人斯圖，雖不足當大方題品，誠欲藉傳姓氏于集中，則生平之憾始釋然也。小兒嵩珠年甫三歲，近已種花，以爲暹郎福命宜兄弟所致。先生與中丞誼重交深，聞之必喜，用敢附及。冒昧干請，臨啓惕然，附呈微物導意。

空山雪花飛滿地，雪中一葉仙書至。道有眞靈位業圖，敎儂小綴蠶眠字。開圖驚見魏夫人，蝶繞雲鬟花繞身。手采靈芝覓仙種，果然天上降麒麟。謂公子嵩珠。欣傳嫁得尙書壻，明珠九曲穿無數。朝衣熏罷便題箋，寶髻梳成還作賦。尙書愛士古人同，海內名流走下風。誰知日具千人饌，都是周家絡秀功。尚書署中咨無不頌夫人賢。山人欲乞簪花格，特寄隨園圖一册。上元靈笈未曾披，玉女眞容已先得。方以隨園雅集圖索夫人題，而夫人之圖先至。急爇旃檀十斛香，拜乾阿嬭喚蓉祥。阿遲寄夫人膝下，取名蓉祥。偷描一幅天人貌，供向慈雲大士旁。

答似村以詩見寄

屢接吟箋喜不勝，珍珠圓轉水雲清。心從天外來千里，人在詩中過一生。字寫燈前應落月，信傳江上正啼鶯。宛然不繫舟邊立，當日郎君笑語聲。

海內何人不贊嘆，雪中南北兩袁安。漁歌鎭日憑闌聽，棋局千盤袖手看。我已白頭遊五嶽，君方紅日臥三竿。巢由人物從來少，生長侯門隱更難。

題成嘯崖夢遊清涼山圖

人生惟有夢最好，千山萬山許搜討。縱有蕭何法律叔孫儀，難把夢魂管得了。金陵諸山清涼高，嘯崖公子人中豪。忽然夢到清涼頂，是誰相約誰相招？露戎戎兮鋪草，亭高高兮凌煙。松蒼蒼而蔽日，江遠遠以浮天。待天雞之喚醒，仍枕席之依然。清晨大笑告吳友，吳也驚疑但掩口。道是昨宵我亦夢來遊，底事路上雲遮不拱手。毋多談，且載酒，果肯尋夢夢還有。呼車同向清涼走，指看今日諸煙巒，還似昨宵光景否？雪泥鴻爪怕消亡，請付丹青傳不朽。我聞古莽之國以夢爲是覺爲非，列子此語不我欺，嘯崖此夢亦如之。又聞天姥之峯李白遊，夢中詩句傳千秋，得毋嘯崖前生卽是李白不？我家清涼山脚下，山神昨日來相訝。說丁未孟秋詩人兩個都過隨園門，如何不速先生駕。

題吳秀才醉竹圖

竹醉露，人醉酒，詩人生在竹醉日，似與此君相識久。科頭獨坐萬竿中，奴捧酒壺不放手。把竹數一枝，取酒斟一斗。澆竹便爲竹葉春，自飲便爲竹林友。竹醉人扶竹不知，人醉竹扶人知否？是人是竹渾難分，一醉之外別無有。此之謂與天爲徒與物化，君不見藕中之仙橘中叟？

插芍藥數枝詩示香亭

數枝紅藥膽瓶斜，頃刻蕭齋變館娃。心醉異香如中酒，眼驚神女轉忘花。翻階尙記中書省，多寵還輸小宋家。我亦將離人世客，賴卿相伴送年華。

香亭插芍藥三十六瓶喜以詩賀

阿蓮春想一肩擔，羅致名花露正酣。三十六瓶香欲湧，百千萬朵色相參。藏嬌不惹諸姬妬，絕色何妨儘力貪！半世黃金擲虛牝，者番擲得最心甘。

左足病瘡作

雙趺虛左便無聊，欲走堂前怯路遙。甘把足拳師野鷺，只愁人老變山魈。千峯踏月心還在，七步成章興已消。何日浮圖重起躄，白雲紅葉一肩挑。

戲答香亭弟問足疾

知君手足最情多，問我蹣跚足若何？我學禽言吟向汝，道行不得也哥哥。

松頂立一白鷺賦詩贈之

飄然白鷺鷥，風中不知冷。有意示人清，獨立青松頂。汝身閒若斯，汝立高若許。知否紗窗中，有人羨殺汝。

哭李猗南

詩集單刻本、嘉慶本注云：「諱開第。」

君官石城北，我家小倉山。相離未三里，車騎常往還。君年逾花甲，鬢髮未曾斑。疑有仙家術，遊戲在人間。春秋風月佳，彼此具盤餐。看花至日昃，説鬼到更闌。吏隱雖分途，言笑常同懽。不圖半月別，已作千年看！我在吳得信，驚駭摧心肝。願喚黃仙鶴，騎之叩天關。但許贖此人，百身非所難。

我昔遊珠江，迢迢五千里。歸來老妻言，李君眞俠士。袖攜一笏金，來賜雙稚子。教以勤讀書，助其買果餌。我聞世俗交，分手便忘矣。君胡獨不然，體卹同毛裏。未受主人託，能使舉家喜。我忝長十年，而乃後君死。有如報恩雀，含環向誰視。感君不能忘，思君不能止。惟有淚兩行，彈入湘江水。

贈蘇州奇麗川方伯

皖江官舍接風標，桂嶺重蒙折簡招。衣上酒痕香未散，燈前花影夢難消。寒梅老更思春切，倦鳥飛偏怕路遙。恰好天心稱人意，一輪卿月照楓橋。

謝方伯贈春衣

淸遊已屆嫩涼天，未帶春衣意惘然。偶漏一言緣酒後，竟蒙雙襲賜尊前。輕華似挹浮丘袖，長短剛宜子貢肩。惹得山人忘歸去，披來又泛五湖烟。

留别蘇州故人兼寄汪硯香太守

兒時遊已愛蘇州，七十年來幾度遊？鄧尉梅花開似昔，金閶舊雨冷于秋。追尋往事雲同散，照到斜陽水亦愁。身愈頹唐心愈健，寒山兩上未甘休。

紛紛人看魯靈光，談到風騷老亦忘。烟墨亂揮千幅紙，笙歌環擁一頭霜。敢云名重蕭夫子，可奈情深白侍郎？多少吳娘乞詩贈，登車猶自挽衣裳。

五茸三泖久聞名，難得汪倫打槳迎。隱士遺書尋笠澤，先生新饌試蓴羹。花光引我村村到，天意憐人日日晴。十里横雲山下路，風廊水榭記分明。

出門兩月賦歸遲，惆悵郵亭酒一巵。住久易生臨去恨，年高難說再來期。節過寒食春將盡，人到忘家樂可知。寄語諸公各珍重，明年此日最相思。

喜晤龔華滕明府

作宰湖湘四十年，歸來小住板橋邊。原思底事貧如此？龔遂須知政可傳。久別師生如隔世，重逢鷄犬欲疑仙。匆匆又向長安去，此會今生豈偶然！

人間萬事等摶沙，說到金陵更可嗟。白髮尙存前令尹，烏衣不見舊人家。鉛松作貢途雖遠，時運鉛京師。印綬還鄉氣尙華。莫忘兒時讀書處，參天一樹海棠花。君家海棠爲金陵第一。

和香亭別芍藥詩

紅藥欄空意惘然，白頭人坐散花天。枕邊已醒黃粱夢，座上還飄紫玉烟。小剩半枝如戀主，多看一刻當留仙。明春約汝開宜早，我是衰年弟少年。

秋暑

熱客不知老，天公忘作秋。何圖霜露降，尙見火雲流？桂有爲薪嘆，人難秉燭遊。從今才省悟：紈扇莫輕收。

孫子瀟抱西河之戚繪佳兒重生圖索詩

望子臺空最惱公，孫郎何處哭秋風？畫師眞有通神筆，一个童烏活卷中。

楊柳依依水竹居，佳兒獨立意何如。披圖乍見聰明相，還想詢他讀甚書。

哭似村 有序

尹文端公諸公子俱好學能文，官亦顯貴，惟似村以秀才免差，使長侍公于制府署中，與余往來尤暱。性愛吟詩，別二十年，所寄箋素裒然寸許。余羸老也，有來無往。今春始寄答二章，詩未到而似村亡矣。

纔把懷君詩寄君，詩猶未到訃先聞。浮萍尚想重逢日，駟馬難追已散雲。絲繡平原空有畫，隨園雅集圖五人中，君其一也。雁飛遼海漸無羣。三、二兩公子先亡。衰翁諒不多時別，只算離亭手暫分。

蕭驟風骨有誰同，生就人間張長公。調鼎兩朝門第貴，高吟一世秀才終。題襟山館燈頻剪，握手軍門雪滿空。今日思量可能再？幾行衰泪付秋風。

再贈奇方伯

衰翁扶杖耳頻傾，來聽吳儂説政聲。能以直言匡大府，不將初念負蒼生。吟詩偶愛閒風月，報國能留眞性情。羞把封疆祝賢者，知君心早薄公卿。

王若農蓬萊閣讀書圖

蓬萊閣下王喬坐，萬卷書横都讀破。誤認三更海日生，誰知兩點魚睛大。高咏新詩寫壯懷，蛟龍傾耳嘆奇才。至今落筆興酣際，尚帶扶桑風雨來。

到清江贈河帥李香林先生

西平兩代有名賢，萬里黄河付一肩。持節能平行地水，前生原是渡人舡。羊公雅度飄裘帶，謝傅中年愛管絃。奏罷安瀾無底事，龍蛇驅上衍波箋。公工詩善書。

仰止高山三十秋，今宵才喜識荆州。慚非國士蒙青眼，惜傍龍門已白頭。海上蟠桃消息近，逾月，公花甲矣。尊前叢菊晚香幽。感公情似青天月，送過黄河尚未休。公命所坐舡護送渡河。

李公贈詩

景仰中懷時緬然，而今甫得晤高賢。文章久已驚寰海，風雅應知屬大年。吐慧片時比雪豔，留香滿座勝花妍。塵勞面目慚相對，幸接芝顏的是緣。

野鶴風琴共一舡，江淮爭識地行仙。烟霞性格多知己，花月情懷入詠篇。常愛碧山添逸興，每開青眼爲才憐。探奇欲往雲臺去，落落能全自在天。

沭陽呂嶧亭觀察招遊舊治十月五日渡河宿錢翁家次日寓萊園作

一條黃河流，隔斷江南界。我忽渡河行，直到錢家砦。人生最樂事，所蒞還能再。況我宰潼陽，四十六年屆。錢翁出相迎，不信我還在。張燈照容顏，認定方始拜。道別年纔髫，于今年已艾。重逢固可喜，久別毋乃太。我亦自狐疑，此身來天外。笑問君家中，兒孫已幾代？

賢哉呂大夫，候我十字橋。乘馬亦有情，歡鳴聲蕭蕭。衣冠數十輩，簇簇來遠郊。敢云有遺愛，能使諸公勞？亦如觀古物，人情爭相邀。高城忽森列，從前沭陽無城。市廛尙煩囂。微聞兒女言，袁公去已遥。如何飄然至，如鶴下九霄。毋乃武夷君，來把曾孫招。

次日詣縣署，重尋所居地。某屋高堂棲，某庭姊妹戲。恍惚有聲容，呼之如欲至。書齋柳雖枯，根盤尚雙峙。是昔吟詩所，摩挲自隕涕。少時梓雙柳軒詩。皤皤兩吏來，歷歷談我事。何獄我平反，何村我賑濟。明知黃粱夢，已醒何須記。終竟兒時書，重聽覺有味。我已入輪回，一世如兩世。

呂公官山右，賢聲人所仰。能歌白華篇，萊園將母養。方池水漣漪，高臺月晃朗。招我榻其間，良醞日相餉。深夜談古今，百史瞭如掌。秋儲弈縱横，陳耕堂。廣文詩倜儻。朱竹江。更有延陵吳，書畫具精賞。吳南昀。招我虞溝遊，遂忘雲臺往。良友貪合懽，名山付虛想。留此未了緣，重來或者倘？

過虞溝題虞姬廟　姬故沭陽人也。

爲欠虞姬一首詩，白頭重到古靈祠。三軍已散佳人在，六國空亡烈女誰？死竟成神重桑梓，魂猶舞草濕胭脂。座旁合塑烏騅像，好訪君王月下騎。

留別嶧亭觀察

十日平原飲正豪，一聲班馬又魂銷。甘棠樹下惟君在，相送相迎舊板橋。

迎何懽喜送何悲，芳草多情戀落暉。人自回頭車自走，淚痕彈不上君衣。

贈遺無物不橫陳，水碧金膏照眼新。自笑侯嬴忘却老，白頭還作受恩人。

十畝方塘水石幽，風廊月榭菊花秋。爲貪金谷勾留好，不向雲臺作遠遊。

浮生聚散等摶沙，況復衰年日已斜！只恐黃河攔不住，夢魂還會到君家。

己酉元日香亭以詩見寄依韻答之

筆花開向早梅先，知道能詩有阿連。昨飲屠蘇纔改歲，今看爆竹尚留煙。兩淮遊屐歸千里，七十過頭又四年。尚有閒情品書畫，招君來作米家顛。

元日敲門便送詩，好懷報與老人知，不看荆楚歲時記，但唱玲瓏絶妙詞。春色一庭香雪在，花箋兩個玉人持。祝君歲歲長如此，較勝排衙領郡時。

荷塘明府和香亭詩見寄余疊韻答之

揮毫元日寄蕉先，不信人間吏即仙。百里花封無案牘，一枝彩筆有雲烟。家傳風度追前哲，詩覺工夫勝昔年。滿紙龍蛇飛欲動，判詞爭怪乞張顛！

還山已載滿舡詩，又見詩來樂可知。身不賀年心恰到，遣人持名紙賀歲。老防僧坐酒先辭。珠璣耐我千回讀，硃墨輸君一手持。指日梅花開有信，可能來看月明時？

青州都統慶雨林世講集唐詩見寄且索和章甚嚴

幾度瑤華託雁奴，將軍心愛白雲夫。催詩急似徵兵餉，集句嚴於演陣圖。眼看狼烟消渤海，手揮珠玉寄菰蘆。如何荆樹連年折，門裏風人兩個無？謂兩峯、似村。山河從古說青齊，萬丈雲門待品題。老去應嫌金甲重，分飛可記玉人啼？吳門故事。花間舊事誰能說，夢裏相思路易迷。安得泱泱大風起，吹君直到秣陵西？

答碧梧夫人　附來札

夫人名雲鳳，字碧梧，吾鄉令宜觀察之長女。余年十四，與其曾祖諱陳典者同赴己酉科試，今六十年矣。夫人自稱女弟子，和余留別杭州詩見寄，來札云：「前歲星槎回里，恨叩謁之無緣；恰喜錦句傳來，幸芳塵之可步。曾和短章，恭求鈞誨。竊謂先生鍊金點石之才，必有啓瞶發曚之賜。乃閟貯於案頭，將欲登諸集上。得冒丹砂，雲鳳雖爲一時之幸；混收魚目，先生恐低千古之名。且崔汪二夫人，久已聯珠合璧，安敢雜以粃糠？而閨閤諸女伴，亦有碎玉遺金，何堪並收瓦礫？雲鳳得蒙清訓，已列門墻。忝在弟子之班，妄竊詩人之號。自顧彌增慚汗，問世益覺厚顏。務祈先生，即加針砭，附便擲還，萬勿災諸梨棗，徒滋貽笑方家。」

密字珍珠遠寄將，簪花標格粉花香。早欽道蘊名家女，敢屈班昭弟子行。四世交情存白髮，千秋衣鉢有紅粧。伏生自笑衰頹甚，還想傳經到故鄉。

洗馬圖

龍駒卷浪刷毛衣，高坐支公興欲飛。笑殺三郎豪氣少，温泉只解洗楊妃。

正月二十六日陶怡雲移尊賞梅坐客董觀橋太史等七人以繞屋梅花三十樹爲韻得樹字

老人看花嬾舉步，想喚梅花屋裏住。折得横斜千百枝，高低上下親安布。一瓶一几一燈張，但見花開不見樹。雪如闞白私窺簾，月似相尋偶入戶。夢醒未免師雄愁，妻多定惹林逋妒。怡雲公子來宴客，探花使者爭先赴。董太史丁未第三人。顧名思義盍探乎？一笑花多手難措。不如對弈子丁丁，敲落仙雲將局護。頭上時疑蝴蝶飛，鼻閒暗覺旃檀度。三杯吞盡孤山春，一室踏成銅井路。記此盛事莫如詩，寫韻分箋七人賦。梅花送客客不知，衣上塞香帶歸去。

平安南歌爲補山尚書作　有序

安南國王黎某爲臣阮惠所篡，其國母率族衆逃至南寧求救。杭州孫補山先生督兩廣，奏請討之，詔命領兵前往，大破之，阮惠逃竄。入其城，立國王嗣孫黎淮而護送其逃人歸國。上嘉之，賜爵謀勇公。

堯之南交周越裳，年年貢使日相望。忽然國母款關至，訴有篡臣亂紀綱。乞賜天朝師一旅，遠爲藩國扶孱王。尚書拜疏臣請往，一奏便聞天子獎。伐叛安邊聖主心，兵符玉節將軍掌。朱鳶之山形崎嶔，市球之江水毒淫，一江纔過一江深。賊兵冒死爭抵敵，螗蜋怒臂張如林。尚書儒者色不動，十萬貔貅左右擁。錦帳談兵孔雀聽，軍門傳箭蛟龍捧。九天九地孫武謀，八戰八克吳漢勇。來嚼鐵，李摩雲，陣前奉命如嚴君。浮橋誘，黑夜燒，出奇制勝誰能料？指揮頃刻黎城定，三軍出入無人境。爨氍雖逃未授首，呂嘉終獲難延命。日南久不見王師，壺漿簞食爭來迎。尚書宣詔立黎淮，彼國君臣笑口開。不肯縣陳貪尺土，敢忘朝漢立高臺！二百媄徒送出關，佛桑花下唱刀環。單于內附爭端息，陁利來歸境土安。屈指成功未匝月，鬼方何用三年克！紫桂濃熏甲冑香，蠻溪紅洗弓刀血。蠻夷大長盡來賓，威德傳呼到九眞。共欽遠國存宗社，端賴中華有聖人。捷書飛報天顔喜，重叠恩綸加不已。一個詞臣爵上公，千秋佳話傳青史。君不見，吾鄉前朝三大賢，文成忠肅劉青田。雖然社稷功勳大，尙未揚威海外天。

兩湖制府畢秋帆先生六十壽詩

三湘開府樹旌旗，四海傾心望袞衣。五福壽從花甲始，八州督是狀元稀。樓前仙笛吹黄鶴，天上恩綸下紫微。擬把卿雲比卿士，一生長捧太陽飛。

曾經三省任封疆，水化恩波樹化桑。巨細經綸陶太尉，昇平歌舞郭汾陽。蒼生引領覘丰采，聖主加餐讀奏章。不是騷人領旌節，肯將湯沐賜瀟湘？

隻手能扶大雅輪，英才强半出龍門。百花都藉春風養，五嶽先推泰華尊。但有青琴皆識曲，斷無名士不懷恩。金閨更喜詩人在，海內文章與細論。謂猗香夫人。

多蒙裴令意相憐，幾度書來喚樂天。扶杖自應隨野叟，稱觴或恐後羣仙。夔龍屈指誰同輩，黄綺看公尙少年。知否秋江紅樹裏，白頭人拜漢陽烟？

二月八日記夢

夜夢老僧入門長揖，賀余二十二日將還仙位。問是何年月日，曰本月也。少頃又一道士如僧所云。余生平不喜二氏之說，而妖夢忽至，驗固佳，不驗亦得。

吸露餐霞四十年，不成仙已久成仙。如何尚有仙龕在，夢裏分明喚樂天？

寄語仙人蔡少霞，安排此老莫教差。金銀宮闕非吾愛，只愛天台二女家。

二十三日荷塘遣人問安戲筆答謝

仙車盼斷夢無靈，空惹親朋側耳聽。慚愧戴逵根氣薄，前生不是少微星。

倘有人間未讀書，匆匆何必賦歸歟！多情恰感張元伯，白馬朝來訊起居。

聞成衛宗同年爲臺灣舊事簿錄遣戍賦詩寄懷

東望愁雲結不開，聞君消息我心哀。魯人獵較當年事，楚國亡猿此日災。有妾那堪垂老別，無兒莫上望鄉臺。百身欲贖知能否，從古神仙怕劫來。

兒時同學長同年，每到杭州訪必先。滿院落花招舊雨，一燈如雪鬪吟箋。黃楊厄閏憑空至，白髮投荒舉世憐。只望虞庭頒赦詔，金鷄銜下九重天。

浴湯山五絕句寄香亭兼謝荷塘明府

爲尋聖水濯塵纓，愛忍春寒遠出城。剛是杏花村落好，牧童相約過清明。

方池有水是誰燒，煖氣騰騰類湧潮。五日熏烝三日浴，鬢霜一點不曾消。

延祥寺裏證前因，二十年前借住身。今日僧亡菩薩在，應知我是再來人。

野外閒行樂有餘，阿連底事勸回車？天生此水温存性，只恐妻孥轉不如。

多謝張華地主情，遣人洒掃遣人迎。耳根洗得清如雪，不聽人間事不平。

洪武大石碑歌 離湯山十五里。

青龍山前石一方，弓尺量之十丈長，兩頭未截空中央。旁有屓贔形更大，直斬奇峯爲一坐，欲負不負身尙臥。相傳高皇開創氣概雄，欲移此碑陵寢中，大書功德告祖宗，壓倒唐漢驚羲農。碑如長劍青天倚，十萬駱駝拉不起。詔書切責下歐刀，工匠虞衡井中死。碑下有井。芟刈羣雄笞八荒，一拳頑石敢如此。周顚仙人大笑來，天威到此幾窮哉！但赦青山留太樸，勝扶赤子上春臺。丁丁從此停開鑿，夜深無復山靈哭。牧豎宵眠五十牛，村氓晝晒三千穀。材大由來世莫收，此碑千載空悠悠。昭陵石馬無能戰，漢代銅仙泪不流。吁嗟乎！君不見，項王拔，始皇鞭，山石何嘗不可遷？威風一過如輕烟。惟有茅茨土階三五尺，至今神功聖德高于天。

自知

七十經過又四春，自知非復舊精神。客來平輩還相答，詩怕頽唐越認眞。書畫不嫌千遍理，亭臺重整一番新。譬如棋子將終局，收拾全盤付後人。

登湯山高處有感

登高忽有感，慷慨作高歌。日月閑時少，乾坤空處多。蒼松愁獨立，流水愛奔波。逝者如斯耳，神仙唤奈何。

謝女弟子碧梧蘭友題隨園雅集圖

咏絮才原出謝家，雙雙珠玉鬬妍華。披圖頃刻香風起，開到西湖姊妹花。

掃眉才子兩瓊枝，自署門生遠致辭。不怕程門三尺雪，兒家情願立多時。

惹得袁絲喜欲驚，千秋佳話在門庭。河汾講席公侯滿，可有天邊織女星？

孫晉山幽磵鳴琴圖

與君不相識，開卷有琴聲。花下七絃響，溪邊一水鳴。曲終松子落，風定月華生。我欲師襄訪，移情海上行。

蔡呂橋江樓喚鶴圖

一樓漢江水，八面風窗開。黄鶴久飛去，青蓮今又來。喚鶴鶴不膺，喚起江心月。照見謫仙人，憑欄吹玉笛。

佳句

佳句聽人口上歌，有如絕色眼前過。明知與我全無分，不覺情深喚奈何。

失去虛舟先生小楷書册感而有作

虛舟小楷世無幾，我得二千字如米。銀鈎精寫靈飛經，眞珠密灑砑光紙。紙尾自署兩年作，平生精力盡于是。持贈老友沈凡民，此後牙琴彈亦已。凡民珍護加跋詞，至好如儂絶窺覘。亡何喬梓相繼亡，我臨其喪爲料理。孀婦感激泣相贈，當作投瓊特報李。拜而受之悲且喜，頃刻兩賢都來矣。頁頁掀翻嘆觀止。方知一代作傳人，苦心孤詣原如此。金翅擘海龍攫天，收束精神如芥子。古來豪傑成奇功，都從謹小慎微始。錦裹香熏三十年，一朝失去心難死。萬索千搜去路遥，料在人間非海底。名畫能飛事豈眞，銀杯羽化形相似。想嫌我老物先行，藏珍閣上悲風起。

赴浴湯泉見路上翁仲感而有作

千尋華表石崔巍，來往行人弔落暉。六代如船搖櫓去，只留翁仲不能歸。

贈揚州洪建侯秀才

天瑞五色雲，人瑞鄭仁表。從來天上石麒麟，一落人間名最早。洪郎二十貌淸華，生長膏腴舊世家。家有園亭迎聖主，門多冠蓋賞瓊花。孩提便把平原繡，服飾爭將臨汝夸。誰知郎意蕭然遠，一朵青蓮泥不染。朝披書卷誦愔愔，暮對幽人吟緩緩。自采香芹一莞然，肯將崔烈三公換？與儂兩代締雷陳，昨歲相逢臘底春。聲聆雛鳳心先喜，玉倚蒹葭意倍親。特借僧廚款摩詰，代刊尺牘寵陳遵。蒙刻隨園尺牘。回思三十年前事，琴歌酒賦分明記。桃花扇底月三更，畫錦堂前人一世。己卯秋令祖魏務先生招看桃花扇。轉眼滄桑萬事空，抽黃轉綠夢重重。蘇夔有子眞難得，張老雖衰頌未終。相期手折今秋桂，直上蓬山第一峯。

寄錢竹初

聞君竟賦遂初衣，也逐閒雲野鶴飛。陶令一官眞偶耳，鄭虔三絕本來稀。知機不愧蕭嵩早，勸退方知袁淑非。曾以書招隱。我似郗超慕高隱，喜人歸勝自家歸。

病中作

世上忽有我，非我情願來。世上忽無我，非我有去懷。來既不可知，去亦不必考。只嫌世上人，來去何時了。詩集單刻本、嘉慶本此首作七絕，詩云：「自憐生性像梧桐，一到秋來便改容。久不登樓看落葉，不知露出幾多峯。」

雄雞戛然鳴，意欲催日出。一鷄鳴不勝，羣雞相輔翼。一鳴兩鳴千萬鳴，東方遼遼才露白。老夫張眼望天明，恨不催鷄早作聲。

霞裳落第後有北行之志賦詩留之

聞君將欲赴長安，惹我連宵意不懽。萬里雲程求取好，十年師弟別離難。花無桃李春纔老，座有瓊枝雪不寒。趁此斜陽紅未了，牙琴多作幾回彈。

詩會分詠美人霞裳拈得綠珠連作五首不愜余意乃請老人擬賦兩章恐有鮑老登場之誚奈何

一斛珍珠聘禮成，美人心上尚嫌輕。珍珠似妾原無價，妾比珍珠恰有情。

人生一死談何易，看得分明勝丈夫。聞說息姬歸楚日，下樓還要侍兒扶。

附陸崑圃作

金谷樓前玉質摧，烏啼夜月有餘哀。美人一點分明意，不是珍珠買得來。

作書託陳舒軒寄鎮遠將軍索裘舒軒慮路遠難到代將軍購得先寄賦詩謝之

一紙瑤華接好音，輕裘遠寄水雲深。思量野老禁寒態，體貼將軍念舊心。收到園林剛下雪，披來江上更題襟。從今不受西風管，添得燈窗半夜吟。

青陽沈倫玉上舍與亦葦上人入山見訪贈詩志別

屋內看君詩，門外報君到。文章眞有神，杜老早相告。憶昔五溪遊，逢君好風調。相離八載餘，蒼蒼改玉貌。閒拉紫衣僧，遠泛青溪棹。各呈珠玉篇，天機何清妙！其時春正濃，百花開窈窕。有意若迎君，嫣然齊欲笑。惜我耄且衰，不能陪登眺。草草具盤飧，時時看晚照。此會非偶然，此別中心悼。大化有輪回，前途寧可料！只恐再相逢，君老我翻少。

庚戌春暮寓西湖孫氏寶石山莊臨行賦詩紀事

再見西湖笑口開，惹他魚鳥盡驚猜。分明白髮滿頭叟，說不來時今又來。

借得孫莊勝畫圖，行裝飛送入冰壺。主人贈我千金值，三面雲山一面湖。

鼠姑階下剩殘紅，楊柳當樓颺碧空。一色琉璃鋪十里，開門便作釣魚翁。

從遊兩個女雲仙，雲鳳、雲鶴。得信呼車拜榻前。多謝朝朝送清供，湘蓴帶露筍含烟。

一盂麥飯手親攜，走奠先塋淚滿衣。生怕歐公遷潁上，瀧岡阡畔紙錢稀。

入城要訪舊知交，床上人危塞上遙。璵沙前輩危病臥床，成山同年謫戍塞外。吹斷山陽一枝笛，此身雖在已魂銷。

兒時舊屋板橋西，再訪前踪夢已迷。剩有窗前丹桂樹，見儂嬉笑見儂啼。

桃莊靈隱買舟探，老去心愁再到難。業已回身還轉步，一回分作兩回看。

虛名何苦累袁絲，酬應如麻力不支。塞屋魚箋堆案絹，差徭繁重是題詩。

翻將地主作嘉賓，當事紛紛置酒頻。謂歸、清兩觀察，唐、曹兩明府。更聽城門深夜報，將軍傳箭放詩人。將軍保公見訪湖上，分付司城，余到即開。

紅妝也愛魯靈光，問字爭來寶石莊。壓倒三千桃李樹，星娥月姊在門墻。女公子張秉彝、徐裕馨、汪妽等十三人以詩受業，大會於湖樓。

彤彤暑到想歸家，再說重遊話恐差。且唱驪歌莫回首，一年春管一番花。

題竹初菴圖贈樹驂主人

竹初先生今鄭虔，獨擅三絕誰比肩？偶然作宰東海邊，魯之子賤漢任延。庭前無訟堂有絃，吏民交口稱其賢。廣庭相公一見憐，道當揮毫玉殿前，如何薄領相拘牽？大吏驚聞將擢遷，先生搖首辭之堅。士各有志公胡然，官如大海中泊船，何時傍岸心悁悁。叔寶清羸生相偏，僧祐善病兼愛閒。奔馳風塵終寡便，行當投劾歸弄田。作書寄我將意宣，回看父老留纏綿，當斷不斷猶遲延。我學繞朝贈以鞭，勸馬卸轡箭離弦，急流勇退全其天。先生從諫如流泉，欣攜劉寵一大錢，高咏淵明歸去篇。自買隙地起數椽，白石齒齒池漣漣。竹初帶露桃含烟，歸雲倦鳥相周旋。不須鑿井時跰躚，自歌自畫自題箋，考槃之樂將終焉。客來治具饍飲鮮，我口未近先流涎。收藏書畫加丹鉛，清秘閣中甲乙編。蒙君相招兩夜眠，漁郎入洞疑登仙。請分坐席與君連，循吏儒林止足間，兩家各占三千年。姚思廉撰止足傳，專爲曾仕者設，所以別隱逸也。

謝雨村居士饋墨

居士饋我墨十螺，如導黑水來西河。上鐫隨園先生著書墨，意欲把墨將人磨。其質精堅其色古，和麝調烟三萬杵。直追韋誕與庭珪，豈止君房與于魯？我愧無班馬掞天才，擕之修史登蘭臺；又無燕許如椽筆，灑之黃麻作批敕。徒然仰首看屋梁，播弄風月爲詞章。欲磨不磨惹墨笑，豹囊隱隱騰青光。呼童收藏付兒守，此物原宜歷世久。只愁烏雲夜起風雨來，十二龍賓上天走。

題奇方伯天馬行空圖

天馬西極來，張眼不見地。但逢英雄人，長鳴便吐氣。麗川先生性倜儻，一見驊騮即奇賞。騎上空中自在行，兩耳惟聞風雨響。羣騶望之心膽寒，一齊愁伏仰頭看。是人是馬不可辨，但見空中雲氣飛漫漫。我聞李衞公，曾上青天騎白龍，手灑葫蘆三滴水，頃刻四海生春風。又聞李鄴侯，幼時能向空中遊，阿母怕教成仙去，特擣葱蒜相遮留。先生身際明良會，那用馳驅出邊塞？不是鳴鑾赴早朝，便來江海搖旌旆。畫出丹青若有神，分明肝膽向人眞。只憐逐電追風足，難救拖泥帶水人。公方籌錄某中丞家。

哭錢璵沙先生 有序

四月十六日，余將還山，行李已發，念璵沙先生之病，繞道作別，不料五鼓已亡，尙未殮也。才別西湖又別君，入門僮僕換衣巾。方知昨夜聞雞候，已是先生駕鶴辰。易簀餘聲猶在耳，長眠善氣尙迎人。夷衾揭起重攜手，未忍匆匆了宿因。

平生風骨最闌珊，獨有交情重似山。一紙彈章驚海內，黃制府威震兩江時，君特疏劾之。滿車甘雨在人間。官高不改書生面，詩健能忘鬢髮斑。寄語九原隋武子，他生趙孟再追攀。

選詩

消夏閑無事，將人詩卷看。選詩如選色，總覺動心難。

山行

山行不厭草萋萋，才上籃輿鳥便啼。春雨濕衣簾未捲，野花拂帽首頻低。橋橫溪水都無板，人去桑陰尚有梯。掃罷先塋歸已晚，斷鐘聲在夕陽西。

雨中獨坐

從來無雨不成秋，況復衰年坐小樓？好夢醒難尋枕上，落花扶不上枝頭。司風令史空相憶，良醖中丞孰與謀？雲影昏昏燈悄悄，窗櫺行過一蜉蝣。

喜補山宫保從西川移督兩江賦詩四首却寄

果然轉舵督江東，人意天心往往同。公畫轉舵圖十六幅，紀恩遇也。枚曾題云：「料得紀恩圖未了，珠江轉舵督江東。」今成詩讖。千里峨嵋來紫氣，一朝南國有春風。爭聽野老呼生佛，勝說詞臣爵上公。公初封謀勇公。不是孤忠能格主，幾人恩眷極初終。

客春海外奏鷹揚，萬馬浮江劍有霜。風掃鯨鯢眞頃刻，氣吞蠻觸少周防。偶然小挫同諸葛，終竟餘威鎭鬼方。不信試看兩階舞，是誰來享復來王？

遭際如公古所難，生平佳話滿朝端。封疆解組登詞館，大將投戈作試官。桃李三千新絳帳，貔貅百萬舊軍壇。而今文武經綸畢，又爲黃河勒馬看。公兼理河務。

羊城猶記賦驪歌，八載星霜兩鬢皤。只道龍門渺河漢，何圖卿月照江波！雲泥位分今生隔，香火因緣宿世多。願學龍丘蒐備錄，爲公扶杖出烟蘿。

前詩未寄而宮保書來問及新詩再答二首

行轅那得好工夫，飛下龍蛇墨尚濡。天與精神當八面，公將文采照三吳。五官並用無留牘，雙管齊揮有智珠。寄語蒼生應額手，于今江左見夷吾。

當年吉甫愛論文，排日傳箋到夜分。尹文端公都中見懷云：「此日柴門風雪裏，有誰騎馬送詩來？」一自褰衣還北闕，至今旗鼓失南軍。欣逢哲匠來持節，多少風人想策勳！可惜江淹才已盡，不能簪筆鬭淵雲。

奇方伯少時冬日讀書圖

鄴侯仙骨本珊珊，年少曾逢楊契丹。寫出天人容絕代，凌烟閣外我先看。

玉軸牙籤滿碧㡡，燈窗未免惜三餘。知公兩件關心事，世上蒼生架上書。

七月廿六日大風園中古樹盡拔而小草晏然因之有作

大風拔樹不拔草，駭浪驚人不驚鳥。男兒入世才須長，達者求懽志要小。越人夸射能參天，五步之內矢已顛。廣廈萬間苦偪仄，茅屋數椽足晏眠。吾常讀書史，吃吃笑不止。公孫皇帝自尊嚴，結局不如劉盆子。

秋海棠

小朵嬌紅窈窕姿，獨含秋氣發花遲。暗中自有清香在，不是幽人不得知。

題我我圖

以指喻指理易得，以水洗水水更潔。達人了此善者機，把鏡相看似相識。鏡外之我未必眞，鏡中之我聊效顰。世間除却靑銅巧，面目如君有幾人？

奇方伯饋人蔘形如小佛手

我讀柳邊紀略書，人蔘白金價不殊。騰貴于今未百載，一莖蔘抵一斛珠。我嘗倚健蔑不服，見人服者心揶揄。不料行年垂八十，忽嬰腹疾形神枯。盧扁相環勸服藥，非此難補中宮虛。我非荆公性倔強，敢將紫團力掃除。其奈將身與蔘較，我賤蔘貴愧不如。譬如巴蛇欲吞象，心非不勇口怯呿。奇公聞之大憐惜，手持仙草佛手粗。脫手相贈勸卽啜，愼勿愛惜猶躊躇。開匣三稏同瑞麥，交枝百結如珊瑚。淸香拂拂鼻觀覺，仙露濛濛元氣俱。我口未咽神已旺，滿腔生意回須臾。帶歸傳觀夸戚里，嘖嘖偷視驚妻孥。欲服不服但把玩，旁人笑我愚公愚。我道將軍恐負腹，何況藜藿寒儒乎？服之不效擲虛牝，中人之產一嚼無；服之有效後不繼，博施堯舜猶病諸。曷若珍藏當守器，子孫寶護同璠璵。只愧金環無處覓，報恩空抱心區區。願公推仁到黎庶，春風吹扇周八衢。活我活民兼活國，萬家生佛非公歟！

謝李太守贈蔘

五馬人來丹桂天，三莖靈草賜尊前。衰翁忽得長生藥，太守原操造命權。葛井丹砂分到手，淮王雞犬合成仙。只慚仲叔叨恩重，豈止猪肝累俸錢！

腹疾久而不愈作歌自輓邀好我者同作焉不拘體不限韻

人生如客耳，有來必有去。其來既無端，其去亦無故。但其臨去時，各有一條路。或以三年淹，或以頃刻仆。或明如水精，或瘦如涸鮒。黃帝雖成仙，依然有陵墓。扁鵲被刺死，醫病不醫妬。去路不雷同，僂指難悉數。我年垂八十，神明頗強固。客秋傷暑痢，服藥偶然悞。饍飲輒滯留，腸胃失常度。每有前後溲，相約必齊赴。如船張破帆，雖行不速渡；如客騎病驢，無鞭更緩步；如酒滴漏卮，前茹後已吐。臨食不忘憂，非僧強茹素。雖然子公指，染鼎心猶慕；其奈廉將軍，三遺矢可怖。人身卽國家，臟腑乃倉庫。五倉逐漸空，危亡在朝暮。因之將平生，歷歷自追溯。弱冠登玉堂，早獻凌雲賦。飛鳧到江左，民吏俱無惡。山居四十年，虛名海內布。著書一尺高，梨棗俱交付。妻妾鬢髮白，兒童頭角露。黃粱夢太長，仙枕何時寤？晨星雖竟天，孤懸亦寡趣。逝者如斯夫，水流花不住。但願蒼翅飛，豈肯回頭顧。偉哉造化爐，洪鈞大鼓鑄。我學不祥金，躍冶自號呼。作速海風迎，仙龕陪白傅。或遊天外天，目覩所未覩。勿再入輪迴，依舊詩人作。

諸公輓章不至口號四首催之

久住人間去已遲，行期將近自家知。老夫未肯空歸去，處處敲門索輓詩。

輓詩最好是生存，讀罷猶能飲一樽。莫學當年癡宋玉，九天九地亂招魂。

莫怪詩人萬念空，一言我且問諸公：韓蘇李杜從頭數，誰是人間七十翁？

臘盡春歸又見梅，三才萬象總輪回。人人有死何須諱，都是當初死過來。

附和作

趙翼

薤露如何可預支，渡江來似別交知。故人惟恐君眞去，不肯輕爲執紼詞。

君果飄然去返眞，讓儂無佛易稱尊。只愁老境誰同調，獨立蒼茫也斷魂。

生平花月最相關，此去應將結習删。若見麻姑休背癢，恐防又謫到人間。

修短終須聽太空，莫將殘錦乞諸公。還防老學庵燈火，絆住人間陸放翁。

姚鼐

龍飛四歲一詞臣，嘯咏江山五十春。莫怪尊前爲了語，當時同輩久無人。

一代文章作滿家，爭求珠玉散天涯。替人未得公須住，天上尋無蔡少霞！

宮闕前朝迹惘然，隨園花竹獨清妍。滄桑憑弔雖難免，且願從遊更數年。

起行拋杖坐吟詩，豈是膏肓不可治？自此但留貞疾在，也堪談笑却熊羆。

氣聚升成五色霓，倏將散與太虛齊。海山兜率猶黏着，那更投生向玉溪？

讀彭竹林司馬海洋獲盜詩喜而有作

海水搖天青不了，萑苻草寇據爲島。香山邑宰彭使君，破浪乘風往前討。賊奴心把儒者輕，螳螂怒臂爭來迎。抽刀渡水直相犯，風雲變色蛟龍驚。誰知君計早預籌，命舉砲火焚其舟。青天霹靂如星流，負嵎之虎一哭休。紛紛藉藉水面投，投畀河伯不肯收。乾啼濕哭聲啾啾，半沉半浮皆賊頭。此時擒賊如把釣，長繩魚貫無須鉤。歸來獻俘軍門走，節相褒嘉不離口。人夸大盜獲三千，君喜新詩添百首。天子召見登明堂，恩加冠帶榮非常。古來循吏傳無偶，海內騷人面有光。紀君績，爲君歌，我老其如才薄何！狄青應作平蠻頌，劉秩眞爲曳落河。

九江觀察福公過訪見天女散花圖而乞之余雖贈猶憐賦詩送別適霞裳亦就渠書記之聘故有第三首

卅年紙上喚眞眞，忽遇知音便嫁春。天女臨行應一笑，此翁翻作散花人。
君是前身蔡少霞，贈君仙女最宜家。只愁霧鬢風鬟態，羞見長安富貴花。觀察内寵六人。
九江此日朔風嚴，賴有長途樂事兼。一個門生一天女，被公奪去太傷廉。

送霞裳之九江

十年前是相逢日，十月十八日。今唱驪歌亦此時。似是安排天早定，不須惆悵爲分離。
翩翩書記鶱香驄，多少諸侯拜下風！只有衰年張禹苦，彭宣一去後堂空。
負笈同遊萬里來，名山處處費詩才。而今失却劉郎伴，再到天台花不開。
新共揚州看月明，誰知轉眼賦西征？殘棋再着知何日，怕聽秋藤落子聲。
少年直可賈生看，我愧吳公作奏難。不薦朝廷薦觀察，爲君幾度廢書嘆。
每到論詩兩莞然，風人妙悟本通禪。支公當日精神減，總爲身邊喪法虔。
夜半傳衣事已非，臨歧握手尚依依。生憎天上多情雪，偏向程門立處飛。

函丈原非日日親，在家恰也手常分。如何一說天涯別，轉覺時時想着君。
此去潯陽江上舟，蘆花楓葉正當秋。琵琶彈罷佳人去，知否香山淚尙流？

自笑

自笑多情范大夫，西施網得獻東吳。臨行兩下私房訂，還要同舟泛五湖。

蠹魚嘆

蠹魚蠹罷發長嘆，如此琳瑯滿架攤。富不愛看貧不暇，世間惟有讀書難。

錫山相公八十壽詩

天生潞國好精神，坐鎭華夷有重臣。八秩高年同聖主，兩朝調鼎繼先人。筵開賜第聽傳詔，花發瓊林再看春。二十七科黃閣老，商盤夏鼎尙嫌新。

當年慘綠少年郎，曾受恩知話最長。絳帳傳經雛鳳小，受之侍講年才七歲。泥金報捷館僮忙。枚戊午館公家，即于是秋舉京兆。難追玉局三春夢，剩有南豐一瓣香。倘共羣仙去晉爵，袁絲也算魯靈光。

小倉山房詩集卷三十三　辛亥

今春風雪連綿梅花殘損爲賦一詩

梅花無語似含悲，雪虐風欺十二時。嫁與東風眞薄倖，不曾一日得舒眉。

補山宮保見和輓章中有自輓之言調羹未畢遽想騎箕恐啇巖老人見機不如是之早也再呈小詩以當大諫

軍門頒下輓章來，讀罷袁絲笑口開。自是少微歸位日，敢勞星象動三台？
蒼生方賴謝安石，紫府誰迎韓魏公？就使升天同作佛，也應前輩讓衰翁。
水星聞說命宮居，十載旌旗住有餘。但恐賡歌無謝朓，江南閒煞沈尙書。
清涼山下好松楸，露冕行春望見不？一隻太牢文一首，累公告墓我先愁。

和簡齋先生自輓詩　孫士毅

夢返淸都斗帳溫，數篇蒿曲自招魂。不須易水衣冠送，定見班超入玉門。

鹿繞庭除鶴護扉，道山人去是耶非？文章星斗惟公在，莫把虛名應少微。

久聞奏事重端明，又說蓉城主夔卿。未必九天香案吏，肯將賢路讓先生。

丹還底撥藥爐灰，暖老房中玉作堆。自有堅牢仙一粒，不關美醞勸君回。

文書眯目驗吾衰，腹痛遐誰奠酒杯？囑備一奩磨鏡具，他年高會望公來。

五嶺曾叨折柬呼，余于粵中初見先生。揭來正喜傍菰蘆。十年果踐星家語，請譜蒼山二老圖。上年持節西川，吳山錢道士寓書告知水星入身宮，十年方出。未幾即拜量移兩江之命。現爲先生題隨園圖，故云。

寄霞裳

記得離筵燭影孤，兩人倚枕聽啼烏。無端忽下傷心淚，灑向君衣乾也無？

清明再寄

假葬倉山有玉人，郎行誰把紙錢焚？清明儂掃先人墓，爲汝分虀奠細君。

送補山宮保作相入都

甘霖不終日，歲星不周天。江南諸父老，相對心茫然。或欲嗅靴鼻，或欲拗馬鞭。引領問春歸，如何不少延！我道叟休矣，所見毋乃偏。從古皋夔佐，俱在堯舜前。都俞一二語，恩澤周八埏。八埏尚且周，三江胡缺焉？但看陰陽調，便知卜相賢。汝曹宜相賀，抱孫且晏眠。

巧宦空挾術，天鑒難彌縫。廉吏不曉事，亦復慚尸饔。惟公獨坦率，而能兼明聰。剔弊如理髮，爲政如張弓。精神及木屑，判決驚雷風。有某官訴違限被劾之誣，公檄取所過州縣囚糧簿勘之，寃不訊而已雪。賜達由也果，古賢將毋同。所頒敎敕條，鄉城寫百通。至今歌唱者，沿街聲嗈嗈。鄉城將公告示演爲唱本。

公廉不知貧，公勞不知苦。公貴不自矜，公能不自詡。洞把重門開，不設早晚鼓。稱名答下僚，迎賓至堂廡。折節布衣交，勤求芻蕘語。薦賢百口保，劾貪餘勇賈。燭燼方詠詩，雞鳴又演武。南河水百條，西江城萬堵。一一身所經，歷歷績可數。惜哉老師丹，聞十僅紀五。

貴人能御下，便是第一流。所以壅蔽故，養尊而處優。惟公獨不然，迅如鷹脫韝。八騶赴縣倉，[illegible][illegible]自校讎。二卵棄干城，行部無督郵。公不設前驅。懸庭魚或受，飲水錢必投。傔從三五輩，良馬八九頭。易事而難悅，霜威凜若秋。一朝相楊綰，風采動王侯。郭令應撤樂，黎幹定減騶。

三江名勝地，從古生英豪。無人提唱之，文心苦鬱陶。公本名諸生，文場百戰鏖。揚威萬里外，結習猶未消。下車卽課士，披沙兼拔茅。探取舊玉尺，裁量新俊髦。公累掌督學、主試、總裁之任。試題皆嶄新，知者頗寥寥。翠嫣玄扈問，人人都傳抄。可奈山雞舞，明鏡已北行。得毋珂馬上，似聞春蠶聲！孔席雖不暖，時雨已滂沱。遙知東閣開，搜羅才更多。

賤子遊南海，才睹公光儀。一識然明面，便蒙國士知。自此八年中，雲泥兩相憶。喜捧百函書，恨無雙飛翼。忽然九霄鳳，來作三山翔。鵷鶵大歡喜，草木生輝光。補嬴贈紫桂，暖老遺良裘。推襟送袍意，絡繹無時休。不料璽書徵，褰衣留不住。寸心抱區區，送公渡江去。江水明于雪，照人垂老別。對公淚不彈，還家衣已濕。或者意外去，亦復意外來。一息苟尚存，夜夜望三台。

送李寧圃太守調任松江

金陵賢守去吳淞，才送春歸又送公。身本西清老詞客，人欽北海舊家風。蔆苓屢贈情何厚，簫管同賡曲未終。一旦官民齊惜別，就中難別是衰翁。

公餘幾度訪林泉，想見心游物外天。水榭花明朝聽雨，柴門馬響夜傳牋。官清只帶銅琴去，公市得銅琴一張，上鐫「薛道衡」三字。詩好眞如滄酒鮮。公籍滄州。我感薛瑤英許見，明春還想拜堂前。公有姬人國色，只許枚見，故用元相國待楊炎故事。

遣興

今春天漏影沉沉，一日佯晴十日陰。幾樹海棠紅淚滴，向人似訴雨難禁。

日長未免學邊韶，腹笥便便要受嘲。不是詩人誰救我，南柯國里把門敲。余正思睡，芷衫、淡泉諸君忽以詩來，睡魔逃矣，余甚感之。

竹繞柴門水繞廬，卅年於此賦閒居。鷺鷥也漸通文墨，高立松梢看著書。

安老原應百事休，誰知晨起便生愁。徵名索序兼題畫，忙煞人間冷應酬。

愛好由來落筆難，一詩千改始心安。阿婆還是初笄女，頭未梳成不許看。

獨來獨往一枝藤，上下千年力不勝。若問隨園詩學某，三唐兩宋有誰應？

但肯尋詩便有詩，靈犀一點是吾師。夕陽芳草尋常物，解用都爲絕妙詞。

平生作字類塗鴉，況復衰年腕力差？爭奈家家索親筆，不容老樹不開花。

難得生逢玉燭清，人生行樂及時行。只慚不及蕭恭達，苦被詩書管一生。

不夷不惠機全忘，無想無因夢亦稀。剩有兒時清興在，抛堉驚起野鷗飛。

七齡上學寫魚蟲，七十揮毫尚未終。倘聚諸毛論勳伐，應封多少管城公！

諱老人難對鏡光，衰容欲避費商量。寬心只有燈前影，壁上從無兩鬢霜。

終軍弱冠愛橫行，梅福中年變姓名。一局殘棋回想好，才抛幾子便收兵。

兄弟怡怡事恐差，衰翁及早替分家。倘留一點文心在，無計能分莫惱爺。

記得歐陽詹語佳，起居玩好見人才。一瓶一榻兒知否？都是心精結撰來。

雪泥鴻爪去匆匆，觸著難禁老眼紅。六十年前舊家信，偶然翻出亂書中。

人人望子作公卿，每到趨庭絮不清。我道兒孫是何物？世間不過一蒼生。

棋局長安自古談，塞翁得失豈難參？盧仝不宿王涯第，七椀清茶吃正甘。

人生有壽原爲福，同輩無人眼孰青？愁煞當年文潞國，四朝閒話有誰聽？

七六春秋相士言，老夫行矣何尙論？三十年前相士胡文炳許壽七十六。急將手錄三千卷，臨別從頭理一番。

知己恩深報未能，蕭蕭白髮已鬅鬙。買絲若把英雄繡，不繡平原繡信陵。

鄭孔門前不掉頭，程朱席上懶勾留。一帆直渡東沂水，文學班中訪子游。

倉山西去我幽宮，壙外還餘地數弓。陪葬蒼頭工匠滿，九原還作主人翁。余不信風水之說，生壙外葬工匠奴婢三十餘人，親鄰之貧者與焉。

成仙成佛總模糊，一任茫茫造化爐。但見玉皇儂要問，果然天外有天無？

消夏八景

曝書

問富數書對，收藏却最難。趁茲三伏好，分作幾回攤。綫脫忙教換，雲遮怕未乾。蠹魚應一笑，未必子孫看。

滌硯

硯面如人面，難留半點塵。浴分仙掌露，清見紫雲身。宿墨都無迹，揮毫自有神。湯盤原示訓，一日一回新。

招風

冷客雖難請，相招亦有媒。肯將高閣敞，自有故人來。消息青蘋訪，動搖團扇催。笑他漢武帝，翻築避風臺。

待月

嫦娥疑怕熱，六月懶升天。待到星無影，還防樹有烟。與誰同出海，累我不成眠。此後來宜早，山人已暮年。

補竹

竹孤嫌寡偶，補種十餘叢。綠葉鋪成海，青天易起風。爭高牆角外，添響雨聲中。誰是新來者，森森自不同。

采蓮

何處采蓮去，淸池泛小槎。自慚雙鬢雪，還愛六郎花。香霧多生水，西湖恍在家。手擎荷葉轍，遮得夕陽斜。

避蚊

白鳥成羣至，驚同刺客看。聞聲雙耳怯，披甲一身難。羅帳長城築，天衣没縫鑽。此翁惟墨水，不中汝曹餐。

辭客

熱客名先惡，炎天來者當。明知秋信近，何必火攻忙！水竹相依慣，衣冠已漸忘。請看牛女宿，隔水尚相望。

辛未壬申間余與魚門太史廣購書籍有無通共今魚門亡僅十年其家欲賣以自贍屬余檢校已亡失十之七八矣感賦一律

奇書交易兩家抄，壬申春寄魚門之句。三十年前事未遙。只道堯編同骨葬，何圖論語當薪燒！丹黃批抹人如在，魚蠹叢殘紙亂飄。我亦苦搜三萬卷，不能自念不魂銷。

讀昌黎集戲作

偶讀昌黎志墓篇，殿中少監最淒然。哭人三世悲如許，彭祖何堪八百年！

余所梓尺牘詩話被三省翻板近聞倉山全集亦有翻者戲作一首

自梓詩文信未眞，廝沙翻板各家新。左思悔作三都賦，枉是便宜賣紙人。

秋熱

騰騰節已届中秋，羽扇頻揮尙未休。老健倘如秋後熱，衰翁還有幾年愁。

嘲蚊

穿破輕紗與葛巾，黍民如箭復如雲。方知絺綌還須表，宣聖當年也怕君。

紙鳶

紙鳶風骨假稜嶒，躡慣雲霄自覺能。一日風停落泥滓，低飛還不及蒼蠅。余前有憎蠅之作。

有所嘲

魯人獵較本尋常，縮屋稱貞欠大方。但得經綸如謝傅，心中有妓亦何妨！

謝奇方伯賜裘

兩度輕裘遠寄將，客冬賜狢猁。餘温分到水雲鄉。傳觀鄭服三英粲，剛稱曹軀九尺長。鶴氅同披堪踏雪，天衣無縫不知霜。袍前後不開衩。老身着慣忘恩重，轉説今冬暖異常。

庖人楊二事余有年忽然化去不能無詩

護世城中失好廚，鬱單天子召雍巫。誰知教導儂非易，犢鼻裙穿幾竈觚。代庖後此誰能繼，舉箸先教我欲愁。辜負芙蓉開似錦，不曾招客泛扁舟。賴有婆娑老孟光，重番洗手作羹湯。勝他當日黔婁婦，枉祭先生祝尚享。

品味

平生品味似評詩，别有酸鹹世不知。第一要看香色好，明珠仙露上盤時。莫怪何曾唤奈何，肴佳原不在錢多。靈霄炙與紅虬脯，未必蓴羹遽讓他！

落葉

落葉如人老，依依戀夕曛。都從霜下落，也有後先分。

汪芝圃姬人李氏國色也亡後來索輓詩

當年平視學劉楨，老眼看花早吃驚。道是姮娥天上降，人間未必許長生。

連喪佳兒事可哀，美人未死已心灰。可能追向重泉去，抱得雙珠再轉來？

老夫久不渡江津，倘到華堂也愴神。安得潛英東海石，披帷重見李夫人？

春夢難尋月易斜，同喪篷室兩親家。去秋余亡金姬，蒙君賜弔。替君拭淚爲君囑，莫種人間得意花。

前詩未寄而芝圃又來催促戲答一章

汪倫老去情何重！輓妾徵詩嬲不休。笑殺東山謝安石，不曾同樂要同憂。

朝起

朝起萬般有，宵眠一念無。不知人世上，何物是眞吾？

哭談毓奇郎中三十八韻

每數從游彥，晨星一個懸。門生兼老友，風燭共衰年。忽聽山陽笛，吹來雨雪天。驚魂空淚落，往事復情牽。憶作河陽宰，來稱弟子員。咫聞何博洽，才語共蟬嫣。手板才通謁，麻沙已代鐫。余少時雙柳軒稿，君爲代梓。束脩無影質，批閱有丹鉛。酒滴花間露，琴彈海上絃。赴官辭絳帳，秉鐸擁青氈。講席推胡瑗，文名說鄭虔。士皆通六藝，堂可集三鱣。卜式重輸粟，蘇君遂入燕。秋官司訊刺，郎署暫周旋。愛唱思歸引，輕回弱水船。飄然辭組綬，莞爾到林泉。彼此芳鄰結，春秋樂事偏。白頭重立雪，綠野許隨肩。月榭梅花白，風廊桂蕊鮮。羊頭羹入饌，黃雀臘開筵。君喜食二味。擊鉢朝分韻，張燈夜擘牋。論文師不讓，角藝老猶顛。君酷好時文，手不停披。窗嵌玻璃片，爐燒艾納烟。亦趨還亦步，遊藝復游仙。君鎮窗、燒爐悉仿隨園。鷗鳥機心忘，禪僧衣鉢傳。何圖磨耗宿，暗伏笑談間。身受東床累，爲彭太守寄頓事。家將大宅遷。化居雖折閱，眠食尚安便。且喜藏書富，能教後嗣賢。君有「貯書還望子孫賢」之句。牟尼珠八百，靈寶卷三千。算法秋儲纂，階平。醫經仲景編，蓉塘。看孫登蕊榜，課僕種藍田。竇氏靈椿茂，顏家庭誥宣。松筠方健在，旗鶴遽蹁躚。回首三千夢，通家四代緣。輸君一歲長，占我九原先。渺渺雲歸壑，茫茫水逝川。相期師與弟，來世倍纏綿。

謝張薖亭觀察賜裘

千里狐裘一介馳，開箱先有好風吹。蒙茸不信毛如活，輕暖方知老更宜。愛著忙呼刀尺製，貪披忘却夜眠遲。從今五體應投地，都是慈雲覆庇之。

除夕告存戲作七絕句

三十年前相士胡文炳道余六十三而生子，七十六而考終。後生子之期絲毫不爽，則今年七六之數，似亦難逃。不料天假光陰，已屆除夕矣。桑田之巫不召，貍脈之夢可占。將改名爲劉更生乎？李延壽乎？喜而有作。

天上匆匆守歲忙，天公未必遣巫陽。屠蘇酒熟先生笑，此是廬循續命湯。

八十三齡阿姊扶，白頭內子笑提壺。倘非造化丹青手，誰寫隨園家慶圖？

手種梅花四十春，暗香疎影盡纏綿。花神似向諸天奏，還乞林逋管數年。

生壙司空久造成，家家生輓和淵明。如何竟失閻羅信，唱殺陽關馬不行。

天上堂題辛刺使，海中龕待白香山。主人久別不歸去，未識籬門關不關？

相術先靈後不靈，此中消息欠分明。想教邢璞難推算，渾沌初分蝙蝠精。

過此流年又轉頭，關心枕上數更籌。諸公莫信袁絲達，未到雞鳴我尚愁。

造假山

峯巒紛布置，巧匠出心裁。曲折隨人轉，都緣假字來。

八月二十七日悼金姬作哀其爲藥所誤故有第二首

相依三十載，忽隕九秋霜。不是旁妻死，眞如老友亡。寒温資料理，起坐賴扶將。竟捨衰翁去，知卿也斷腸。

勿藥原知好，其如坐視難！庸醫夸妙手，野葛當仙丹。苦叫聲猶應，頻摩體漸寒。幸無兒女戀，泉下可心安。

九月三日又得二絶句

梳妝人去鏡台涼，居士蕭蕭剩老龐。愁殺書齋行走處，定須經過畫眉窗。

姊妹輪流慟未終，老夫遠避坐牆東。如何五體全衰矣，聽到啼聲耳獨聰。

飲奇方伯寄來藥酒腹疾頓差

千里郵傳酒一杯，衰翁飲罷腹如雷。侵晨不赴更衣所，周歲才逢笑口開。腸胃似蟄眠始醒，精神辭我去仍來。方知已落西山日，竟有仁人喚得回。

除夕以菊花送補山制府

肯抱冬心向太陽，東籬吐豔不知霜。風高曾着黃金甲，歲暮彌增晚節香。不有此花甘隱逸，誰能除夕見秋光！淵明種慣渾閒事，送與韓公晝錦堂。前歲公征安南，故有第三句。

上元張荷塘明府以杖職員被劾奉旨還官感而有贈

吉語傳來喜不禁，彈章恩比薦章深。鐵船渡海眞奇事，風笛回飆更好音。養氣讀書賢者事，知仁觀過聖人心。愁君磨折鋒愈利，特學虞人獻一箴。

題畫

茅屋千竿竹，農歌四面鄰。桃花源自在，只少問津人。

鐵冶亭宗伯典試江南入山見訪

一自宣公知貢舉，秋闈事事總超羣。詩成便把關防撤，匹馬傳牋寄白雲。

炯炯雙眸似電開，不辭辛苦為憐才。六千生紙硃砂字，都是文星照過來。公親閱卷六千。

鹿鳴聽罷聽雞鳴，公游雞鳴寺，遂到隨園。到處雲山緩轡行。野老不知天使至，早從花外住鳴鉦。

冠飄孔翠一翎風，來看芙蓉萬朵紅。那及公門桃李盛，此花身在水雲中。

許折蟾宮第一枝，陳郎路遠渡江遲。文昌雜錄添佳話，追到倉山謁座師。解元陳鴻緒，六合人。

榜發人爭十日留，六朝風景足清遊。三山二水皆文字，也要先生鐵網收。

詩吟庾鮑筆鍾王，重疊頒來字字香。愧聽瑤琴無以報，鍾期頭上鬢如霜。

衛輝道上遇霧 補刻

無端行李入洪荒，頃刻青山失太行。天地未分人在卵，江湖欲沸水如湯。掃除想借仙人帚，惹悶疑登學究堂。記得兒時夸狡獪，大家蒙面捉迷藏。

客來對面見無由，但覺鈴聲響未休。遮眼人疑玄豹隱，瞞天我替毒龍愁。何妨夢夢登前路，終有蒼蒼在上頭。只把新詩吟不得，明珠恐向暗中投。

無端

無端一笑對雲烟，記得抽簪正少年。松樹長高三十尺，種松人尚未華顛。

到清江題河庫觀察謝蘊山先生種梅圖

官署何妨嘉慶本作「河防」。管庫名，官閑日日讀書聲。梅花手種三千樹，香入黃河水亦清。

種罷寒香月滿階，可還春夢憶蓬萊？公庚辰翰林。佳人病起珠簾捲，防有飛花點額來。謂姚秀英夫人。

雛鳳趨庭玉筍姿，百花頭上立三枝。種梅辛苦看梅樂，太傅由來自敎兒。

我來袁浦試肴蒸，美饍家家記不清。怪底公家稱獨絕，雪中久已學調羹。

何蘭庭同游天台以詩卷索題

一卷新詩冰雪清，芳花疑向齒牙生。憐才記得先賢語，悔不多生女配卿。老友西舫曾以蘭通家情緒向依依，傳粉何郎貌已非。到底姻緣終未了，天台同去又同歸。庭許余作壻。

到和州題宋刺史竹梧清嘯圖

爲浴香泉水，停驂住歷陽。通家風義重，循吏姓名彰。步月登蕭塔，和州香泉有昭明太子塔。張燈醉羽觴。出將梧竹巷，敎灑墨花香。奕奕風神秀，飄飄袍袖涼。手持書一帙，身倚樹千章。詩句風前得，棋枰石上張。人爭看小宋，俗盡化庚桑。蜀嶺桐花鳳，灕江螺女妝。都曾沾雨露，誰不挽衣裳？憶昔京華日，相逢晝錦堂。司農同館閣，公子學趨蹌。事竟同春夢，人經幾夕陽。我猶伴園綺，君早作龔黄。兩代交何久，三遷望更長。願持銀兔節，指日鎮封疆。君幼時以雙兔見貽，故及之。

小倉山房詩集卷三十四　壬子癸丑

二月二十八日出門重遊天台

一息尚存我，千山不讓人。重攜靈壽杖，直渡大江春。柳絮飛如雪，桃花吹滿身。親朋齊莞爾，此老越精神。

記得前年住，湖樓樂有餘。窗招花月入，燈照水雲虛。游子登山屐，佳人問字車。者番尋舊夢，風景更何如！

到杭州

不到西泠已二年，重來風景更清妍。條桑葉綠初抽雨，野菜花黃直接天。廢寺僧無鐘磬響，幾家墳有紙錢烟。湖光似鏡頭如雪，照見今生已了然。

身似晨星影太孤，故鄉同伴孰招呼？九原前輩知來否？錢璵沙。萬里纍臣尚在無？成衛宗。感舊空吟潘岳賦，傳經又畫伏生圖。宋家姊妹多才思，爭把新詩質老夫。謂碧梧姊妹。

閒行

飛絮飛花有宿因，重尋春夢最銷魂。關心七十年前路，處處閒行認履痕。

越溪舟中喜晤李曉園太守

再訪天台過會稽，欣逢賢守急摳衣。停船便取金杯酌，揮麈頻聞玉屑飛。八郡志書方纂輯，四方名士盡歸依。謂朗齋、斗泉諸君。尚書兩代憐才慣，克繼家風世所稀。公爲河帥香林尚書之孫，俱以愛賢禮士稱。

杜陵游興老還濃，幸得依棲嚴鄭公。特遣蒼頭扶白髮，更將書舫換烏篷。公命家人將坐船送入天台。千林紅雨飄征蓋，一路青山問舵工。不必瓊台登絕頂，此身已到九霄中。

衰翁游罷有餘情，閒步山陰聽政聲。二百朱提周驛吏，趙賀彬。三千白骨葬蒼生。公野瘞三千餘棺。東平爲善心逾樂，房豹居官水變清。我到江南怕傳說，惹他父老望干旌。

斑竹贈潘校書兼調香巖

陡遇仙山一朵雲，小樓春暖百花薰。毘邪自覺衰如許，不入氈幃惱細君。

寄語摩登掃淨房，香嚴童子貌相當。巫山努力行雲雨；一夜溪聲助汝忙。

未死春蠶尙有絲，白頭無奈兩瓊枝。遲眠私取銀燈照，要看桃花受露時。

答問

昨夜燈前酒未乾，今朝曉露濕征鞍。重來一問尋常話，奈我衰年答最難。

徐朗齋讀此詩而哀之爲代答一首

八十華顚千里路，後期重訂謝紅妝。餘杭酒熟吾還到，只恐麻姑鬢有霜。

到華頂有懷霞裳

買勇登華頂，無言度石梁。桃花含薄怒，向我索劉郞。問得張思曼，何如劉阿稱？衰年貪有伴，古佛也傳燈。

茅篷訪梅谷僧不値留詩託履中上人代寄

十年前訪君，君往城中去；今年又訪君，君又往何處？前年我亦城中行，君來相見歡喜生；今年我竟自崖返，未免此別難爲情。二千里外龍鍾叟，意外重來事竟有。留下茅篷字數行，遠公歸後相思否？

將到上方廣即聞瀑聲

我來非拜佛，僧誤認燒香。鐘鼓一齊作，袈裟披曳忙。心雖如水靜，髮已比松蒼。瀑布如相迎，聲先響上方。

從天柱嶺到天宮寺一路險絕前所未經賦詩以詈導者

平生說山游，天台爲最樂。峯高不礙車，地險可受足。何圖此番來，老僧竟余毒！教走天柱嶺，晚到天宮宿。路斷多崩沙，草深少樵牧。直下五千仞，旁無三兩曲。欲休不得休，肩輿屢脫輻。迷雲入大荒，傍澗臨絕壑。踏石石先動，攀樹樹已禿。往前惟有飛，退後無從縮。自慚羝觸藩，羨殺猱升木。輿夫氣力盡，揮汗狀觳觫。縱以性命殉，渠死我何託！背聳若就沐，尻高坐離褥。譬如碗盛水，碗欹水便覆；我今身在輿，輿掀身應落。苦以手據輗，臂痛口呼譽。痛久倘不禁，一仆寧能作？既無李淸繩，難把趙羅縛。將學冉猛顚，惟有昌黎哭。直待諸劫盡，才得百身贖。殘星爲招魂，炊粱爲果腹。寄語天下人，萬事無欲速。大道自坦夷，小徑終局促。導師愼指南，一誤悔難復。

從天宮寺出山竟還班竹將國清高旻兩寺忘却不遊亦爲導者所誤

兩處伽藍景最幽，肩輿已過始回頭。想應福地嫏嬛好，只許張華一度游。

棠溪遇顧伴檠孝廉拉遊南明寺觀石佛

天台自崖返，餘情尙鬱陶。幸逢顧野王，棠溪將我招。韜雲遮日炙，雜花隨風飄。老人學黃鳥，上樹啄櫻桃。（吳園櫻桃紅鮮層纍，余登樹攀而啖之，不及摘也。）紅珠折纍纍，插蓋車搖搖。行到南明寺，山形尤岧嶢。鑿成天然殿，朗徹無邊撩。中立一石佛，其狀凌烟霄。雕自元嘉年，成于梁武朝。掌擎千僧饍，口含五石匏。似學修羅王，噉月月必逃；倘作夸父渴，飲海海亦消。金裝到乳盡，名香抱脚燒。有猿入耳住，無鵲借頂巢。差免踏醉象，或可驚山魈。我來耳目新，彌增游興豪。敢獻小言賦，爲解大佛嘲。洪師昔上天，自顧成僬僥。敎念須菩提，一念一丈高。我若得此法，頃刻夸曹交。神通隨變換，芥子須彌包。勿侈形軀怪，而忘工匠勞。試觀天龍笨，何如獅子超！

舟行越溪見山腰有一團白處徐小汀云此即射的山也

挽臂操弓易，當場命中難。仙人今不見，懸的與誰看？

曹娥廟

久說曹娥廟，今才打槳尋。滔天江上水，抱父女兒心。黄絹題詞在，青苔古墓深。燒香來此處，絕勝拜觀音。

游四明山作

從嵊縣入四明山，不過山之一角耳，業已險絕。宿石屋禪林一夕而返。

四明山高莫名狀，兩峯夾空作屏障。長篇大股氣鬱蟠，絕地通天自開創。奇松伸臂似來攫，怪石攔人不肯讓。白雲偶被風蕩開，僧樓影落青天上。僧樓可望不可登，回盤曲折崖千層。業已攀籐揙樹氣力盡，忽然飛泉截路如奇兵。籃輿欹，竹㧕短；心逾急，路逾遠；吩咐輿夫行緩緩。縱墜深潭也不妨，松花鋪地如棉軟。僧樓已到坐須臾，盲風怪雨起四隅。佛堂鐘磬亦大作，似與風雨相唱喁。客子吹燈暫休息，兩耳喧騰灘水急。徹夜誰將屋柱搖，打門疑有蛟龍入。分明身臥海潮中，明日先生行不得。誰知晨起來，陽光照窗縫。未午山路乾，樹枝風不動。依舊松陰一路歸，但添瀑布千條送。夜雨朝晴樂不支，洗心亭上立多時，天公與我若有私。早知此老游山清福尙如許，何必前年乾啼濕哭廣徵生輓詩？

錢忠懿王墓

新昌路旁古墓欹，大書忠懿錢王碑。更書南京尙寶某，爲十世孫德洪題。其壙旁隧中縴陷，頗似發掘遭赤眉。在昔錢王薨逝後，宋主恩禮無少衰。賜葬洛陽賢相里，不聞此地曾與機。或者子孫衣冠葬，七百載事難參稽。從來正史與碑碣，往往傳聞多異詞。崇韜枉哭子儀像，安生誤受熊光欺。我非成精老桑樹，難呼翁仲說是非。且題數行書所見，郢書燕說存其疑。

題武肅王像求觀鐵券不得

游桃源歸，過護國寺，僧洪乘說錢王鐵券藏王村錢亨恂家，卽往訪之。主人故農也，合家款客，出武肅像與觀，云券現在天台縣城中族長文川公處。

展卷驚逢王者來，如日出海雲爲開。垂頤廣顙目閃閃，是人是龍心疑猜。良久方知武肅像，天生乾坤命世才。擲却鹽車便用武，越水吳山裁有主。黄腰獸至走若麏，妖鳥羅平變爲鼠。劍氣能寒十四州，潮聲尚怯三千弩。餘杭美酒千斛馱，灑作故鄉春水波。小名悉憑鄰姥喚，大風且唱高台歌。八十金尊九十玉，次第分頒與民樂。白頭醉倒手親扶，赤子遮留馬前伏。石鏡重看舊冕旒，山龍更挂新衣服。過眼滄桑七百年，銅駝石馬盡寒烟。將軍衣錦今何在，我亦遺民過惘然。相傳鐵券王孫護，走訪方知傳者誤。只有農氓荷鍤歸，手舂黄粱留我住。想見君王愛士心，家風此日還如故。不肯塡西湖，不肯號皇帝，保障生靈有深意。花開陌上送妃歸，婆留老矣還娛戲。可惜稱臣漢賊前，仲謀略損風雲氣。嗚呼！君不見南朝三十六英雄，曾無一個肯受朱三封，但聞聲聲苦勸討賊羅江東。

兩賢大夫詩 有序

門下士陳尚志，作涇縣校官，爲同官某試禮部濫出印結，致擬城旦。安慶太守孫公淄憐其衰老，爲之贖罪。素無交也。陳感深次骨，求余詩以紀其事。

陳琳贖城旦，邂逅遇英雄。直把千金贈，曾無半面通。仁心羊太傅，高義狄梁公。我爲書名姓，留詩待采風。

朱君家瀜刺光州，以邪教事爲撫軍陳某勒辦，批牒現存。後別案發覺，部議嚴切，而陳全卸過於朱，朱隱忍不辨。有開封司馬李林字西園者意大不平，爲力爭於後撫楊公，致遭怒譎以喉疾亡。朱故引陳例徵詩。

干卿緣底事？問口直如弦。不覺身無位，惟知上有天。迎風花易謝，觸樹瓦難全。此際當權者，應羞見九泉。

到鏡湖寓菴訪平瑤海太史臨別有贈

樓響客將到，開窗君已迎。湖寬多得月，地僻只聞鶯。松學蒼髯色，詩分貝葉聲。觀音含笑坐，得句定先呈。寓菴供綠衣觀音一座。

羨我人緣好，欽君道氣深。趨朝前世事，看水一生心。護世城中饍，成連海上琴。此來雙領取，垂老別離禁。先生肴饌精絕，於杭詩文矜寵過當。

游天台歸留別武林諸友

要訪桃源第二回，攀籐抱樹上瓊台。果然涉險能忘老，始信成仙別有才。杖底雷聲溪水急，雲中花影石門開。笑他劉阮都輸我，一到人間不再來。

歸舟何處訪烟霞，又到雲門與若耶。武穆祠堂瞻賜敕，起復岳王賜敕，高宗親筆。仙靈古寺認袈裟。仙靈寺藏基公金絲袈裟，有緯無經，不知當時作何織法，厚三分許。百般隨喜都尋夢，一動塵心便憶家。寄語諸公休戀別，他生還看故鄉花。

從杭州起身到蘇松毗陵京口所過故人家輒留一宿

七十七翁老如許，三年一看西湖雨。歸來處處作勾留，累得家家具雞黍。諸公休問重來期，此事茫茫非我主。慣說不來偏又來，無顔再作欺人語。

聞麗川方伯實授巡撫喜而有作

四省屏藩匹馬馳，十年勳績九重知。民看牙纛思公久，帝重封疆下詔遲。畢竟天隨人意轉，肯教雲受野風移？公久受天眷，有忌公者尼之。于今江左同稱慶，半壁東南某在斯。閒鷗江上冷如冰，也學山雞舞不勝。待我情同歡喜佛，欽公心是水精燈。事無掣肘經綸易，胸有包羅福量增。更幸秋闈監試近，高軒一月住金陵。

五月二十一日到家

兩度天台返，曾無七百年。迎門妻子笑，到底不成仙。

分付兩兒子，行囊富不支。急營牆百尺，挂我送行詩。

意外東風好，長江一葦杭。人愁三伏近，天送七宵涼。

讀悅親樓詩爲祝芷塘給諫作

手編珠玉寄江東，白首袁絲拜下風。華嶽三峯從筆起，混茫一氣接篇終。分明任昉來天上，何必王球定侍中！給諫少年以風貌見推。我怖君詩似孫策，有誰旗鼓鬭英雄？

讀楊蓉裳駢體文喜而有作時牧靈州寄來

白草黃沙萬里秋，珠璣吹下古靈州。上追六代攔難住，下取千秋得始休。月下吹篪能退賊，盾頭磨墨竟封侯。文章的的傳薪處，惹我燈前掉白頭。君宰伏羌，守城三日，賊兵退走。

聞蘇州丁姬事有感

附草休教附蒺藜，落花何必落汙泥？玉兒一死眞難得，可惜蕭郎貨色低。用徐世勣向梅蟲兒語。

賀王尉柏崖生子

筵開湯餅醉春風，五十商瞿笑未終。冷署忽聞簫鼓響，洗兒日演戲。上林初放杏花紅。已欽梅福成仙尉，更喜張堪號聖童。二十三科前太史，祝兒名壽與余同。

讀張朝傳 有序

江陰沈吉士作張朝傳。朝九歲賣張爲奴，張從溫將軍征金川，隨營辦事。賊圍登春，朝拉主人突出重圍，夜得騾一頭騎而奔，朝步行相從，爲賊所擒。欲降之，不可，口呼主人而死。

賊勢三更逼，奴星一點明。雪中將馬讓，刀裏帶頭行。難拾還鄉骨，遙聞喚主聲。汪錡勿殤可，宣聖有餘情。

汪義士歌

西泠有義士，姓汪名耀川。幼不習詩書，而能率性天。曾事宋令尹樹穀，結交諸名賢。桀桀才既大，觥觥志亦堅。宋公故廉吏，謫戍到窮邊。妻孥泣相顧，親朋睨不前。耀川慷然請，公行無憂煎。精衛尚填海，頑石亦補天。公雖有八口，儂豈無一肩？願以家事付，竭力爲周旋。宋公感其義，相誓爲昆弟。從此一諾終，便結千秋契。纏人將衣供，廩人將粟繼。助婺賃屋錢，爲兒辦婚費。亡何宋公亡，羈魂隨遐荒。君又駕素車，歸骨葬故鄉。於今二十霜，道路皆感傷。我聞李次孫，東漢聲隆隆。卵翼幼主人，兩乳爲流湩。身作太守歸，走拜墓門松。於今千餘載，誰能繼此風？獨有燿川子，行事將毋同。如看西湖山，南北兩高峯。

題王雲上西莊草堂圖

僧祐愛山棲，虞山結衡宇。蘧廬兩三椽，錯落橫烟渚。既已坐臥便，更把丹青取。寫作西莊圖，風月淡如許。愔愔獨坐時，孤懷少儔侶。雙槳聽拏音，七弦作琴語。但酌村中醪，不停戶外屨。鴻妻亦最賢，農談相爾汝。

伊小司馬供張棘闈中秋夜作詩見寄即次原韻

棘闈風靜燭花涼，鈴鼓沉沉夜未央。天作中秋挂明月，人攀丹桂試新香。諸生落筆春蠶響，主試衡文玉尺忙。只有高才白司馬，冷吟殘醉管茶湯。

謝慶佑之世講贈衣 有序

枚出文端公門下五十五年矣。公督兩江時，佑之才三四歲，嬰娩學語，彼此不知誰何也。今年奉命杭州勾當公事，入山見訪，歡若平生。別後，憐余衰老，遠寄棉衣三襲，貴重華美，賦詩謝之。

遠製襜褕教我披，買絲眞個繡袁絲。猩紅一口鐘最華。不圖一叟悲秋日，忽像三軍挾纊時。輕似春雲看便暖，長堪覆足寢猶宜。袁安從此堪高臥，雪滿空山也不知。

九月七日以眞州蕭美人點心餽麗川中丞蒙以詩謝敬答一章

說餠佳人舊姓蕭，呼奴往購渡江皋。風迴似采三山藥，阻風一日。芹獻剛題九日糕。洗手巳聞房老退，美人年四十餘。傳箋忽被貴人褒。轉愁此後眞州過，宋嫂魚羹價益高。

附錄中丞原唱

酒冷燈昏夜未央，山人忽餉美人香。三千有數君留半，先生命人過江購得三千，而以一千餉余。八種紅綾我盡嘗。山月不催人影去，江風猶傍指痕涼。紅綾捧出多風味，可似眞州獨擅長！

將阿遲寄中丞膝下蒙賜文綺雜佩諸珍代兒作謝

呼爺尚未逾三日，珍物頒來已百般。觿礪丁當童子試，天孫雲錦衆人看。製衣尚覺身材小，佩韘應教嬉戲難。寄語都中乾阿嬭，幾時拔了問娘安？公夫人在都中。

慶樹齋尚書別三十年今春奉命赴浙余迎謁揚州出聽其所止圖命題

一葉扁舟萬頃風，尚書心共水雲空。終朝含笑推篷坐，但指青山問舵工。

愛聽拏音似歌絃，浪花無際水搖天。平生爲國馳驅慣，不肯收帆白晝眠。

曾經絕塞走風沙，曾到東甌泛海槎。底事心波渾不動，胸中自有指南車。

小住邗江笑口開，九峯園內好樓台。前身合是歐陽子，隔歲平山兩度來。

姑蘇記否駐雕輪，昆弟摳衣見小君。今日風帆仍舊過，不知何處問朝雲？指甲申年事，兼調晴村都統。

憶昔先師不繫舟，東西南北任勾留。慈航普渡蒼生了，調鼎黃扉已白頭。

老我披圖喚奈何，且將題畫當驪歌。輸他櫓後鷗鳧好，得共春江泛綠波。拉余同往杭州，以年衰辭免。

明知後會是空談，竟說來生又不甘。苦向風姨百回祝，再吹此舫到江南。

某明府兩夫人招女校書到園張飲爲賦一詩以美之

賢媛挾妓來聽曲，手拔金釵賜美人。眞個佛門多變相，觀音不是女兒身。

樹齋事畢還朝余到京口送行即用乙酉年送文端公作相原韻

唱罷皇華四牡歸，別何迅速見何遲！送君要忍雙行淚，奈我年登八十時！青史功名須是愛，白頭後會恐無期。海天兜率相逢處，再作通家未可知。

倘書和

憶昔江城送北歸，共垂別淚意遲遲。忽來邗上重逢日，正是先生矍鑠時。丰采益教增我愛，功名卻恐負君期。縱然後會難重卜，一片心情兩地知。

尙書別後五日復有赴浙辦公之命老人欲還山聞信喜即泊金焦山下詩約同游

苦向風姨祝未終，果然江上有回風。驚傳天使重持節，惹得山人復轉篷。五日離懷方耿耿，百年嘉會又匆匆。金焦山是三生石，攜手同看夕照紅。

尙書和

驅牡言旋事乍終，何期歸棹又乘風。慇勤一片雲羈岫，惆悵崇朝雪打篷。天意竟隨人意轉，離歌不讓棹歌匆。海天兜率重相會，好證前因佛火紅。前承贈別，詩內有「海天兜率相逢處」之句，今又於金山相晤，豈非讖語也！

接尙書和詩疊韻再答

接得瑤華笑未終，尙書疊韻有家風。文端公好和韻，屢叠不已。一枝詩筆才如海，十里江聲雪滿篷。尙書住慶春園，爲雪所阻，不能渡江。天上詔書恩鄭重，人間行李事倥匆。西湖此去儂尤羨，雨後桃花色更紅。

尚書和

交誼從來重始終，謝他太守有高風。聞簡齋欲回白下而愿太守告以余有返浙之信。爲憐今世難謀面，特挽幽人暫緩篷。江上烟痕雲漠漠，雪中鴻爪事匆匆。花牋投贈多情意，讀對船窗燈火紅。

在焦山與尚書別後聞其行至望亭詔徵還朝及舟抵高郵而仍有赴浙之命蒙寄新詩五首文綺八端余不能渡江再送賦長句六章寄之

人生離合似輪迴，天意茫茫未可猜。共說相逢在來世，誰知來世眼前來。

纔聞北去又南征，一曲皇華唱不淸。疑賜長江作湯沐，金波搖蕩使星明。

再過吳園雪已消，應憑身似往來潮。中丞厚意君休忘，曾遣雙鬟慰寂寥。公寓吳園，風雪中奇中丞遣二伶人賫酒問安。

賜儂文錦太鮮華，老女如何忽戴花？急喚縫人動刀尺，著來可覺少年些！

一別郎君三十秋，班荆消得幾多愁。天公知道詩人苦，吹轉旌旗與倡酬。

再渡長江力不支，不能相送倍相思。風前灑盡衰年淚，只有金焦兩點知。

京口宿駱佩香女弟子家七日賦詩道謝

小住金山供佛齋，多君事事費心裁。代籌寒暖將衣送，更作羹湯破浪來。任婦無兒空課女，佩香有秋燈課女圖。左芬有貌更多才。自憐劉尹清談久，坐見庭蕉帶雪開。余初到時，蕉心未展，未幾雨雪而蕉葉全抽。

高青士左蘭城兩生遠送江口依依不捨不能無詩

江上春寒鬢上霜，歸心如箭趁朝陽。好風且莫吹篷滿，尚有門生岸上望。

一回相見百回思，寂寞歸篷自詠詩。知否老懷工作惡，最難禁是別人時！

正月二十七日出門二月十四日還山

干卿何事不安居，半月江船兩度呼。八十翁爲游蕩子，古來可有此人無？

且喜門生莊未荒，香閨中有駱賓王。新詩題就吾剛到，手捧鸞牋出洞房。

衰年興比少年豪，酒綠燈紅送晚潮。風雪一天江萬里，自披鶴氅上金焦。

天使游山草木驚，八騶齊唱老龍吟。誰知著過荷衣叟，翻使台星送客星。尚書到處推余首坐。

春分時節殢輕寒，不料炎涼忽改觀。今日狐裘作絺綌，天心眞個揣摩難。

歸帆還到婿鄉行，老去猶含舐犢情。一處女兒家一宿，耳邊愛聽喚爺聲。

還山尚剩七分花，桃正夭紅柳正斜。忙拉阿婆勤掃屋，待他雙燕好來家。阿通就婚杭州。

小池一首再寄佩香

小池清淺像銀河，閒倚紅欄看綠波。晴日不愁游女少，美人終竟大家多。春陰似夢花都睡，積雨收聲鳥亦歌。寄語金閨詩弟子，幾時來訪病維摩。

哭彭竹林司馬

竹林名翥，雲南孝廉，宰香山。余到廣東，即以師事。其人秀羸多能，書氣盎然。受知于孫、傅兩節相，薦擢瓊州司馬。紆道見訪，宿山中三日，載書滿船而去。旋卒于官，年才六十。

方訝經年芳訊乖，誰知身已赴泉台。十年循吏龔黃政，一代騷壇屈賈才。分我俸慚無物報，讀君詩恐有魂來。小眠齋裏三宵宿，永訣人天事可哀。

寄霞裳

薛調自是生菩薩，陸遠眞爲飣坐梨。倘教宋褘分甲乙，都輸妖冶謝征西。

有福人迎幕府蓮，無端我送掌書仙。須知小史風裁好，張令門牆已十年。

滿洲孝廉嵩雨非齡素未識面有人誦其見懷二句云名從五十年前盛交在三千里外論余感其意答謝一章

金張門第賈生年，佳句吹來宛似仙。老我山中將就木，多君雲外忽傳牋。蒹葭倚玉知何日？風雨懷人各一天。安得將身學鴻鵠，飛投公子執吟鞭。

讀史有感

禍福憑人各自爲，塵心一動便難追。魏其屏迹南山下，知道田蚡是阿誰！

長門賦罷主心移，天意終難人力支。空與醫錢九千萬，阿嬌金屋竟無兒！

跅弛才能立事功，規行矩步半籠東。請看王粲英雄記，不在三君八顧中。

聞鶯

金衣公子最多情，小別經年舌更靈。學我吟詩聲宛轉，干卿何事苦丁寧。珠穿九曲風猶裊，笙入三終響未停。想爲遷居少喬木，春愁訴與落花聽。

香亭姬人吳香宜學詩於余今年仙去姪女敦姑偶寫采芝圖屬余題詩開卷宛然吳也因令香亭別爲女兒寫照而以此幅供諸箆室書四十字以弔之

丹青描謝女，忽作絳仙猜。豈是情難了，還從畫裏來。香風吹鬢滿，花蕊壓肩開。似向先生告，新詩滿夜臺。

放言三首

雲來青山無，雲去青山有。我欲問青山，去來可覺否？

盤古可曾立后？神農可曾耕田？閒殺羲皇兩手，公然一畫開天。

要學無心便有心，不如隨意作閒吟。行雲流水來何處？海闊天空沒處尋。

琴田小照

水木湛清華，汪倫處士家。門無朱鬣馬，庭有白雲車。池靜魚窺客，童眠鶴管茶。嬌兒雙足健，飛步趕楊花。

小冠杜子夏，花福最能消。已把飛瓊引，還將弄玉招。衫紅桃雨染，鬢綠柳絲飄。我亦三生幸，披圖見二喬。

山右兩賢歌兼寄法時帆學士

文昌宮，有明星，流光墜地生兩賢。兩賢英風不可遏，早年飛上蓬萊巔。一賢何平叔，噴即成珠唾成玉。一賢劉子政，手持太乙神人鏡。鏡中照見江南城，城中未滅隨園燈。二十三科翰林竟還在，九州士女來往呼先生。物稀爲貴草亦寶，靈光殿古不嫌小。已將高文典册爭爬羅，更把讕語卮言盡搜討。十縑易一篇，百手抄一稿。說鬼兮董狐，塗鴉當章草。刻木拜柳醬，黃金鑄賈島。有若聽青琴，雙聲齊道好；又若嘗美酒，彼此酧不了。兩賢如一賢，同生山右亦太巧。不是釋梵天王座上前生都有香火緣，何由入骨相思如此其顛倒！

可奈長安長，老人滿鬢霜。不能生翅來報謝，腸中僾悒如涫湯。仙人王子喬，葑亭侍御。憐人兩相慕，喚雁呼魚傳尺素。從此一牋來，一札去，泰山黃河攔不住。倘學古人夢裏來相尋，依稀似識門前路。吁嗟乎！從古英雄貴知己，賢聖貴傳薪。虞翻到老想殺不能得，終是天生骨相屯。沈約嗟傷朋輩盡，忽然遲暮逢王筠，逢人夸說猶津津。香山老子願作義山兒，或者衰師美秀寧無因！我得兩賢絕勝彼，如天之福世有幾！屧爲之穿躍不止，骨肉妻孥色盡喜。手指七十二卷萬張紙，得所歸依心足矣。兩賢身爲隨園生，隨園心爲兩賢死。謂余不信當訊誰，但問在旁拊掌大笑之時帆法夫子。

聞樹齋司馬署荆州將軍寄詩奉懷

尙書性愛畫扁舟，莫怪風帆總不收。公畫聽其所止圖小照鼓棹而行。韜略是誰堪上將，江山從古重荆州。卿雲捧日心還在，赤壁逢秋景更幽。想見多情羊叔子，新詩題遍岳陽樓。

九天丹詔信傳聞，望罷燕雲望楚雲。遠別心驚惟舊雨，昇平官好是將軍。投書渚近牋難寄，回雁峯高日易曛。兩點金焦一天雪，不知何處再逢君！

書制府六十壽詩

歲星三省隸牂牁，甲子初周聽祝嵩。從古高陽原世族，於今節帥有家風。籌添海屋千枝外，佛座蓮花一瓣中。此日嫦娥來進酒，清江浦即廣寒宮。公防秋汛，駐節清江。

兩度旌旗江上迎，臣心江水一般清。樹高偶被風相擾，雲過方知月更明。諸葛居心惟謹愼，曹參爲政總和平。誰能雅抱休休度，不愛黃金不近名。

金川曾佐霍嫖姚，謂同年阿廣庭相公。十九人中慣奪碉。凌烟閣畫公第十九。已上雲臺卸金甲，更持玉節降丹霄。停車白下風先暖，立馬黃河浪即消。聞畫凌烟年尚少，雙翎孔翠早飄搖。

積翠軒詩命討論，當年元老愛才眞。公大父嵩瞻先生積翠軒詩兩卷，文端公命枚加注重刻。荒園兩曳尚書履，仙草頻頒白髮親。文端公兩來隨園，每賜老母人葠。開府有才能繼武，衰翁無力再趨塵。枚足蹇不能跪起。壽言忽獻公休訝，我本留侯門下人。

讀前年除夕告存詩自嘲一首

不貪長壽只貪詩，佳句如雲盡得之。頗似辦裝錢到手，臨行依舊沒歸期。

和李松雲太守重修莫愁湖詩

莫愁湖冷幾經年，修葺欣逢太守賢。絕似佳人幽閉久，一朝梳洗整花鈿。

廿首詩成已費才，更分清俸起樓台。游魚望見旌旗影，疑是六朝人又來。

一片琉璃百頃鋪，千年紅粉變青蒲。漁郎高唱淘沙曲，摸得金釵半股無？

雲廊水榭好安排，待月迎風處處佳。儂獨摩挲浣紗石，當年曾踏玉人鞋。

眉峯掩映夕陽西，回首妝台夢渺迷。新有梁間新乳燕，啞啞還學阿侯啼。

湖不通潮喚奈何，誰知天肯助烟波。今年日日黃梅雨，賜與詩人作櫂歌。

八月滿湖秋水生，湖邊女兒趁月明。阿嫂弄篷姑蕩槳，不管景陽鐘幾聲。

沙作長堤石作橋，美人何處把魂招？知卿已化紅心草，歡不來時不蕩搖。

輕烟淡粉十三樓，擠殺秦淮水一溝。何不移家此間住，湖光如鏡照梳頭。

周昉多情替寫眞，風鬟霧鬢藕絲裙。白描高手追魂筆，留住南朝一朶雲。華君畫莫愁小影懸壁。

一代元勳異姓王，彈棋賭得小滄浪。算能還是盧家福，世世王孫替管莊。

紅拂何妨伴衞公，武寧遺像供當中。英雄放下擎天手，游戲來彎射鴨弓。湖邊畜鴨甚多。

勸栽楊柳好棲鴉，勸種芙蓉待發花。拚著他年說遺愛，甘棠都在女兒家。

造成精舍託山僧，李白王維各署名。王石長司馬監工。似比鬱金堂更好，莫愁何事不重生？

樓上看湖湖水流，湖上看樓樓更幽。碧窗半掩竹簾捲，知是阿誰在上頭？

采風先采竹枝詞，出郭家家載酒巵。應乞將軍傳契箭，水西門要略關遲。

老我來游五十秋，袁絲當日也風流。而今照水頭成雪，到此教人愁不愁？

不但添愁更吃驚，支筇細認翠微亭。清涼山是我家物，底事跟來此處青？

欲將西子西湖比，敢向烟波說是非。但覺西湖輸一着，江帆雲外拍天飛。太守詩「可比西湖有幾分」。

余幼不習書每有著作倩人代作海內所知也不料年登八十眼昏手戰而來索親筆者如雲我知其意戲吟一絕

詩人八十本來希，揮翰朝朝墨染衣。越是塗鴉人越要，怕他來歲此鴉飛。

題駱佩香秋燈課女圖

秋風瑟瑟烏夜啼，寒光閃閃燈光微。有人課女如課子，夜半書聲猶未止。佩香女史賓王族，對雪曾吟柳絮曲。嫁得才人渤海郎，秦嘉何幸逢徐淑！伉儷方諸玉樹殘，人間佳偶白頭難。錦瑟頻年彈寡鵠，雌雛一個伴孤鸞。手持竹素叮嚀語，勸兒勤學兒無苦。女傅常懷宋若昭，狀元竟有黃崇嘏。衍波牋紙界烏絲，兩漢三唐親教之。嫛婗上口嬌音似，辛苦分明絳蠟知。有時課罷天將白，阿母還思作女日。記得當初老伏生，一樣燈前勞指畫。夫人幼從尊甫學詩。偶倩良工寫畫圖，衰翁展卷笑軒渠。后妃即是能詩者，何必男兒始讀書！

成敗

成敗論千古，人間最不公。苻堅竇建德，終竟是英雄。

昨宵

朔風日短夜漫漫，長苦衰年寢不安。一醒驚看窗紙白，昨宵竟算小還丹。

哭張莔亭觀察 諱士範，陝西人。

將麾羽蓋返咸陽，小住金陵待束裝。一病竟騎仙鶴去，兩江齊歎善人亡。魂歸華貞三峯月，風捲靈旗萬里霜。有道碑應教我撰，只愁才遜蔡中郎。公子命爲先生銘墓。

握手還思卅載前，琴歌酒賦倍纏綿。狐裘暖覆衰翁體，錦字高懸滿壁牋。視疾登床猶有約，探梅折柳竟無緣。病中猶相約來看梅花。只祈雛鳳都騰上，安世侯傳二百年。

聞香林尙書在浙巡勘海塘枚不能還鄉趨侍賦詩奉懷

唱罷東南瓠子歌，旌旗又向浙中過。海河並治功程大，喬梓相逢樂事多。公子曉園現守杭州。立馬湖山看臘雪，投鞭潮水化恩波。袁絲家本錢塘住，霑接無緣喚奈何。

幾時江上轉歸航，日倚柴門探信忙。打槳亟思迎棨戟，衰年未免怯風霜。仰看卿月光雖遠，曾坐春風夢未忘。羨殺西湖鷗鷺好，隨波猶得近牙檣。

吳蘭雪秀才拜梅圖

吳生抱異才，長劍青天倚。忽然見梅花，再拜不能起。此膝久不屈，胡爲恭若此！想被此花迷，寒香入骨髓。如迎蕚綠華，甘心投五體；如對藐姑仙，嗒然先喪己。老人披圖驚，私心爲梅喜。隨園七百株，看君來行禮。

哭陳聲和秀才

一代清才最汝憐，無端騎鶴去遙天。胸中江左青箱學，筆底昭明錦帶篇。蘭正開花偏遇雪，玉方待賈已成烟。傷心八十龍鍾叟，又向人間哭少年。

以詩代札寄中丞

中丞夙擅掞天才，每到揮毫花亂開。儂獻松煤光似漆，剛逢公勘黑洋來。更喜畫眉須用墨，玉姬花下正梳頭。不知相國金閨寵，可許楊炎一見否？公有題玉姬畫梅絕句。八句還想短笻扶，看過梅花喚僕夫。到底相思情未了，一輪卿月一西湖。

和中丞觀海詩

聞說海茫茫，魚身千里長。談薈：有泛海者日行千里，一日見魚頭，二日見魚身，三日見魚尾。風來無彼岸，佛到有慈航。日月輪流浴，江河朝覲忙。倘將天比大，毛孔好收藏。佛經，如來取四大海水收入毛孔中。

二閨秀詩

掃眉才子少，吾得二賢難。鷲嶺孫雲鳳，虞山席佩蘭。天花雙管舞，瑤瑟九霄彈。定是嫦娥伴，風吹落廣寒。

小倉山房詩集卷三十五 乙卯

福敬齋孫補山兩相國和希齋大司空惠瑤圃制府同征西藏軍中各寄見懷之作賦詩答謝 孫公詩及答謝詩已刻集中，故不再錄。

聖世韋平兩代賢，瑤華來自大西天。百僚誰敢奔趨後，一士偏蒙淑問先。塞上風雲搖彩筆，山中熏沐展長箋。梅花香裏千回讀，繞屋先生五色烟。

弱冠終軍早請纓，旌旗所到將星明。崆峒挂劍碑留字，蠻海班師浪洗兵。招引降王朝紫闕，領安南王入朝。平反冤獄活蒼生。廣東黃養水一案。卿雲直把山河覆，豈止朝朝捧日行？

履曳星辰下殿遲，黃銀腰帶好威儀。千金有賞如揮土，萬馬軍聲聽詠詩。已作鹽梅調鼎鼐，更懸冰鏡照茅茨。箕山潁水巢由事，都被皋夔一笑知。

記識先公玉殿旁，非常矜寵夢難忘。掃門未得瞻麟角，芳訊猶通及雁行。謂我齋諸公。半世因緣誰介紹，一門天性愛文章。執鞭莫笑侯嬴老，留與他生願轉長。

附來詩 并來札

余自束髮時，卽耳隨園名，知爲當代作者。而南北相睽，不得一見，心輒向往。甲辰春扈從金陵，思一訪隨園，適奉命他往，遂不果。今又將十年矣。向見隨園詩話、新齊諧二書，雖游戲之筆，而標新領異，已遠勝滄浪、漢初諸書，攜之行篋，把玩不置。玆來衛藏，軍事之暇，適補山相國、瑤圃制軍咸共朝夕，談次時及隨園。希齋大司空攜有小倉山房全集，因得讀之。才氣浩瀚，茫無津涯，快爲目所未睹。余于役萬里，征討絕域，出青海而眄碣石，登崑崙以睇星宿，復過衛藏以西數千里，歷古未通中國之地，殊形詭狀，不可臆度，惟隨園之才庶幾彷彿似之。竊以余髫年侍直禁廷，不及讀中秘書。游歷幾遍天下，所過名山大川，竟未能著所聞見，形之詠歌。讀隨園之詩，乃不禁怦然動也。聞補山相國適有札覆，附寄四律，亦以見傾倒之有素爾。

獨闢生面領騷壇，萬首詩成墨未乾。傳世何須一品集，買山肯戀十年官？諸天歡喜隨緣住，泛宅烟波著意看。曾是六朝金粉地，此中容得老袁安。

敢誇旗鼓兩家軍，蹤跡原如歧路分。客過玄亭常載酒，我從東野願爲雲。聰明自古無雙福，翰墨先收第一勳。知否有人三藏地，把君詩卷佛香熏？

曾識先人紫閣中，披襟玉殿對和風。士逢知己心難忘，誄善言情讀忍終！集中有先文忠公輓詩四首。君早歸田眞作達，余慚專閫又從戎。雁行亦有相知雅，獨恨神交路未通。我齋侍衞二兄曾有投贈之作。

五嶽游成杖復攜，壯懷仍似少年時。赤城天半標霞綺，隨園近作天台、雁蕩之游。粵嶠春深擘荔枝。數年前聞啖荔嶺南。跌盪未教閒蠟屐，逢迎到處識霜髭。小倉山畔梅如海，踏雪還將與鶴期。

答和希齋大司空

星象三台動，雲帆萬里來。居高偏下士，爲國自憐才。五字長城重，千秋隻眼開。江淹斑管秃，何以報瓊瑰？

少小聞詩禮，通侯即冠軍。彎弓朱落雁，健筆李摩雲。罷獵隨拈韻，安邊更策勳。擊天雞捧日，兄弟各平分。

忘却天人貴，甘居弟子行。長途憐老馬，古劍識干將。招隱心何切，撝謙道愈光。平生知己感，東海水難量。

地位雲泥隔，精神夢寐通。光分青海月，遠照白頭翁。西笑儂無分，南來日望公。定知唐節度，即是漢司空。

附來詩 并小札

隨園先生爲當代龍門，余耳其名，無由一見。得小倉山房詩集，讀而愛之，攜置行篋，日夕玩詠不輟，得詩二首，以誌伏膺。

不信紅塵裏，神仙擱脊居。曠觀百歲事，大隱六朝墟。天女皆從學，聞多女弟子。梅花伴讀書。

隨園有梅七百株。世間饒熱客，應亦薄金魚。

數卷倉山集，先生道性靈。錦心羅萬卷，妙手運無形。侯合依前席，彭應侍後庭。因緣知有日，天不隕文星。予向嚮有年，自合在弟子之列，今先生年登大耋，神明無異少壯，竊幸領教正有日也。

答瑤圃中丞

聞昔裴令公，金甲受降時。念及香山叟，軍中常寄詩。我公鎮西域，笳鼓連天響。亦復懷隨園，秋水蒹葭想。先和生輓詩，再和告存作。愛之欲其生，高歌相延祝。我如深秋草，含霜翻得露；公如佛國雲，萬里相遮護。有緣公漸近，移旌來漢陽。中有紅鯉魚，銜書可寄將。相思渺無極，相見知何日。黃鶴樓雖高，借鶴騎不得。安得吹公來，江右擁八騶。鳳鳴野烏答，一笑三千秋。

附來詩 幷札

余與隨園先生向有唱酬之作，實則宦轍東西，未展嘉覿也。壬子臘尾，余因凱旋駐前藏，從補山相國處，讀其除夕告存詩七首，若嘲若解，較淵明自輓尤爲作達。古人云相由心生，從此知術士之說不足憑，而先生嘯傲江湖，洊登上壽，余益竊信奉教之有日也。爰次其韻以廣先生之意，並博嗢噱焉。

除夕人家百事忙，先生讀易辨陰陽。待他漏盡無消息，一笑濃熏五木湯。
紅男綠女共相扶，酒勸屠蘇倒玉壺。浩劫已隨殘臘去，倩誰一寫再生圖？
休悵斜陽近暮天，柳枝雖老任吹綿。從茲避得黃楊厄，此後光陰不計年。
豈緣姹女大丹成，神鼎居然鍊七明。我爲白頭添一笑，冥官勾牒不教行。
探春還泛青溪水，選勝還游白下山。竹枝芒鞋隨處好，風吹不到鬼門關。
相推生死豈皆靈，此夜忞教坐到明。忘却點蒼山舊路，閻羅原不管猿精。
物外逍遥任舉頭，恆河沙數記添籌。天公留得文星在，長管風騷不管愁。

錢

百物皆可愛，惟錢最寡趣。生時招不來，死時帶不去。

蒙瑤華主人寄贈二律恭答四章

九霄咳唾落烟霞，氣湧祥雲筆吐花。宗子久欽龍鳳質，仙才多出帝王家。汝陽眉宇天人異，蕭統文章錦帶夸。瀟灑早忘金紫貴，花牋書款署瑤華。

禮士親賢萬口傳，一朝芳訊到林泉。能兼三絕詩書畫，聽唤千聲儒佛仙。道合何須煩介紹，神交原不隔人天。舉頭便見梁園月，何日抽豪命仲宣？

記從弱冠試明光，甲子推排六十霜。白髮尚存唐進士，彤庭及見楚元王。己未挑選進士，誠親王與和親王并坐。鄒枚接席知誰在，雞犬還山壽轉長。多謝天孫貽玉尺，萬人如海教橫量。主人賜玉界尺一條。

束筍詩牋墨未消，蒙寄詩三十餘首。空山三月似聞韶。周南已當王風讀，韓孟還將險韻挑。見贈詩用乖埋等韻。賢比河間多著作，勞非姬旦更逍遙。野人瓦奏匏宣曲，敢和鈞天碧玉簫！

附來詩 并序

倉山太史寄隨園詩話見示，奉答二首。余與太史曾未謀面，而數十年來耳熟先生之名者竟歲月相集，神交既久，寓懷於言。

臘風吹玉到軒階，半世知音悵晤乖。近代微名堪伯仲，古人方朔有詼諧。我慚雞鶩同登俎，君自蛟龍早入懷。五十年來林壑興，想應靈藥井中埋。

漢廷梅福晉陶潛，隱逸神仙那得兼？淡泊寧貪鍾鼎貴，疎狂不惹宰官嫌。汝南月旦時開帳，白下雲峯盡入奩。消息春風憑社燕，年年芳草對銀蟾。

寄懷阿雨窗轉運

福星一路頌鮮于，儒者經綸自有餘。飲水不糜度支費，隨身只有讀殘書。張筵東閣花開後，待鶴桐陰月上初。公有桐陰待鶴圖命題。嘗罷鹽池心轉淡，他年調鼎更何如！

千里神交未識荆，龍門初謁倍心傾。幾回握手忘車笠，一樣論詩重性情。安放仙舟迎蠟屐，公命坐船在湖上伺候。平分清俸送歸旌。回頭尙戀蘇堤月，只覺公來色更明。

相國嵇文恭公輓詞

黃扉人去白雲鄉，青史哀榮寫未央。帝把重臣呼老伴，公移生日避君王。公改生日在聖壽之後。皇孫拜奠天家酒，中使傳宣諭祭章。千里銘旌官護送，江流不及主恩長。

瀛洲仙客盡趨門，公兼掌院學士。重宴瓊林又四春。正色立朝風度好，求賢若渴性情眞。漢廷久缺三公座，秦誓終思一个臣。公薨，大學士缺半年尙未有人。試夾金甌掄指算，先皇耆舊有何人？

七齡公子貌妍華，受兹侍講，小字熏官。招我傳經設絳紗。通榜心勞梁補闕，逢人口說賈長沙。退朝陪喫先生饌，公侍直兩書房，日昳歸來，輒陪晚饍。賜宴分簪上苑花。記撤金蓮歸娶日，牙牌還借相公家。公亦詞林歸娶，有奉旨完姻牌，故借之。

中年賤子賦南陔，公亦思親乞假回。兩處萱幃齊繞膝，幾番賓主又銜杯。山塘一別黃墟遠，二十年前與公虎丘作別。華表千年白鶴哀。寄問九原隨武子，何時叔向也歸來？

謝鏡詩 并序

余有鏡癖，家藏古銅、玻璃三十餘種，每一張燈，熒煌炫赫，自以爲豪矣。今年浙江方伯張松園先生投其所嗜，以大洋鏡相貽，如月到中天，羣星盡避，喜作一歌，奉謝方伯。

平生性愛金鏡朗，三才萬象都成兩。只愁量狹物難容，未免太丘道不廣。張公槃槃海樣才，水精菩薩空中來。親喚波斯造大鏡，神光閃爍金銀臺。月宮八萬四千戶，頃刻吳剛斧鑿開。其高八尺横六尺，海水飛來堂上立。身横九畝可傳眞，光照諸天如沃雪。我來摩挲拜下風，一時兩個隨園翁。主人大笑脫手贈，教他二叟時相逢。峨峨巨牖千夫扛，讓鏡高臥占上艙。我如侍者蹲其旁。揚子江心夜有光，毒龍水怪齊遁藏。入城先怕前途隘，園丁高啓柴門待。果然雲母好屏風，現出琉璃眞世界。三千書卷斗然加，十二金釵掠鬢鴉。對面青山齊弄影，升堂白鶴誤銜花。客來多怪先生巧，海市蜃樓帶到家。老幼欣欣恨見遲，賓朋簇簇共題詩。鏡無招引花偏入，我有樓台鏡盡知。風不能搖雲不掩，看照兒孫到幾時。千金難買奇珍供，遠近多傳顯者送。但覺花開四壁榮，誰知鼇載三山重。秦宮古製久出名，道我西洋鏡更精。照到衰翁心膽上，感恩兩字最分明。

題阿雨窗轉運秋林待鶴圖

先生妙德清於雪，人不能知鶴能識。高軒乘罷坐秋林，待鶴歸時如待客。鶴若自矜身分高，欲來不來蹲松梢。高鳴一聲震九皐，洞天彷彿吹笙簫。先生吟詩答鶴語，揮毫頃刻珠璣吐。一池墨水硯頭流，萬朶白雲山上舞。我亦婆娑鶴髮翁，年來雙翅久氃氋。感公相待殷勤意，千里飛來拜下風。

答張船山太史寄懷即仿其體

我昔弱冠游幽燕，於今五十有九年。金蘭簿上三千客，回頭一顧如飛烟。忽然洪太史，稚存。夸我得奇士，西川張船山，槃槃大才子。我因猛記當年車笠盟，中有思曼年最輕。得毋與渠有瓜葛，寄聲相問心怦怦。蒙君答書禮甚恭，道是尊人太守公。我如吳通晉路得狐庸，又似宋家掘井忽得翁。始知文字因緣勝香火，不然兩家天南地北何由逢！太守聞之喜動色，萬里馳書道相憶。更問當年趙世家，可憐蕭瑟無從說。謂趙學齋總憲父子。船山養志求親悦，勸儂遠踏峨嵋雪。我道君言亦自佳，無如老身衰矣精力差，星飯水宿愁天涯。只望君持旌節江南走，定遣花輿迎太守。我當左扶笻，右執酒，遠迎故人到江口。故人見必驚且狂，縱談十日猶未央。南山風吹已作地，東海沙湧都栽桑。古強勸瞍莫笞舜，孟岐摩足扶成王。此雖荒言杳渺無足據，後生聽者亦覺奇古非荒唐。但怕武夷君，高唱人間可哀曲。我願太守來，同爲劉阮相徵逐。我三到天台，但吃胡麻飯便回，桃花笑我非仙才。倘得髻年好友結伴去，或據華頂，或登瓊台，定有羣仙招手相追陪。不許兩家兒子高揭零丁來尋覓，直待七世以後皤皤二叟各攜玉女同歸來。

附來詩

公八十，我三十，前世已堪稱父執。我庚戌，公己未，二十三科前後輩。人海何茫茫，望公如隔世，因緣畢竟緣文字。忽枉隨園一紙書，纏綿五十年前事。五十年前事可知，先生不恨我生遲。似將戲語分明寄，曾見而翁年少時。老親七十顔皤然，識公應在庚辰前。倉山花柳眉山月，兩地而今鬢如雪。大江南，劍門北，天涯聚散無消息。何意兒童數首詩，重聯音問如疇昔。家書昨夜到都城，老親問訊心怦怦。喜極翻成譽兒癖，敢憑驛使呈先生。先生展讀疑今古，定對長江欲飛舞。我願先生興發不可收，飄然竟作凌雲游。手弄桃枝竹，足濯涪江流；老親扶杖迎仙舟。白頭對酌麻姑酒，勞煩神仙入世同攜手，使我西南士女譜作傳奇傳不朽。

貴人出巡歌

一龍上天百蛟舞，狐假虎威威勝虎。龍虎無心欲害人，此輩獰獰爭攫取。婢下有婢號重儓，奴外有奴難悉數。投鼠忌器隱忍多，積習成風人世苦。君不見，霍家奴，欲埸御史門，御史跪奴乞奴恩。又不見，爾朱僕，主人敝衣僕華服。輿夫兩臂金釧雙，身坐高車人側目。蜀中男子張君嗣，受人送迎疲欲死。人自敬丞相，與張無異耳。趙儼偶然問服散，頃刻藥物堆如山。方知言語正不易，捕風捉影生波瀾。古來豪貴皆如此，此弊於今尤甚矣。門外已費千黃金，門內未飲一杯水。我戒貴人愼出巡，重門洞開休養奔。先能察下才安民，不然懸魚瘞鹿徒作僞，一琴一鶴能汚人。

重陽

重陽時節雨昏昏，座上黃花笑欲言。莫道催租無吏到，恐催詩債要敲門。

哭錢籜石先生

先生名載，字坤一，嘉興人。乾隆丙辰與余同舉鴻博，召試保和殿。壬申入翰林，官至禮部侍郎。予告還家，得風痹之疾，年八十七而薨。

詞科同日賦長楊，甲子迢迢六十霜。陶令山中琴早挂，郗詵殿上桂初芳。屢操文柄無遺彥，兩次典試江南。曾祭堯陵有奏章。有辨堯陵奏疏。四十二人徵士頌，伯恭此日倍神傷。

前歲扁舟訪病身，病中能坐板輿迎。公在家，二婢扛轎見客。雖枯半體神猶旺，聽說三朝語更淸。豈料別來成永訣，但留詩在卽長生。臨風一奠君知否？彼此都應老淚傾。

贈祝芷堂給諫接葉亭圖

記曾接葉亭中住，丁巳秋，余試鴻詞報罷，爲椒園先生權記室事，得居此亭。彈指於今六十霜。倘學麻姑管閑事，定談人世幾滄桑。

一卷丹靑乍捲開，依然當日好樓台。分明玉洞桃花發，又許漁郎到一回。

多少名流在卷中，珍珠密字墨猶濃。與儂大半有瓜葛，恍惚靈山會上逢。

園林到底仗人傳，少宰宮詹兩謫仙。添個吾鄉眞御史，勝他後漢有三賢。兩謫仙，湯右曾少宰、張鵬翀宮詹。

秋非不暖也而草木依然黄落

秋宵如此暖，落葉一般飛。想見衰翁健，終非善者機。黄花香色好，白髮故人稀。笑問倉山鶴，他年歸不歸？

重陽苦熱

炎官張繖宴重陽，客怕登高汗似漿。只有孟嘉秋興好，風前落帽不知涼。

麗川中丞五十壽詩 并序

壽詩非古也。古之人隨時可以爲壽，詩所稱介壽，史書所稱爲某壽者，俱不指生日而言。今之人以生日爲壽，隔十年而一大慶，必有詩文申其頌揚，其中有公焉，有私焉。公者，其人之德之才克副所稱，如歐公晝錦堂記是也。其私者，各有恩知，不得不以文報德，如高僧智之於高令公是也。有公無私，則鋪敍陳迹，尊而不親；有私無公，則但可作一家言而不可以供衆覽。其他敷衍酬應者更無譏焉。枚之以詩壽麗川中丞也，其在公與私之間乎？枚受公知，從皖江始；聞人稱公之賢，亦從皖江始。未幾，公遷粤西矣。枚到粤西，聞賢公者如在皖江也。未幾，公遷蘇州矣。枚到蘇州，聞賢公者如在粵西也。又未幾，公以方伯還巡撫矣。枚在金陵，聞賢公者如在方伯時也。公如明月在天，南北東西照臨如一；而枚恰如微星熒火，往往附月而飛。公之賢久而不變；枚之受知則久而愈深。初以文字相契，繼以縞紵相貽，繼而觀過知仁，再繼而略形骸，忘貴賤，衣公之衣，眠公之榻，坐公之舟，或千里相迎，或數旬留宿。其神交意合光景，不知其所以然，公與枚亦不知其所以然。惟其必不然而竟然，無所爲而爲之，是以天合，非以人合也。古之英雄，愛其人者，至於鑄金鑄像；報其人者，至於摩頂捐軀，大率類是哉！今當公五十生辰，一時士大夫祝嘏者道枚必有詩。枚自問當有詩，即公亦未必不料枚之必有詩也。然而枚衰矣，才盡氣索，何能操禿管美盛德之形容？況寂處空山，久不與人間事。凡公尊主隆民之勳業，無從探聽而張皇之，只可就其所見者、所聞者、所身受者，學嵩高之頌申伯，閟宮之祝魯侯，韻其詞以獻。所以數止於九者，亦古人九如稱祝之義也。

兩江何處不恩波，公本皖江布政。五十中丞鬢未皤。鄧尉剛飛千尺雪，吳娘齊唱百年歌。生逢冬日人原愛，開到梅花春正多。我欲借詩當圖畫，將公丰采一描摩。

起居八座貴全忘，自製書生印一方。公鐫私印「書生本色」。官有廉明皆特薦，獄無冤抑不平章。心清豈受鹽池染，兩署鹽政，不受陋規，後事發，公獨無染。才大能將海水量。勘定黑水洋界址。聽說東征諸戰士，至今挾纊尚盈箱。王師征台灣，時值臘月，公賜士卒棉衣三千。

盡撤關防罷釆風，一生心在水精宮。署內盡蘇州人，聽其出入。鏡懸佛座諸天照，月到層霄萬象空。片語詼諧皆妙諦，良方小試亦神通。公精醫理。請看絕世聰明處，置展安窗總不同。書窗皆曲柄葫蘆以出烟氣。

月榭風廊曲徑開，華堂新構小蓬萊。才聽官鼓參衙畢，又弄詩牌喚筆來。奴入蕭家都愛士，家人夏慶、徐祿等俱雅。賓登孫閣半仙才。內幕尤二娛、盧湘槎、林遠峯皆詩人。公餘更試拏雲手，一箭穿楊酒一杯。

兩詣黃堂泣馮豹，蘇州賢守馮巽泉病危，公兩次泣臨。旁觀齊下淚盈盈。侯生殘稿關心護，侯枕漁幕友。孫宰遺孤倒屣迎。孫春臺中丞。大抵英雄俱念舊，斷無菩薩不多情。賓朋風義敦如許，何況恩知答聖明！

更喜名賢聚一家，高陽里第盡堪誇。郎君妍雅非紈袴，公子在長安小市見枚三十年前手書詩冊，即買送公處。命婦慈悲是釋迦。眉掃姬姜來問字，公有觀玉姬畫眉詩。風吹旌節盡生花。門庭雍肅經書滿，不數南陽鄧仲華。

義父貤封特旨頒，登時佳話遍長安。希文復姓歸宗易，趙武酬恩繼絕難。封公生中丞時哀老友塞公無兒，即抱與之。及長，將赴試，填履歷，塞公不肯欺君，仍遣公歸。公感撫育恩，官巡撫後奏請貤封，以次子廣麟繼養父爲孫，上俱嘉允。一點丹心陳帝座，兩家紫誥下雲端。高風古誼千秋少，應作三賢合傳看。

十年小草覆卿雲，每接清談輒夜分。千里仙舟迎郭泰，來往蘇、杭，公以坐船迎送。幾番絃管醉司勳。探知食性將廚訓，代掃秋蚊把帳薰。公聞枚欲往，親爲薰帳，兩眼盡赤。如此憐才眞絕代，古來靑史少傳聞。

鮿生也屆杖朝期，額手雲天有所思。百歲擁旄應更健，十年作相莫嫌遲。長江路遠難擎爵，知己恩深易措辭。寄語金閨女公子，加簽添誦祝爺詩。到公書齋見小倉山房詩稿多加紅簽，初頗愕然，後問家人，方知公簽出課左家嬌女也。

書香巖詩後

長繩難繫日西沉，尺璧誰能買寸陰？病後知飢身始健，詩成能悔學纔深。暫時染指休言味，鎮日淘沙自得金。寄語聰明好年少，古人甘苦細追尋。

筆不老

賦詩如開花，開多花必少。況我八旬人，神思久枯槁。可奈索詩人，終朝猶剔躐。明知未死蠶，抽絲終不了。勉強與支吾，自慚眞草草。何圖良朋來，公然齊道好。吾斯之未信，姑且存其稿。或者五體盡頹唐，只有一枝筆不老。

左蘭城銀河洗筆圖

左思賦三都，留下一枝筆。傳家二千年，他人不敢竊。裔孫蘭城美少年，刻刻詩狂欲上天。尚嫌筆舊色不鮮，前身原是漢張騫，可以乘槎握管直到銀河邊。銀河波濤正浩瀚，慣洗壯士甲兵三百萬。忽然文人來洗筆，烏鵲牽牛爭來看。君身高立蓬山窪，辛勤洗筆如漚麻，不許宿墨留些些。直將陳言死句諸毛都伐盡，只剩江淹手上燦爛千枝花。歸來游吳門，得詩若干首。更賦七言律，爲我介眉壽。我乍讀之心驚猜，何處得此眞仙才。今朝披此圖，翕然笑口開。方知郎君含金吐石諸佳句，都在織女機邊長跪乞得來。君與佩香女士常唱和，故調之。

再寄和希齋尚書 有序

運河司馬黄小松錄司空與渠札見示，云「袁簡齋盛世才人，琳久思立雪。客中攜小倉山房詩稿朝夕諷誦，虔等梵經，如親丰采」云云。余讀之感深次骨，且知前寄答詩尚未收到，而公已總督四川，故呈二章兼以墨寄。

東河司馬寄郇雲，讀罷袁絲淚滿巾。大漠風沙方報國，小倉詩卷總隨身。山中樹老開花少，海上琴遥聽曲眞。從古名臣雖愛士，自甘立雪有何人！

西川開府駐旌旗，早有威名絶域知。諸葛功成籌筆驛，嚴公酒置浣花池。民扶老弱爭迎佛，天與江山好賦詩。謹獻隃麋鐫姓氏，也如躬侍染毫時。製墨三十螺，寄作芹獻。

題尙書西招雜詠詩後

幾行珠玉詠西招，一卷新詩即六韜。自有輕裘羊叔子，不聞鏖戰霍嫖姚。甲兵那用天河洗？烽火都從墨浪消。更喜皋夔好吟伴，同登雪嶺奏鈞韶。謂補山、敬齋兩相國，瑤圃中丞。

香亭家居八年忽將赴闕臨行畫烟雲供養圖索題

一山雲氣半山烟，供養人間陸地仙。莫把阿連貧相也，也曾消受幾多年。

忽負初心馬又馱，回頭其奈畫圖何？烟雲倘作分家物，慚愧賢兄占得多。

八旬別弟倍綢繆，唱到驪歌便惹愁。但陟高岡休悵望，雲中知有此翁不？

章觀察挂車山丙舍圖

挂車山脈分龍眠，層崖複障何嬋嫣。天爲孝子藏吉兆，靈氣蟠結三千年。章公素曉青烏術，苦爲慈親謀丙穴。一見佳城心了然，不須别向山靈乞。輿機下窆奠幽宫，負土親將馬鬣封。百頃祭田交野衲，千株宰樹護春風。自從綽楔瀧岡表，墦祭歸來心悄悄。不能膝下手扶娘，知道墳前誰拔草。畫師替寫好雲山，當作丁蘭刻木看。但使公餘時展卷，恍如拜掃勸加餐。扶笻似是含愁立，樹影扶疏烟羃歷。九原知否畫圖中，長有白頭兒侍側。老我龍鍾八十身，披圖不覺淚沾巾。家離先隴雖然近，終愧當年廬墓人。兩親墳離園半里。

題朱礀東湖山草堂

花滿庭前竹滿崖，此中合住謫仙才。一湖浪白風初起，七十二峯吹欲來。安放龍威一卷經，天然圖畫付丹青。勸君吟句須珍重，防有魚龍窗外聽。今春我作洞庭游，小住匆匆返客舟。可惜幽人居未訪，空餘清夢繞汀洲。

寄懷前杭州太守明希哲先生 有序

先生守杭時，余以民禮修謁，先生一見如舊相識，即命梧桐、袖香二姬受業門下，皆國色也。次日女弟子會詩湖樓，先生代爲治具，旋來請覲。温語移時，乃騎馬歸，以所坐玻璃畫船爲諸閨秀游山之需。少頃使者絡繹然賚盛禮來分餉羣仙，一時傳頌。此舉爲前賢白、蘇二公所未有也。後一年，先生解組還都，余心不能忘，賦詩寄之。先生名保，滿洲人。

昔公五馬杭州駐，士女謳歌盈道路。山人兩度故鄉游，未敢通名謁白傅。前年訪友到宵齋，公竟歡迎早下階。纔學趙玄叉手揖，便招弘景上樓來。四株瓊樹當窗立，豔比芙蓉清比雪。就中兩個女相如，學字彈琴年二七。主人知我意相傾，伏勝剛來好授經。教看美女簪花格，教聽平沙落雁聲。一樣搴裙齊下拜，雙聲同日喚先生。我出黄堂公低語，先生詩社何時舉？可許靈簫匏爵間，雲外飛來許玉斧？我道公班南國春，夭桃穠李盡沾恩。儻可賓雲歌一曲，武夷君下見曾孫。詰朝小作雲仙會，果然鉦響來旌旆。款款都將姓氏詢，娟娟都把門楣對。始知班蔡本名家，愈信姬姜勝蕉萃。詩會中，相公徐文穆公女孫、錢璵沙方伯女孫、臬使二女俱在焉。公去騰身跨紫騮，餘情回首尚勾留。讓出畫船張綺席，好供彩伴作春游。佳人打槳俱欣躍，吟詩苦換看山樂。野寺分簪姊妹花，行宮同上梳妝閣。夕陽游罷各歸家，厚貺頒來更拜嘉。如意八枝雕碧玉，綺羅十疋爛朝霞。金閨分送加珍重，鄰嫗窺觀皆色動。買繡爭將太守描，定針擬作甘棠頌。一時佳話遍家鄉，管領湖山望正長。誰料袁絲歸白下，倏驚李泌去錢塘！近聞徵罪全超雪，偷得閒身弄風月。公自東山起有期，儂來西笑知無日。冉冉韶光歲月徂，一場春夢落西湖。不知此叟頽唐態，尚有雲鬟記得無？

除夕戲作

五旬有九逢除夕，生怕雞鳴人六十。七旬有九八十逢，雞不肯鳴心忡忡。祇因自作八十詩，見彈思鴞太豫支。有如秀才自認元魁者，榜發無名空惹嗤。今宵事急矣，求雞早閉口。一聲膠膠一歲增，我便把詩好出手。豈徒從此秩膳加常珍，兼可公然扶杖朝中走。

除夕前一日蒙東浦方伯餽米酒等物

歲暮柴門掩綠苔，是誰剝啄鳥聲猜。驚傳養老珍羞至，恍似陽春頃刻回。仁粟先供家廟祭，芳樽剛賞臘梅開。關心更感蕭夫子，奴不憐才不遣來。使者程鵬工詩，有所犒非筆墨不受。公存問隨園必遣渠至。

小倉山房詩集卷三十六 乙卯丙辰

元旦

爆竹鄰家響未終，開門賀客已匆匆。天晴好着黃綿襖，奴老都成白髮翁。千樹梅花迎我笑，三朝文獻有誰同！諸公莫羡衰顏好，昨飲屠蘇臉尚紅。

香亭家居八年年逾六十依然赴都候補作詩送之

兄弟皤皤兩鬢霜，新年攜手上河梁。阿連別我休垂淚，尚有來生別不妨。

知君心也戀烟雲，庚癸頻呼耳怕聞。半世黃金擲虛牝，誤人端是孟嘗君。同官借去者六萬餘金。

鄉住溫柔奈老何？弟詩中句。伯輿天性患情多。腰纏此後應珍重，莫負丁娘十索歌。門姬聞弟不仕，垂泣三日。

茫茫宦海渺無涯，就有神仙不敢猜。但願善人天默佑，神光仍照管寧回。

讀論語有感

天下歸仁理自超，誰知此柄也難操。諸侯圭幣爭相聘，一個桓魋手握刀。
公西束帶登朝日，點也嬉游沂水天。同在聖門心事別，至今瑟響尚鏗然。

邗江雅集詩 有序

野叟山居，忽作揚州之夢；春江水漲，遂拕白下之舟。纜繫隋堤，花迎阮屐。則有臺使香泉先生，早登仙掖之班，出視淮南之漕。幸相逢而握手，蒙枉顧以移尊。扶輦門生，我攜雕武；當筵歌者，君愛何戡。坐忘春夜之寒，少男風聚；人奪燈花之豔，玉樹枝聯。當金迷紙醉之餘，爲換羽移宮之舉。一則才稱狂簡，願依謝傅門牆；一則歌帶書聲，堪作袁絲弟子。深深下拜，兩兩傾衿。折簡以敍同門，聽呼小友；升堂而問奇字，互喚先生。更喜江左王珣，朝歌吳質，牽雲曳雪，聯藝掎裳。或贊禮以通名，各交歡而盡意。昔人西園之集，南皮之游，其克具此豪情，方茲韻事也哉？僕方來跨鶴，旋去揚帆。識歐九之風流，忍向龍門而揖別；忘江淹之才盡，命操禿管以成文。記就一篇，詩成三疊。此日平山堂下，齊聽佳話之傳；何年羣玉山頭，再續雲仙之會？

華筵移置阿咸居，蒙移樽家致華寓中。一朵瓊花載後車。絕好齊梁詩弟子，何妨師事沈尚書？

入座風塵玉樣清，可憐毛髮亦聰明。賦琴新把嘉名錫，乍喚知卿聽尚生。計五官，謝公賜字賦琴。

解記多情杜牧之，寄聲山裏說相思。仙桃無福移來種，還託東皇好護持。

到溧陽看鵬姑再宿紅泉書屋作

十四年前宿婿鄉，餘温猶在舊眠床。入門最是傷心處，不見歡迎白侍郎。

侍郎閒話每三更，頭觸屏風耳尚聽。今日蕭蕭白楊下，可憐鶯語尚丁寧。

欲看園林似舊無，女兒指引外孫扶。桃花對我嫣然笑，似識前來一老夫。

諸郎排日飲衰翁，盤盞銀光射眼濃。上有兩江清俸字，分明卽是孔悝鐘。文靖公曾署兩江總督。

鵬姑才似女相如，健婦持家綽有餘。記否當年燈火夜，替爺數典替抄書。

安世侯傳二百春，更聞天上降麒麟。翩翩喜見佳公子，三試都爲第一人。謂元圃世講子錫疇新采芹。

衰年臨別意綢繆，借看圖書又上樓。絕似飛鴻憐爪迹，閒花野草尚勾留。

三宿紅泉酒未消，春風吹雨濕征袍。回頭尚有傷心事，未奠喬公一太牢。未掃文靖公墓，此心缺然。

彭鏗一見慰離懷，便是曇花不再開。他日夢中如識路，定教着翅再飛來。謂彭賁園先生。

舟中寄彭賁園先生

彭夫子，負異才，清臚炯炯明鏡揩。偶見隨園詩，傾衿誦百回。髣髴任華推李白，孔融思伯喈。書來苦道願相見，自傷衰頹願屢乖。聞說先生八十有三歲，我當兄事何疑哉！急買溧陽棹，笑劃江水開。路離君家八九里，我尚未到君先來。手扶笻竹杖，脚曳雙清鞋，仙風道骨顏如孩。形病神不病，齒衰身未衰。野王二老旣相遇，誰爲浮丘誰洪崖？欲把四十年事一口說，要將八十一家文字同編排。相約詰朝到君室，擘蘭燒錦飲百杯。誰知天帝驚，有意相遮礙。道是昌黎二鳥歌業已駭眞宰，更有青田二鬼行憑空發光怪，那肯更使文星聚，鐫残造化天難耐。急命雨師風伯起波濤，淋浪隔斷彭衙界。只許君推袁，不許我訪戴。我如南海禮佛人，一見觀音不可再；君如雞黍款茅容，枉自欽遲將客待。馬行淖而蹄傷，舟衝波而帆敗。此情耿耿海同深，後會茫茫年各邁。愁腸轉轆轤，老淚飄巾帶。只好高歌杜甫詩，九重泉路交期在。

附賁園光斗先生和詩

先生曠代之鴻儒，九苞藴采含智珠。弱冠名騰入中秘，翺翔蘭署暨石渠。天寵奇才姑小試，俾膺民社來江湖。惠政羣歌頤建康，清風不減范萊蕪。現宰官身試游戲，瓣香案吏賦遂初。遙指倉山孕靈秀，急營小築安琴書。吾愛吾廬洵樂地，山花山鳥供清娛。名齊髫齒傳四海，行蠟阮屐周寰區。迄今壽考屆八袠，精神不與龍馬殊。試問先生何所癖，憐才愛士實若虛。苔岑異質常滿座，詩非野味充山廚。即如斗也素守拙，荆州未識徒嗟吁。辱公嗜痂頻齒及，聊寄敝帚供掃除。先生不鄙情益摯，郵戔懇款手足如。古云知己勝感恩，已無足知感亦愚。只祈邂逅覲一面，三生願遂幸不孤。今春伏枕方苦疾，喜聞玉趾臨蓬廬。披衣急起走迎候，握手話愫病欲舒。狂飈肆虐淫雨驟，乍逢旋散仍回車。來朝急遞賜華柬，長歌千字何瞿瞿？爲言此別期後會，九原相訂誓不渝。讀罷淒然頓掩卷，淋浪涕淚沾髭鬚。斗雖早死骨未朽，祝公百歲善保軀。

送阿遲就婚苕溪沈氏

東陽族姓一村稠，弄婿人來定不休。只恐金閨有徐淑，催妝索句替兒愁。

記得兒生鬢已絲，向平有願畢無時。今朝看汝成婚日，喚作遲郎竟不遲。

到西湖住七日即渡江遊四明山赴克太守之招

湖樓再住興闌珊，兒自完姻我看山。一渡曹娥江上水，烏篷船仄鳥綿蠻。

路過慈溪水竹村，祠堂一拜最消魂，五代祖察院槐眉公有祠堂，余入翰林、香亭成進士扁額俱存，八十年來，從未一到。不圖劉阮歸來早，已見人間七世孫。

久聞天一閣藏書，英石芸香辟蠹魚。今日櫝存珠已去，我來翻擷但欷歔。廚內所存宋版秘抄俱已散失。書中夾芸草，廚下放英石，云收陰濕物也。

我亭尺牘善收藏，三百年人聚一堂。鄞縣范莪亭孝廉藏前明尺牘千餘家。采到袁絲眞有幸，塗鴉也廁兩三行。

天童寺

十里古時松，蒼蒼護梵宮。殿餘千片瓦，佛坐一天風。樹老根全露，僧窮禮愈恭。無多香積飯，肯供白頭翁。

招寶山望海

招寶山頭坐，茫茫望大洋。波濤如起立，人世定洪荒。水合天無縫，雲生島盡藏。有誰温帶下，親手折扶桑？

放光松歌

放光松，貌奇古，雷火不能焚，工垂不能斧。老子雖猶龍，學禮頭轉俯。考父背傴僂，下民誰敢侮！長無八九尺，壽有千萬年。松根騰騰生紫烟，松針平鋪十畝田。松濤依稀奏管絃，左枝欲斷右枝聯。升者拗怒伏者眠，風爲轉折雲盤旋，或爲貉索或龍牽。甘心入土復出土，不敢朝天似避天。相傳阿育王，遺失舍利子。挂在此松梢，夜夜寶光起。方知松有神，十方皆頂禮。于今廟宇雖凋喪，此樹毿毿神所相。飽餐風雪愈槎枒，未死蛟龍猶倔強。我欲作青詞，奏玉皇，將松移種東海旁。常陪紅日照扶桑，勿與山中魑魅常爭光。

遊四明雪竇七章錄呈楓村太守兼寄雪堂僧

捨却肩輿換竹兜，爲探雪竇作仙游。一峯才了萬峯起，似上青天我欲愁。

秧針綠滿寺門前，未見禪堂早見田。幾個高僧叉手揖，袈裟吹滿稻花烟。

一條瀑布有聲聞，噴出山腰認不真。覽勝須登峯絕頂，與豪應讓捨身人。瀑布旁有捨身崖，甚峭。

中天卓立妙高臺，穿破浮雲眼界開。四面山如兒女伏，一聲呼喚定飛來。

狂客由來愛四明，果然風景似蓬瀛。不知人世藏何所，但聽仙禽奏樂聲。

上通惡像果超羣，傳說開山是此君。伏地當時參佛祖，衝天可號大將軍。相傳上通禪師即黃巢也。

十日天晴豈偶然，舟車全賴主人賢。黃堂便是西天佛，替了靈山會上緣。

回首僧房紫竹床，難禁一宿戀空桑。此身已落紅塵去，還寫雲箋寄雪堂。

重遊山陰石屋

十六年前地，重來景未忘。山多迎我笑，人竟比松蒼。雨氣諸天濕，經聲晚課忙。爲尋于少保，急急步禪堂。廟聯云：「花雨欲隨巖翠落，松風還傍洞雲寒。錢塘于謙題。」

再過招寶山觀海四首

再看海方信，東南地缺多。三山雖宛爾，一笑奈風何？天后來招寶，山有天后廟。觀音住普陀。相逢定相約，聖世莫揚波。

九點烟如許，中原算一枝。天心無畛域，地界有華夷。魚目三更日，蝦鬚十丈旗。宣尼果浮海，語怪也驚疑。

若個探深淺，歸墟隔幾重。九天烝日月，萬怪走魚龍。善下斯爲大，能虛自有容。江河似邾莒，爭敢不朝宗？

弔古能無感？追思漢與秦。戈船尚來往，砲位更横陳。徐福三千士，田横五百人。成仙與作賊，強半此藏身。

記游一篇留寄太守

滿頭白髮披過耳，聽說青山心尚喜。向平願畢才兩日，康樂束裝竟千里！楓村太守風雅士，館號招賢從隗始。片葉輕搖范蠡舟，一江直渡曹娥水。初登招寶山，鯨波將眼洗；再拜阿育王，摩挲舍利子。雪竇參天石鏡開，徑往從之歇行李。胸羅青嶂影層層，脚踏紅霞爲几几。僧能憐老杖先扶，天許看山雲不起。鐘鳴漏盡尚行乎，海闊天空竟歸矣。試問人間八十翁，如此風懷能有幾？羲之樂死怕教兒，列子耽游將沒齒。旁人尚訝子胡然，我亦無言笑而已。

八十自壽

自笑將開九秩筵，輓詩翻在壽詩先。剛修禊事傾三雅，再宴瓊林欠四年。瀟灑一生無我相，逢迎到處有人緣。桑榆晚景休嫌少，日落紅霞尚滿天。

白雲深處白皃翁，尚記髫年入泮宮。賈誼登朝才弱冠，趙玄叉手揖三公。金蓮花燭家家羨，南國甘棠樹樹紅。一旦慈烏思反哺，搖鞭不待管絃終。

買得青山號小倉，一丘一壑自平章。梅花繞屋香成海，修竹排雲綠過牆。嵌壁玻璃添世界，張燈星斗落池塘。上公誤聽園林好，來畫廬鴻舊草堂。甲辰春聖駕南巡，和致齋相公遣人來畫隨園圖。

卅載承歡發已星，萊衣舞罷此身輕。千重越嶺看花去，兩度天台採藥行。倭國都來購詩稿，高麗使臣李承熏、洪大榮等。佳人相約拜先生。孫雲鳳、張玉珍諸人。九州不信吾還在，陽五都疑古姓名。

甲乙丹黃萬卷餘，兒孫珍重好家居。但看手澤應思我，莫爲科名始讀書。平子四愁能自遣，香山三泰有誰如！此翁事事安排定，生冢營成傍草廬。

欲爲遲郎賦感婚，卽將此日卜良辰。蟠桃會上看新婦，玉鏡臺邊祝大椿。白髮妝成三女粲，陸、金、鍾三姬俱老矣。好風吹滿一家春。畫梁乳燕雙飛處，添個堂前問字人。阿遲婦全寶能詩。

一枕黃粱夢太長，憑人喚醒又何妨。烟雲起滅山還在，桃李榮枯松自蒼。不解梟盧呼彥道，愛藏金石學歐陽。竇公他日西湖召，擬獻周官樂幾章。

逢花逢月客誰招，碩果晨星逐漸凋。怕過山陽聽玉笛，懶從酒店贖金貂。性不飲而愛飲客。牡丹豔豔開三月，聖世看看歷四朝。倘把光陰掄指算，占人多少可憐宵。

閨中妻老尚齊眉，冷暖常先侍者知。同榜一人推首相，阿廣廷公相。及門五代見孫枝。談羽儀郎中家。詩多幸賴辭官早，累少全虧得子遲。更喜女嬃還健在，白頭閒坐說兒時。陸氏姊八十七歲。

尚書小楷尚登樓，滴露研朱事未休。清福已經消半世，虛名遑敢望千秋！貧能行樂仙應妒，老不逃禪佛亦愁。擬乞壽言何處乞，抽毫先向自家求。原書注云：一作「杖過杖朝無可杖，思量只好上天游」。

三月二日

杖朝人被四方知，千里人來萬首詩。惹得衰翁心轉怯，牡丹開到十分時。

兩家爭把壽星迎，文愷姪、楊仁山世講。兩隻花船載酒行。同到觀音山下泊，蓮花座上祝長生。

多謝吳娘金叵羅，爲儂齊唱百年歌。曲終人散先生笑，又遇人間春夢婆。

讀嵇文恭公行狀覺前詩有未盡者再補一首

不曾聽過鹿鳴聲，庚戌會試，世宗特旨許大臣子弟一體入場。便向金鰲頂上行。賈讓治河良策備，公署南北河帥俱有奏疏。千秋上殿小車輕。封章屢乞歸田里，恩旨纏綿眷老成。寒免趨朝朝免早，翻勞聖主替經營。

自壽詩亦嫌有未盡者再賦四首

自家心要自家安，身自頽唐筆未乾。海客忘機禽便狎，龍門不峻客常懽。孟嘗焚券除煩惱，所焚券如魚門太史、高直方明經者九家。蕭惠栽楊總達觀。只有平生數知己，衰年說着淚猶彈。

不能飲酒厭聞歌，革帶常寬懶着靴。那信陰陽有拘忌，只憑忠信涉風波。凡有水路者從不避行。空王殿上香烟少，故友墳邊麥飯多。補蘿先生墓代祭四十年矣。奴僕亦知安我拙，相隨都已鬟皤皤。

置驛南陽我不如，客來相見定相於。平生客無留門者。喜除詩外從無債，愛聽泉聲似啓予。十頃水田生計足，四時風月夜窗虛。何圖將相沙場上，萬里馳詩訊起居。謂孫、福兩公相，和、惠兩制府。

着到飛棋興偶然，無絃琴好亦空懸。家餘旨畜隣分潤，園少牆垣賊見憐。園無籓籬，恰不失物。一物有情皆入賞，半生非病不孤眠。休提往日與人誦，風影訛傳五十年。至今村市有彈唱當年德政者，皆方朔外傳，附會無稽。

題姪婦戴蘭英秋燈課子圖

禮訓從來出戴家，戴嬀生小貌妍花。娟娟國色天仙妬，字字金鑾紫石夸。豪犀梳罷清晨起，便倚妝臺吟不止。脫口能傳伏勝經，停針便續班昭史。偶然吹竹更彈絲，多藝多才侍婢知。芳姿似月閨中照，佳句如雲紙上飛。喜結絲蘿歸小阮，寒家戚里人人羨。西湖攬勝共香車，北苑題箋分筆硯。秦嘉聞說也聰明，詩筆終輸徐淑清。不櫛由來稱進士，妝成理合喚先生。一朝夫婿長安去，男兒慣被封侯誤。郎病方教我欲愁，妾憐早唱公無渡。剩有嬰婗膝下孤，呱呱知哭阿爺無？購來李翰蒙求本，命寫顏家干祿書。最苦霜天夜月高，烏啼不住朔風號。兒頭已觸屏風睡，娘手猶持荻草教。而翁曾作宜興宰，我來乍見驚鴻態。不料乖離十四年，霜蘭雪竹容顏改。贈扇題詩當束脩，近亦自稱女弟子。年年春仲望來游。用見贈句。我來先要含飴問，兒課何書記得否？

魏齊

祖龍一怒萬人愁，大索張良也罷休。底事應侯小嗔喝，半空飛下魏齊頭？

題竹宜夫人玉堂春曉圖 畢制府室，姓伊，字竹宜。

朝天人去未還家，偷得閒身掠鬢鴉。莫向風前頻却扇，恐教羞落海棠花。

一幅生綃烟景清，寄來千里意分明。老人把筆無題處，只好裙邊署姓名。

張素香校書以扇求詩

素女披香倚畫欄，張星須與月同看。國風儘寫莊姜美，我道凝脂第一難。

衰翁無計與温存，只可摩挲一斷魂。絕似武夷君下世，向卿空喚女曾孫。

碧山吟社圖爲秦小峴觀察題 有序

前明弘治癸亥，秦修敬先生招陸懋成勉、陳天澤暖十人爲詩會。沈石田爲作碧峯吟社圖，藏秦府多年，忽然失去。小峴觀察得之濟南書肆，甚爲欣喜，然已失去圖尾諸名流題跋矣。

碧峯社裏十風人，寫上丹書五百春。底事仙山飛海外，用王摩詰故事。依然神劍躍龍津。文姬自古終歸漢，淮水而今尙姓秦。莫惜標題微有缺，斷圭殘璧總精神。

奇中丞失察織造缺額罷官入都賦詩送行

七載甘棠露未乾，一朝春去太無端。本來戀闕心原切，如此休官夢亦安。佛爲度人常入劫，驥因久駕暫離鞍。薰風滿路黃梅雨，病後知加幾頓餐。

最難分手有袁絲，剛在吳門送亦奇。風引卿雲還上界，鳥啼殘照戀高枝。便違色笑從今日，再宿南衙是幾時？老淚無多自憐惜，爲公傾灑怕公知。

歌者天然官索詩

何必當筵唱浣紗？但呼小字便姸華。萬般物是天然好，野卉終勝剪綵花。

雌霓雄風總可憐，春蠶到老愈纏綿。摩挲便了三生願，與汝同超色界天。

中丞體素羸解組後陽滿大宅枚入見心喜再賦二首

眠食勝常貌轉佳，封疆肩卸此心開。方知前示維摩疾，總爲憂民報國來。

廊廟江湖境本同，能舒能卷是英雄。只愁絲竹東山樂，未必蒼生許謝公。

送中丞至惠山蒙賜人葠留别

老怕恩多記不清，着公衣服送公行。身上葛袍公舊服也，己酉仲夏所贈。惠山泉似知人意，流出潺潺不盡聲。

一路官民盡捧靴，用崔戎故事。中丞病起奈勞何？不圖去日旌旗少，轉比來時迎者多。

老我婆娑語未終，幾莖仙草納懷中。知公留贈無他意，要我長生再見公。

公是朝陽未有涯，我如落月暫徘徊。從今抵得千回夢，只盼長安一雁來。

五月二十一日還山留别蘇杭親友

八旬人别武林城，回首西湖尚有情。倘與諸公緣未盡，三年來聽鹿鳴聲。余戊午舉人，再隔三年又戊午矣。

妙手調羹愛阿戎，幾番招飲醉衰翁。弟兄花似開棠棣，越到斜陽色越紅。謂春圃弟。

寄語朱雲感未忘，當年爲我訪花忙。戴家小玉今存否，只恐麻姑鬢已霜。乙酉冬韜六翰林同游碧浪湖，引見戴家能詩之婢，意欲聘之。

二老三仙酒一卮，秦瀛廉使女雲鳳、雲鶴，玉如王夫人一齊觴我。全家送別話依依。故鄉尚有孫思邈，忍說杭州竟不歸！

再過莫愁湖有感

結綺臨春盡化塵，莫愁樓閣又重新。男兒欲爲千秋計，不作英雄定美人。

與嵇曼叔世講遊惠山石門

惠山游石門，喜與嵇康共。初登心已訝，再上身漸重。先入紫微宮，焚香來者衆；繼至白雲嶺，飛流奔石洞。東望尤莽蒼，撫心內自訟。下臨萬仞溪，險絕不可控。萬一失足墜，老命爲誰送！忍死登其巔，白日手可弄。雙峯不見門，絕壁但留縫。九天一聲咳，萬山齊欲動。佛坐影尚搖，鳥飛天若縱。邵寶雖重來，錫山童謠云：若要石門開，除非邵寶來。張騫難鑿空。一笑下山歸，回頭似出夢。

紀周將軍墓上事 有序

乾隆四十九年秋，周將軍遇吉墳爲黃河水所齧，兆將傾矣，居民嘆曰：將軍如此忠節，而死後乃不保其墳耶？是夕雷電以風，全地俱震。及旦視之，湧出高山百丈爲障其墳。時春圃弟秉臬山西，以公事至寧武關，歸述其事。

古來陵寢如鐵甕，摸金校尉猶能動。惟有忠臣土一坏，天看更比山河重。寧武關外周將軍，心似精金膽似雲。淮南子：膽爲雲。萬箭攢身不變色，百年埋骨尚留墳。墳近黃河百餘步，漸漸崩沙齧其路。一夕風雷震地鳴，湧出青山替保護。我於此事常懷疑，天若無知又有知。與其朽骨天猶管，何不天兵早救之！誰知國祚本無常，運去時來各自忙。雖扶大廈孤撑手，易表沉檀死後香。君不見，建文之朝黃子澄，殘骸狼藉埋華亭；蔓草荒烟四百齡，年年祭掃家無主；有人築亭偷取土，三築三擊雷不許。亦近年事，嘉定校官鐵塘爲余言。

吳樧坪太史滌硯遺圖 有序

乾隆元年，余與翰林前輩吳樧坪先生同受廣西金中丞知，薦鴻博。入都時，先生鬢髮全白，而余一領青衿，年纔弱冠，同試保和殿上。今花甲重周，音塵久隔。偶過姑蘇，其後人名顯者見示此圖。展玩之下，不特如見先生，并如見中丞也。磨墨揮毫，悲來橫集。

憶昔同徵日，於今六十年。一朝逢畫裏，萬感集胸前。我鬢全蒼矣，君容尚婉然。遙知洗硯處，初染桂花烟。此圖畫於雍正癸卯，是年公舉秋試。

附　棱坪先生王坦自題小照詩

不合人間有此生，年來蹤跡寄浮萍。身餘筆墨難償債，家爲饑寒已廢耕。與我周旋仍作我，識卿面目付還卿。風雲變盡隨時態，白首惟君不世情。

無言獨坐傍芳菲，此子襟期與世違。苜蓿草荒天馬病，神仙字老蠹魚饑。露寒金粟秋風早，水落吳江獨雁飛。今日燈前重問訊，怪他雙鬢漸看非。

惡老八首

老人慣早起，如盤古開天。獨來又獨往，四望無人烟。欲盥水未温，欲飲茶未煎。兒女門戶閉，僮僕縱橫眠。豈不欲嗔喝，猛然記少年。記得少年時，鼾聲如雷顛。

身欲往某處，必是有所謀。及至行中路，業已忘因由。偶呼奚童來，意有所分付。及其來至前，翻問來之故。李崇或損腰，周仁時溺袴。窺園奴急扶，登樓人盡怖。事事受人憐，方知老可惡。

支笻豈不佳，因足累其手。高談覺傷氣，眞乃口戕口。厭坐起而行，行亦不能久。有意珍藏物，及尋轉無有。昨宵所見客，今日問誰某。愁看細字書，畏逢禮多友。魯昭心雖童，梁王已呼叟。只好學模棱，唯唯又否否。

看老天光景，漸漸不相容。有目漸不明，有耳漸不聰。卿輩雖難記，徐陵終不恭。訓人至萬語，毋乃王世充！屬饜羹便却，須臾腹又空。鬱烝偶免冠，軌壺又受風。圍棋陣易劫，看書卷難終。驚視倉山嶺，斜陽紅不紅？

一兒能吟詩，不教其應試。一兒太蠢愚，但教其習字。責善最不祥，我豈爲兒累！學禮與學詩，聖人亦寫意。倘鯉不趨庭，或竟任嬉戲。高鳥自翔天，芳草自覆地。彼豈有爺娘，辛苦爲兒計？

昔吾少也賤，性却愛豪奢。慕人衣裘美，羨人膳飲嘉。所思恆不遂，隱隱生嘆嗟。于今衣頗華，老醜不相稱。旨畜亦多珍，果腹能幾頓。我欲訴眞宰，還我前景光。寧可少時富，老來貧不妨。

出門四月餘，箋奏動盈尺。非是索標題，兼且乞親筆。知其畏我死，取之及其生。桃符又性急，應付心始寧。麫糊用一斗，墨水飲三升。行樂吾有分，節勞吾不能。勸說精神好，欺人語勿聽。

精神爲主人，形骸爲屋舍。主人漸貧窮，屋舍亦頹謝。將頹未頹時，主人強支架。導引以養生，醫藥以補罅。及乎無可爲，主人亦告罷。何如蛤與蜃，江湖能變化。旁有趙大夫，淒然爲涕下。

龍山慈孝堂圖爲鮑肯園題

宋末政弛，萑苻蠭起。鮑氏二賢，父挈其子。夜行晝伏，父爲賊縛。一解。縛至樹頭，磨刀霍霍春其喉，誰知草間尚有兒，叫號泣拜不肯休。願殺兒，毋殺爺，兒代爺死無怨嗟。二解。爺曰不可。我老不足惜，留我兒，爲我祖宗綿血食。三解。父子爭死如爭財，爭奪賊刀將自裁。風雲爲慘悽，禽鳥爲悲哀。四解。羣賊大驚，淚下沾纓。道我輩亦有爺，虎豹寧無情，何不撒手縱之行？登時白頭黃口，僮僮抱走得重生。五解。事聞於朝，衆口褒揚。傳至景曾，龍山建堂。曰孝曰慈，經兩朝帝王，寵錫龍章。六解。六百年來，風撓雨淫，堂不可尋。十三世孫宜瑷過之，爽然傷心。顧語其子，汝他日再爲建造，庶幾慈後有慈，孝後有孝。七解。其子志道，再拜受言。取肯堂之義，自號肯園。殫精竭誠。積三十年而厥願始成。八解。匪徒建堂，兼勒石記之；匪徒記之，又從而圖繪之。堂前樹二，枝已飄零。妙手丹青，爲補其形。其一卷曲鬱怒，如受縛樣；其一傴僂鞠躬，如哀乞狀。至今若有聲響，可呼之於紙上。九解。嗚呼！君不見武梁祠上圖羣賢，慈容古貌傳千年。男兒生世間，得傳孝義名，又何必身標麟閣，貌畫凌烟？十解。

再送香亭之廣東

白髮送行人，青山都變色。何況八十翁，送弟萬里別。後會何時逢，彼此不開口。倘若一開口，如何再分手。

久聚不知樂，乍別方知愁。早知別可愁，一晤抵千秋。弟在家八年，懽飲能幾度。回首再思量，寸寸光陰誤。

記弟初來歸，弟年才十五。從此五十年，悲懽難悉數。如萍合又離，如琴罷還鼓。倘演作傳奇，可泣可歌舞。弟生長桂林。

天生兩鶺鴒，一勞一安逸。勞者生佳兒，逸者又奪得。喜阿通近頗工詩。峨峨道素門，書香久歇絕。今春過祠堂，爾我兩扁額。祠堂在慈谿祝家渡，余入翰林扁曰「清華世胄」，弟成進士扁曰「兄弟甲科」。

我昔來訪弟，鐵樹方開花。端州文武官，觥席爭相誇。官協臺、劉參戎、楊明府諸公。八十一盤籑，食前竟方丈。回首荔支香，消魂在天上。

我歸弟送我，握手愁難偕。不料未一年，天風吹汝來。前來非意中，今去出意外。未知粵海樓，我題詩可在？

積俸至萬金，不可尚云少。倘積至斂藏，儘足自娛老。弟身非天女，何苦散空花。弟存借劵六萬餘金。阿六善經紀，弟當師蕭家。

我有一尊酒，爲弟餞房中。女嬃與丘嫂，婆娑勸千鍾。勸罷送弟出，三老淚始流。不敢對弟流，憐弟也白頭。

詩人多情者，往往作司馬。劉白曾爲之，聲名不相下。吾弟黃堂坐，忽變青衫客。此去過潯陽，琵琶聽不得。

此翁

一病方知靜養功，眼前物理與心通。烟難出戶天將雨，花肯升堂夜有風。萬卷書橫秋水上，一燈人坐白雲中。莫教貧相此翁也，八十高吟尚未終。

示兒

不將庭誥學延之，但說平生要汝知。騎馬莫輕平地上，收帆好在順風時。大綱既舉憑魚漏，小穴難防任鼠窺。古語云：「鼠穴留一個，好處莫穿破。」三百六旬三十日，可聞誶語響茅茨？

喜老七首

初覺老可惡，旋覺老可喜。廿五科翰林，世上曾有幾？我非挾長者，其奈無敵體。偶遇士大夫，論交一掄指。非其大父行，即是年家子。初見問誰何，道破重拜起。莫怪武夷君，人人曾孫矣。

筋力不爲禮，人拜我但扶。鄉黨莫如齒，首坐常晏如。張蒼怕食乳，愈欲精庖廚。陸展無側室，久不染髭鬚。前途知有限，錢亦不留餘。兒婦知我老，抱孫來揶揄；賓朋知我老，攜尊來相於；我亦自知老，行樂爭須臾。笑問老一字，千金肯賣歟！

漢廷夏侯勝，宮中延爲師。以其年篤老，瓜李無嫌疑。我亦大耄年，傳經到女士。班昭蘇若蘭，紛紛來執贄。或捧靈壽杖，或進上尊酒。入謁必嚴妝，惜別常握手。雖然享重名，不老可能否？

夏禹惜寸陰，揚雄常愛日。味此古人言，我却無慚色。十載宰官身，吏民尙懷德。養母三十年，晨昏常侍側。種松高十丈，著書盈三尺。五嶽山已游，四朝事能說。淸夜自思量，此老老亦得。

老姊相依住，將開百歲筵。老妻亦八十，齊眉在案前。僮奴各班白，霜雪盈其巔。人指老人國，我游羲皇天。更有分壽者，率兒孫乞憐。要我手摩頂，以爲結善緣。偶然游四方，觀者走跰蹮。以爲覘一面，勝如遇一仙。我乃輾然笑，人老竟値錢。

嫫母不知醜，西施不知好。我亦將毋同，八十不知老。宴客必張燈，吟詩尙留稿。或栽雨後花，或剗風中草。一起百事生，一眠萬事了。眠起卽輪回，無喜亦無惱。何物是眞吾，身在卽爲寶。就使再龍鍾，憑人去笑倒。試問北邙山，年少埋多少！

生時自己啼，死時他人哭。我啼人輒喜，人哭我當樂。逝者如斯夫，風輪如轉轂。改燧不改火，後燭卽前燭。可笑世間人，紛紛仙佛供。修煉旣身勞，禮拜亦頭痛。卒竟歸渺茫，風影不可控。果然呼卽來，一笑吾從衆。

記得

記得兒時語最狂，立名最小是文章。十三歲先生命賦詩言志。而今八十平頭矣，猶爲文章鎭日忙。

聞奇中丞恩給郎中銜管理圓明園三山事喜而有作

作宦如游山，直上自然好。倘不稍曲折，領略終嫌少。中丞弱冠年，宮花已插帽。一路揚旌麾，西川及嶺表。七載大江南，民吏皆鳧藻。多日舒陽和，秋毫察窈渺。吟咏萬家安，嬉游百事了。未免登泰山，一覽衆山小。從此竟調羹，天心道太早。乃借旁來風，忽吹布帆倒。蚩蚩三吳氓，持靴欲前抱。我道爾胡然，善人國家寶。龍馬暫離鞍，慈航偶轉棹。果然天意回，春到梅花早。許管三神山，轉得游蓬島。仰首望蒼蒼，卿月仍皎皎。不久或重來，南衙何必掃？山中白髮翁，一笑已忘老。

蔣梅厂出示尊甫容齋先生偕友申耜先天台采藥圖遺照爲題

一律

樓閣渺雲烟，瑤姬笑拍肩。是誰兩年少，采藥到溪邊。隔水疑無路，逢花便有緣。遙知劉與阮，今日早成仙。

病　十月十八日

一病原非死，年衰易吃驚。醫巫招幾輩，兒女坐三更。老樹風霜耐，閒雲去住輕。寒蟬雙翅在，依舊作吟聲。

題趙碌亭先生對松山圖

展卷如登岱，松風撲面來。斯人正年少，隻手掃雲開。老去難忘舊，徵詩更愛才。不知溪畔鶴，可尚啄蒼苔？

我亦泰山客，回頭五十年。壬戌年余登泰山，至南天門而止。當時小天下，此日臥林泉。宗炳重看畫，洪崖似拍肩。何時雙白髮，同去作飛仙？

接奇中丞信知加二品銜管喀爾烏蘇事却寄二律

盼斷長安旅雁聲，瑤華吹到白雲驚。才教蓬島三山住，又作陽關萬里行。肩任朝廷西顧重，冠飄孔翠馬蹄輕。聞新賜花翎。臣心久已清于水，應耐風霜一路迎。

十載龍門一夢過，自憐雙鬢愈婆娑。姑蘇隔水猶嫌遠，絕域如天更奈何！從古英雄多出塞，于今良馬定奔波。葡萄酒熟烽烟息，好唱天山勅勒歌。

薦霞裳與揚州轉運曾賓谷先生附之以詩

大雅扶輪力有餘，東南轉運繼鮮于。公追漢上題襟集，公仿唐人溫段二公故事，編邗上題襟集。我獻昌黎薦士書。天際衆星原拱月，人間化雨也隨車。三江桃李栽千樹，只恐歐門尚不如。

暢月廿八日陳東浦方伯招飲瞻園

招飲南衙不速來，衝寒花正放寒梅。談深文士同忘老，嘆絕盤餐易舉杯。枚素不飲，昨以酒美餚佳，竟至沉醉。五郡簿書鈴閣靜，一庭琴鶴綺筵開。瞻園尊貴隨園冷，風味依然兩秀才。

方伯和

許爲一飯果能來，恰喜輕陰散早梅。妙論盡知聽大雅，歡情敢料飲深杯。六朝松石當人立，十詠風光對鶴開。有瞻園十詠。獨笑詩仙太相愛，風塵不厭有粗才。

燈下理書不能終卷自傷老矣

百物可決捨，惟書最難別。欲重温一番，桑榆景太迫。翻經恐忘史，讀子慮失集。追思購買時，千金不顧直。簡斷爲搜全，編殘替補缺。精華多手抄，驅使當吏卒。旦夕與綢繆，丹黄與甲乙。幾枝蠟燭光，幾點心頭血。子孫未必知，蠹魚或能説。今朝大整理，昔生萬事畢。嬾寫紙三千，自慚年八十。南朝沈驎士年過八十，手抄書三千餘紙。且喜書中人，九原盡羅列。不久即相逢，何須更私覿。

殘臘

殘臘蕭蕭歲又更，衰翁夜坐每心驚。自從老後翻無病，但到花間尚有情。人道伏波還矍鑠，我愁夷甫太鮮明。時豫親王又有書幣相將。每聽漏盡雞先報，與汝何干耍作聲？

二月十二日淮樹觀察六十索詩

六旬花甲啓華筵，生長花朝花有緣。宦海抽帆眞達者，英雄退步即神仙。通侯故第安居好，公買張侯府，號曰安園。太守新河德政傳。聖駕南巡，公從江口開河，直抵棲霞。更看中山王隴上，千松手植已參天。公在魏王塚上植松千枝。

平生使氣佩吳鉤，老去心經注未休。公注心經。博局人爭呼彥道，花叢誰不怯羅虬？于今券約投爐了，二月湖山挾妾游。我敢稱觴無一語，與公各自有千秋。

除夕

一年盡矣在須臾，雨細雲低臘未舒。無處招人來飲酒，有誰今日尚看書！春如遠客將歸速，歲似交盤把舊除。且喜斜陽還戀我，比尋常去略躊躇。

丙辰元日

八十又添一，新君正紀元。枚二十一歲爲乾隆元年，八十一歲爲嘉慶元年。恩逢千叟宴，身歷四朝尊。賀客誰投刺，梅花代管門。老妻梳白髮，手自弄杯盆。

六十年前事，回頭似在旁。一鞭行萬里，三策試明光。冉冉浮雲過，重重春夢長。滄桑何處問，只問滿頭霜。

嘲守歲者

有錢尙須散，有歲何必守！不知人世間，此例何時有？徹夜全家忙，守子直到丑。誰知重門關，依舊歲逃走。雖燒紅燭光，難掩黃雞口。我道子胡然，別歲如別友。故人自然佳，新人未必否。任其自去來，只要我長久。不學傅修期，年年六十九；只學賈浪仙，祭詩且沽酒。

余三十三而致仕有句云可惜巢與由此身不肯老今八十一矣偶讀此句不覺失笑

昔入山時怕出山，巢由不老發長嘆。而今又被巢由笑，老到來時也不難。

以繡畫祝慶晴村都統時駐劄寧古塔

花甲人開塞外筵，蟠桃爭獻大西天。誰知遠進霞觴者，尙有倉山一散仙。
寄君一幅海棠花，采色鮮紅映曉霞。知道將軍詩句好，弓衣繡遍女兒家。
當年記否喚吳娘，濃笑書空道姓唐。今日瑤池倘重到，麻姑兩鬢定如霜。
懸弧同唱百年歌，老我先叨八十過。怪底少微星尙在，餘光分得將星多。
祝公轉旆督江東，再聚西園樂未終。不信但看圖上鳥，雙飛兩個白頭翁。

余五十歲用眼鏡今八十矣偶爾去之轉覺清明作別眼鏡詩

是誰替我換雙睛，靉靆捐除眼忽清。與汝竟成垂老別，叨光已領卅年情。水因春暮冰方解，月到更深魄倍明。從此鼻端兼耳畔，永無牽挂累餘生。

孫補山相公在西藏軍營深夜秉燭和隨園自壽詩六首將弁驚訝以爲有緊急軍務也詩成傳寫方始釋然書來告知感謝一律

夜半牙旗捲朔風，帳中筆響一燈紅。羣驚草檄傳軍令，豈料題箋寄野翁。萬里雁隨雲入塞，六章詩似將成功。老兵磨墨應含怒，何物袁絲累相公！

再寄麗川中丞

兩寄詩箋墨未乾，遥從塞外問平安。怕經吳郡當輈過，愁夢遼西識路難。江左自然春再到，晨星無奈漏將殘。八旬年紀千行字，應惹中丞掩淚看。

成謇齋都統素未識面蒙入山見訪枚小住揚州有失迎候及至京口走謁又爲風阻途中蒙賜肴烝剪江而至

西清簪筆舊詞臣，官領東南統制尊。半刺正思投帥府，八騶先已到蓬門。渡江趨謁風偏阻，破浪傳餐盞尚温。未得瞻韓情若此，況教文史共深論！

京江相晤誦見贈十詩知夙有同門之誼再謝一章

匡衡翼奉本同師，海上成連見獨遲。一面各驚雙鬢雪，千金不換十章詩。雲泥分隔緣偏重，膠漆情深水亦知。從此秣陵烟樹裏，雲停月落總相思。

寓佩香女士聽秋閣主人未歸蒙左蘭城家岸夫分班治具都統成公屢以詩來同至焦山餞別

京江小住聽秋閣，竟作平原十日歡。弟子攜尊排日飲，將軍走馬送詩看。香尋紅藥家家賞，活捉鰣魚頓頓餐。歸過焦山重望海，一天烟水又憑欄。

佩香歸和

兩月揚州久未還，荒齋聞博老人歎。歸帆可奈先生早，時先生亦自揚州到鎭。明月難同弟子看。有客登臨陪望海，無人朝夕勸加餐。白頭知否懷恩意，鎭日風前獨倚欄。

輓吳敬軒明府 諱之承，山東人。

琴堂昨歲別匆匆，忽聽仙游兜率宮。善政人方千口誦，服官年僅五旬終。鶯遷喜振雲中翮，棠蔭驚摧海上風。君新陞海門司馬。遙識吳儂失慈母，忍看丹旐去江東！

我本留侯門下人，哭君三世倍沾巾。廉泉一勺頻分俸，仁粟千鍾更指囷。握手記曾留後約，通家何遽了前因！傷心芳訊來如昨，猶餉新茶及早春。仲春蒙寄新茶。

輓范莪亭孝廉

客春游四明，到處停蠟屐。范蠡有精苗，新交如舊識。君晚舉明經，娛情住泉石。漢隸及籀書，八儒兼三墨，一一盡淹通，等身多著述。久聞天一閣，藏書勝酉穴。想向蒲侯借，因到鄴架側。君家諸族人，粲若屏風列。蠹魚見我來，蠨蛸盡逃匿；芸草知我來，餘香未消滅。啓櫝無一編，但見灰塵積。據云丁亥年，四庫求書急。恭進七百種，天子大喜悅。命付抄胥抄，原本仍發給。重重官府門，遠若人天隔。無人敢往領，遂致全散失。方信牛弘言，藏書有五厄。我入寶山遲，一瓻乞不得。賴君有雅尚，愛搜古墨迹。前明牘與箋，裝潢高百尺。中有楊左書，字字葨弘血。公然我拜觀，亦足慰飢渴。君乃索序言，諄諄相敦迫。何圖白首逢，遽作黄壚別。難乘縞素車，遠弔張元伯。只好學孝標，修書踐諾責。聞君素聰強，偶然遘小極。一朝竟委化，七旬還欠一。我少一面緣，來騎千里驛。緣盡便乖分，其故誠難測。宜乎楚屈原，問天天不説。

三伏

炎帝代辭客，幽人得自如。門無朱鬣馬，家有白雲車。雨久荷花密，風高楊柳疏。年年三伏日，添著幾行書。

消暑無事偶檢破簏得未刻古文九十餘篇中有可存者理而出之竟留其半大概皆少作也然非老耄之不能割愛即當時之過於矜嚴姑付開雕以質觀者

偶檢叢殘稿，遺珠覺可嗟。重番加甲乙，照樣付臙沙。悔黜貧時婦，重栽拔過花。倘非儂有壽，一炬落誰家！

徐朗齋投筆從軍圖

孝廉船一隻，落第去從軍。投筆千兵捧，高歌萬馬聞。甘陳初學武，隨陸本能文。聽說燕然石，銘功正待君。

哭福敬齋公相追封郡王詩

勳冠雲臺有重臣，一朝天上作星辰。誓清蠻觸寧知病，力竭沙場竟致身。家散黃金酬將士，貌留青瑣畫麒麟。只愁甲可銀河洗，難洗三軍淚滿巾。

西域班師未駐車，又從荆楚建高牙。丹霄屢展擎天手，瘴雨偏傷捧日花。諸葛臨終猶薦士，景桓辭闕早忘家。九原料得公含笑，已報軍前獲呂嘉。公薨數日而苗匪首逆就擒。

九重䘏典下非常，四海聞知也斷腸。帝壻沿途勞執紼，聖躬奠酒忍臨喪！招魂特建昭忠廟，錫爵追封異姓王。如此哀榮眞絶代，千秋竹帛有輝光。

四章詩草寄廬中，念舊憐才字字工。業已威名傳海外，尚能儒雅繼家風。青琴識曲眞難再，白髮銜恩感未終。倘到泉台趨膝下，先王還恐問衰翁。文忠公亦追封王爵。

遣興

身世悠悠過八旬，客來還說好精神。燈光縱白終非曉，霜葉雖紅不是春。鬢髮全凋休對鏡，恩仇未報尚爲人。古今第一聰明士，最愛南朝范子眞。

久耽水竹賦幽居，偏有榮光照草廬。無驛遠來千里客，終朝忙答九州書。家藏帝子量才尺，瑤華主人賜玉尺。門走雲鬟問字車。身在虛名竟如許，未知身後更何如！

黃公罏下渺山河，子夜聞歌喚奈何！貧怕盤空添客至，老貪睡少得詩多。萬般往事風前憶，一片浮雲水上過。轉眼瓊林宴已近，可容此老再婆娑。下科會試卽己未矣。

莫說無情尚有情，風吹瓢動許由驚。易知秋冷身原瘦，常對烟雲夢亦淸。竹樹添孫多外向，兩兒俱生兩女，諺云：「女心外向。」梧桐忘老作秋聲。歐陽當日文名重，更要推敲畏後生。

冬常早起夏常眠，生性耽游自在天。身健每嫌兒女弱，心虛常覺友朋賢。魚貪涼影游荷下，鳥戀殘花立樹巔。記得當時康節語，憑人謗我作神仙。

未知還有幾年狂，欲遣靈氛問彼蒼。杖有三枝空擺設，食無四簋恰精良。常臨水坐心常活，不惹人嫌老不妨。最是今秋傷感處，四賢詩册兩賢亡。謂福敬齋郡王、孫補山公相，皆册中冠首。

重九日爲凡民先生掃墓余年逾八十來日大難祭畢愴然賦詩與訣因甲午年詩有君葬十三年我來如一日之語故起句首及之

過來兩個十三春，依舊儂家祭墓門。宰樹有情應識我，故人來享也消魂。離離秋草澆三爵，裊裊香烟散一村。此後衰翁難再到，定將此事付兒孫。

戲仿易林五首

粉面遇雨，其醜自取。不見嫦娥，淡妝如許。

貧士遇珠，奄人遇姝。豈不相愛，徒生嗟吁。

案頭塵積，衣上潮生。無故而至，總不分明。
春冷過冬，秋熱勝夏。衰旺無常，使人驚訝。
烏不巢桐，蟬不鳴松。一避威鳳，一怯高風。

雜書十一絕句

愛坐孫樵去佛齋，不登梁武講經台。老夫心在羲皇上，可肯攢眉入社來？
不婚不嫁悟眞如，我替如來大喫虛。未到百年人類盡，可將塔廟付龜魚！
輕輕一紙越王書，全活生靈萬萬餘。較勝兩階干羽舞，漢文功德有誰如？
小立芳塘有所思，休文綺語合删遲。中通外直蓮花性，尙有纏綿不斷絲。
數枝芍藥映欄紅，香重風輕色更濃。賜與羅虬花九錫，金刀作剪錦帷封。
柝聲四起夜沉沉，靜掩蕭齋獨自吟。花影到窗知月上，蟲聲如雨識秋深。
新茶人贈白雲翁，舊雨爭來飲一鍾。當作蘇門四學士，朝雲手試密雲龍。
落葉得風走瓦上，野鷗避雨來窗前。池中無故蕩船響，籬外有人偷採蓮。
衰年一卷手常持，捨去全無悅目資。只爲消閑非好學，此情唯有蠹魚知。
吟詠餘閑著食單，精微仍當詠詩看。出門事事都如意，只有盤餐合口難。

酬應隨心最自如，從來天籟勝笙竽。兒時愛着新衣好，越是矜持越惹汚。

聞麗川中丞又調葉爾羌矣久未接信

聞公西域換雙旌，路隔天山又幾層。聞葉爾羌比烏蘇更遠。萬里信遲青鳥使，一年人盼白門燈，星纏驛馬身宮旺，功立沙場物望增。早晚君王召方叔，滔滔江漢正軍興。

補祝慶樹齋尚書　來書以弟有詩兄無詩見責

尚書花甲補徵詩，已過稱觴兩載期。天上不教青鳥報，山中那得野鷗知。調羹久已家留鼎，介壽何曾鬢有絲！從古瑤池王母宴，偷桃方朔總來遲。

記來南國唱皇華，招得衰翁載後車。兩點金焦迎使節，幾番詩酒醉通家。卿雲雖別光常照，冬日留温影未斜。公生日在十月。不久瓊林儂要到，添籌再獻杏園花。

送陳東浦方伯調任皖江　名奉玆，江西人。

五載屏藩物望尊，一朝玉節走雕輪。皖城有幸迎郇伯，江左無緣借寇恂。卿月本來難久照，仁風何處不班春。只愁明歲瞻園燕，錯認堂前舊主人。

臣心如水一般淸，但見風人便有情。俸薄酒常置東閣，官尊貌不改書生。請天三日甘霖得，今春苦旱，公朝禱而暮雨，故用東廣微語。唾地千篇頃刻成。豈獨陳遵夸尺牘，詩才壓倒謝宣城。枚愛公尺牘，多加潢治。公詩鐫十二卷。

雲泥分隔意綢繆，肯把心期物外游。愛訪烟蘿常命駕，恐驚猿鶴不呼騶。公來山中，不鳴鉦不喝道。蕭家侍史傳箋慣，公僕程鵬能詩，每有文字必遣渠至。王粲英年掃榻留。枚薦王西林秀才爲記室。每到淸談動移日，九霄老鳳一閒鷗。

德星久聚手難分，忽唱驪歌耳怕聞。正喜青琴同識曲，何堪白髮又離羣。一江秋水旌旗遠，兩地蒼生盼望殷。倘到大觀亭上望，小倉山下有孤雲。

不寐

老來最怕夜如年，不是鰥魚也不眠。苦望天明如望榜，一聲鳴炮便欣然。

孫補山相公輓詩

星折中台朝野驚，拳拳遺表見生平。三公坐席何曾暖，八十從軍慷慨行。傳箭峨嵋苗女捧，著書西域陣雲淸。公著西藏志，信來借書。公眞不愧梅陶語，忠愼勤勞似孔明。

聖心哀感詔纏綿，卹典重重下九天。臣力盡時雙目瞑，君恩深處萬人傳。謝玄賴有孫能繼，王猛深知子不賢。公遺表云：「臣子不肖，願以孫襲蔭。」倘見朝雲訴家難，也應東海旱三年。寵姬沈夫人被謫，冤憤先亡。

五羊城下拜旌旗，衰朽曾蒙國士知。八座鳴鉦來視疾，六營飛馬替傳詩。星移白下重逢速，人去黃扉再見遲。聽說江東諸父老，至今翹首望歸期。公所出告示，民間刊刻傳觀。

今春芳訊雁頻通，豈料公歸兜率宮。一勺廉泉猶在口，公贈金十笏，署曰：「非貪泉也，先生可飲。」幾行衰淚又臨風。家鄉有墓西湖重，勳舊無人北闕空。福敬齋郡王同在軍中，先公薨逝。安得韋丹碑十丈，儘教杜牧寫殊功？

獨坐

風滿長廊月滿庭，蕭蕭獨坐一燈青。常疑天上仙何在，最恨人間鬼不靈。眼看大千諸世界，手持小品法華經。秋聲何苦年年至，到像衰翁耳愛聽。

再示兒

山上栽花水養魚，卅年沈約賦郊居。書經動筆裁提要，詩怕隨人拾唾餘。三代文章無考據，考據之學始于東漢。一家人事有乘除。阿通詞曲阿遲畫，都替而翁補闕如。余不作詞，不能畫。

送方訒菴觀察

觥觥訒菴公，仁風江左宣。一旦引嫌去，士民俱拳拳。或爭嗅靴鼻，或思拗馬鞭。僉曰昔觀察，當作傳舍觀。惟公甫下車，恩威竟赫然。無徵人不信，聽我歌一篇。

觀察夫何如，學道始東魯。國人皆曰賢，君子以爲古。判事重南山，隨車帶甘雨。公羊創邪說，兄弟分父母。遂有鬩牆人，忍將弱弟侮。公訪搆訟者，嚴鞫加箠楚。從此不軌徒，聞風氣先阻。明如日破黑，捷若箭離弩。雷霆劈鬼膽，佛力馴豺虎。吏從冰上行，民向風前舞。我知公經綸，十未施三五。但借寇一年，此邦爲樂土。

吳淞多海氛，往往枹鼓響。官吏不知兵，遇賊膽先喪。公昔攝觀察，慷慨將書上。某嶴宜設伏，某港宜搖槳。或驗風色行，東南須辨向；或練水犀軍，糧薄宜加賞。會哨集我衆，探巢搜彼黨。未戰先習船，揮戈兔吐浪。善事先利器，平時修甲仗。才知唐休璟，萬里指諸掌。勇哉灌將軍，奮臂請親往。

相國劉諸城，當年擅威福。公作秋曹郎，升堂論刑獄。元老一言定，諸曹盡瑟縮。公獨執法爭，一士偏諤諤。宗資諾可畫，游擘筆難曲。相國爲改容，盈廷嘆忠告。一時朝士中，驚看麟獨角。即此見生平，肯因人碌碌！

愛民先禮士，手扶大雅輪。鍾山有講舍，多士蒙陶甄。尅期呼騶至，口將經義申。峩嶶豸冠，言厲色則温。濟濟青衿列，聞訓書諸紳。每逢宣講日，相戒毋逡巡。頗如弟子惰，怕受先生嗔。欣沾時雨化，竚立文風振。惜哉桃李樹，不能長留春。

公昔寓白下，屢蒙詣山莊。芳花生滿齒，佳什披琳瑯。昨冬乘繡幰，奉命來巡防。方伯陳太丘，清風相激昂。東浦方伯。遂使一閒鷗，得逐雙鳳凰。風月時談論，治理或咨商。忽然悵分手，兩賢齊啓行。方伯調任皖江。老我既難別，更代民思量。如兒奪其乳，如川移其梁。恐返渡河虎，更添朔飲羊。安得吹慈雲，依舊覆江鄉！

駱佩香女士歸道圖

小別西王母，紅塵四十年。三生緣忽了，一旦悟眞詮。洗手翻靈笈，拖裙采妙蓮。將心安放處，如月放中天。

入夢非非想，空床只自知。如何女龍寡，不作藁砧思！落筆多仙氣，伊誰作導師。九天玄女問，莫說老袁絲。

題妙巾女子瓊樓倚月圖 有序

乾隆庚午，蘇州詩人蔣盤漪教題納姬冊子，并抱所生公子竪娩出見，爲賦長慶體一章，載在集中，今四十餘年矣。公子綰綬皖江，政聲循卓，又以丁姬妙巾小照索題。余老矣，棖觸舊事，一往情深。惜子固、叔姬雙雙俱至，而余又遠游揚州，不得一見，故第五首及之。公子名業謙，字湛華。太夫人住白蓮橋，少有觀音之號。

飛瓊身本住瓊樓，偶到人間字莫愁。暫與姮娥常見面，夜深不肯放簾鈎。

晚妝才罷倚雕楹，月下窺園倍有情。知是桃花知是妾，問郎曾否看分明。

枉費冰人說蔦蘿，美人方寸是星河。一逢蔣濟眞才子，便唱丁娘十索歌。姬曾却富人千金之聘。

生長西溪學浣紗，一朝皖上看桑麻。知隨潘令班春去，壓倒河陽滿縣花。

孤負雙雙駐畫輪，衰翁偏作出山雲。披圖喜見驚鴻影，未識丹青肖幾分！

題罷風詩笑口開，惹儂往事上心來。白蓮橋下觀音降，江令當年早費才。

詩塚歌

晴沙先生選詩畢，公選梁溪詩，自漢、魏以至本朝。剩稿橫堆三十尺。作何位置費商量，欲焚欲棄心未決。賈生闖入大叫呼，投諸水火詩無辜。盍將斷簡殘篇葬，當作枯骴朽骨乎！相彼惠山下，厥壤惟墳壚。殮以文梓匣，加以純灰塗。二泉環流清似雪，較勝水銀江海黃金鳧。賓賓學子來會葬，都是鬱鬱佳城墓大夫。髑髏臺，點鬼簿，團聚詩人無萬數。樹槚何妨七尺高，採樵應禁五十步。楚些招，鮑家唱，青山夜靜聞聲響。地下騷壇個個爭，墳頭吟草枝枝長。君不見，本朝顧俠君，選刻元詩三百人。夜夢高冠如箕一齊來拜謝，想見名心未死不以陰陽分。君今此舉古來寡，文塚筆塚難方駕。泥封更比紗籠尊，火燒亦不秦皇怕。我欲高刊華表十丈碑，大書過路詩人齊下馬。賈生名崧。

哭和希齋大司空 有序

枚與公素無一面，而兩次書來云：「先生聖世奇才，久思立雪。軍中帶小倉山房全集，朝夕諷詠，虔等梵經。」又寄懷云：「相逢知有日，天不墜文星。」嗚呼，文星未墜，將星先墜矣！八十衰年，非常知己，而終不獲修士相見禮，其能無腸若湯，揮毫一慟耶？

伯爵才封賜紫纓，忽聞三楚喪元良。祭遵儒將人多愛，鄧禹英年事正長。不待兩階舞干羽，竟將一死報君王。聖心正是焦勞際，又灑堯天淚幾行。

刻意憐才孰與同，小倉詩當梵經供。久思立雪言何重，未盡凌烟帳已空。萬里孤城烟瘴外，三生知己夢魂中。癡心想借金靈馬，追到泉臺一見公。

過吳門有懷麗川中丞

偶泛扁舟往浙東，戟門重過意忡忡。高牙大纛依然在，不見詩人嚴鄭公。

一天風雪水盈盈，獨捲孤篷看月明。倘使公家還在此，幾番歡笑幾番迎。

秋風九月接瑤華，紙上猶飛塞外沙。想對天山萬重雪，還思陶令一園花。

千里相思兩鬢霜，雲峯難割九回腸。師丹老去渾忘事，只有恩門死不忘。

翁雲槎徐守愚王紹曾皆奇中丞侍者見余來蘇如見故主置酒爲歡余感其憐才念舊一往情深贈詩一章兼寄中丞

中丞曾築招賢館，侍者能憐穎士才。一艇偶從吳下過，三賢齊道故人來。花如相識皆含笑，酒爲衝寒易舉杯。王謝堂前舊時燕，依依也繞百千回。

題歸佩珊女士蘭皋覓句圖

仙人謫下瓊瑤島，生長朱門讀書早。寫就簪花妙格妍，詠來柳絮清才好。客春曾見衍波箋，詩比芙蓉出水鮮。已把名香薰什襲，還將佳句付雕鐫。今來小泊申江渚，曳杖隨風扣仙府。蒙卿一見老袁絲，喜上春山眉欲舞。自言十載奉心香，俠拜甘居弟子行。一朵琪花天上落，也隨桃李傍門牆。白頭意外蒙矜寵，三日三來不停踵。捲袖親將鳩杖扶，抽簪還把茶甌捧。手贈雙銖金錯刀，更分雜佩解瓊瑤。束脩多是裝奩物，探出羅襟香未消。匆匆潮落催回槳，惜別牽衣情怏怏。但願衰翁似白鷗，青溪黄浦頻來往。誰畫蘭皋覓句圖，仙姿蘭氣頗能摹。何妨添個西河叟，常許朝華問字乎？

題天平攬勝圖爲珊珊女子作

一綫盤空上，天平景最清。松林秋寺古，峯影太湖明。雲壓裙釵濕，風吹環珮鳴。詩成誰作答，繞屋有泉聲。

老我來梨里，三眠寫韻樓。燈殘還問字，吟罷始梳頭。白髮難爲別，紅妝易惹愁。何當攜此卷，攬勝與同遊。

再展和希齋尙書手札淒然有作

焚香再讀八行書，老淚盆傾眼欲枯。議論儼然王者佐，胸襟肯受宋儒拘？札云：宋儒之爲道拘，猶士大夫之爲位拘也。因文識我眞奇士，爲國忘身古丈夫。底事三賢同歲去，不憐一叟寸心孤！札云：讀先生詩，知先生之爲人。

未曾一面早心開，偏在雲霄憶草萊。忘却通侯爲上將，屢誇聖世有奇才。身騎箕宿天邊去，魂逐倉山集上來。此日三湖連九塞，金風鐵雨有餘哀。

哭王西林秀才 有序

西林名汝翰，其父廷泰，余試童子時之案首也。西林才過其父，而溺苦于學，以咯血亡，年纔二十六歲。

曾見而翁美少時，卅年又見小瓊枝。老夫當作鸞雛待，爭奈偏教鵩鳥知！

殿前楊柳張思曼，天上瑤金劉叔琳。一旦驚風摧玉樹，不知造化是何心！

記否同眠水竹居？風簷殘燭夜窗虛。夢回千樹梅花下，睹背兒時舊讀書。

也曾學佛拜天尊，也愛絃歌入聖門。今日西天與東魯，教人何處與招魂？

文章攻苦太嫌過，嘔出心肝奈爾何！料得春來書帶草，年年生長墓門多。

輔嗣身亡最可憐，九原辜負腹便便。他時水月松風處，定遇談玄一少年。

觀瀑

海被風吹起，狂瀾直上天。山川齊助響，草木盡生烟。點額初疑雨，飛珠忽打肩。何時千尺雪，灑遍萬家田？

阿通生子賦詩戲之

吾兒眞不肖，弱冠便呼爺。可記兒來日，而翁鬢已華？邑名勝母處，曾子早回車。何苦添丁急，希圖跨竈耶！

臘月十四日別蘇州還山作

出門納履便行矣，歸里臨期轉黯然。不是伊桑戀三宿，只愁丁鶴別千年。賓朋心惜風中燭，祖餞筵開雪後天。更有金閨女弟子，牽衣捧杖倍纏綿。

小倉山房詩集卷三十七 丁巳

丁巳元旦

八十又加二，人憐天亦憐。童孫初入抱，臘月朔日阿通生一子。鴻案尙齊眉。努力尋三樂，閉門靜一年。好教來歲健，重赴鹿鳴筵。明歲即戊午科。

新正喜晴

今朝才像是新正，梅蕊離離報曉晴。老眼破昏如更少，嫦娥久別倍多情。芳園門外車騎響，好鳥枝頭口舌輕。況我衰年尤愛日，看書要趁夕陽明。

余病痢醫者誤投蔘者遂至大劇

胸橫一老字，動手便蔘苓。醫治萑苻盜，先存姑息心。彎弓忘審的，閉眼亂穿針。始悟中醫好，俞跗何處尋？

不寐有感

老去神昏夜不眠，更籌數盡五更天。乞誰送入華胥國，一夢強於活一年。

人生在世如雲耳，雲去雲來雲本無。生怕易來不易去，惡風攔阻在中途。

病中不能看書惟讀小倉山房詩集而已

病中何事最相宜，惟有攤書力尚支。悅耳偶聽窗外鳥，賞心只看自家詩。一生陳迹重重在，萬里游蹤處處追。吟罷六千三百首，恍如春夢有回時。

病痢劇甚張止原老友餽以所製大黃聞者驚怖搖手余毅然服之三劑而愈賦詩致謝

藥可通神信不誣，將軍竟救白雲夫。大黃俗名將軍。醫無成見心才活，病到垂危膽亦粗。豈有酖人羊叔子，欣逢聖手謝夷吾。全家感謝回生力，料理花間酒百壺。

周青原舍人札來勸勿服藥

明知勿藥喜，當局便迷懵。身困求援急，醫多聚訟忙。補贏無紫桂，厄閏有黃楊。得汝箴規語，如餐續命湯。

憶梅

久已東風到若耶，千枝香雪未橫斜。寒梅似爲居停病，忍住春寒緩放花。
兒童走報蕊初含，待到花朝賞尚堪。我欲杖藜扶病起，巡檐一笑死猶甘。

折梅插瓶供之寢室省往看之勞

巡檐終竟怕迎風，忍折花枝伴老翁。笑汝林家爲外婦，不曾迎到洞房中。
夢醒羅浮月影涼，美人何在但聞香。呼童慢把衾裯捲，且讓殘花睡滿床。

止原勸病起尤宜珍攝再謝一詩

張華慮在平吳後，士燮深憂克楚前。同是超超元箸意，知君不慣古時賢。

病中雜記古人事之可喜可愕者作絕句十六首命兒輩錄出以擴見聞

商王愛酒酒爲池，痛飲晨昏竟失時。特遣官奴問箕子，答云臣醉不能知。箕子。

主上執鞭迎道左，百官屈膝跪雲臺。將軍還要出身正，依舊還鄉舉秀才。陸遜。

休將伐國問仁人，家數牀原上下分。阮籍看人惟白眼，蘇瓊將我入青雲。蘇瓊。

太師赴宴舉家游，望見簾中有莫愁。奪得方知自家妾，妾多忘記在空樓。迭木兒。

宋儒迂謹久傳聞，獨有尙書友誼眞。借妾生兒仍返璧，兩家供一太夫人。潘兆豐。

元代諸科拉雜開，諸王高坐論人才。人才絕好高君玉，可惜科從進士來。衛紹王。

祿食天家七十春，未嘗一日病纏身。竟忘草木威名重，直犯雷霆救直臣。張萬福。

太初遭際慶明良，初捷南宮寵勝常。帝爲償錢三十萬，竟將私債累君王。李沆。

元帥功成萬馬馳，滿懷冰雪映戎衣。伯顏平定江南後，只帶梅花兩樹歸。伯顏。

宮僚花飲擁嬌紅，天子聞知怒相公。公整衣冠前拜賀，太平有象是臣功。王旦。

閨閣英雄荀灌娘，十三救父改軍裝。後來只有渾公子，乳媪同來入戰場。荀灌娘、渾瑊。

朝官受賂跪盈庭，獨立昂然宋廣平。賂到臣門臣亦受，一言諸罪盡從輕。宋璟。

愚孝愚忠古所譏，呼延贊事更堪嗤。全家身刺勤王字，刲股爲羹自療兒。呼延贊。

前朝内監太豪奢，萬石胡椒載滿家。抄到奄人劉瑾宅，方知元載是貧家。劉瑾。

深夜孤軍受賊戕，自將碧血寫封章。抽刀誰似來君叔，忍死須臾薦段襄。來歙。

一角孤山構草廬，先生梅鶴與同居。如何尚有憐才意，愛寫公卿薦士書？林逋。

擬重赴鹿鳴瓊林兩宴詩 有序

余七十九歲作八十自壽詩，見彈而思鴞炙，自覺太早，故藏篋中，次年才敢示人。今春病中無俚，念明後兩年重赴鹿鳴、瓊林之期已近，題目大佳，忍俊不禁，各賦十章，聊當枚乘七發，以想當然三字虚處描摹，古之詩流往往有之。雖預支年壽，蒼蒼者未必慨然見賜，然詩登集上，則願了心中。質之諸君子，其愚我耶，其和我耶？

丁未年重赴泮宫，鹿鳴筵又宴衰翁。分明六十年前事，聽到呦呦耳尚聰。雍正四年，余入泮宫，年才十二。

折桂蟾宫幾度秋，婆娑還伴少年游，不愁月裏嫦娥笑，只恐嫦娥也白頭。

當年意氣似雲顛，頃刻風吹欲上天。今日萬般心事了，僅留一杖傲羣仙。

主試共將前輩唤，同年多把歲星猜。偏教一路珠簾捲，錯認當年梁顥來。

小醉華堂酒漸消，金鞍扶上馬蹄驕。奈他多少簪花客，攔住衰翁說四朝。

代請熊公赴鹿鳴，一篇駢體最風情。不圖我亦修能到，追繼前賢有後生。代請熊滌齋先生重赴鹿鳴啓，在文集中。

記得長安利市街，平康巷里小徘徊。幸虧叔寶無風貌，不被紅裙看殺來。

泥金名紙久模糊，落落晨星影太孤。不識上公憐譜誼，宮門還問簡齋無？阿廣廷相公戊午同年，奇中丞入覲詩曰：「白頭宰相關心甚，問了黃河問簡齋。」

宴罷高歌詩八章，諸公莫笑老夫狂。世間幾個盧生在，能作邯鄲夢兩場？

萬事輪迴若轉轤，光陰飛去在須臾。他年花甲重周日，更有何人繼老夫！

重宴瓊林詩

羽衣人掃大羅天，道有重來老謫仙。不料桑田變滄海，瓊花一朵尙新鮮。

記得曾騎白鼻騧，路旁人指少年夸。而今舉眼誰相識，認得袁絲只杏花。

車如流水馬如龍，回首天街似夢中。愁上金明池上照，綠衣郎變白頭翁。

新貴森森玉筍班，探花折柳各憑欄。老夫別有閒心相，獨自摩挲銅狄看。

九霄臚唱會羣仙，仙樂嘹嘈送耳邊。絕似當年趙簡子，重尋殘夢到鈞天。

五雲深處幾輪車，西抹東塗笑語譁。越是阿婆人越看，蟠桃一樹古時花。

史先秘後兩平章，文靖公、文恭公。同撤金蓮進洞房。他日熙朝記人瑞，鷦鷯也得附鸞皇。三人皆恩假歸娶。

開箱難覓舊冠巾，借得宮袍未稱身。轉悔當年燒尾宴，不曾想作再來人。

歡場回首易消魂，世上榮華水上雲。三百銀袍何處去？天留一叟伴諸君。己未進士共三百人。

讀北魏書有感

席間夏侯夬，耳語江文遙。人生多局促，相看先後凋。今約諸君子，生死須招邀。良辰與美景，宴集如今宵。亡何夬竟逝，又逢上巳朝。江公如其言，設位將魂招。果見夏侯來，杯斝酒即消。幽明雖渺渺，神理殊超超。後有裴伯茂，曾與李渾交。裴亡李率友，靈前進蘋肴。一酹一相酌，纏綿往復勞。泣問裴中書，可復知吾曹？我讀兩傳畢，不覺心忉忉。旣傷逝者情，又感風義高。奈年登大耋，平輩多寂寥。他日靈床前，有酒知誰澆！

東風

東風又送好韶華，柳漸青青草漸芽。照水莫驚雙鬢雪，幾人能看四朝花？光陰一寸皆爲福，樂事三春未有涯。客到只從籬外聽，笑聲多處是吾家。

病中妬晴

欲起尋春杖嬾扶，百花似雪滿園鋪。虚情不領東皇惠，如此晴光贈病夫。

膳飲留滯舌上苔生戲題

仁粟空吞學吃齋，智牙殘缺易生災。如何妙絕瀾翻舌，不長蓮花只長苔。

昨冬下蘇松喜又得女弟子五人

夏侯衰矣鬢雙皤，桃李栽完到女蘿。從古詩流高壽少，於今閨閣讀書多。畫眉有暇耽吟詠，問字無人共切磋。莫怪温家都監女，隔窗偷覷老東坡。

枚少受知於鄂文端公史文靖公中年受知於尹文端公晚年受知於孫文靖公四公薨後行狀碑銘都出枚手書事後追思感賦一律

聖世元良四重臣，皤皤一老受恩均。不圖靑史傳名裏，都付倉山後死人。褒鄂鬚眉非易畫，臯夔氣象見方眞。九原他日相逢處，始信文章有宿因。

惱夢作六言詩

醒時頗少精思，夢裏偏多佳句。無奈漸漸將醒，便覺沉沉遁去。有如追捕亡人，一去竟無尋處。

病起作

天公容老不容健，特教二豎來相困；庸醫知老不知病，誤把強松弱草認。開門養賊助之攻，桂附薓耆藥雜進。從此迷懵匝月餘，腹苦彭亨頭作暈。幸遇良醫仲景來，按脈分明敢自信。道是膳飲多滯留，須用將軍破堅陣。用大黃三劑。果如觸犯天屎星，暴下農田十畝糞。漸漸胸膈得舒展，五漿三饋才能噍。其如元氣已凋傷，未免黃楊重厄閏。皐陶面色如削瓜，沈約腰圍減幾寸。直似恢復得空城，雞犬桑麻存者僅。重辦屯田善後方，甘霖潤補雷霆震。又恐蟯瘕消導難，牛炙羊羹都不近。老妻稱藥妾量水，比畜嬰兒尤謹慎。自笑龍鍾八十翁，未必期頤還有分。雲水無心愛出山，舟如藏壑心無慍。晝起便是地行仙，宵眠便算長眠漢。笑斥如來護命經，胸有莊生齊物論。世間萬事等閒觀，歿固欣然存亦順。君不見，顏含性命自家知，雖有郭璞蓍龜從不問。

示兒

可曉兒翁用意深？不教應試只教吟。九州人盡知羅隱，不在科名記上尋。

葛洪不識樗蒱齒，陶侃嗔將博局投。一個神仙一豪傑，肯教白日付悠悠！

二月十五夜

暗香疏影曲欄東，千樹梅花一老翁。白髮似花花似雪，夜深難辨月明中。

忙

花要泉澆鶴要糧，穿池叠石要平章。巢由料理溪山事，竟與皐夔一樣忙。

常記

常記古人言，思之每爛熟。食蔗漸漸佳，離官寸寸樂。陸扆古賢相，論士尤諄諄。不能一勺酒，便是五分人。靜參諸物性，草木各成家。竹有低頭葉，梅無仰面花。

謝談竹塘贈綿馬夾

四月清和春已歸，春寒猶未去重帷。感君家有長生庫，許我身披短後衣。半體全忘腰下重，一鞭好上馬如飛。只愁八十持竿叟，難换戎裝立釣磯。

題李蕙圃玩石圖

青蓮本謫仙，擇交苦無偶。目空世界海，獨與石爲友。相對兩忘言，摩挲最耐久。我昔游桂林，奇峯登八九。幸逢君哲兄，推袁不離口。君時從經師，方騎竹馬走。何圖一星終，尺書魚腹剖。命題玩石圖，玉貌還如舊。樹根拗作床，離騷縛在肘。一個萬石君，袖着補天手。石丈與石婆，鱗羅侍左右。我乃石戶農，願借少康帚。來掃石上苔，同飲窪尊酒。先題詩數行，問石點頭否！主人即松園之弟。

花落書上即夾書中

花下攤書卷，花多落卷旁。想來花意思，也似愛文章。卽取書中夾，聊當柱下藏。他年再翻着，還恐有餘香。

贈計賦琴

令君人去香猶在，任育生來影亦佳。莫更披衫臨水坐，恐教羞殺六郎花。

溧陽彭賁園先生年八十五矣聞其健在喜寄以詩

芳訊傳來喜欲顚，魯靈光殿尙巋然。東方著述三千牘，彭祖家風八百年。屈指誰爲天下士，比肩同作地行仙。急書詩箋風中寄，當作鍾期未了絃。

山雀

晨起坐南窗，山雀來簷宇。三五各成羣，意態何容與！或踏樹枝搖，或出烟中語。向我啁啾鳴，似識園林主。汝來從何方，汝去歸何所？雖有稻粱謀，而無家室苦。生便有來時，死竟沒尋處。從無飛禽尸，空中墮毛雨。夫豈皆神仙，沖天竟飛舉！此理不能明，敎吾常羡汝。

夢

古今最是夢難留，一枕黃粱醒卽休。只有高唐巫峽處，至今雲雨尙悠悠。

雨中送春

東風吹雨灑雕輪，楊柳依依欲斷魂。眞個送春如送客，滿山花草有啼痕。

雲從嬾後都爲雨，春到歸時不管花。我恰憐春歸路滑，不知今夜宿誰家！

花魂四月尙勾留，姹紫嫣紅鬭未休。一旦東皇如夢醒，子規啼殺不回頭。

春如五日張京兆，我是三生杜牧之。初放夭桃初舞柳，敎人越老越相思。

簾遮芍藥戲作六言

簾遮芍藥數瓶，關住一房花氣。譬如新得佳人，一月何妨幽閉。

六月披裘

分明荷葉滿池浮，節過端陽冷似秋。天要衰翁作衰樣，今年六月尚披裘。

舊痢又作

老去將身作漏卮，廉頗依舊矢三遺。空增對藥攢眉態，無復熏香擁被時。廳號更衣常覺少，鳥呼脱袴總嫌遲。想緣天廁無人守，重起劉安作主持。

解穢思將羯鼓撾，芝蘭臭味向誰夸！呼童傾倒械窬物，賜與將離作草花。俗號將離爲芍藥。

滯留掃盡五倉中，從此清明應在躬。莫笑先生太枵腹，劍仙從古號空空。

讀孔子世家

贊易刪詩話恐虛，孟荀筆舌始紛如。尼山道冠千秋處，妙在平生不著書。

病後自覺衰頹而筆墨應酬人云未老

一病方知老，容顔瘦鶴同。腰圍三寸減，衣叩滿身鬆。見客先尋杖，看花便怯風。只提雙管筆，不像八旬翁。

潯陽客況圖

潯陽江上水，客過便情生。楓葉雖無影，琵琶尚有聲。花開雙蓓蕾，酒飲一經程。不忍匆匆別，題詩記姓名。

謝霞裳寄藥方兼訊病中光景

多謝良朋寄藥方，敎將病態說周詳。花經雨後香微淡，松到秋深色尚蒼。鎮日翻書尋本草，幾番偷眼看斜陽。英辭妙墨三千卷，便是張衡不死床。

八十游山一杖支，童心猶似少年時。幸虧二豎來相訪，甚矣吾衰始得知。

詩城詩　有序

余山居五十年，四方投贈之章幾至萬首。梓其尤者，其底本及餘詩無安置所，乃造長廊百餘尺而盡糊之壁間，號曰詩城。

十丈長廊萬首詩，誰家闘富敢如斯。請看珠玉三千首，可勝珊瑚七尺枝！

推襟送抱好辭章，四海風人聚一堂。不待恭王來壞壁，早聞絲竹響宮牆。

不用烏曹磚一片，不須伯鯀造成功。但教詩將文房守，四面雲梯孰敢攻！劉文房號「五言長城」，又贈某云：「遙聞詩將會南河。」

城下梅花千樹栽，羅浮春到一齊開。參橫月落羣仙降，定與詩魂共往來。

附　詩城歌　　陸應宿小雲

先生選詩如選將，一城高築萬花上。長廊百尺盡糊詩，宛與騷壇作保障。嘉名肇錫雅且新，疏疏密密雲錦陳。喜有崇墉足位置，免同論語燒爲薪。占來形勝更無有，靑山抱左水繞右。雖無劍氣起豐城，定有文光射牛斗。除非風人到，孰敢乘其墉？無形之險勝王公，不須更設重門重。先生原是詩中霸，李少鶴贈詩云云。海內詞宗少並駕。足使淩雲倚馬才，一齊受降此城下。城下千枝香雪清，城頭幾朵白雲行。垂楊似學旌旗舞，鳴鳥疑聞鼓角聲。我每登臨看明月，愧乏衝鋒一枝筆。長城輸與劉文房，只好充當守陴卒。

答勸參禪者

看破浮生一夢中，醫巫何必召匆匆。世無天女休貪色，心有如來便不空。雲去雲來還見月，花開花落且隨風。瞢然寐後蘧然覺，桑戶歌聲尙未終。

王蒓亭太僕梅石居居士同日訃來俱年未六十感而有賦

王楊並逝如相約，李嶠雖存涕不禁。序齒已慚加倍長，論交都有廿年深。王維朝罷多佳句，梅福山居抱古心。今日病中聞訃到，九原累我再追尋。

歸佩珊女公子將余重赴鹿鳴瓊林兩宴詩以銀鉤小楷繡向吳綾見和廿章情文雙美余感其意愛其才賦詩謝之

三尺吳綾字數行，累君纖手費裁量。買絲想繡平原久，先繡霓裳曲廿章。鏡檻風和鬢影斜，稀針密綫不教差。遙知小婢私相訝，不是尋常慣繡花。

珍藏合把戒香薰，當作天孫織錦文。夸向河汾諸講席，門牆可有薛靈芸？

閨閣如卿世所無，枝枝筆架女珊瑚。將儂詩獨爭先和，領袖人間士大夫。和章千里寄來，而城中紳士尚無一人和者。

李謩明歲試金鰲，千佛名經手自操。我勸唐宮針博士，替他留巧繡宮袍。郎君李安之。

答東浦方伯信來問病

人生將辭世，先從反常起。飲者或停杯，游者嬾舉趾。我性愛賓客，見輒談娓娓。自從一病餘，聞聲輒掩耳。甚至妻孥來，揮手亦不理。自知大不祥，老身殆休矣。誰知理舊書，欣欣色尚喜。倘作病中詩，高歌夜不止。推敲字句間，從首直至尾。要教百句活，不許一字死。或者結習存，餘生尚有幾。

日長

不忍流年一擲過，日長老子更婆娑。三更詩尚呼兒寫，一早奴先把墨磨。好學易飄高鳳麥，回天難仗魯陽戈。自家憐惜自家喜，白髮光陰得最多。

後知己詩

余四十歲作諸知己詩，蓋卽杜甫八哀、高智海以文報德之義。今八十二歲矣。四十年來，王侯公卿，布衣女子，好我者又得若而人。其人已逝，其情難忘，故又作後知己詩十一首。生存者只張松園方伯一人，亦做從前之溧陽一相云。

追封郡王福文襄公

福王如威鳳，聲名震八荒。窮河到星宿，試劍斫扶桑。陣前無勁敵，麾下有降王。海內驚天人，敢仰不敢望。忽然書一函，加之詩四首。道讀隨園集，十日香滿口。慊慊願納交，遠寄倉山叟。枚轉念先王，謂文忠公。通家兩代久。正擬報芳訊，雲泥共往來。何圖凶訃聞，王已赴夜臺！三軍縞素臨，九重淚如雨。征苗未凱旋，擎天失一柱。夷王盡來弔，海外都設主。誰知菰蘆中，尙有閒鷗泣。青詞願奏天，來生侍王側。侍側客何能，執鞭兼執筆。

文淵閣大學士孫文靖公

龍神夜不睡，能興四海雲。澧水清見底，蛟螭難藏身。峨峨文靖公，嶽降甫與申。金精雖閃爍，玉質尚溫存。不料宋廣平，獨愛袁臨汝。識公在羊城，別公在江浦。俸肯分廉泉，衣還贈縞紵。置酒愛清談，鳴騶過蓬戶。黃閣方調羹，西陲又用武。刁斗正森嚴，征苗搥雷鼓。忽然秉燭起，揮毫萬馬驚。疑有木魚符，天上下奇兵。誰知題詩箋，遠寄倉山叟。三軍齊一笑，解甲重飲酒。卽此整以暇，古將可能否？惜哉功垂成，飄然歸碧落。遺命韋丹碑，交與杜牧作。賤子才力薄，漏萬將一挂。大海蠡或測，泰山筆難畫。文靖公能終夜不寐。

工部尚書四川總督和公琳

常讀樂府章，泥有憶雲曲。誰知今不然，卿月照茅屋。嗚呼我與公，從未一識荆。乃從沙漠外，望見隨園燈。得我一片紙，虔如捧梵經。甘居弟子列，屢札呼先生。方擬兩江督，又領三軍行。征苗用伯益，渡瀘苦孔明。干羽未及舞，大星先墜營。傷哉八十翁，得此大知己。情深路竟隔，恨恨何時已。難望公再生，只祈我速死。速死到九原，一見隋武子。

吏部尚書託公庸

託公來六年，彼此不往返。一恐方伯尊，一慮處士誕。無端一面交，大恨相知晚。愛我神解超，呼爲心中人。我亦愛公雅，如坐風中春。說經必窮源，談道必徹底。花開輒相招，月落未許起。一朝公登朝，天官領羣職。重復寄書來，苦道心相憶。枚每過瞻園，必拜甘棠枝。一聲園鶴鳴，還疑公在斯。

江寧布政使陶公易

公初守淮安，便命隨園駕。遷擢至屏藩，官高心愈下。手錄倉山集，裒然一尺高。如何溺愛甚，竟將柳習雕。爲政持大體，不以小節拘。自言少也賤，焚薪夜讀書。恤災如救焚，決獄如懸鏡，所拔英俊升，所到桴鼓靜。一朝紅羊劫，雷霆生頃刻。廷尉望山頭，全家俱籍沒。聞說狴犴中，猶念隨園翁。嗚呼向子期，忍聽笛聲終！

江寧布政使孔公傳炣

嘗憎佛家言，偏愛因緣說。有緣割不分，無緣續不得。我與南溪公，同年性不同。毛崔性多介，嵇阮性多通。公性最清嚴，無人敢請干。獨我一書抵，從諫如轉環。留我輒視蔭，飲我必專席。但得一刻留，願以千金易。金陵作屏藩，年才六十九。自覺神明衰，乞病歸曲阜。值我在病中，不獲走相送。公來四人扶，登牀一號慟。果然緣竟盡，舟中繐帳開；我道緣正長，尙有來生來。

華亭縣知縣程明㯳

皝皝程夫子，昔宰華亭縣。忽寄十行書，遠託雙飛雁。爲道愛我詩，千金求一面。招我游茸城，遂得瞻邦彥。同看金谷花，再續南皮宴。握手意殷殷，題襟情沓沓。何圖渤海歸，遽殞靈光殿！我有一束芻，何處招魂奠！極目楚天雲，傷心淚如霰。

山陰布衣童鈺

生未識君面，死乃登君牀。屈指平生交，惟君尤斷腸。君居若耶溪，前生卽梅花。慣替梅寫照，傲骨全槎枒。論詩少許可，當代獨推袁。壬寅春二月，見訪來隨園。值我游天台，翻似尹邢避。返棹住邗江，望儂如望歲。再貽尺素書，云卽駕舟至。其時六月天，炎威逼江路。我道衰年人，且勸公無渡。相約秋涼後，我將游廣陵。二分明月下，定唱相逢行、誰知屆期往，仙駕返蓬萊！聞說彌留際，盼我雙眼開。偶聽風幔響，猶認履聲來。待商詩廿卷，堆滿靈牀側。留贈一幅梅，淋漓墨尚濕。

香山縣知縣彭翥

阿連守端州，彭君爲屬吏。值我游嶺南，殷勤來執贄。貽我鷫鸘裘，助我刊書費。聞待諸上官，情文無此摯。一別幾何年，忽從都門至。官加司馬銜，還問玄亭字。聽說治萑苻，書生出奇計。貌雖植如鰭，氣竟猛于鷙。盡將鯨鯢吞，頓息海氛熾。因此覲天顔，屏風書姓氏。我爲賦長歌，當作贈行計。奈何染瘴烟，一朝傷永逝。滇南萬里天，歸骨何時至？忍見倉山中，有君立雪地。

浙江布政使張公朝縉

我昔還故鄉，泛宅西湖住。忽聞花外鉦，驚起湖邊鷺。公時作屏藩，禮先施枉顧。不以雲泥分，竟許苔岑附。次日華筵開，召我傾金杯。簾前釵釧響，一隊驚鴻來。元相金閨彥，只許楊炎見。家人父子情，聞者爭相羨。贈我容成侯，丈六金身現；貽我鮫綃錦，奇彩日三變。憐才尚如此，何況濟蒼生！爲誦子瞻語，大哉張方平！

纖纖女子金逸

梁朝簡文帝，愛讀謝脁詩。道不一日讀，口臭却自知。纖纖一女子，愛我頗似之。道樂有八音，金石絲竹好。其餘匏土革，愛者大抵少。倉山音節佳，餘音尙嫋嫋。兼之情最深，字外皆繚繞。宜乎感頑豔，傳抄到海島。斯言一以出，使我心傾倒。倘非絶代才，何由領玄妙！而況陽文姿，風裁尤窈窕。可惜投地拜，扶起已奄然。不及交一語，半月便登仙。聞其彌留時，吐詞尤悵悵。道有書中疑，未及先生問。我告女相如，老夫年已邁。相別不多時，卿其善自愛。好將所欲詢，含笑九原待。

哭王葑亭太僕

記得蓬門三徑開，王筠沈約一齊來。君受業於沈瘦岑，而沈又余之老門人也。領君入見，年未弱冠，秀出班行。絲蘿幸託崔盧誼，風雅尤欽鮑謝才。驟晉卿班作天使，未周花甲赴泉台。傷心十八年前別，又得邗江見一回。客春三月，君巡漕維揚，適余亦至，得數日盤桓。

觀瀑

天上從無海，空中忽有潮。橫飛珠萬點，高挂布千條。映日光無定，終年響未消。我來嘗一勺，不負許由瓢。

送王安溪之貴州

聽説牂牁道，千年剗不平。山多天忽小，水猛地常驚。盤磴馬無力，迎風虎有聲。王尊眞健者，叱御此中行。

法大司成詩龕圖

時帆先生詩中佛，偶學維摩營丈室。不供如來但供詩，紗籠錦字東西列。先生聲望著雞林，早動名流仰止心。得過騷壇聆緒論，勝朝南海見觀音。詩龕啓處勤延納，遠近投詩如梵夾。只恐難登選佛場，惟求口授傳衣法。迄今太學蔚人文，難得經師却遇君。身擁皐比上蓮座，樹教桃李悟聲聞。公餘魁踽心塵淨，古柏蒼松園曲徑。耳聽流水學微吟，客把尋詩疑入定。草生書帶綠滿階，時復拈花笑口開。回首奚奴花外至，不知誰又送詩來。

梨里行

吳江三十里，地號梨里村。我似捕魚翁，來問桃源津。花草有靜態，鳥雀亦馴馴。從無夜吠犬，門不設司閽。長廊三里覆，無復墊雨巾。家家棹小舟，目不識車輪。勾欄無處訪，樗蒱聲不聞。絲蘿不外附，重疊爲天姻。不知何氏富，不知誰家貧。更有奇女子，嫁與賢郎君，秦嘉與徐淑，才調俱超羣。謂徐山民及珊珊夫人。雙雙來執贄，賓賓拜起頻。留住小眠齋，款如骨肉親。我喜風俗美，更感古意敦。逝將去故土，十萬來買鄰。非徒結張邴，兼且聯朱陳。謂秋史。有女此地嫁，有男此地婚。庶幾子與孫，永作羲軒民。

兩賢大夫歌

大雅尙扶輪，風騷路欲斷。不圖大江南，龍門開兩扇。一爲李北海廷敬，曾來守白門。一時豪俊士，吹噓登青雲。一爲曾南豐燠，轉運來揚州。邗上題襟集，傳播堪千秋。乃有目論者，道李失之寬。上士食肉者，未必皆馮驩。道曾失之嚴，不與士相見。名紙偶然投，毛生難覿面。我道兩君子，易地則皆然。爲仁尙有術，憐才豈無權！海濱斥鹵地，士人至者希；不倒屣相迎，伊誰肯叩扉？鹽官掌財賦，分潤人人來；倘欲夸豪舉，難築黃金臺。

更有探原論，取人終以身。太丘雖道廣，王祥無雜賓。麗華能進姝，自家顏如玉；伯牙善鼓琴，聆音才識曲。我願兩賢爲相公，手持玉秤如昭容。定教天上雲龍滿，不管萬馬人間空。

有懷西江二生

陳用光號碩士

散行文似廣陵散，古調惟君肯再彈。珍重天生一枝筆，莫當吾世失蘇韓。

吳嵩梁號蘭雪

芳訊經年一雁無，仙才逸韻滿江湖。梅花眞有修來福，笑受檀郎拜不扶。吳有拜梅圖。

戲答醫者

業已清齋學太常，醫師還勸撤葷湯。思量養病無他法，合伴夷齊餓首陽。

吳韋亭赴千叟宴歸畫賜杖圖求題

宴罷彤庭出建章，耆英會上說吳剛。丹青賴有傳神筆，畫出鈞天夢一場。

寵錫重重喜不支，手拈如意下階遲。一枝鳩杖君恩重，交付童孫好護持。

老我欣逢盛典開，路遙無福醉蓬萊。羣仙定訝東方朔，何處偷桃不見來。

就醫揚州江口阻風

惡風江上起，如病入膏肓。不許三醫謁，偏敎二豎狂。稽留雖小劫，忍耐卽良方。誰信揚州近，難于上太行！

舟泊袁浦蒙素亭河帥先來過訪賦七律二章奉謝

歷任黃河浪不驕，六年賈讓擁旌旄。勤能補拙才偏敏，廉不沽名品益高。國事每同家事辦，大臣更比小臣勞。兩淮百萬蒼生命，都是明公一手操。

八十衰翁駐水涯，遙瞻帥府意徘徊。杜陵正想升堂拜，嚴武先蒙枉駕來。傾耳談雖聽半刻，少微星已照三台。龍門砥柱今朝見，不負淸江過一回。

哭兩湖制府畢秋帆先生

聞說尚書竟致身，郗公誄者定塡門。晉書：郗超薨，門下士執筆誄者四十人。公當加倍。栽還桃李盈天下，捧出心肝奉至尊。有去有來眞佛相，公在陝扶乩，仙人批云：「畢沅畢於沅江。」後果在其地，自知不起。全終全始是君恩。一篇請罷東征疏，除去房喬孰敢言！公請撤征苗兵，洋洋千言。

武緯文經罔不宜，三湘兩陝樹旌旗。韋皐未上平蠻頌，羊祜空留墮淚碑。狀貌單于驚漢相，北史：七尺之身不如一尺之面，一尺之面不如一寸之眼。公兼而有之。文章倭國乞蕭師。如何袖却調羹手，不待君王枚卜時。

卅載文章春夢過，衰年猶執魯陽戈。潰圍誰救牛元翼，曳足人哀馬伏波。豈料狀元能殺賊，至今壯士尙高歌。感公戎馬倥匆際，還有閑情問薜蘿。二月三日，公尙有札見寄。

連歲鍾期逐漸殂，成連海上寸心孤。謂孫文靖諸公。山頽忽又亡元老，腸斷空存一病夫。感舊易揮千點淚，招魂難覓九天巫。金閨二女來從學，公在重泉知也無？公側室張霞城、智珠女公子，俱通書執贄受業隨園。

小住樗園經月將歸白門留別琴溪主人四律

浮生何處泛仙槎，小住樗園勝若耶。盧氏修篁能請客，淮南丹桂正開花。但知白髮堪娛老，忘却青溪尚有家。半爲養痾半修道，終朝來往只烟霞。

主人當代米元章，目有青睛賞鑒忙。五子各教司一業，六旬猶未鬢含霜。人能好古心先雅，琴遇知音響更長。我贈一碑錢本草，古來歐趙未收藏。家藏錢本草碑，唐張燕公文，樊厚書，海內所稀，金石錄中竟未載也。

自憐沈約愛郊居，借得園林似畫圖。細雨催花鳩輒報，衰翁送客樹先扶。牆高能護雙飛蝶，室矮常温一小爐。佳話更誇蕭穎士，司閽可有子雲無？司閽楊如川能讀隨園詩，常以詩來請益。

重陽時節雨蕭蕭，難向平川折柳條。老去別人如中酒，秋深飛鳥亦歸巢。空桑一宿心常戀，黃菊千枝影尚招，留下雪泥鴻爪意，爲君磨墨寫芭蕉。

夜長不知昏曉畜一雄雞而詩以祝之

何必鈞天老鳳鳴，雄雞一唱九州驚。藏身便覺黃昏到，開口能呼紅日生。與我私談消寂寞，比他官鼓倍分明。更憐緩步高冠態，雨夜風宵不輟聲。

病起口號

黑夜不知曉，青天忽有光。如逢金鷄赦，李白還夜郎。攬鏡急自照，見貌輒自臧。有耳似覺聰，有目視覺良。奴僕走相賀，都道主勝常。司廚亦欣欣，加意進羹湯。我一喜一懼，彌欲自周防。譬如盜賊去，可不修垣牆；譬如荒年過，敢不減餱糧！病加于小愈，此理慎毋忘。執玉而捧盈，一日如千霜。但恐老妻念，急揮信數行。欲其大歡喜，未免小夸張。道云勿藥喜，似有神降祥。將行筮吉日，渡江理舟航。勝擁十萬貫，騎鶴還家鄉。

九月二十日夜疾又作

一病經年矣，周流總不除。升沉似飛鳥，來往類游魚。未泊先催棹，將行又卸車。小兒眞造化，戲我欲何如！

病劇作絕命詞留別諸故人

每逢秋到病經旬，今歲悲秋倍愴神。天教袁絲亡此日，人傳宋玉是前身。千金良藥何須購，一笑凌雲便返眞。倘見玉皇先跪奏，他生永不落紅塵。

再作詩留別隨園

我本楞嚴十種仙，曷來游戲小倉巔。不圖酒賦琴歌客，也到鐘鳴漏盡天。轉眼樓臺將訣別，滿山花鳥尚纏綿。他年丁令還鄉日，再過隨園定惘然。

小倉山房詩集補遺卷一

癸丑至丙午刪餘改剩之作

擬古

無情生山川，無情造舟車。今日君與妾，遂至淚盈裾。盈裾不一語，掩面立別處。此別非昔比，此別抱病去。須臾君不見，殘花堆滿徑。妾聲君慣聽，千呼胡不應！妾身非白雲，君身非青天。一合而一離，悠悠能幾年！

步出燕南門，遙望邯鄲市。挾彈美少年，翩翩似豪士。慷慨一具陳，同是報仇人。相將借一泣，攜手入其室。誰謂爾無家，黃金絡絳紗；誰謂爾無堂，瓊樓十二行。金石雜絲竹，音響何喤喤！飲至耳熱處，有客蹙額語。主人髮衝冠，拔劍出門去。妻兒不敢啼，須臾聞馬嘶。驚起問何之，氣激有所爲。一諾酬君子，萬金養孤兒。高義從此聞，長揖從此辭。白雲在天地，未知姓名誰！

瀘溪道中

山石巉巖碧蘚滋，小溪行出櫓聲遲。一灣野色垂楊柳，十里春風聽畫眉。戲縛野亭花作帚，閒敲河底石爲棋。龍津尙在江城北，烟雨蒼茫有所思。

放槳

放槳東風逐水流，鶯花深處便淹留，衣冠僧識江南客，翰墨兒呼學士舟。碧柳啼鶯千谷靜，白雲臥犬一村幽。早知尙有桃源境，王粲年來好遠游。

宿臨江旅店

昨夜華星卸寶鞍，青衫異國倚欄杆。南人已作西人夢，花涙還同燭涙殘。疏雨一更横枕聽，殘詩四壁拂塵看。瑤池烟草蓬山雪，幾費劉郎玉指彈。

途中寄金二質夫

己未入翰林，我與君翔步。君學自精醇，我才較跋扈。爾我居相隣，諧笑靡朝暮。各約今年秋，努力攻章句。庶幾砥礪精，元白駞雙轡。何圖志未遂，駞車我南去。譬彼女蘿枝，斷絕窮依附。如角原頭鹿，委之棄中路。鴻鈞付萬物，去留無喜怒。賤子抱區區，聊復自陳訴。九歲讀離騷，嗜古有餘慕。學爲四子文，聰明逐陳腐。猶復篝殘火，偷習詞與賦。

自謂登靑雲，專精莫馳騖。未幾踐玉堂，竊自比徐庾。勉力作象胥，三年墜雲霧。尙期廷試畢，辛苦立門戶。豈知俗緣深，弱水不留住。我皇重汲黯，淮陽竟相付。從此作吏人，仕學難兼顧。申韓習刑名，桑孔較藏庫。況復荒歉餘，保障煩憂慮。不敢理舊妝，作官如作婦；不敢忘本根，愛身如愛樹。繭絲羅我懷，蠹魚撑我肚。欲以彼易此，耿耿不得吐。姜維喜用兵，投降遭國故。賈生能上書，出爲長沙傅。造物好違材，鬼神攻娼妬。不許逞全力，多端以相誤。兩賢豈相阨，蓬山君獨踞。勉旃扶大雅，用以答知遇。竹木或亂塗，梟盧莫高呼。經學恐難爲，瑣屑苦爬疏。昌黎博雅人，魚蟲譏傳註。史家陳興衰，諸子多奇悟。研閲宜千帙，排比應百部。會見邁古流，翺翔逐李杜。乃若歲九遷，尤宜亟時務。經綸竹帛光，富貴草頭露。君固金玉器，狂瀾自砥柱。賤子何復道，別景請重敍。五月事行役，熱雲烝油幕。朝飲醒心泉，夕餐惡草具。蒼蠅嚼肌膚，蟣蝨起裾袴。夏苗苦短稀，秋霖愁沮洳。朝來逢縣令，淸瘦如涸鮒。縣令爲我言，江南最難作。皇帝愛民心，民奉爲孤注。借此羣號呼，饑黎爭欲赴。婦女攀輪轅，呵官相抵捂。帑金雖百萬，頃刻寧得富？食者未饜飧，餓者已前仆。更聞二麥傷，秋來彌足懼。我聞縣令言，惴惴殊自怖。書生當民社，籌策竟何措！跪拜習鞠躬，冷熱嘗鹹醋。回首謝故人，我與君殊趣。願持吟咏懷，絃歌安士庶；願持編摩手，搜剔除奸蠹。幸寬大吏嗔，冀免鄉人惡。瑟瑟秋風起，木葉下無數。雅度想崑田，清標懷叔度。餘子才桀桀，朝夕首常聚。詩牌肯暫停，酒杯豈空佇？知否南飛禽，目極雲深處。

初抵溧水縣署

津吏傳呼款碧輪，簿書裁見一番新。初官直似爲新婦，滿眼何嘗有故人？

贈易主簿祖栻

我聞易君名七年，邈然難接如神仙。都人爭傳紅藥句，天子親題墨竹篇。藩王好賢今河獻，朱輪延入梁園殿。上座方知騷客尊，揮毫不管旁人羨。遊宴追陪奉羽觴，牙檽繡勒何輝煌。金罍詞賦驚枚乘，明月風流愛謝莊。江南往歲需人亟，先生慷慨思擊楫。君王顧盼目未停，宰相牽衣留不得。君從八月下江陵，余亦乘風到石城。相逢喜愜三生願，相對同生萬古情。朝廷聖澤眞高厚，金鐖木穰偶然有。河決全憑禹力回，鴻飛賴有堯天覆。已持手板落風塵，文采風流那復論！開倉汲黯雖無力，立水王尊敢惜身！長沙女兒顏如花，十年不得來君家。洞庭春老湘雲薄，一夜烏啼鬢欲華。君久聘未娶。莫把銜官惱屈宋，茫茫宦海吾從衆。庾乘嘗因末坐尊，杜欽翻以卑官重。我贈君歌君和之，當頭明月照金巵。請看牛斗雙龍氣，定有風雷拔地時。

偶步

偶步西廊下，幽蘭一朵開。是誰先報信，便有蜜蜂來。

偶成

月行疑踏水，花坐當熏衣。笑問梁間燕，明年歸不歸？

行大雪中口號

珠明衣上水明沙，遠遠炊烟剩幾家。一箇馬嘶紅叱撥，千村人舞白題斜。平林直上無飛鳥，天際空行盡落花。料是東皇小游戲，亂將梅片打行車。

厚薄行難穩，錚鏦踏有聲。禪高矜足白，官冷覺膚清。入港水流澀，壓簷人語輕。蒼茫天地外，玉海是前程。

關防承恩寺

面壁禪師此日同，更何關節到包公？不聞人語諸天上，剩有香烟一縷中。時留香一炷作火種。敲鎖始知來水菜，閉門惟有感秋風。廚師皂隸無分別，低殺圍棋日幾通。

出沭陽口號

征衫斜挂早春天，綰綬潼陽愧兩年。路餞酒傾七十里，贈行詩載一千篇。無情胥吏多垂淚，滿地兒童盡折鞭。平日使君嫌枳棘，者回回首亦潸然。

侯東門貳尹五十初度即席索詩

束羊擔酒祝壽星，壽星此日兼文星。文星閶闔叫不靈，長吟直入江南城。江南縣丞報姓名，天使咨嗟大吏驚。咨嗟不用復何益，手板拘人足嘆息。信陵公子已灰塵，侯嬴子孫非俊物。發來狂疾公何苦，枝枝大筆張牛弩。軍糧萬斛老妻馱，石臼千斤頭上舞。公得狂易之疾，戴妻運糧，以石臼戴首而舞。匣中雌劍聲嗚嗚，赤脚神仙興太孤。一夕天風吹落葉，十年兄弟聚江湖。江湖秋色橫空起，秦淮莽莽東流水。烏兔齊驅大海中，鳳凰雙立天門裏。飲君酒，贈君車，感君走筆如龍蛇。雙鏡夾鼻眼昏花，倒持書卷帽帶斜。銅鉢數聲詩萬字，珠璣落紙風沙沙。回首長安諸舊侶，二十四人散如雨。叔子老如銅雀妓，驢材已作令僕去。世上滄桑且莫論，眼中車馬如雲屯。皐里先生鬢似銀，草衣山人白袷巾。簾中美人笑且顰，座上歌曲宛復申。田郎纏頭美絶倫，白雲四映菊花春。我若不飲飲不勝，丞不負余余負丞。

俗吏篇

俗吏未必從我始，俗吏當亦從我止。老母迎養病在衙，有子不見常千里。爲言不見良如何，朝朝五鼓車馬馱。參謁大吏苦迎送，應答賓客時奔波。金陵內城六十里，約略一轉時光過。歸來但見燈兩廊，夕陽同下如牛羊。嬀孀崽子攔滿道，牽裾各各陳衷腸。但恨長官歸來晚，不知長官未餐飯。忍饑息氣排衙坐，欲決不決頭屢顧。既恐稽遲轉累民，又恐倉黄事多誤。亂絲抽割將下堂，猶有秀才呈文章。使君既自翰林出，不加禮貌非循良。星落吏沉風轉緊，簿書束束如春笋。滴墨研朱細討論，吏胥乘間猶舞文。回首紛紛幕府進，公事俄張多報信。岸獄稍寬逸數囚，倉穀逢霉爛一寸。抽簿共言糧不足，願把蒲鞭聊示辱。已從漏盡解衣裳，重整精神任敲撲。倦極酣眠門又響，失火民呼公速往。抽豐賓客太無聊，重叠書來請絕交。仰天大笑卿知否，折腰只爲米五斗。何不高歌歸去來，也學先生種五柳！

揚州曲

揚州渡頭貴官集，揚州船上笙歌急。歌舞攔江醉不開，杜牧乘舟江口來。江頭欲問楊柳枝，倡條冶葉盡差參。朝朝迷迭風前賦，歲歲琵琶水上詩。琵琶彈罷聲幽咽，紆景流雲風瑟瑟。不持手板傍轅門，先走江關探月色。江關吹動一枝春，耳目驚飄不定魂。拖鬢帶病倚胡床，烏巾束額眉翠長。幽蘭心冷偏宜雪，宮柳情深不耐霜。芳年小字從頭問，嚦嚦嬌鶯傾耳聽。未把纏頭取次傾，先將金合今宵定。須臾朔風船面大，暮雲點點羣鴉過。待到天香天上來，果然明月舟中墮。百花帳冷篆烟孤，一笑春生冷漸蘇。袖長誤拂燈花落，爪短私將翠被鋪。自言九歲便從師，解誦團雲散雪詞。朝歌紅豆聲長怯，暮舞黄鸝力不支。惛惛自懺三生孽，絳蠟分明此意知。枕邊言罷悄無聲，冷落殘紅淚暗傾。可憐蕉葉心長捲，不信黄河水更清。雄雞喔喔東方曙，宛轉啼襟辭欲去。丁寧後會是何年，江水茫茫不知處。我生瀟灑吟風月，此日逢卿愁轉結。年少韶光各幾時，天涯相見還相別。遠近飄零蘆荻花，東西亂發江城笛。孤枕長拋暈未消，香囊解下痕猶溼。寂寞空船獨自歸，漫天飛雪荒江白。

出郭

出郭剛三日，看山過幾灘。天陰催晚易，雨細望晴難。樹影千帆亂，溪光一蝶寒。靜中參物化，琴對落花彈。

上方伯陳公德榮

海上青桐琴，金絲久斷絕。不關彈者稀，所悲知音歇。古文三百載，流宕無氣脈。紛紛迷作殊，冥冥源流失。少小學爲文，寸心若有得。不示并州兒，轉恐資談噱。安州陳夫子，來作江南客。曾辭黃鶴樓，仙人贈雲笈。氣厚如春雲，萬物資潤澤。星辰落眼中，迴照搜溟渤。憐我吏治眞，愛我文章傑。曰汝學唐人，宋後所不及。或向大吏薦，或問老母疾。春風飛九天，到處生顏色。每一宴風人，稚子許前席。瞻園秋復春，百花爛如雪。脫略長官禮，散坐隨巖穴。酒酣天地寬，情親魚鳥習。嘆息浮世例，官階何懸隔！屛藩至縣令，相去一千尺。其體稍尊嚴，手板多跼蹐。胡公獨不然，和光忘謙德。喬木覆芳草，草本同枝葉；大江抱淸池，池水江中出。夫子學問大，是以契合切。借公舊甘苦，作我新羽翼。多感國士知，大雅願努力。城頭春樹青，城外春潮白。蒼茫憶大賢，風雲同激越。

觀察台公杜

探懷得明月，清光照一躬。瞻依逢仁人，終年皆春風。我公烏臺彥，江南來花驄。管領千神駿，不皮相英雄。察事如察眉，肌理劈春葱；治民如治家，江海包雍容。長髯秀若神，華嶽神氣通。碧天孤鳳凰，偶來青梧桐。落落官爵異，悠悠風雅同。官衙日無事，袖詩相追從。上論漢魏始，下極元明終。詩教原温柔，公情更坦融。示我一二篇，琅然清廟鐘。願公立朝廷，賡歌和夔龍。皇唐發元氣，雅頌陳蒼穹。政和人心古，永永垂無窮。

太守蔡公長澐

縉厚衣不裂，酒厚味不酸。所以古聖人，忠厚愛儒冠。況我金陵民，淳良無黠頑。嚴霜八九月，草木苦秋寒。忽然春風來，萬象回無端。閭閻多額手，父老亦加餐。爲問賢太守，諸事靜且安。嘗觀兩漢治，丞尉濟濟賢。何以致此盛，上不侵其權。太守識此意，大才藏槃槃。眞氣溢眉宇，舉動能自然。起視諸吏治，脫手如彈丸。笙歌徧正月，花鳥盈江關。嘻嘻婦子樂，青青野麥攢。誰云太平治，不在張弛寬！大網魚亦得，小網魚亦難。漢代嚴延年，渭水空摧殘。

烟江遠望欲迷津，鎮日推窗看好春。笑問往來能有幾？順風時節泊船人。

舟中書懷

余與同年曾南村黄笠潭以翰林改官江南六年矣丁卯秋二人以分校來白下榜後留宿署中夜間有作

弟兄難得此黄昏，相對江南酒數尊。荒署偶然聯一榻，蓬萊原是舊諸昆。家僮愛客頻添燭，秋雨多情暗打門。感昔懷今成底事，只談兒女也消魂。

暫時西笑話長安，明日征驂路渺漫。胡馬戀羣風送別，秋江吹笛雨空寒。帆飛碧海相逢少，脚落紅塵再轉難。莫道夜闌情未盡，數聲官鼓已摧殘。

滿庭霜影月華濃，葉落天涯萬萬重。宦況本如秋冷淡，歸心休勸我從容。韶光逝水千年夢，聚散關心一夜鐘。珍重白頭齊努力，好隨江上采芙蓉。

送春

淹留三月動征程，從此炎涼逐漸生。笑我送迎眞宛轉，恨君來去不分明。山中啼鳥聲聲别，陌上殘花緩緩行。莫道東皇眞薄倖，夕陽無限故人情。

丹陽道上留别雙郎

姑蘇春水一帆斜，惆悵丹陽兩岸沙。爭奈行船換鞍馬，淡烟疏雨别梅花！

蝶枕鴛衾夢不成，燈花如雪夜分明。兩行淚落吳江水，愛有芙蓉處處生。

十三名字冠揚州，腰帶猶存瑪瑙鈎。記否空江篷背冷，新年聽雨木蘭舟？

當筵怕唱六幺終，頃刻回頭夢巳空。寄語篙工緩摇槳，千金難買石尤風。

贏得芳名唤滿窗，枝頭乳燕語雙雙。情知送我終須别，留下香囊伴過江。

珍重梨園檀板餘，幾時重訪范莊居。三秋憶着休貪嬾，才歇笙歌便寄書。

送安撫軍北上華陽道中作

華陽古道暫停車，草木荒荒夕照初。一氣盡時看落葉，萬山冷處讀殘書。夢隨棋局飛難定，路入羊腸轉更紆。愁殺班姬舊團扇，伴郎才熱又離居。

偶折

偶折花枝懶惰生，吏人擊柝又心驚。縣庭公案秋階葉，一樣闌殘掃不清。

送同年陶京山之官滇南

同年十載前，升沉兩不知；同年十載後，悲歡自得之。我今辭官日，送君作郡時。君將往滇南，萬里從此辭。倉皇料行李，來索故人詩。故人一舉筆，百感如抽絲。皇帝戊午年，孝廉集京師。翩翩兩年少，顧盼無髭鬚。我時登翰林，君歌歸來詞。亡何我作吏，君鄉我來治。君鄉古金陵，山水天下奇。養病乞隨園，解組仍棲遲。君忽捧檄至，煌煌腰金龜。新官揖舊官，治化願商咨。鬑鬑兩令尹，長鬣相支持。卽此面目間，逝者已如斯。何況大江波，滔滔曷可追！今夕復何夕，春風吹花枝。不恨酒杯少，但恨生別離；不願遽遷官，但願長相思。明日隔山川，皓首爲前期。

天風閣

山巔起高閣，其高與天通。明窗廿四扇，扇扇來天風。呼吸飲沆瀣，坐招浮丘翁。白日出大海，徘徊扶桑東。未向世界白，先來此閣紅。青青九點烟，羅列歸雙瞳。笑指大江帆，順逆誰家篷！雪來天地淨，月來天地空。閣下有浮圖，偶然一聲鐘。

南樓

一樓青山横，滿窗明月冷。美人獨上時，自踏娉婷影。隱隱闐闐聲，茫茫雲樹景。試向烟中呼，飛鴻來亦肯。

水西亭

話此園内景，全在一池水。水聲流向西，亭以成其美。荷花十二時，濛濛香不止。蕩開蒹葭霜，明月乃在底。我學李王孫，喝月水中起。

山上草堂

山上有草堂，對望北極閣。風雨當三面，闌干繞四角。不見世上人，但見世上屋；不見天下春，但見天下綠。

判花軒

從前判花軒，本是在官衙。我今移此處，四時料理花。畫圖六十幅，書卷千餘車。古鼎燒香烟，沉吟白日斜。黃鳥如嘉賓，早晚來啞啞。鳥亦疑此軒，道是仙人家。

枚年十七杭州朱端士先生命製七十壽序爲忘年交再十五年枚歸自江寧拜先生於横河之西年八十九矣神采如故感贈一篇

先生兩眼如明月，十五年前懸清光。照我一帆挂江海，雲離雨散三千場。我今來訪河水清，水流不盡故人情。先生大笑披衣迎，滿堂風雨飛春聲。自言昨夜夢我至，我今果到夢中地。前堂歌舞後堂燈，分明不是前生事。先生老筆猶横陳，先生意氣如青雲。瀟灑何以送日月，朝朝磨墨揮千軍。萬松嶺上梅花杖，龍魚不跨乘風上。崇文書院湖水邊，阿婆塗抹驚少年。八十九年春正早，手書亥字知多少！棋罷何知歲月更，身強只覺兒孫老。且莫言黃須青曾變幻餘，眼前樹木非當初。但記我來介眉壽，先生見我不見鬢。忽然歸娶宮錦香，忽然挂冠鬢髮蒼。君如轆轤轉我腸，我如傀儡舞君旁。回頭不覺春風忙，但看江波日夜流茫茫。入魯尙拜靈光殿，還鄉得見中郎面。此時相見能幾杯，此後相逢知幾遍。況我風塵累未終，買田又作南飛雁。錢塘六月溽暑濃，雲雷日日東南峯。感激知己心忡忡，願傾東海添金鐘。先生來醉荷花中，年年顏色如花紅。

梅雨

日脚未出雨脚入，前庭天青後庭黑。皇天雜施陰陽工，道是江南黃梅節。忽然珍珠傾萬盤，忽然瓦簷留一滴。來如咳嚏無定期，去如藕絲未斷絶。迷宮步障張滿空，美人一日千回泣。雨師心碎耐雜煩，陽烏壽短較傾刻。巾箱氣鬱白毛生，寢堂几滑蝦蟆立。造化毋乃弄奇怪，雌蜺雄雷示不測。豈知天心愛我民，滂沱有意洗吳越。吳田越田多水稻，稻如小兒喜乳汁。密雲不交天乳乾，轆轤聲聲轉愁急。兒童迎龍打瓦鼓，老叟驅魃鞭陰石。不願家藏金一流，但願塘留水三尺。當今西川罷用兵，駱駝脚住牛背歇。此雨直從天河來，甲兵洗盡無餘孽。我時南行揚子江，破篷亂打燈光怯。滿船渠獵舊衣裳，爛盡不値青蚨百。但願陰雨接秋霖，爲天削除六七月。更願酒杯似此雨，早晚不拘隨所適。

雨夜宿白土

涼雨接路生，天地如新浴。征夫走旅店，波濤逐兩足。怒潮語敗溝，荒燈閃茅屋。饑蚊鳴若痳，展卷不能讀。炙雞得半醉，起自理枕褥。秋冷從天來，先到空堂宿。美人各一方，此味非吾獨。白土抵秣陵，百里猶屈曲。路近心轉紆，五更呼僮僕。添驢兩三頭，加鞭一百束。盡日走江城，夕陽看修竹。

蔣誦先復園宴集圖

復園之奇無不有，千山萬山夾花柳。復園之客無不狂，科頭赤脚多倘徉。就中宗伯吾同年，頭顱霜雪濬若仙。一朝勝事成雅會，圖畫十載猶流傳。我今來宿主人家，諸公散盡空梅花。夕陽在天風在樹，美人不來春不去。時寓園中訪妾。棋子重敲亂石前，釣竿再拂雲深處。主人把圖捉我手，此中面目君知否？家僮父子兼師友，約略衣冠二十九。請君磨墨不開口，一一題罷才飲酒。我昔無畫今有詩，人生聚散能幾時？一床明月一雙鶴，花開花落長相思。

寄西江撫軍唐莪村先生

積年懷斗嶽，殘歲拜江城。雪色千窗滿，葵衷一夕傾。相知兼兩代，垂感極三生。往日徵詞客，微軀困玉京。詩投賀秘監，譽借李長庚。月照梅花發，風吹桂樹榮。太常秋祭罷，藩伯粵西行。大阮從油幕，諸袁藉品評。噓枯合喬梓，淸俸寄蓬瀛。乍轉東山駕，旋飄浙水旌。銅符剛奔走，竹馬未逢迎。靄靄陽春渥，茫茫宦海驚。風波身幾度，蕉鹿夢重更。浪泊山仍靜，雲開月愈明。艱危占定力，患難見交情。帝念西江地，人推元老名。匡廬聽號令，草木鑒精誠。眷注全終始，馨香重晚成。自憐求病假，暫爾息塵攖。白髮雙親重，青雲萬事輕。新鴻馳楮墨，舊雨託公卿。書薦柴耕南。不盡低徊意，牙琴海上聲。

隨園樹上鷺鷥巢如車輪家僮春以戈三雛纍纍委地鷺鷥歸繞樹哀號晝夜不止余悲之爲作鷺鷥號子之曲

山上有鷺鷥，繞樹尋其雛。尋雛不可得，鷺鷥鳴嗚嗚。昨日哺吾雛，雛口張向娘。今日銜得蟲，娘口不忍嘗。直飛向高樹，雛巢竟兩亡。一株復一株，樹樹親迴翔。雙翎翻愕仄，兩眼看周詳。母子生別離，天上風茫茫。謂是雛已飛，翅嫩無因依；謂是娘來遲，來去無幾時；謂是誤所之，分明此樹枝。偶聞別巢啼，狀貌非我兒。豈不念兒死，冀其猶在茲；豈不畏弓繳，老身何所辭！只恐娘口低，呼兒兒不知。兒去無還日，娘呼無盡期。我向鷙鷲語，汝情何太苦。恐雛雖長成，未必遽反哺。請汝回烟霄，免我增凄楚。鷙鷲如不聞，長鳴已三日。初鳴聲於邑，再鳴聲斷絕。起視樹根頭，草木盡流血。

許滄亭觀察馬扶風太史兩老人過訪隨園喜作兩叟歌

紅日一丈柴門開，龐眉皓首兩叟來。不知爲仙與爲佛，但覺天風颯颯吹痲鞋。一叟疑是馬自然，紅霞嚼過三千年。玉尺量我錢塘江，江上小兒才扶床。江水滔滔流一片，此兒已宰江寧縣。江月茫茫秋復春，此兒已作山中人。山中錦瑟如人長，老叟曳杖猶來往。不管南海變滄桑，但把青山畫紙上。一叟自號許飛瓊，入水不溺火不驚。洞庭之波知我心，瀟湘之花聞我名。半空撒手便飛去，千金買屋居金陵。贈我詩句氣如虹，驅遣蘇詩如化工。蘇公已老叟不老，七十容顏猶美好。釣鰲長竿爛不收，梅花菊花兩詩稿。兩叟兩叟既來過，請叟不言聽我歌。當年兩叟同豪華，當年兩叟同風沙。叟不見，鳳凰高翔羣帝傍，天公美酒傾千觴。此時意氣如海水，高潤未許人思量。忽然黃河捲浪向身瀉，泥沙土礫汚衣裳。排雷斡電雲霧息，回頭人世已夕陽。又不見，老樹槎枒好交結，根入九霄通南極。長劍欲斫斫復休，殘枝尚帶人間秋。吁嗟乎！黃土厚，碧天高，悠悠四海誰英豪！縱有二三豪健者，又使龍蛇骫硊生波濤。不愁豺虎咬，不愁霹靂燒，但愁將軍七十餘戰後，微覺鬢邊霜雪來蕭蕭。試觀兩叟萬千場如一夢，何如青山綠水我今日之逍遙。水有荷兮如蓋，山有榴兮如火。長跪向叟問，再來果不果？明日兩叟來看山，後日兩叟來看我。

古意

妾本良家女，少小多容芳。十三學錦瑟，十四彈清商。良媒千選擇，得升君子堂。柔心承恩澤，翻使愁中腸。不愁君不愛，但愁愛無常。平生針綫迹，都在繡鴛鴦。他人所織布，妾不量短長。胡爲衆蛾眉，悠悠相謗傷！初言君不信，再言君且防，三言君見問，四言君撤床。妾欲自申明，有淚聲不揚；妾欲誓青天，六月無飛霜。後言雖有入，前言不能忘。不如辭椒殿，嘆息守空房。亦自傷薄命，豈敢忘君王！

問月

問他窗外團圞月，曾在瀟湘見我不？十九年中人似夢，三千里外水空流。過來塵海茫茫事，難向嫦娥細細愁。只憶當初相對處，潘郎可有雪盈頭？

小園

小園花嫩草萋萋，公子新歸繫馬蹄。愛聽相思怕聽別，只栽紅豆不栽梨。

似村公子淸江信來訂相見之期并寄三兄璞齋見和落花詩

柳花白處別郎君，柳葉靑時信又聞。知否愛閒多病客，半年不作出山雲。

雙飛尺素寄黃柑，先訂西窗酒共酣。柔櫓一枝波正綠，又搖公子入江南。

沐鶴溪邊花亂開，大郎迴後小郎迴。通家便是溪頭鶴，親看仙人取箭來。

三郎遠寄落花詩，淸角琳琅幼婦辭。梅自過時桃尙早，竟將羌管一齊吹。

顧稼梅春溪放艇圖

芳草斜陽軟浪天，浮家泛宅有神仙。自搖小艇歌桃葉，看弄柔荑理釣絃。山翠遠含衫影綠，釵痕涼拂水花鮮。笑儂題罷先生畫，正爲尋春要上船。

陸郎輓辭 有序

郎小字千里，薛一瓢外孫也。眉神兩清，玉雪可念。壬申五月，一瓢爲香山之會，命郎出拜，今六年矣。余再來吳門，郎已化去，沈歸愚侍郎序郎之敏悟爲小引以徵詩。

水南軒上酒盈卮，曾見摩挲玉一枝。今日童烏同鶴瘞，一瓢有瘞鶴銘，再來秋士對春悲。梁飛玉燕魂歸日，露冷桐花鳳去時。嘆息龍門好文字，楊家無惲欲傳誰？

病起

病起深知萬事虛，玉樓已去又迴車。玉皇問我何留戀，尙有人間未讀書。

彭芝庭少宰招飲即席命題南陔圖

三徑蘭風愛日長，諸公齊詠白華章。阿誰得有香山福，親醉裴公綠野堂！

菜甲自栽平慮草，魚波可愛水梭花？寢門終比楓宸近，睡起紗窗日未斜。

贈徹凡上人

山人門掩桃花雨，有僧敲門作吳語。昔年儒服今年僧，説到滄桑恨不勝。當年儂住館娃宮，隣有江君號雨峯。定交杵臼晨昏共，相對芝蘭臭味同。江君好古雅成癖，余亦貪奇愛搜輯。朝將威斗辨甄邯，夜爲單于題服匿。其時丹桂發天香，令子登科舉壽觴。燈燒羊侃金花燭，銀鑿魚弘八寶床。奢豪意氣孟嘗君，車馬喧填客似雲。中有吳閶戴處士，當門彈鋏獨超羣。處處拏舟歌得寶，時時紘索弄參軍。明年五月江帆動，戴君置酒江君送。華堂三疊紫雲迴，分明不是前生夢。六載風沙萬事非，江淹才盡淚沾衣。牢盆握龍錢何在，窮瀆流乾水不歸。大厦已傾無雀賀，夕陽將墜有烏啼。戴君飄泊情無賴，一朝償盡三生債。自削頭顱雪萬莖，主人尚有如來在。南宗北證兩相參，滌盡塵心號徹凡。松花滿洞白雲冷，欲訪斯人路莫探。可憐天道更難論，江氏蕭條盡一門。祖爲憐孫相繼歿，兒因哭父又無存。斗酒澆殘喬氏墓，巫陽招斷屈原魂。翟公門冷誰相過，孤兒曲唱家山破。惟有方袍圓頂人，相看不忍王孫餓。意欲推袁好託孤，公然訪戴涉江湖。不辭烟水三千路，暫放菩提百八珠。相對青山喜復驚，感僧風義淚縱橫。豈有空門能念舊，斷無菩薩不多情。未隔輪迴忘夙業，仍將老衲喚先生。先生一榻垂楊下，長日消閑惟有畫。隨手拈來總是花，有時摩頂松將化。萬樹紅燈半夜簫，江郎攜手共逍遥。送郎似送毘曇佛，不到西天願不消。香火因緣夢竟醒，功成行滿付丹青。他時要説人間法，但誦儂詩當誦經。

春分日似村招飲西園時余將往揚州而似村將歸北闕留詩贈別即和其韻

河梁同日感離羣，涙灑羊欣白練裙。二月客從花底別，一年春在雨中分。是日燈窗聞雨，余驚欲呼輿而雨息。風窗燈影三更酒，玉笛關山萬里雲。狎恰相思何處寄，買絲終日繡郎君。

送潘筠軒學士還會稽

秋花明秋陽，故人還故鄉。送君兼送秋，使我心内傷。同作寓公人，先倡歸田賦。衰草蘽寒天，夕陽引前路。前路向何處，步步入山陰。行向吾廬過，西湖秋水深。蘇武返漢關，李陵前置酒。歌罷泣數行，向南頻回首。我爲張童子，君爲昌黎賢。同出陸公門，起家桂林巔。鴻爪有陳迹，曜靈無停鞭。分鑣紫薇省，並軌滄江天。絳帷不可見，華髮忽盈顛。寸心如月皎，萬事隨風旋。人老惜新別，花殘戀暮烟。交情或可忘，難忘二十年。問官稱學士，紫綬腰銀魚；問年書亥字，鳩杖行鄉閭；問息有舒祺，垂老獲明珠。君子有三樂，欣欣賦歸歟。摩挲銅狄仙，糞除瓜牛廬。花下鄉先生，田間上大夫。飲酒徵雲雅，行樂歌山樞。習靜得眞逸，忘機近玄虛。念我三秋心，加愛千金軀。乘風復來翔，柴門候巾車。

重九後一日岳水軒劉南廬李晴洲陳古漁來登天風閣分韻

家有登高處，門來采菊人。重陽雖昨日，落帽在今辰。山頂江浮閣，芙蓉秋作春。莫教虛此會，才語闘清新。

喜西圃來白下

喜逢君至桂初香，又借荒村草一床。夜夜獨歌山絕頂，雙雙同赴酒千場。遲開只覺碧蓮嬾，早起始知清晝長。聽說出門西笑去，前途珍重鬢毛蒼。

林輪溪硯銘册子

不割青雲割紫雲，屢將貪墨試羅文。滿房流出端溪水，此是人間萬石君。
硯田原有舊家風，阡陌親開樣不同。自製銘詞三百首，年年耕殺管城公。

雙美讀書圖

十二欄杆秋水邊，珮環聲隔落花烟。神仙只有天台好，玉女一雙春萬年。
大姑采蓮停織機，小姑采苧製郎衣。風前挽手齊一笑，三十六隻鴛鴦飛。
朝雲暮雨半荒唐，擬把餘生託此鄉。同是一場春夢裏，誰人得似楚襄王？

題元稹決絶詞

疑他神女愛行雲，故把鴛鴦抵死分。秋雨臨邛頭雪白，相如終不棄文君。

揚州偕馬秋玉陸停川看梅平山歸飲天寧寺分賦

仲月春始半，艤舟古維揚。爰從陸家秀，追陪馬氏良。出郭至環溪，沿流登山堂。梅花萬枝雪，玉立環平岡。照影地全白，搖空天微香。余性愛古玉，環珮紛鏗鏘，如借綠萼華，同驂鸞鶴翔。山影瀁寒流，江波沉夕陽。歸寺月初上，風露浩已涼。當門好修竹，戛耳彈淸商。重剪華堂燭，各各入醉鄉。

與何西舫孝廉遊山後海子網魚而歸

山草長數尺，踏草草欲鳴。轉側過山背，一樹孤花明。長澗如匹練，覆以楊柳青。澗邊老田父，斗笠來相迎。面有主人意，款接何眞誠！餽以樹上桃，纍纍盤中傾。桃雖未成熟，奈此野人情。一聲魚撥刺，不覺貪心生。戲舉緯蕭起，銀鱗耀眼橫。得失占天機，豈爲杯中羹？既得亦自喜，歸來索鼎烹。遙聽打魚處，尙聞犬吠聲。

花朝前一日周蘭坡學士王孟亭太守涂沈秦陶四秀才看梅隨園分得鶯字限七古體禁用瓊瑤玉雪等字及梅花典故

主人錢爲梅花輕，終朝招客吹金笙。來客車爲梅花爭，長裾雜珮紛相攖。青天春爲梅花晴，白雲翩翾烘花明。翩然一揖揩雙睛，太守學士四門生，十二隻屐繞樹行。一枝澹拂千枝迎，雲英浥露浮青莖，列仙不語烟中橫。深深鼻觀如有呈，諸天宮闕無流鶯。有笛不敢作春聲，有筆不敢矜才情。相約白戰無寸兵，如滅聞見游太淸。雲璈水瑟冰絲鳴，髣髴梅花詩乃成。諸客悄然酒自傾，相看臟腑生水晶。出門斜月拖江城，羣花亦隱夜二更。

懷通家龔雲若進士

星郎踏雪訪牆東，自入新春信未通。病起擬歌將進酒，花開隨伴半衰翁。滿城門掩清明雨，一笛聲寒翠竹風。惆悵南都舊桃李，年來賸有幾枝紅？

周石帆學士秋林覓句圖

先生本秋士，家住延秋里。日日望秋來，桐音吹滿耳。兒孫倦讀書，大呼秋至矣。先生入秋林，一坐不能起。以玆筆墨緣，悟此山水理。萬木刊浮華，百川清見底。松根削𪘨𪘨，石骨露齒齒。素飆無近情，瀹月有微旨。先生晚年詩，所得多類此。豈獨木犀香，吾無隱乎爾。

得桂歎

每買桂一枝，直當三千錢。偶逢刈薪翁，負桂花參天。請以錢易之，盈百翁大喜。移植隨園中，香冠羣花矣。人皆笑花下，我獨泣花中。傷心天下桂，何必盡遭逢。

清明苦雨寄涂秀才長卿

門掩清明節，簾垂雨氣深。杏花雖不語，寒影恰關心。烟重濕新綠，竹涼啼暮禽。春愁無着處，題句寄繁欽。

葦彤庵觀察解組兩年又蒙廷召將赴長安過隨園話別

甘棠枝上慶雲生，知有賢人入郡城。鄉里久歸龔勝駕，朝廷猶記弱翁名。商量詩句攀花立，愛好雲山曳杖行。坐久不知秋色晚，金鞍涼映月華明。

浮生蹤跡等摶沙，記否橫塘小玉家？知己忽逢三語掾，挑燈消盡六班茶。一江風定聞呼渡，萬里人歸學種瓜。送出柴門還耳語，木蘭船帶幾枝花？公多姬侍。

藍士賢刺史乞病歸以畫像四幅屬題

碧落翔丹鳳，天衢馳高輧。道行得大適，風阻且小留。賢哉藍大夫，霜隼橫孤秋。刺符必赤緊，敷政先安鳩。吾皐十六年，江南迎晃旒。其時箕斂者，戢戢持牙籌。舐糠多及米，枉道時鳴騶。萬目睽睽中，斯人獨搖頭。請爲何易于，腰笏自引舟；請爲元紫芝，于蔿陳清謳。官辦有時已，民頌無時休。天子聞所聞，循良拔其尤。錫汝一片金，畀汝斗大州。三年待報最，一病生窮愁。籃輿還白門，父老迎道周。願繪循吏像，四時羅珍羞。公笑捋其鬚，丹青得肖不？或坐而箕踞，或騎而兜鍪。或綠水之坻，或白雪之丘。春秋與冬夏，幅幅何夷猶！圖中存故我，圖外無他求。蕭蕭三月天，行李如輕鷗。毋使我公歸，頗聞蒼生憂。安得生黄金，鑄像從公遊。不如留此本，傳觀當珙球。袁子歌爲詩，以送賢諸侯。

宮保歸自皖江疊棲霞前韻見寄枚亦新自揚州還山再依前韻奉呈

皖江歸後詩盈篋，又詠倉山繼攝山。魚素幾行隨雁至，馬蹄前歲踏香還。公前年至園。漁樵泛宅家原寄，蒲柳中年鬢早斑。非把師門當野徑，雙鳧紅不到人間。先生嫌枚朱履太早，故及之。

苦被風花累不勝，十方願力總輸僧。當樓舊署書千卷，隔竹新添水一層。同有棲霞分小大，公顏隨園爲小棲霞。公然吏隱闢精能。未知手造靈臺者，可許儂爲左右丞？

每因山好忘家窮，鎮日平章一畝宮。江影自涼高閣上，書聲時渡小溪東。久離蓬島津難問，悔種桃花路轉通。月滿南樓懷絳帳，雲中遥見兩旗紅。登天風閣見制府牙旗。

野人新自邗江返，揚子中泠水獨嘗。同抱遊情歸更晚，各依前韻詠何長！爲園請額公先笑：對壓籠紗我敢忘？留取千秋傳雅事，眉山衣鉢本歐陽。

烈女祥符詩爲寶觀察作

青陵臺上鳴鴛鴦，淸風嶺上飛嚴霜。女兒祥符才笄歲，柏舟一誓追共姜。輕車都尉巴公子，生來弱不勝羅綺。花詠桃夭僅一年，雪壓瓊枝終不起。新婦入門無舅姑，捧匜沃盥侍兒夫。將身來代啼聲苦，視藥溫良燭影孤。藥砧數盡留難住，呱呱稚女相隨去。不見雕梁燕哺雛，空聞落月烏啼樹。人言夫死妾難從，妾道郎行且待儂。黄泉不比關山遠，只隔陰陽路一重。不剪雲鬟服不變，與郎暫別旋相見。戚里遺將書上釵，侍兒分與妝臺綫。要使郎知死後心，不教妾改生時面。旁人勸罷淚如絲，苦節分明皎月知。一腔碧血分明處，三尺紅羅宛轉時。聖朝綽楔表徽音，紫誥鸞書獎更深。誰將趙女磨笄石，鐫作張華女史箴！

雨

雨疏如曉露，簾影晝沉沉。能使小窗暗，更添高樹深。潤宜三月暮，涼見百花心。長願黃梅駐，炎囂永不侵。

送劉介庵入都

一年兩年顏色老，一箇兩箇故人少。客去梁園碧草新，烏啼白下江村曉。江村三月杏花紅，江淹賦別愁春風。三千里路去雲外，十六載事來胸中。我昔見君未華顛，君昔見我美少年。高歌酣飲能幾日，盛年一過如雲烟。秦淮水榭歌成隊，金釵挂燭留髡醉。各折花枝當酒籌，同參金母飄霞珮。謂金郎。江外傳呼令尹來，琴堂屢報雲仙會。扶桑一夕天風改，我竟抽帆先過海。回首昆明劫後人，淮南只有劉安在。草草黃金信手消，輕輕烏帽被風飄。帳中未散彈箏伎，吳市先吹乞食簫。丁期甘爲桓玄死，狎客都成患難交。聞金郎爲君破家。可憐六十已平頭，重整羸驂北地遊。上界星多官易補，將軍椽盡客難留。大府不肯奏留。征途落日長安遠，珍重蕭蕭吳髮短。苦道相逢未必逢，思君腸共車輪轉。

送李再來入都

白下淸明柳半含，爲君折柳送行驂。中年遇別先惆悵，舊雨關心只二三。好聽曉鐘趨玉陛，但逢流水即江南。郵亭若作隨園夢，千樹銀燈酒正酣。

中秋宮保招飲會枚渡江未赴次日歸踐前約即席賦呈

中秋曾約赴華筵，江上人行細雨天。深感西園一杯酒，花間等到月重圓。

詔書讀罷淚繽紛，從古知臣莫若君。誰是升堂高弟子，千秋身已託青雲。詔：本朝科目惟尹繼善、鄂爾泰兩人。

公子將歸詞客老，大家珍重話清宵。西窗離緒西園柳，一樣風前萬萬條。時璞齋將赴京師。

夜深手札出深閨，勸我新歸應早回。笑殺公門嬾桃李，五更結子要風催。枚與公子夜坐，公從後堂札示云：「江上新歸，須還家補慶，毋使姬人懊惱。」

接宮保和送行詩疊韻再呈

將鳴珂馬入楓宸，猶寄新詩別釣綸。忙有工夫酬筆墨，交惟雲水最心親。貪吟我每輸元老，嬾送公當恕病人。回首茅簷尚留戀，廿年江上四番春。公詩有「茅簷疾苦」之句。

宫保再和

我將北上覲楓宸，君在江干理釣綸。卧病不嫌高士嬾，言歸便覺故山親。追思往事成前夢，再唱驪歌賸幾人？去路何愁霜葉冷，風光已近小陽春。

揚州吴義山五十生子索詩

石麒麟降太嫌遲，惹得而翁兩鬢絲。燕姞三更徵吉夢，商瞿五十有新詩。生當瓊樹花開處，抱看吾皇駕到時。時值南巡。如此佳兒眞萬福，桑弧應挂最高枝。

秋興

采采繁英滿數丘，自看風色捲簾鈎。華燈見月光先淡，細雨含花影亦愁。萬種秋聲歸落葉，六朝全局在高樓。憑欄掉首緣何事，又見新霜上瓦溝。

即事

漸漸金風動井床，差差荷葉送新涼。寒蟬心事無人識，苦抱青枝叫欲狂。

半山落日影亭亭，雲外天雞斷續聽。坐到月明風漸緊，一痕烟斷萬山青。

彈著風琴坐露臺，屧聲拂拂草痕開。柴門客到無人管，徑向白雲深處來。

九月初二日雨

淅淅聲何急，蕭蕭意獨長。山中三日雨，世上幾重涼。雲影過深竹，秋容滿畫堂。孤花無賴甚，態似望殘陽。

冬日作

吹律淸商變，高歌白雪交。新霜初試瓦，朽樹欲危巢。日短明燈補，窗寒苦竹敲。冬心終未負，呑易注三爻。

滿背飛黃葉，扶筇踏白雲。九州同落木，一雁感離羣。樹禿長江近，松靑百草分。夫容好顏色，遲暮怨湘君。

目中鴻爪去，意外雨聲來。小雪如春暖，黃花夾杏開。山深無宿客，月好有空臺。隱几昏昏坐，殘書理幾回。

落日上高樓，江山面面收。紅牆蕭寺小，黃瓦孝陵浮。暝色千村靜，長年一葉愁。流黄中婦語，好整鹿皮裘。

爲陶西圃催妝

故人遠去最消魂，萬里攜囊襆被身。欲折長條無別物，自家山裏一枝春。

小園凍合短長橋，漠漠寒雲雪未消。一夜老梅來破臘，東風人日是明朝。

小紅歌罷衆山青，楚雨吳雲一路情。更愛河陽種花日，夭桃先傍馬頭明。

種梅

迎來水綫山青處，種到參横月落辰。我聘梅花如聘婦，入門才是我家春。

紅籬翠竹板橋東，保護瓊瑶不受風。四面香雲千片雪，孤亭一箇放當中。

看梅

曲曲長廊雪打頭，啾啾翠羽漾春流。香心飽滿春風軟，熏得樓臺影亦愁。

自春花片作春糧，仙鶴肥如白鳳凰。問是客來誰引見，幽人領着玉千行。

巡簷索笑兼招客，護雨遮風又嬾眠。閒處春愁忙處醉，與他同瘦十多天。

笑將雙鬢鬬横斜，自曳藤條吸晚霞。尙有一枝山背後，絶無人看只開花。

題方問亭宫保貯蘭圖

芳草一枝佩，古人千載心。君子抱晚香，臭味與之深。鬱鬱平泉莊，蕭蕭梧竹林。鄴侯手素書，王儉插斜簪。對兹蘭蕙叢，閑作盆池吟。春水生寒緑，華月明幽襟。寸心與誰語，天風鳴玉琴。

樹棘秋得刺，樹桃秋得飽。所以樹木人，貯材擇其好。公爲八州督，報國恆苦少。惟有儲人材，栽之如香草。當門勿輕鋤，孤根畜使老。盆舊發花稠，泥深得春早。竹以虚臣心，梧以招鳳鳥。回首笑謝氏，階庭作私寶。若云夢徵蘭，祝公轉嫌小。

我昔過保陽，縣令逢周君。爲言老尙書，譽汝頗殷勤。枚也如小草，甘心蕭艾羣。何況備藥籠，芳訊聞氤氲。惟願韓太尉，愷澤流春雲。遺曲賡元聖，浴湯垂清芬。九天珠露沃，百代光風薰。會使空谷士，馨香時時聞。

蔣秦樹中書以垂釣扈蹕兩圖屬題

捶鉤控大馬，釣海制神鼇。從來英雄人，變化隨所遭。君本古漁父，蓑笠蹲烟臯。來迎周文王，漁歌當簫韶。三百六十鈞，頃刻化旌旄。錫之器與爵，命其騎而袍。扈從獵岐陽，石鼓煩推敲。天山雪中明，柳外黄旗飄，萬馬聲嗚嗚，繞帳生波濤。作書與魴鯉，我輩豈蓬蒿！當其射猛虎，何異登長蛟。人生如明月，隱現不終朝。雪泥存兩爪，畫頰添三毫。畢竟何者樂，一笑霜天高。

輓孫柳村

春燈握手漏沉沉，惆悵蕭郎寄訃音。兩耳久無天下事，一帆歸有首丘心。先生居制府幕，以聾乞歸。芙蓉舊幕花仍發，老樹秋風葉不禁。重過師門東閣地，館賓遺跡怕追尋。

新正四日宫保寄詩及小棲霞扁額署曰子才太史賦詩志謝

才領東風四日餘，尙書詩已到蓬廬。喜看題額先春至，愧把頭銜照舊書。元旦一晴諸事好，梅花千本向陽舒。請將拜賜陳情意，當作新年試筆初。

宫保和

蓬島身游弱冠餘，風塵十載入山廬。頭銜縱換成仙吏，香案曾經號秘書。三字額懸花正放，一園春滿日將舒。白雲深處扶筇好，莫道蒼鬢不似初。子才有鑷鬢之作，故云。

馬鞭

管絃聲裏搖鞭去，斜指江南水一灣。帶雨催程芳草渡，隔花傳響夕陽山。春隄手倦天將暮，錦障泥深路本艱。寄語行人莫輕用，恐教良馬淚潺湲。

古琴

三尺青琴錦一端，懸時當作古人看。年多徽牓黃金影，聽少絃生白雪寒。海內清商無正調，烟中離恨有孤鸞。高山流水秋心老，就對鍾期也不彈。

許郎席上追和莊念農刺史景陽閣韻

霜林十月小陽春，蕭寺題詩粉壁新。傳說瑤池仙子會，滿身香雪看花人。

袁絲無福扣玄關，打槳橫塘客未還。讓與聱公秋世界，半江紅樹一樓山。

莊周久不聽青琴，忽遇飛瓊又賞音。可學聞香僧破戒，十年一動看花心。

紅兒寵盡雪兒誇，聽過啼烏又聽鴉。只此簾前方寸地，幾枝籬送六朝花。

落葉飄離雨絕天，哀絲豪竹寫中年。青蓮何在東陽老，自顧浮生亦黯然。謂晴江、補蘿。

除夕宮保許賜食物而日昳不至戲呈一律

手把屠蘇酒一卮，盼春不到覺春遲。已看臘雪消將盡，似對寒梅有所思。原憲家貧人事少，彭宣年老後堂知。良辰擬獻椒花頌，未敢仍吟舊歲詩。

元日宮保補賜食物五種

元日辛盤至，當楣首拜嘉。留將殘臘雪，閒作早春花。物比雙南貴，恩同五福加。荷囊尤豔絕，傳遍野人家。

滌齋先生八十索詩

三朝雨露一生春，晝錦堂開慶八旬。蕊榜久無同輩客，瓊林偏有再來人。蟠桃樹老生花早，玉女風高進酒頻。剛是日長添綫節，南天雲物倍精神。

辭却中丞奉版輿，稱觴偏愛小西湖。膝前蓬島三株樹，座上香山九老圖。水竹風懷類園客，滄桑閒話共痲姑。江城歲歲看花遍，鳩杖隨身不要扶。

小倉山房詩集補遺卷二

宿莊念農河房作

竹枕支床臥不成，與頭歷落總無情。砧聲夜靜家家少，布被秋來漸漸輕。近水易看簾月落，朝東先見紙窗明。披衣急起將詩寫，遲恐茫茫百感生。

到江上送同年馮潛齋侍講即次原韻

江口同年話別時，隔城敢問夜何其！瓊林宴罷分飛早，君館選後即乞假尋親。南海雲深見面遲。春夢那堪談往事，白頭難定是前期。君歸若對羅浮月，好折梅花寄所思。

題解仲發秀才山莊卷子

不見詩人十五年，相逢彼此各華顛。披圖還是當時貌，細認丹青一惘然。

清涼山下夕陽斜，竹徑茅蓬處士家。我有隨園最鄰近，三春同看一山花。

一句新詩動相公，十年東閣坐春風。而今重過招賢館，酒賦琴歌夢未終。秀才以「多讀詩書命亦佳」之句爲洪相國所賞，授館十年。

要從四庫問三生，才得西歸又北征。我是南朝沈家令，衰年難別范安成！君效力四庫館，又將赴補。

題沈秀才洗硯圖

伯時好洗玉，倪迂好洗桐。先生獨洗一片硯，所好與古將無同？先將取硯法，部居別白言其略；旋作洗硯圖，命丹青手相描摹。梧桐之陰五月涼，先生科頭意若忙。呼九硯來如賜浴，奚奴次第投滄浪。參之太史著其潔，此意毋乃通文章。我聞楮先生、管城子，一齊大笑爲君喜。硯上之塵尚且無，胸中之塵可知矣。

陶京山六十索詩

花甲筵開深柳堂，南都人祝魯靈光。我來高唱蓬山曲，三十三年話正長。

記訪江南第一仙，長安二月杏花天。只今尚有金臺月，曾照當初兩少年。君戊午科江南第一

江左飛鳧遇故交，琴堂幾度聽雲璈。只談風月無餘語，想見襟期華嶽高。

滇南循吏首相推，閩海歌聲徧草萊。誰料淵明家法在，種成五柳便歸來。
菟裘何處築牆東，天爲安排一畝宮。絶好青溪起華屋，經綸重展水雲中。
月榭風廊高復低，垂楊飄蕩水亭西。玻璃窗隔三層望，就使神仙坐也迷。
仙鹿呦呦隔院譁，古梅修竹自横斜。今年應囑看園叟，添種蟠桃一樹花。
仙家夫婦有劉綱，同醉瑶臺紫玉觴。月姊生辰春更早，樊英先拜又何妨！夫人長先生五月。
繞膝瓊枝繞砌蘭，一家風月慶團圞。晉陽刺史眞純孝，爲捧流霞暫挂冠。
滄桑世事且休論，同看宮袍舊酒痕。長願香山兩耆舊，年年白髮説開元。

余以丁未年入泮今又丁未矣戲作重赴泮宮詩

記得垂髫泮水遊，一時佳話遍杭州。青衿乍着心雖喜，紅粉爭看臉尚羞。夢裏榮華如頃刻，人間花甲已重周。諸君可當同年看，替采芹香插白頭。

方次耘司馬遺朱郎餽食物戲書其扇當輭脚錢

家住横塘烟雨鄉，曾經歌曲唱伊涼。憐卿身似小楊柳，才別幾時如許長。

珍物分明海樣投，主人風義重千秋。笑儂頗有高瓊癖，欲把奴星當禮收。

題何蘭庭紅袖添香圖

不是騷人太不廉，青編紅袖一身兼。讀書要學燒香法，耐得工夫細細添。

匡床八尺夜横陳，久坐渾忘枕上春。莫惹一雙紅袖怨，隔生休嫁讀書人。

太白樓

謫仙何處去，太白一星知。秋樹還披錦，江聲學詠詩。高樓離月近，平水過船遲。我欲先生借，長虹作釣絲。

立秋後二日張荷塘世講以詩問疾奉答兩章

五言佳句等長城，一紙傳來讀便驚。肯向山中詢白髮，可知心上有蒼生。通家人少交情重，循吏名高爵位輕。聽說訟堂無底事，吟聲才罷又琴聲。

非公不至宰官家，偏過君門必駐車。入座頻傾白墮酒，分甘遠惠綠沉瓜。蒙惠西瓜。風多暑帶將殘意，雨久荷開不斷花。料得張堪應含笑，今秋民有好禾麻。

張和

山中別業半依城，路僻林深鳥不驚。攲枕窗前聞澗落，杖藜脚底看雲生。榻因好客終朝設，身自辭官卅載輕。數與接談多近道，寸莛直許發鏞聲。

當初叶卜此移家，陌上圖書載幾車。作傳自緣彭澤柳，謀生人識五侯瓜。招尋難得心相印，篇什看來眼欲花。經月匆匆疏問訊，紛然案牘正如麻。

疊韻贈明府

難得詩人共石城，一回詩到一回驚。堂前案牘從容理，筆底風花頃刻生。丹桂心幽招隱易，碧梧秋老下階輕。衍波箋到挑燈誦，愈信秦吟是正聲。公涇陽人。

九世同居有幾家？爭禁民看使君車。君九世同居，奉旨旌獎。政如子產非操火，面類皐陶豈削瓜！此日絃歌方滿耳，他年旌節定開花。多君馳驛將詩改，心細還如一縷麻。君嫌前詩起句未妥，遣一騎持箋來換。

張和

寓公老傍石頭城，早有文章海内驚。白髮千莖如雪淨，洪談四座尚風生。暄妍檻外花光麗，陰翳簷端竹影輕。一語堪憑爲頌禱，園亭世世讀書聲。

論交原是舊通家，門外來停問字車。欲把藏書倒篋庋，有煩留客具茶瓜。勞生難説心無雜，廢學空慚鬢已華。終擬相從聞道要，因依笑得比蓬麻。

三答

詩才久慕謝宣城，五接雲箋喜又驚。作吏如何耽此事，讀書緣本在前生。七條絃爲鍾期奏，萬戸侯因張祜輕。莫道風塵無我輩，鍾山新有鳳凰聲。

翠微亭下野人家，幾度高賢駐小車。豈爲後凋憐碩果，轉因不食愛匏瓜。兒童競捉初飛蝶，古佛偏拈已散花。倘得秋涼蘇老病，定來扶杖話桑麻。

四答

相離未隔一重城，兩月乖分夢亦驚。佳句得來勝珠玉；好官從古屬書生。才高自覺風雲闊，情重翻疑華嶽輕。連日淸商吹到耳，滿天涼雨作秋聲。恩感齊桓賦木瓜。

敢把衰年鬬作家，戲隨佛法演三車。饞同束晳思胡餅，君家作餅最佳，故思之。雨引斷雲歸曲徑，風催老樹發孤花。陶潛樂事君知否，添種柴桑一畝麻。

五答

屢和珠璣落管城，紅箋飛下白雲驚。豈徒吏術堪千古，便把詩人也一生。燕寢風和鈴鼓靜，秦淮水漲畫船輕。何當手弄桓伊笛，閒坐青溪聽政聲。

我是南朝仲蔚家，年過三十早懸車。偶因見獵全忘老，敢說投瓊必報瓜！綠字喜逢青鳥使，白頭愁對紫薇花。一廛幸託神君庇，臥聽隣姬夜績麻。園中紫薇大開。

六答

隨園已築受降城，露布傳來我又驚。諸葛祁山兵六出，遠公蓮社證三生。才如天馬行空慣，筆似蜻蜓點水輕。聽說輿臺沾雅化，滿街呵殿盡詩聲。

故人風義恤貧家，餽物前車接後車。蒙兩賜點心。月姊瓊酥團作餅，安期仙棗大如瓜。君眞白雲高難和，我勸優曇少作花。牆上碧紗籠已滿，張顛珍重字如麻。

題實堂主人雪灘鴻影圖

人生所到如飛鴻，飄然而下過即空。但須留影記西東，方知某某爲遊蹤。當今儒者有吾宗，瓏瓏束脩行已恭。治經已學馯子弓，古文更學王荆公。與余道義相磨礱，三十餘載無異同。忽持木鐸來吳中，士林仰若泰華嵩。雪灘之旁半畝宮，先賢於此張釣篷。石橋橫駕青天虹，枝枝楊柳搖春風。先生含笑常支笻，彈琴坐詠先王風。命丹青手描其容，寄索我句開心胸。我思韓孟本雲龍，勝地有此主人翁，何不相逐行從從！灘上同酣酒百鍾，使我影亦常追從。可奈髮禿行疲癃，心雖欲往興已慵。詩雖有盡意無窮，掩卷尙覺雲重重。

宣州道上遇孫敦夫太守作

己未正月，余寓孫牧堂翰林家，公子敦夫才七歲。別四十餘年，孫守宣州，而余游黄海，突逢道中，奉贈二首。

五馬旌旗狹路逢，下車人忽問衰翁。爲言四十四年別，可認當時七歲童？

居停那敢忘君家，春雨盈盈燭影斜。還借君家池上水，照儂初次插宮花。

題畫 有序

庚辰二月二十八日，唁東陽公子之喪，代檢所藏書畫，得余舊贈補蘿高克明神駿一幅。未及十年，哭及兩世，不禁人琴之痛，爲題數語，仍付童孫夢蘭收之。

記贈東陽畫，星霜未十年。今朝重過眼，兩世已黃泉。題墨痕猶濕，知音客盡捐。郎君才九歲，交付倍淒然。

將往揚州阻風宏濟寺贈默默上人

入門修竹倚風翔，下界蘆花九點涼，海內雲烟留勝迹，中朝人物聚文章。江流萬古山僧老，潮打空城草木荒。半偈未留篷又轉，禪關回首正斜陽。

何須撒手問懸崖，仙佛原須絶代才。石幕勢吞高殿起，江帆影射畫堂開。阻風莫恨前程緩，失路方能福地來。累我一官塵幾寸，朝衫今日點蒼苔。

上方九十老支公，煉得容顏瘦鶴同。謁我但參鳩杖左，送人偏過虎溪東。誦經音韻江聲裏，入定神光水氣中。三萬六千回日落，問師親見幾回紅。

拾級攀梯不憚遙，公然耳目到雲霄。舟中夜夜東西笛，江上年年早晚潮。滿壁詩人多聚散，六朝老樹半蕭條。空桑爭道無留戀，何計揚州駐短橈！

爲馬所驚補作 有序

丙寅五月，余宰江寧，捕蝗七里洲，馬爲野豕所驚，怒逸不止。余強勒之，馬竄入廢寺，門欄橫木，馬可入而馬上人必折頸以死矣，馬竟騰身以進。余私念死可也，如此慘，人必疑有隱慝焉。此念甫動，馬忽然止，若泥馬然，似有人攬之者。余從容下，牽縛樹間。良久，與從跟蹌而來，告以故，有驚喜泣下者。事隔四十載，痛定思痛，追作一首。

驚馬忽然止，宛如潮水平。眼前無性命，天上有神明。隱隱是誰救，蕭蕭向我鳴。阿誰到此際，能不憶平生？

讀唐書

人老氣剛則鍾情轉甚。唐明皇歸南內後，追念玉環依依不舍。作太子時起兵入宮，上官婉兒執燭親迎，以請睿宗監國表示劉幽求，劉爲代請。度以常情，頗應寬宥。而帝不從，即斬旗下。其英武與晚年光景，絕不相侔，何也？

旗下三郎寶劍開，婉兒親自點燈來。奈逢龍子初飛日，了却蛾眉首不回

閨怨

分明共枕又齊肩，夢醒蘭衾冷半邊。急起挑燈探消息，兒夫私抱阿誰眠？

甘露

甘露聞奇禍，高天隕角星。麒麟無轡策，鷹隼有雷霆。夢爲防秋隔，書因絶塞停。空山留馬迹，孤劍走龍庭。盧喪孫邛首，偏遭鄧艾刑。他時懷李牧，臨陣失甘寧。賀酒仇家飲，書詞海內聽。功高魂自壯，冤甚目難瞑。一代丹書議，千年野史亭。私情與公論，同付淚熒熒。

尙有皐陶鬼，能空貫索囚。如何檀道濟，枉唱白浮鳩？壓極皐蘭下，提歸贊普頭。修期馳露布，馬燧賀宸旒。半夜天星動，長城萬里休。五更聲未畢，三丈血先流。誰訟陳湯罪，空懷谷永憂。歐刀秦下相，草索漢涼州。黃雪飛炎海，紅霜潛早秋。傷心丞相議，眞報郅支仇。

行役雜咏 有序

乾隆元年，余才弱冠，赴粤西，一路賦詩甚多。六十歲編集，嫌其少作，盡行删削。不料嘉慶元年六月，偶覩杭堇浦先生詞科掌故，載余詩文甚多，頗有可存者。因命阿通錄出，分入補遺。

男兒年二十，漸褭珠玉顔。況乃遠行役，風霜悴其間！看書未終卷，坐看白日還。所著一尺高，不供史家删。勉旃崇事業，銀管長斑斑。否亦煉玉液，金骨到仙寰。生人皆山水，且共耐清閒。

搖筆非搖槳，往往凌風雲；磨墨如磨劍，要使光采新。甘醞非吾好，苦吟情所欣。萬謀窮一字，迫如臨三軍。

南游過楚江，西征臨越甸。當塗想分割，龍津憶征戰。或營酸棗臺，或起明光殿。平眕開歌舞，危巘收組練。亡何歲月流，悲哉日如電。白骨埋荒烟，朱扃罷華宴。史冊尚流播，山川滅聞見。秦宮無遺瓦，漢苑少殘箭。黃雲自南飛，白日但西暝。闃寂窘游志，褭颯窮遐眺。桑海不終朝，歎者凡幾遍。平生豪横心，雖悟不得遣。

舟中遣懷寄諸同學

𧸘者氣不羈，束之恆怏怏。頗欲學史遷，遠遊恣豪宕。大江旣失派，百川誰導漾。慨然投吾筆，飛劍凌逆浪。不圖舴艋登，剛逢江水漲。風曳舟如顚，雲樹同揖讓。偉哉山川勞，姦巧開新樣。朽木鬼魅形，野花兒女狀。怪石插天屛，巉然自鬭創。披髮列水陣，唐突與舟抗。拗怒怯鬼工，經營想天匠。乃藉草爲茵，乃折松爲杖。或將秦瓦搜，或把漢碑訪。朝愛碧鳥啼，夕驚漁曲唱。臥月如貼玉，背花勝挾纊。夜橫青山枕，曉揭白雲帳。精神交烟水，晷刻相搖蕩。魂夢入菰蘆，淸氣亦來往。日月有根柢，乾坤空依傍。望遠志多闊，歷險氣愈壯。祇恨久織路，三月未入廣。喜近入巨河，吝價登小舫。已經蛟涎滑，暴之秋陽亢。屈曲柔腸骨，逼迫窮俯仰。年少不燥戚，路歧亦惆悵。豈爲魯連書，射之解燕將；豈爲昌黎書，投之唐宰相！悠悠世相嗤，區區天哉諒。旣肯將我生，自然好安放。遊子雖憔悴，故人應無恙。胡床或忘伊，南樓定憶亮。已爲黃鵠遠，庶免鸞鳩謗。當歸莫相寄，遠志苦無睨。魂飛親舍雲，目極天涯嶂。生平越鳥心，舉坐猶南向。

元日勾當公事宿牛首叢雲樓作

作宦誰如我，新年肯看山。江城牛背外，歲月馬蹄間。客到日將晚，僧開門未關。坐收諸景象，不放夕陽還。

古塔凌南極，寒光射碧波。殿荒陰氣重，鐘老破聲多。碑碣星霜蝕，銅鈴風雨歌。茫茫烟霧裏，六代舊山河。

四壁窗離地，三更月在天。風聲江欲近，佛語磬爲傳。飛鳥鞋邊過，空樓樹頂懸。九州人事隔，醒醉總悠然。

名山終欲別，官苦不如僧。浮世緣應了，行雲笑未能。採來新野菜，歸踏好春燈。兩眼蕭蕭冷，頭銜水是冰。

赴選長安滁州遇雪

我行滁州道，一車百夫扛。其時天雨雪，凍蠅亂打窗。一山靑未了，一山白又忙。瓊瑤三萬丈，扇扇屏風張。如以玉剪刀，裁割靑天方。茫茫江海霧，一色水銀光。僕夫與主人，麻衣無短長。瑟縮偃鼃影，掉擢黄泥漿。坐車如坐船，望店如望鄉。安得回馬首，還家醉千觴。

昭君

歲選良家玉一枝，六宮深處有誰知！椒房絕少堂簾隔，何必重重用畫師？

管仲墓

滕邑古城東，碑鐫管仲墳。遙望但纍纍，莫辨墳與田。老僧爲我指，墓在棗樹邊。黃土微隆然，種麥已芊芊。憶昔薰沐相桓公，山高乘馬羅兵戎。犧牲玉帛動海內，都在青山親見中。于今青山猶未改，仲也精靈復何在！千年白骨化灰塵，萬國諸侯亦滄海。蕎麥茫茫花亂開，上卿之祭何人來？清風那識齊家士，過客猶知天下才。誰道功高震列國，依然一死同溝瀆。朝看寶玉斂璠璵，暮見犂耙碎石槨。當年身作王侯佐，今日人耕身上土。茫茫黃土總無言，思量長令行人苦。

柳下惠墓

野無青草一抔乾，牛觸荒碑石已殘。萬古滄桑都變盡，依然直道事人難。

風前

風前對鏡笑潘郎，才見鬖鬖又見霜。萬里雲雷雖早達，一生心性愛疏狂。雜花生樹春三月，素月流天雁數行。此景思量最堪惜，已經虛過少年場。

嵇侍中祠

五曜爭天出，何人識紫微！獨將名士血，灑向故君衣。廟古松楸老，山荒鳥雀飛。華亭聞鶴者，魂魄向誰歸！

蒯徹墓

三分楚漢中原鹿，計定難教口不開。悔到英雄方信命，脱還湯鼎始稱才。千年烏兔穿荒冢，四面河山背將臺。畢竟黥彭非健者，更無一犬吠堯來。

偶成

未必今宵是，深知昨日非。興來開口誤，嬾後故人稀。耐雪千峯定，爭春萬鳥飛。行藏吾道在，高挂芰荷衣。

驪山

驪戎之山五里高，古柏蒼蒼繡緑毛。下瞰潼城似棋局，春樹高枝青出屋。憶昔始皇初建都，七十二萬驪山徒。百夫運石千夫唱，水銀江海黄金鳧。一朝火起咸陽宫，白骨無甕怨牧童。後王不鑒前王失，複道離宫重鬱鬱。朝元閣下洗花枝，丹鳳樓中吹玉笛。可憐鼙鼓動漁陽，白髮三郎號上皇。衾枕人亡花寂寞，笙歌夢醒月淒涼。兩朝全盛不終朝，身後身前共寂寥。況復千年成故國，幾番戰血洗寒潮。惆悵人間萬事非，青山寒雨鷓鴣飛。秦宫漢殿知何處，指點虚無淚滿衣。

登潼關城樓

秦地高樓接列星，雞鳴函谷帶笳聽。秋搖華嶽三峯白，山對黄河九派青。夾道車聲盤絶壁，半天城影插圍屏。可憐百戰爭雄地，風至猶聞草木腥。

自西安南歸陝州阻雨

一領麻衣兩淚垂，不圖如此作歸期。空摇風木秋千里，愁對蓼莪草一枝。夾道泥深車迹少，憑棺心急馬行遲。山川滿目涔涔雨，似爲楊朱泣路歧。

尹宫保幕府鈕牧村騎牛圖

濛濛楊柳烟，蕭蕭杏花雨。山村是誰家，牧童相爾汝。朝騎一牛去，扣角歌烏烏。暮騎一牛歸，兩角挂漢書。騎牛何所往，道看新苗長。日落無人聲，雲中山泉響。

壬申正月朔，同飲倡樓家。頗類牧犢子，當春看春花。一别十五年，兩鬢清霜加。出圖索我題，撫卷生咨嗟。騎牛入空谷，騎馬入官衙。畢竟何者樂，請君談些些。

送張東皐分司選貴州鎮遠太守

相國門風舊，通家意氣眞。一陽回暖律，五馬送雕輪。當日趨庭處，今朝叱馭身。不知諸父老，可有舊遺民？

記否眞州住，山人繫短篷。酒教連日醉，花看並頭紅。署中牡丹開並頭花。拂袖香猶在，山青曲已終。幸虧賓與主，同在畫圖中。君仿西園雅集，繪圖紀事。

李竹溪觀稼圖

芳隴過疏雨，平疇交遠風。瀰瀰水初活，隱隱花微紅。中有荷鋤人，疆理行南東。梳學稼悟物性，待年占人功。落日未肯歸，橋斷村烟封。胡爲一秋士，而乃明春農。秧如梳髮，妥帖安田中。幽人坐而觀，斗笠倚喬松。

杭州項金門諸公新年雜詠題詞

一卷詩傳記事珠，依稀風景歲華初。西泠六逸眞才子，能續昭明錦帶書。小別西湖四十霜，新年還記幼年忙。而今再看宜春帖，恍作前生夢一場。

題温十三郎小照

温伯雪子來，持畫索詩篇。羣公未有字，請我開其先。我乃開卷觀，玉貌殊娟娟。科頭長松下，松花盈其顚。竹枝秋痕滿，菊影寒露偏。有扇不搖風，恐散花中烟；有樓簾不捲，有美樓上眠。身非此中住，心倩此圖傳。畫飯雖難啖，畫意愼勿捐。不羨此圖樂，羨君此意賢。人生富歲月，誰肯思山泉。即以君家論，兹圖皆愧焉。阿五入吏郎，冷面赴熱筵；阿七奔霜雪，薄領紛糾纏。即如子才子，三十三歸田。白雲雖在山，黃髮已垂肩。何如畫中客，張緒方翩翩。楊柳爲君綠，芙蓉爲君妍，文鱗爲君媚，紅葉爲君鮮。難得隱君子，又是美少年。笑殺徐福癡，入海求神仙。

六月十六日李再來副戎招飲月下

斜陽西下晚風清，隱者蔽門鳥不驚。同挂青衫溪上坐，酒痕涼處月華生。

崑崙奴子盡能歌，團扇聲稀子夜多。聽到清商花似雪，柳陰舞出一羣鵝。

望山宮保招飲次日呈詩

南衙文讌夜歸遲，路上春燈欲散時。不是絳紗深立雪，謝公風調有誰知！

鼕鼕官鼓滿街春，犬吠柴門月色新。只有梅花開不倦，留香還待醉歸人。

望山亭上雲千疊，不繫舟邊柳數行。天賜相公娱老處，江南原有午橋莊。

收到和章疊韻再寄

六章長調酬新韻，想見仙雲繞筆時。從此傳箋幾時了，九花虬馬定先知。公好疊韻，往往八九次不止。

才高湧出墨花春，韻自天然句自新。吟到夜深知自愛，後堂恐有未眠人。

送來舊韻會三疊，惹出新雲又幾行。從此陸家須改號，荒莊不是是詩莊。

題蔣愚谷海市圖

東風吹海珊瑚長，紅冰敲碎玻璃響。金輪高挂扶桑枝，樓臺影立烟波上。綠髮仙人下洞庭，手扶玉杖風中行。未騎赤鯉乘潮去，且把雲璈隔水聽。金光一葉明蟠草，琳宮絳殿知多少。王母樓前笑語聲，依稀似怪蟠桃小。仙娥幾隊唱霓裳，曳雪牽雲環珮涼。笑指瓊花呼鳳採，戲抛珠子勸龍藏。星眸下視塵飛處，冰上千重萬重樹。小別千年尚識君，拈花素手招君去。我勸先生莫泛槎，蓬萊水淺易揚沙。豈若島邊游戲好，六鰲釣盡不歸家。

贈蘇州孔南溪太守

入國先問禁，採風當問叟。我來蘇州城，聽人說太守。魷魷孔君魚，賢聲滿人口。却物懸餽魚，治豪拔巨韭。郎中有嬖人，納粟拖印綬。羣吏皆唯唯，先生獨否否。黜之告長官，名器才不苟。又有霍家奴，騄馬攔街走。忽遇李橫衝，方知霹靂手。强禦非所畏，鰥寡非所狃。市無朝飲羊，村無夜吠狗。魯鐸使郛聞，晉盜往秦走。其餘善政多，難以陳某某。我聞大歡喜，是我同年友。我未謁崇轅，公先訪衰朽。班荆雨後天，揚觶花前酒。昨日泛太湖，雲夢吞八九。寄我尺素書，欣然慕烟柳。我道公胡然，君恩答高厚。火烈學鄭僑，旺中丞嫌公有火氣，故及之。春温兼杜母。潛庵湯中丞，姑蘇遺愛久。願公步後塵，俎豆相儕偶。故人腸九回，特贈詩一首。

余與省堂觀察同學同年垂五十載矣花甲後各生子女遂訂婚姻冬至前七日省堂爲蹶父相攸之事小住隨園出姚夫人小照命題

白頭潘岳最神傷，遺挂驚心賦悼亡。描得團圞奴坐影，閑看當作返魂香。
密語纏綿繡閣中，勸郎處處布仁風。方知絕代龔黃績，內助還憑尹姞功。
買得鸞膠續斷絃，能詩能字貌如仙。生前倘抱衾裯侍，敢問夫人憐不憐？雲南殷姬，生全寶者。
少同筆硯老絲蘿，天與姻緣天執柯。我抱嬌兒拜圖畫，畫中更覺笑容多。

梅圃臨石田畫作自己小像索題

石田逸興發，偶畫秋天山。梅圃臨此畫，將身坐其間。桐影何簇簇，流水何潺潺。取巾臨池洗，呼童將琴彈。此景原瀟瀟，宜君愛不釋。但笑作畫時，並非爲君設。豈料百年後，君身竟闖入。後畫既爲主，前畫翻爲客。疑是石田翁，與君舊相識。

薛壽魚新得外婦教余平視而錫以嘉名

老去評花律最嚴，偶然月墮水精簾。喜儂得見傾城貌，爲爾高歌阿鵲鹽。匏觶鏇籥耳莫聽，雲華兩字記分明。他年倘赴龍華會，防有仙人問小名。

翠渠周公安綏德政詩示其孫幔亭

桐鄉祀朱邑，廣陵思張綱。民心相感孚，一日如千霜。翠渠周夫子，斑管垂芬芳。偶著桐汭績，其民不能忘。奕奕作寢廟，春秋爲烝嘗。膢臘走村翁，吉蠲陳犧羊。厥孫幔亭子，偶泛一葦杭。適値修廟日，萬手來焚香。見孫如見祖，老幼走相望。相隔十二葉，神主親捧將。翻愧子孫祀，遷祧已茫茫。道路咸額手，感此神應長。果然古賢人，其後乃必昌。人生有俎豆，原不定家鄉。不在欒公社，亦須兩廡旁。三復循吏傳，使我心感傷。

李娃曲爲吳四郎作

姑蘇有仙李，生長婁門窪。其花光灼灼，燦爛如雲霞。阿翁訓童蒙，窮老長咨嗟。教女勝教子，終年守絳紗。飛燕才擁髻，碧玉初破瓜。鳩鳥前致詞，爲女覓良家。衙官吳四郎，磊落多才華。燕京路雖遠，一水未爲遐；鄉亭職雖小，朝夕能排衙。正室周夫人，嚴妬無所加。其旁諸姊妹，巧藝彈琵琶。見居第三位，牉合良堪嘉。女兒濃笑答，無用汝搖牙。兒昨得吉夢，繞屋生蘭芽。嫁得少年婿，此行良不差。不貪金爲釵，不須玉作珈。只衣三緵布，便坐七香車。前年臘月八，簫鼓送香茶。奴衣紅氍毹，馬馱白鼻騧。入門占吉日，舉室歡聲譁。吳郎得此女，嗜李如嗜痂；旁妻見此女，比貌如比花。崇明作官去，大海揚風沙。與女同乘舟，望洋愁驚他。歸來畫作圖，欲比張騫槎。題詩香墨滿，添箱衆口夸。我與金日磾，謂賢村。誓欲瞻吳娃。先期作步幛，錦帳偏周遮；次日設九賓，捲簾拜麗華。低語答客問，淡妝梳雙丫。劉楨平視久，美玉無纖瑕。今夕復何夕，明月雲中斜。歸來語妻子，果然佳人佳。

贈林鐵簫

西京王子淵，自詭爲洞簫。于今二千年，清風久寂寥。林君字才與之敵，含商嚼徵詩清絕。偶醉高陽酒肆中，買得麩賓一枝鐵。鐵質精堅色晃朗，非天與氣吹不響。先生吹鐵當吹綿，按孔摩挲時在掌。既不能吹向明光宮，九天樂奏歌三雍；又不屑吹向吳市門，學楚子胥乞壺飧。乃屬吳道子，圖形松竹裏，柳毿毿兮石齒齒。科頭披青衫，曳足拖芒履。覓句若有思，安坐不肯起。噫吁嘻，我知之矣！君本孤山處士家，一生心事屬烟霞。或騎黄仙鶴，或招綠萼華。我願爲君捧簫同到西湖去，一聲兩聲吹落古梅無數花。